先知

CLASSICS

体味经典的重量

本书纯属杜撰，人物情节全系虚拟。其中人物如与古今人物相似，纯系偶合。

花儿半开半闭，
小停轻颤犹疑。
唇间微笑如梦里，
芳心谁属难知。

目 录
Contents

上卷

下卷

上卷

第一章

费庭炎，生前任高邮盐务司的主任秘书。光绪十七年四月二十三，那天他的丧礼举行开吊，生前的友好前来吊祭；每个人都在乌黑的灵柩前深深地三鞠躬，然后脚尖点着地，轻轻走开——男人到一边去，女人到另一边去。这个丧事先潦草操办，也是家里的朋友匆忙之间准备的，因为随后要将灵柩运回原籍安葬。

那天又潮又热，令人极不舒服。四五十个人，男女老幼，拥挤在费家的小院子里。那是一所租来住的旧房子，屋里顶棚并没有裱糊，露着房梁椽子，也没有上油漆。那些朋友以前大都没来过，现在看见这栋房子，对费秘书夫妇住得这样简陋颇感意外，因为费庭炎家是嘉兴的富户，是上海以下湖泊地区的大地主。他书房里陈设得疏疏朗朗，萧然四壁，即使杂乱无章，也有几分文人高雅之致。在他生前，今天来的朋友中是有几个来此聚过的。屋子内两个有窗棂的窗子，原来的红漆业已退色，看来暗淡无光，有的地方龟裂成纹。窗外的光线本来就嫌不足，现在低声细语的客人来往行动，人影幢幢，屋里就显得更为阴暗了。有的女客留意到窗角上有蜘蛛网，明白了这位新寡的文君不是个勤快的主妇。

费庭炎的同事有好多是出于好奇心，要来看看这位青春寡妇，因为主任秘书这位妻子貌美多姿，已然闻之久矣。他们知道，今天这位漂亮夫人会出现，会站在灵柩之旁，向来此吊祭的客人答礼。

这个哀伤的祭奠使人人心中感到不安，因为情形总是不太对。在肃穆丧事的气氛和令人惧怕的棺木，与半为丧帽垂掩的青春寡妇雪白细嫩的面庞之间，存有强烈的矛盾。她戴着尖尖的粗白布帽子，身子罩在宽大的粗白布孝袍子里，真像一个活人做成的祭品。她那犹如皎洁秋月的脸露出了一半，眼毛黑而长，鼻子挺直，浓郁美好的双唇，端正的下巴，在屋子那一端，在供桌上一对素烛摇晃不定阴森可怕的光亮中，隐约可见。她粉颈低垂，仿佛对这件丧事以后的安排，表示无言的抗议。大家都知道这位寡妇才二十二岁，在当年上流的名教传统里，读书人的遗孀，或上流社会富有之家的寡妇，按理是不应当再嫁的。

那些男人，对这个年轻的寡妇是不胜其同情之意的，觉得她那么年轻，那么美，牺牲得太可惜。那些男人，大部分是盐务司的官员。他们大都已然婚配，这天带着家眷来，各人心里各有用意。有的为了人情应酬，有的是在这场猖獗的霍乱之中同事暴病死亡，心中着实惊惧。那些低级员司也来祭奠，本来不喜欢他们那位傲慢无礼颐指气使的同事，但盐务使命令他们给这位寡妇捐一大笔钱，聊尽同人的袍泽之义，其实低级员司们拿出这笔钱已感吃力，而这个家道富有的丧家并不需要。那些官员之中，有一个正在等着他的家眷在一个月后自原籍前来，并且租妥了房子，正打算买一张讲究的铜床和几件红木家具，心知这位寡妇是要走的，可以出低价买下那批家具。

薛盐务使，身材高大，眉目清秀，深深觉得在棺材店都快把货卖光之时，凭了他的势力，能买到一口质料那么好的棺材，实在脸上有光。他打算亲眼看见人人赞美那口棺材，自己好感到得意，所以故意放风声，说未亡人年轻貌美，楚楚动人。

盐务司对这位年轻寡妇总算是尽力而为了，因为丧家没有一人出来就办了丧事。丧家里派了一个老家人帮助运灵还乡。但这个老家人连升是个半聋子，又不懂当地的官话，完全派不上用场。

依礼，丧家需要有个人站在灵柩旁边，向祭奠的人还礼，即使一个儿童也未尝不可。但是，费太太没有儿女，只好自己站在棺材后面，披着麻布孝衣，着实可怜。她的腿移动之时，硬硬的麻布孝衣也就因移动而窸窣作响。可以看得出来，她那浓密睫毛后面的眸子，时时闪亮，似乎是心神不安。有时，她向上扫一眼，对眼前来吊祭的客人似乎是视而不见，因为她正在茫然出神，对当时的事情一副无关轻重的漠然神气。她前额上的汗珠则闪闪发亮。她的眼睛干涩无光。她既不号啕大哭，也不用鼻子抽噎，按说，她应当这样子才合乎礼俗。

来客之中，好多人已经注意到这种情形。她怎么敢不哭呢！按习俗来说，丈夫的丧礼上，做妻子的既不落泪，又无悲戚之状，当然使人吃惊。她除去鞠躬还礼之外，便再无所为，这个别无所为，是有目共睹的，所以在遵规矩守礼法的人看来，都觉得颇可厌恶。就犹如看见人燃放炮竹，点了之后即寂然无声，并不爆炸一样。

有的男客已经退回到东厢房，东厢房正对着前面的庭院。大家在那儿谈论当前的事，倒谈得津津有味。

一个年长的男人说："你想，老费有这么个如花似玉的太太，还去各处乱嫖！"

"这种事谁敢说？你看见她那两个眼睛了没有？那么深，那么晶亮，那么滴溜乱转，真是水性杨花。男人死了她才不难受呢。"

"我看见了。那对眼睛那么美，那么多情！我敢说，她一定会再嫁的。"

另一个同事听了很烦恼，说："住嘴吧！咱们凭什么妄论是非？总而言之，现在闹瘟疫。我知道庭炎有两个哥哥，他们老头儿自己不来，也应当派一个儿子来，不应当让这个年轻轻的妇道人家自己办这些事情啊。"

一个穿着长及脚面的长衫的瘦小枯干男人说："连抽抽噎噎的小声哭都不肯。"

这时一个六十几岁说话温和的老先生，方脸盘儿，戴着牛角框水晶眼镜，说："不应当让她一直站在灵旁还礼，她不能老这么站几个钟头哇。"他是学校王老师，也是费家的邻居。他唇髭渐白，颌下胡须稀疏而微黄。在这令人肃然起敬的年龄，他也以读书人之身深为人所尊敬。他手里两尺长的旱烟袋并没有点着，只是在手里拿着玩弄而已。

薛盐务使用他那很重的安徽口音也来插嘴，那浓密的黑胡子，随着他说话也分明地移动。他说："我想今天除去咱们司的同事之外，没有多少外来人。咱们若不说什么，人家也不会说的。她哭不哭，也不是什么大问题。至于运灵一事，我已经派我外甥来帮忙。不会有人说咱们司不尽心尽力的。"

一个团团脸的年轻人，用鼻子轻轻哼了一声说："好啦，总而言之，像您所说的一样，瘟疫流行。有什么办法！"他又向王老师说："他们家也用不着这么胆小，应当派一个哥哥来。办丧事总要像办丧事的样子。"

"当然了，他们应当在老家正式办这件丧事。他们只是想把灵柩运回去。其实他们应当为这个寡妇想一想，她这么年轻。"

"她今年多大？"

王老师回答："二十二岁。"

"他们结婚几年了？"

"我内人告诉我，才两三年。两人并不怎么和美。算了，这与咱们毫不相干的。"王老师很小心地结束了这个问题。

这时王老师的太太过来，向丈夫耳边低声说话。这位太太方脸盘，五十几岁，上嘴唇长，不管到什么地方，总是带着一团和气从容，使别人心情愉快。

她说："若是再没有什么客人来，咱们就让费太太到后头歇息去吧。现在差不多快到晌午了。一个女人站几个钟头可不是开玩笑，又没有人能跟她替换一会儿。诸位先生，也体谅一下人家吧。"

王老师站起来，走到高个子的盐务使大人跟前说："大人，这也不是什么大典礼。客去主安，咱们不用等着吃面了。怎么有心情吃东西呢？大家心里都不好受。您说一句话，大家就都走了，叫费太太也歇一歇吧。"

薛盐务使转来转去的眼睛紧眨了一下，这表示，虽然他名声不佳，人人皆知，但只要与女人相关之处，也不是不懂怜香惜玉的。

他用喉音说："当然，你的话很对。"

他又进入中厅，这就是向大家示意。他没说什么，只是眼神一表示。

每个人都看见了也会了意。他外甥刘佑，刚才一直登记礼品奠仪，现在从靠近门口的桌子那儿站起来，合上了账簿。他们一个接着一个走到灵前——行礼告别，都默默鞠躬为礼，脸色凝重，轻轻走出门去。

薛盐务使在灵柩旁多徘徊了一下，用手指的关节叩了叩棺材，听了听坚硬的声音，脸上流露出得意的神气。

他自己低声赞美道："这么好的木头！"

在这个当儿，年轻貌美的费庭炎遗孀抬起了头，显然是轻松下来，不过一双眸子里，仍然似乎是有满腹心事。

客人走了之后，王老师仍然留下未去。他太太准备了简单的汤面、馒头作为午饭，现在正帮着办理礼俗上该办的事。即使盐务司这些公事关系的朋友已经离去，还有来吊祭的街坊邻居，所以也需要按着礼俗办，不能稍为疏忽。凡是带有礼品来的，都要送给人家馒头等于是回礼。类似这些琐事，都得女人照顾。

费太太内心非常感激。王老师、王师母住在街的那一头，费太太年岁轻，过去觉得寂寞无聊时，常到王家和孩子们玩，她很喜爱王家的孩子。其实，费太太对于王家，不论是王老师或是他太太，都算不上真正知己。但是，现在费家突遭不幸，大祸临头，极需要有人帮着办这件繁杂又涉及外面人情应酬的丧事，这对夫妇突然光临，万分同情伸出援手，正是费太太所急切需要的。

王师母引领她到了里间屋，她对王师母仅仅说了一句："多谢您。"而且不够热诚。说这话时，她甚至连抬头望一下都没有。说话的声音年轻、清亮，特别柔和，像一个声音清脆但隐藏有裂纹的铜铃儿一样。她说话蛮像小孩子，没有造作，不装什么样子。她好像想了一下，又说："您两位若不来帮忙，我真不知道怎么好。"

王师母说："你一个人嘛，朋友来做这点儿事，是应当的。"

这老老实实的致谢，对方就同样以老老实实的态度接受了。

王师母又说："现在你躺一下，我到厨房给你端碗面来。还人家礼由我去办，你不用操心。你还得养足体力，还要走坐船回家这段路呢。"

她帮助这位新寡的少妇脱下丧服。脱下之后，立在王师母面前的是个美貌动人的青春少艾，几乎依然是小姐身材的白衣少女。牡丹（是这位新寡文君的名字）今天早晨总算压制住脂粉的诱惑，因为怕人家说闲话。不过，她那自然青春的艳丽和两片翘起的樱唇，也并不需要用什么化妆品。王师母看见她前额上的汗珠，就拿过来一条毛巾。

王师母帮着她擦汗，说："穿着那么厚的孝衣大概快把你憋死了。今天热得出奇。"

这时，牡丹眼里流出了两滴眼泪，晶莹闪亮如珍珠，在眼边停了停，快要掉下来，又勉强抑制住。

王师母离开屋子之后，她才躺在床上，真正痛哭起来。这是丈夫死于瘟疫后她第一次哭，并且哭得十分伤心。过去那几天她曾经极力想哭，但没有眼泪。现在水闸打开了，意料不到的热泪洪流如春潮般决堤破岸倾泻而来。

她躺在床上想，不是想她丈夫，而是想自己，想自己的将来，还在茫无头绪；想自己的青春生活，这段青春生活怎么样过。她的婚姻生活没有爱，是父母之命媒妁之言，为这种婚姻没什么可悲伤的。她过去那一段生活，是一连串挫折坎坷，并非只因为费庭炎公然玩弄女人，或是粗俗不文，年轻气傲，言谈举止惯于端架子讲派头，这些都是她看着不顺眼，都是使她憋气的。她天性多愁善感，温柔多情，她知道爱情应当是什么样子，她知道失望的爱情生活里的甘苦，也知道自己的情郎和自己在棒打鸳鸯两处分离的痛楚愁恨。她的情郎金竹现在已娶妻，有了两个儿子。但在她出嫁后，她和金竹一直藕断丝连，暗中幽会。她觉得，自己像苍蝇粘上了蛛网，纠缠使她神思混乱。现在她的眼泪从无以名状的深渊流了出来，有一种迫不及待的感觉，她分明有所盼望，但所企求者为何，自己又不了然。她哭了一阵子，觉得轻松了不少，好多了。

来吊祭的女客，因为她如此年轻而丧夫，还要寡居守节而悲叹她的苦命之时，她不由得心中窃笑。女客把心里的想法都说了出来，都觉得她可怜，都分明说年轻轻守寡可真"难"（按照中国那时的习俗，谈论寡妇和谈论新娘一样，寡妇和新娘是不能答言的）。

那些女客认为她是要含辛茹苦遵守妇道的。所谓寡妇要遵守的道德已经由圣人分为两类：一是终身守寡，做节妇；一是抗命不再嫁，一死做烈妇。

对这两种想法，牡丹一笑置之。在她生活的欢乐和自己青春的气质之下，她觉得做节妇、做烈妇全无道理。她心中正在思索寻求——这也受了她读书的影响——在寻求每个男女都感到幸福快乐的美好生活方面，她聪明有见地，绝不为别的女人的话所动。她天生气质强烈而敏感，高尚而不同于流俗，热切追求理想，而世俗传统的“善良”，常人所认为的“美德”，她全不措意。赶巧她自己嘤嘤啜泣，或是号啕大哭，那只是她心中想哭，并无其他缘故。

王师母在厨房待了半天，用一个调盘端进来一碗热腾腾的面，还有开胃口的酸辣味道的菜，大出她的意外。那位少妇乌云般的黑发松垂在肩上，低着头，在竹书橱里正在找什么东西，很不像一个寡妇的样子。

王师母责备她说：“你找什么呢？来，得吃点儿东西呀！”

新寡的文君一回头，王师母看出来那秋水般的眸子里的急切激动。牡丹的脸变得绯红，仿佛心中的秘密泄露了一样。

王师母搬了把椅子，说：“坐下，吃吧！”腔调就像个母亲对女儿说话。又说：“我煎了几个荷包蛋，我跟你一块儿吃，你一定要吃呀。”

牡丹微笑了一下，笑得很愉快。她知道王师母平日是怎么样照顾她自己的五个孩子，所以这位太太对她这么关心照顾也不感到意外。

牡丹正在吃饭时，王师母看见她又红又肿的眼，大声说：“来祭奠的客人现在看见你就好了。”

牡丹听了茫然不解，问道：“为什么？”

“你总算真哭了。”

这位新寡妇立刻回了一句：“我知道，这样他们才觉得对，是不是？”

现在又静下来，牡丹不声不响地吃那荷包蛋。没有人知道，也不了解刚才她为什么躺在床上哭。她希望王师母不在她屋里，好一个人静静地想自己的心事，想自己烦恼的问题。她很想确定刚才王师母没有看见她包那些爱情书信。

在这段平静的时候，王师母有一搭无一搭地问她：“我刚才进来的时候，你在那儿找什么东西呢？”

牡丹扯了个谎：“我找《杭州府志》。”

“你们家是杭州吗？”

“是啊，我是余姚县人。”

“我想，丧事过了一百天，你要回娘家去看看吧？”

“是啊，我想回去。”

这时，王老师在外面门上敲了敲。他要茶。他已经在书房吃完了饭，想知道她们正在干什么，什么时候他太太可以回家去。

“你先回家吧。我要陪一陪费太太，她有东西要收拾。”

出乎王老师的意料，那位新寡妇站起身来，请他进去坐。

这位学究犹疑了一下，虽然他太太也在屋里，但按他这老一代的人想，按圣人之礼，他不应当进入邻居女人的卧室。

牡丹看到王老师脸上犹疑，就走到门前来，恭恭敬敬地向他说：“您和师母这么帮忙，我一定向您两位特别道谢。我现在把茶送到书房去，还有事向您请教。”

过了片刻，这位少妇用茶盘端着茶到了书房门口。王老师站起来，说了一声：“不敢当。”

牡丹态度很爽快利落，不像丈夫死了半个月的寡妇。王老师看见这个青春的仙女站在面前，心猛然抽搐了一下。一个青春的女人，命定要毕生守寡，这样的一个女人，他心想，是定而不可疑的。至少，有功名的读书人的遗孀要一直守节，这天经地义。普通男人的寡妇常常再嫁，按儒家的伦理规矩，秀才、举人的寡妇是应当守节居孀的。

这时候，王老师觉得他面前这位少妇能否守节不嫁，可很难说。她看样子不太像。

“王老师，您对我们太好了。什么事情我都要您指教。明天我就要和连升一块儿送灵柩回家。我由这儿到船上这一路，当然要穿孝服。可是，随后一路之上，是不是要一直穿着呢？”

“费太太，我想这要看个人的心意。在上船下船时，你当然应当穿，尤其是下船的时候，因为公婆要来接你。”王老师把她上下打量了一下，又说："你自然应当这样。我认为必须如此。你应当一路地哭，直到灵柩抬到家里为止。我自然不认识你的公婆，但是按人情之常，他们一定愿意你这样做。到时候，一定还有妯娌，还有邻居的女人们，她们一定在场观看。你当然不愿招她们在背后说闲话。"

王老师话说得流畅而纯熟，像寺院里的执事僧或是古迹胜地的导游一样。

"我以后会怎么样呢？"

"大概是，丈夫家会给你收养一个儿子，好继续你丈夫的后代香火。他们总是会这么做的。他们认为一个寡妇有个孩子照顾，会清心寡欲，安心守节。你要知道，我并不是说年轻轻儿的守寡容易，可总得要守过去呀。你丈夫有没有功名？"

"不能算是真有。朝廷为水灾赈济时，他拿钱捐了个贡生。那时我还没嫁给他。您知道，一千块钱捐个秀才，三千块钱捐个举人，我想是五百块钱捐个贡生吧。"

王老师认真望了望这位少妇的脸，然后说了声："噢，是这样。"

"您认为怎么样？"

王老师这时像对自己人说话一样："事情是这样。这件事在你自己，完全在你自己，我不应当说什么，可是你来问我。你要知道怎么办。不过，一个秀才的寡妇再嫁的确从来没听说过。贡生的寡妇也可以算进去。可是，大部分还要看你丈夫的家里怎么样。他们若提到给你收养个孩子，你就明白他们的用意了。"

"您觉得这么做对吗？"

"我刚才说过，这是个人的心意。并且，要看你公婆愿不愿养活你。"

"女人总是愿意要自己生的孩子，您说是不是？"

这位老学究觉得很难为情，不由得脸红起来。

"我想，你应当和你母亲去商量这件事，你母亲还健在吧？"

"是，现在在杭州。"

"好，那么现在你就不要费心思了。规规矩矩守丧一百天，像个贤德的儿媳妇。也许他们会答应你回娘家去歇息歇息，杭州又不远。我听说，你是杭州梁家的姑娘。你听说杭州有个梁孟嘉吗？”

牡丹的脸上立刻亮起来。她说：“当然听说了。您说的是梁翰林吧？我们是同宗。是堂亲。我们同宗都叫他‘咱们翰林’，没有别的翰林啊。”她对这件事颇引以为荣，是显而易见的。一般而论，一个姓平均每百年出一个翰林，所以同宗都觉得荣耀。

“他应当能给你拿个主意。”

“他不认得我。他老是住在北京城。有一次他回杭州，我见过他一面。那时我不是十岁，就是十一岁。”

“我想你大概认得他。我看见你们书架上有他的文集。”

牡丹扭着柳腰，懒洋洋地拖着脚步，走到书架子前面，指着第二层架子上的三卷书，兴高采烈地说：“这三卷。”

这时盐务使的外甥刘佑进来和费太太说，船已经雇好，明天早晨由运粮河往下开船，费太太什么时候准备妥当，船就什么时候开，他再派人照料行李。说实话，刘佑看见这位青春寡妇脱了丧服正和王老师谈得兴致勃勃，实在感到有点儿意外。

刚才偶尔提到北京城的梁翰林，在牡丹的头脑里引起了愉快的回忆。因为她十一岁，正是头脑染之黄则黄、染之苍则苍的年纪，年轻的梁翰林那时才二十七岁，在北京城夺得文中魁元之后，荣归故里，一只手摩着她的前额，说她“漂亮，聪明”。这么两个赞美之词，对她的小姐时代，便有无限的影响。现在她往事的记忆，往日的印象、声音，像家里花园的一棵特别的树，在忘记了很久之后，又浮现在心头。

王师母为人真好。虽然这位年轻的费太太过去对她并不是推心置腹的好朋友，虽然她明天就要走了，大概一辈子不会再回来，王师母仍然觉得做人的本分是应当一直把她照顾到底才对。

收拾东西装箱包裹，大体都是女人的事。牡丹只带自己的东西。家具等沉重的东西留下不带，不是卖，就是以后再运。

王师母帮着辞谢客人，让人送来需用的东西，诸如捆缚的绳子、锁，预备包行李防水防雨的油布。有时说一句鼓励的话，有时微笑一下，有时轻摩一下牡丹的肩膀，这都使牡丹觉得自己就像王师母的女儿。牡丹深深感动，送一支玉簪子给王师母作为临别纪念，王师母却觉得是被得罪了一样。

“你把我看做什么人呀？我来帮你，是我觉得你需要人帮助。我来，是因为我自己要来。你给我这个簪子，买我呀？”

“不是，我是出于一片诚意。是留给您做个纪念。”

王师母不理她。她坚拒这件礼品，把这件礼品为牡丹收藏在箱子的一个盒子里，就这样把她推辞的话结束了。

王师母的儿子跑来，问她什么时候回家，母亲回答：“告诉二姐准备晚饭，不用等我。我要和费太太在这儿吃晚饭。”

掌灯之后，王老师在一种不自觉的愿望之下，又走到费家去。他记得那位年轻的寡妇说“咱们的翰林”之时，声音里有一种童稚的热诚，就犹如诚恳地表明内心的信念一样。也唤起他童年时在街上很得意的喊声：“那个陀螺是我的。”他想从寡妇口中再听一听梁翰林的事。

晚饭之后，他们正在东屋喝茶吃酸梅，略说了几句不相干的话之后，又回到她下一步要如何这个老题目上去。她直截了当提出这个问题。她已经表示不愿收养人家的儿子，要自己生个儿子养。

“我公婆若是要收养儿子继续我丈夫后代的香火，哪个侄子都可以。只要正式办理过继，就算正式收养，成了他们死去的儿子合法的后代。”

她这天真直率的话颇惹王老师生气，他说：“我看你简直是反叛。”

牡丹说：“言重了。”出乎意料，牡丹竟说出这句高雅的话，老学究倒很高兴。

牡丹说：“王老师，我只是个妇道人家。你们男人有学问的想出来这些大道理。宋朝理学家老夫子们开始赞扬寡妇守节。孔夫子可没说过。‘内无怨女，外无旷夫’，这不是孔夫子说的吗？”

老夫子似乎一惊非小，结结巴巴地说：“当然，要寡妇守节是宋儒开的端。”牡丹很快回答说：“由汉到唐，没有一个儒家知道什么是‘理’。难道意思是说宋朝理学家算对，而孔夫子算错吗？所以您是把‘理’字抬高，而轻视了人性。汉唐的学者不是这样。顺乎人性才是圣贤讲的人生的理想。理和人性是一件事。理学兴起，开始把人性看做罪恶而予以压制。这是佛教的道理。"

王老师听这一套滔滔不绝的异端邪说，尤其是出自少妇之口，实在大出意外。不由得追问："这些话你是从哪儿学来的？"

"这不是我们翰林说的吗？"

她从梁翰林的文集里抽出一卷，把讲这番道理的那段文章指给老夫子看——这种思想老夫子觉得是前所未闻的。老夫子听说过梁翰林举国皆知的大名，却从来还没读过他的书。

王老师接着往下看，觉得内容思想，文章风格，十分可喜。他一字一字念出来，享受文字的声韵节奏，从移动的胡子后传出喃喃自语，时而摇头，时而点头，充分流露出欣赏之意。梁翰林写的文章简练高古，用字精确，含义至深，诚不多见。

王老师一边念，牡丹的眼光随着他走。

牡丹高兴得喉咙里发出咔咔之声，很紧张地问："您觉得怎么样？"

"美得很！美得很！"

牡丹不以这等赞美为满足，又追问："他的思想看法如何？"

"可以说是成一家之言，很有创见！对当今第一流的大家，我一个冬烘先生能说什么？我的意见没有什么价值。他的风格很典雅！我爱临后那一段，他把正统派的思想攻击得体无完肤，他说理学家是代天地立言，真是占了不少便宜，他们的话便是天意。这段文章里说'理学家自己坚拒人生之乐，而又以坐观女人受苦为可喜'，毒狠有力，将理学家的思想驳得犹如摧枯拉朽。墨饱笔酣，锐不可当。非别人可望其项背。"

牡丹把王老师每一个赞美之词似乎都急急吞咽下去，就犹如对她自己的赞美。

牡丹说："我很敬爱我们的翰林学士。每逢他把理学家称为'吃冷猪肉的人'，我就嘻嘻而笑。"

"同宗里出了这么一位青年俊杰，你们有福气。他长得什么样子？"

"前额宽大，目光炯炯有神。噢，我记得他那柔软的手，白白的。那是好多年前了。"

"后来你没再看见他吗？他不回家祭祖吗？"

“没有。我没再看见他。由孩儿时起，就一直没再看见他。这些年他一直在北京，在皇宫里。”

“你们同宗一定和他有书信往还吧？”

“噢，那我们怎么敢？我们只知道他的大名而已。”

牡丹忘记原先怎么谈到这个问题上来的。过去那些年，她始终没和她丈夫谈过梁翰林，也没和别人说过。现在她的脸通红，眼睛瞪得很大，望着远处出神。过了一会儿，她说：“我竟会忘记装这几本书！我怎么会想让他们给我寄去呢？”

“东西都装好了吗？”

“差不多了。有些东西要留下，以后再寄去。我只带我自己的东西，还有我丈夫的细软。船上地方也不大，灵柩要占一半。”

临走之前，王老师夫妇向她告辞，并且问她：“你要不要在灵柩前哭一哭？也只是做个样子给人看。邻居会说的。按理，守夜七天，每天夜里要哭一次。”

“由他们说吧。我不哭。”

“不过，到了婆家，你可得哭啊。”

“这个不用担心，有别人哭时，我会装着哭的。”

夫妇二人出门之后，王师母对她丈夫说：“看见这个少女这么命苦，真让人心疼。一辈子要守寡，连个孩子也没有！”

丈夫回答：“等着看吧，这个小反叛。总有一天你会看见事情爆炸的。她另有她的看法。”

“你们在书房里说什么来着？”

“告诉你，你也不懂。”

第二章

因为船要运灵柩，运费要特别多付。

雇的运灵的是一条小船，外面量起来，仅长三十尺多一点儿。一张竹片编的席，也可以说是两三片结在一起，在船的中部弯扣下去像个帐篷，用以防雨并遮太阳。费太太坐一顶小轿子来，棺材安置在船前面时，她在小轿里，低着头，脸一部分被孝帽遮盖着。棺材上披着红布，这样，别的船上的人才不至于觉得看了不吉利。棺材前面横着一条白布，上面写着死者的姓名。薛盐务使和他外甥在一旁照顾。

王老师夫妇也在场，陪着亡人的寡妻一直到最后。一切都停当之后，老仆人和王师母陪着牡丹小心翼翼地走下河岸，跨过一条上船的跳板。船篷中后面有一片地方，铺着褥子，摆着一个枕头，是给她坐或躺用的。这上段航程要走十多天——要走运粮河，穿过长江，到苏州附近的太湖区。

船上的跳板撤去之后，她站起身来向来送的友人告辞道谢。大家所能看见的，是丧服下面她那半遮蔽的脸和抿得很紧的嘴唇，她本人则站在那儿仿佛一座塑像，静静的，像死亡。

在高邮以下，通往扬州的一段，运粮河一直十分拥挤，因为这一段当年非常繁华。沿河因地势变化不同，一条不过四十到六十尺宽的皇家的运粮河道挤满了舢板、家船，西洋式、中国式等，有的精工雕刻，船舱油漆，有的则木板本色，朴质无华。河上的空气中，一直响着桨橹哗啦的打水声，船夫赤脚在船板上扑通扑通的沉重脚步声，竹席子的吱嘎吱嘎声，船和船相撞时粗哑的摩擦声，这种河上的交通运输既悠闲，又舒适。经过一个个的城镇，景物生动，随时变化，交通拥挤自在意料之中，也是正常之事；若想急赶向前或是超船而过，那也枉费心机，难以成功。两岸上有商店和住宅，岸高之时，房子与阁楼便用打入低处的桩子撑起来。阁楼上用绳子吊下水桶，从河里打水；洗衣裳的女人跪在岸上，用棒槌在石板上捶打衣裳。夏天，两岸响着啪——啪——啪敲打衣裳的洗衣声，妇女的叽叽呱呱说话声，清脆的笑声，小孩子有的在旁边玩耍，有的在她们背上骑着。尤其是月明之夜，不管春天或夏天，越快接近一个市镇时，妇女的谈笑声和打洗衣裳的声音也越大，因为她们喜欢晚上清凉，洗衣裳舒服。年轻的男人在河岸上漫步，或为赏月，或为观赏俯身洗衣裳时一排排女人的臀部腰身。

到了乡间，运河渐宽，船也竖起帆来，借着风力行船。船航行在翠绿的两岸之间时，衬着背面开阔的天空，无论早晚，都可看见风满帆张。炎热的天气里，船夫总是光着脊梁，坐着抽旱烟，辫子盘在头上，结结实实紫糖色的肩膀脊梁在太阳光里发亮。

费家运灵的船已经开船，送行的人已经归去，牡丹感觉到一种奇异的孤寂，一种奇异的自由。她的一段航程终于开始了。那最后决定包装什么东西，留下什么东西，那种麻烦犹疑也过去了。她觉得一切到了一个结局，现在是走向一段新生活的开始，也是一些新问题的开始。现在感到自己是孤独一人，要冷静下来，要反省思索，是生活上结束上一段开始下一段的时候。将来朦胧而黑暗，还不曾呈现出一个轮廓来。她觉得内心有一个新的冲动。

春日的微风和碧绿的乡野使她的头脑渐渐清醒，现在能够自由呼吸，能在舒适的孤独之中思虑了。她枕着枕头仰身而卧，瞅着前面的竹席篷茫然出神。她已经把丧服脱下，现在穿着紧身的白内衣，看样子当然不像居丧期间的寡妇。她完全没留意眼前一对船家夫妇和他们的女儿，那个女儿，有着苹果般健康的脸，自然的微笑，丰满充胀的胸部，正当青春年少。老仆连升一个人在船头待着，牡丹可以全不在乎。她把头发松开，抱膝而坐，对不可知的前途纵情幻想。她若过早离开夫家，难免招人议论，她自己也知道，自己的父母也不赞成。但她知道，她的命运操在自己手里，不容许别人干涉。她点上一支纸烟，扑地吹了一口，身子滑下，成了个斜倚的姿势，这个姿势，守旧礼教的女人，若不盖着身子，是不好意思在大白天这么躺的。她的眼睛看着手指上一个闪光的钻石戒指，那是金竹送给她的。她移动那双手，看着钻石上反射变化的阳光。她小声唤着金竹的名字。

那个钻石戒指是她和金竹一顿狠狠的争吵之后，金竹送给她的。他们俩都是火暴脾气，发生过多次情人的争吵，每次都是爱情胜利，重归于好。这个戒指就是爱情胜利和好的纪念。她已然忘记那次争吵的原因，但是，金竹把这钻石戒指送给她时，眼睛里柔情万种，两人的意见分歧立刻消失到九霄云外。金竹永远是那个样子，天性喜欢给她买东西——女人用的小东西，比如扬州的胭脂，苏州精致的大眼头发网子，送给她的时候，总是表现出令人心荡魂销的柔情深爱。

这次在船上，她是真正单独一个人，真正无拘无束。不在恋爱中的人，没有一个会知道单独自由时真正的快乐。同时，她的芳心之中却有无限的悲伤与想念，是她自己一生中悲剧的感受。她非常想见到金竹。也许后天能在青江见到他。她已经预先寄给他一封信，深信他会来的。一想到与情人别后重逢，她的心扑通扑通直跳。牡丹的个性是想要什么，就必须得到什么。她不愿守寡，而且要尽早与婆家一刀两断，就是为了金竹。金竹现在和家人住在苏州，他祖母和两个姑姑住在杭州，杭州是老家。丈夫在时，一年有两三次牡丹要回娘家探望母亲，背着丈夫，和金竹预先约好在旅馆相会，或一同去游天目山或莫干山。有一次，她和金竹在好朋友白薇家相会。双方都是热情似火不能克制，每次相聚，都是因为离多会少，相见为难，越发狂热，盼望着下次相见，真是牵肠挂肚，梦寐难安。而表面上，每个人都过着正常自然的生活。

船在水上缓缓滑进，桨声咿呀，水声吞吐，规律而合节拍，牡丹听了，越发沉入冥思幻想。她心想，不久之后自己便可以自由了，也许和情人一年可以幽会两三次，但是，其余的时间怎么过呢？能不能和他一直那么下去呢？想到她的美梦时，不由得心跳——两个人你属于我，我属于你，金竹完全属于自己，再没有别人打扰。她知道自己自私，但金竹对她深情相爱，一心想娶她为妻，别无他念。她是金竹的第一个情人，也是唯一的。牡丹对金竹的妻子并无恶感，有一次她带着小孩子时，牡丹赶巧看见她。金太太体态苗条，是苏州姑娘正常的体形，长得也不难看。倘若金竹爱自己和自己爱金竹一样，为什么金竹没有勇气决心为自己牺牲一切呢？这个问题颇使她心神不安。

牡丹从箱子里拿出写给金竹的一封信，那是她知道要离开高邮时立刻写的。她自己凝神注视这封信。重读这封信上的文句，觉得相思之情，跃然纸上。

金竹吾爱：

拙夫旬前去世。我今欲摆脱一切，与君亲近。虽然礼教习俗不以为然，无论牺牲若何，我不顾也。君闻此消息，想必甚为喜悦。我即往嘉兴，二十六或二十七日道经青江，务请前来一晤。有甚多要事与汝相商。在我一生重要关头，极盼一晤，请留言于山神庙守门人，即可知何处相会。

深知君我二人必能守此秘密，以免闲人搬弄是非，信口雌黄，其实，即使飞短流长，我亦不予重视。就我个人而言，我欲牺牲一切，以求以身许君。君以妾为何如，我不知也。我并无意使君家破碎，亦无意伤害尊夫人。但我一人若疯狂相爱，又当如何？

君之情形，我已就各点详予思虑，亦深知君处境之困难。若君之爱我果不弱于我之爱君，我甘愿等待两年三载，以俟时机成熟，得为君妻，共同生活。只要能邀君相爱，我无事不能忍受。

我今日不得不为前途想，为我一人之前途想。有时，我甚愿现时君即在我身畔，每分钟与我相处。再无别人，再无他事，将我二人稍予隔离。我绝不欲以尔我之相爱为君累，亦不欲以此致君深感痛苦而无以自拔。我不肯弃君而别有所爱，天长地久，此心不变。我愿立即抛弃一切，牺牲一切，以求能置身君侧，朝夕相处。君之爱我，君之为我，亦能如是耶？

我等所处之情势，令人左右为难，进退维谷，我尽知之，我等相爱之深，又无法挥利剑以断怀情丝，我亦知之甚切。但望君特别了解者，我并无意加害于君。无论如何，凡不真纯出于君之内心与深情者，任何惠爱，我不取也。

方寸极乱，不知所思。知君爱我至深，我曾思之复思之，以至柔肠百结。但我二人间一之难题依然存在：我二人既如此深挚相爱，焉能分而不合，各度时光？君之爱我，能否有所行动耶？

我写此信，请君宽恕。我之疯狂，请君宽恕。我爱君如此之甚，请君宽恕。

多之激怒烦恼，多之深情狂爱，苦相煎迫，不得不写此信，请君宽恕！

听我再度相告，君须切记，至今年八月，我即完全恢复自由之身，再无他人能稍加任何约束于我。我随时可为君妇，只随时听君一言，只随时待君自由。

我之所言，幸勿以恶意解。我之一言一行，皆因爱君。

我爱君。我急需君。思君肠欲断。

生生世世永属君　牡丹

牡丹想起来很伤心，仅仅一年以前，她同丈夫曾走这条水路上去，那时费庭炎实现了他能弄到个肥缺的大言。费家的祖父曾经鼓励他。这位祖父是个秀才，曾经在偏远的贵州做过县知事。虽然秀才在功名中等级最低，而在偏远穷苦的山区贵州做县官也没有什么令人艳羡之处，但是费家总认为自己是官宦之家。老祖父很厌恶贵州，却死在贵州任上。他死之后，贵州却成了他们费家家族传奇的所在。费家对嘉兴的街坊邻居都说贵州物产丰饶，是荣华富贵的人间天堂。费庭炎的母亲，也就是牡丹的婆婆，老是跟朋友说，她当年结婚，嫁做县太爷的儿媳妇，坐的是县太爷的绿呢子大轿，这些话，永远说得不厌烦。现在她孙子孙女玩捉迷藏的地方就放着当年那顶大轿，不过绿呢子已然退色，也已经磨损，摆在走廊的角落里，算做祖先光荣的遗物。

费家这位祖父，是牡丹的公公，当年那位道台因为捐税账册被判坐监时，他正是那位道台的钱粮师爷。按理说，论责任，钱粮师爷应当担大部分罪名，而且从此永不叙用。可是，他已然将一笔赃款独吞，在嘉兴足以求田问舍，买地置产，下半辈子安乐度日了。他的后半生顺风顺水。大儿子后来做批发商，买卖烟草、油菜子、豆子，再运到杭州、苏州。二儿子现在务农。他一共有七个孙子。在嘉兴的大地主之中，他虽然不是最为富有，他的住宅却气派大。他曾经盼望三儿子庭炎能大放光明，以光门楣，荣耀祖先。

儿童之时，费庭炎就不喜读书。他根本不能科举中第好求得一官半职，也不肯发愤苦读。可是，在社会上活动他深得其法。他结交的朋都算交对了，都是在酒席宴会上相识的，大家共嫖一个青楼歌伎混熟的，对人慷慨大方，以便有朝一日幸蒙人家援手相助，都是这样拉成的关系。还有，不得不承认，也要靠他天生的社交本领。他终于弄到盐务司的主任秘书的职位，原来他不敢妄想。薛盐务使是他煞费苦心高攀结交的那个朋友的叔父，而高邮，虽不算最肥，也算个够肥的县份。

费庭炎把他得官职任命的消息向太太宣布时说："我跟你说过，你老以为我昼夜胡嫖乱赌。现在你等着瞧吧，一两年之后，我就会剩几文了。"

牡丹听了，犹如秋风过耳，根本没往心里去。

丈夫说："现在我回家来报喜信儿。咱们这下子算发达了，你怎么都不给我道声喜？"

"好，恭喜发财！"牡丹就这么简略地说了一句。

费庭炎的确失望至极。这就是他娶的那个举止活泼生性愉快的小姐。是啊，不把女人娶到手，是没法了解她的。

甚至在那天晚上，做丈夫的欢天喜地情意脉脉之时，牡丹都拒绝与他同床共寝。事实就是，她不喜欢碰这个男人一下，因为这个男人未经她中意就成了她丈夫。

他们夫妇离家赴任以前，家里大开盛宴，热闹庆祝，费家老太爷、老太太是不放过这个机会的。请客唱戏足足热闹了三天，凡是县里有身份，够得上知道这天大重要消息的，都请到了。至于要花费多少钱，这种顾虑早已全抛在九霄云外。甚至那顶老轿也重新装饰，整旧如新，陈列起来供人瞻仰。费老太太一会儿也静不下来，她跟一个客人说话时，眼睛不能不忙着打量全屋别的客人。她希望全屋的客人都看见她。在她老人家眼里，人们多么可喜可爱呀！

在宴席上，牡丹勉强装出笑容，其实她很恨自己这个样子。她问自己："是不是我渐渐成熟了呢？"本地盐务司一个主任秘书的职位，从钱财上看，当然不可轻视！若从官场的富贵上说，无大事庆祝的理由，可对嘉兴乡镇上说，非比寻常。满瓶子不动半瓶子晃，小沟里流水哗啦啦地响。因为，是一个有关盐税的衙门。扬州的盐商都是百万富翁，谁不知道？

说实话，老太爷一想到儿子的职务管着百万富翁的盐商，头脑就有点儿腾云驾雾了。但愿儿子不白吃多年的"盐"！他儿子不用去找那些百万富翁，他们自己就会登门拜访的。那些事情原是可以公然在饭桌上谈论的，牡丹听说之后，一惊非小。

十天以后，新"官"和官太太由运粮河乘船去上任，送行的人当然不少。单是朋友送的礼物就值三四百块钱。在嘉兴县的老百姓心目中，费家已经发达，又是官宦之家了。

在没有别人在的时候，费庭炎还是怀着大海都浇不灭的热情，对太太说："你等着瞧吧，我会叫你看看的。"

他的妻子回答："你若还嫖娼宿妓，那可就前途似锦，不久就能在北京一了百了了。"

在一年前随夫上任的那条河上，她总觉得朦朦胧胧，仿佛面前笼罩着一层云雾，什么都似乎失其真切。她的眼睛不舒服，不敢看强烈的阳光。甚至她头疼之时，也不能相信自己是真正头疼。所有围绕在四周的一切——她自己，她丈夫，这段往北方去上任的航程，这些事情的意义，她都茫然不甚清楚。人生仿佛就只是吃、喝、睡觉、排泄，而人的身体也就像一条鱼、一只鹅，只是由食道和肠胃发挥必不可免的功能而已，而女人额外多一个泛红时期罢了。人类的种种动作毫无目的，一言一行也无意义，有身体而无灵魂，一切空虚得多可怕！可是，她偏偏正青春年少！

到了吴江，靠近太湖口上，她勉强鼓足了气力，请丈夫让船经过木铎走，她好看一看名气蛮大的太湖景象。

丈夫问："为什么？"

她不能回答。这个问题，没有谁能回答。是啊，看一大片水干什么？

她沉默，没再坚持。

做丈夫的要表示和气一点儿，又追加了几句："我的意思是天气多云，又烟雨迷蒙，湖上的雾大概会很重。即便去，也不会看见什么。"

"在木铎总是有漂亮的小姐。你要不要看苏州的美女？那是天下驰名的。"

木铎是苏州城郊有名的产花胜地，尤其兰花最出色。

"你现在坏起来了。"

"没有，我没坏。你到那儿去看青春的美女，我看我的湖上烟雨迷蒙。我一看，就会觉得好像在什么地方飘浮，四周似乎有什么围绕着，单独一个人，隐藏在一个无人知道的天地里。"

说公道话，费庭炎并无心了解他妻子。牡丹在浓雾里漫步，觉得像在云中行走，享受的是舒适欢乐的心境，这是她个人特有的感觉，她自己可以意会，对别人则难以言传。

丈夫说："你简直是发疯。"

"是啊，我是发疯。"

可是，他们俩终于没有到木铎去。

她到了高邮，过的日子究竟是好一点儿，还是坏一点儿，她自己也不能说。她坚持带来了她养的那只八哥，把它养在卧室里，教它说很多话，看它到底能记能说多么长多么复杂的句子。她把这只鸟儿视为知己，教给它说虽是显然具有意义的人话。而鸟儿并不知道，主人虽深以为乐，有时也不真懂。费庭炎最爱听的却是："倒茶！老爷回来了。"

过了扬州之后，离长江不过数里之遥，运粮河上发生了一件事。在河面船只拥挤之时，牡丹的运灵船上一个船夫在混乱中把一个大官船上的大油纱灯笼碰到河里去。灯笼上写着那位大官的姓，是一个大红字，这样让沿途关卡及官衙人特别注意。当时一发现船上是个京官，大家吓慌了。船夫过去跪着求受处罚或是问交多少钱。但是，没有事。大官对此一笑置之，挥手让他离开。船夫和周围看热闹的人都向大官人作揖行礼，感谢宽大之恩，一边摇头，表示不相信那么容易躲开一场大难。牡丹看见了那场混乱，那破烂了的竹架长方形的油纱灯笼在水面上下漂浮，那个姓大红字已经破烂得看不出是什么来。她听说是北京来的大官，但并没放在心里。

船到了长江岸，要绕一个岛屿转弯。绕弯之后，便到了青江，她立刻看见了大名鼎鼎的山神庙，金黄殿顶，在四月的阳光里闪耀，朱红的柱子，油漆的椽子，琉璃瓦的顶子，真像是神仙福境。

牡丹瞥见山神庙飞腾弯曲的琉璃瓦殿脊，就要在那个庙里探听到金竹的消息了，这时那狂热的心情该怎么样形容呢？使她那一片芳心如此纷乱的那份狂喜思念迷恋的情结，该如何表达呢？可以说，金竹是善和美的化身，在牡丹女性的渴望中，他正如苦旱时的瑞云甘雨。她不顾种种障碍，不顾传统习俗的反对，不顾那套社会说教的大道理。牡丹的热情、理想、锐敏的头脑，都集中在她那初恋的情人身上，不会忘也不肯忘的。甚至二人离别之痛，她也思之以为乐事，幽会时之记忆，虽然回忆起来会感到痛苦，却也万分珍惜。二人相爱的记忆之真切，几乎使她觉得生活除此之外，便无别的意义。其真切重要，甚于她每天真实的生活。生活本身不是转瞬即逝吗？有什么经久长存的意义呢？而自己爱情上的记忆，思想和感情，不是才真有永久的意义吗？

她这秘密只有女友白薇完全知道，她妹妹素馨只知道一部分。她第一次见到金竹时，他和妹妹现在的年龄一样，是个十八岁的秀才。他的手又细又白，江浙两省的男人常有那种手。两眉乌黑，两片朱唇常是欲笑不笑。他才气焕发，年轻英俊，又富有活力。他有文才，能写作，而牡丹又偏偏喜爱文人。科举中第的文章总是印出来，或者是以手抄本流传，供别的举子揣摩研读。牡丹从婶母那里弄到一册，一看那文章就着了迷。金竹也听人说牡丹是梁家的才女，梁翰林曾经另眼相看，特别赞美。牡丹和金竹二人一见钟情，曾经情书来往，也曾暗中约会，有时白薇在场，有时只单独二人。一天，忽然晴天霹雳，金竹告诉牡丹，父母已为他定亲，无法推托。过了半年，他娶了那位苏州小姐（他父母给他办这件婚事，实际上有好多原因。其中一件确实可靠的是，金竹的母亲知道了他们的幽会，很不高兴）。牡丹曾去参加金竹的婚礼，那等于目睹自己的死刑，但她也不知为了什么，宁愿忍受那种剧痛，非要看完那次婚礼不可。她的婚姻命中注定开头就错，这至少可以说明一部分原因了。因为，她在内心总是把丈夫费庭炎当时的实际情形，每一点都拿来和情郎可能的成就相比。有时，她突然以火一样热情把丈夫拥抱住，丈夫实在大感意外，心中猜想她所亲吻的不是自己，而是妻子不肯说明的另一个神秘的男人。

第三章

当年，还没有津浦铁路，青江这个繁华的水路码头，因为正好位于沟通南北的运粮河和长江的交接点上。运河上大多的船只都在青江停留歇息，同时添加补给，因为北方南来的船以此为终点，而南行的船以此为起点。很多乘客到此换搭江南更为豪华的住家船，在此等油漆一新花格子隔成的船舱中，家具讲究，饭菜精美。也有很多人在一段长途航程之后，到青江漂亮的大澡堂子洗洗澡，吃吃黑醋烤肉，到戏院去看看戏。

牡丹让船在青江停下，无须说明什么理由，她也不在乎。当然她要去游山神庙，还要在女澡堂好好洗个澡。过去三天不分昼夜一直在棺材附近，她憋得喘不过气来。

她告诉船娘："咱们停三两天。"

"您可以上岸去，有什么事办什么事。我也要歇息歇息，伸伸两条腿。"

牡丹又对仆人说："连升，你在船上守灵。船上总得有个人，你若上岸，找别人替你。"

"您不用担心。没人来偷棺材。"

船娘清脆的声音说："去吧。去洗个澡，修修指甲。"

牡丹很轻松地说："是啊，我要去。"曾听说青江修指甲修得好，她要去试一试。而且，她要把精神振奋一下，见了金竹要很美才行。

牡丹从来没有独自出外游玩过。过去很盼望有这样无拘无束的自由，现在才真正能享受。船娘曾请求充当她的向导，她谢绝了。她不要谁注意自己。难得这么个机会只有自己一个人，没有家人、亲戚、朋友，以及别的好心人的外在关系影响。船娘担心牡丹这样的标致青春女子在这个生疏的地方会落入恶少的魔掌，很是不安。牡丹一笑置之。

牡丹抱着探险家的精神，走过船上的跳板，走上陡直的河岸，那石头河岸整天有挑水的人上下，一直是湿淋淋的。她的手在两边轻松地摆动，很活泼愉快地跑上了石阶。幸亏她天生性格反叛，在上海的家中受了基督教的影响，并没裹小脚。她穿的是深灰的紧身裤子，她一向认为比穿裙子好。裙子适于她这样已婚的女士穿，但是一般做工的贫家女人，要爬坡涉水或下田种地，是不能穿裙子的。连升在船上抬着头往上看，但牡丹无意做出一个贤德寡妇的样子给人看，因为心里早拿定主意离开夫家了。至于到家之后，老家人怎么向别人说，她毫不在乎。

那条路往上是一条石子铺的街道，街上男女行人摩肩接踵。在一条密密匝匝立满招牌的街上，牡丹的身形消失不见了。她以轻松自然的态度轻拍一个陌生人的肩膀，打听什么地方可以找到澡堂子。她自从姑娘时期就学会了与外人泰然相处，习惯于在人烟稠密的地方和茶楼酒肆里的闲杂人等说话，也习惯于叫男人"老兄"，叫"伙计"、"伙伴儿"。现在虽然她已经二十二岁，但依然如故，市井之间的说话和习惯仍然未改。她若知道人家的名字，就不称呼人家的姓。所以她和一群人混在一起时，永远有一副自信十足的神气。

她问那个年轻男人澡堂子在何处，那人一回头，一看那么美的一位小姐向他问路，大感意外，颇为高兴。那时下午已经偏晚，她的刘海在前额上显出了一道卷曲的淡淡的阴影，她的目光正经严肃，但是微微的笑容十分和气。

"就在那个拐角上。我可以带您过去。"

她发现那个年轻男人急于奉承她。其实，她早就知道男人会如此。

"老乡，您告诉我就可以了。"

男人指着左边的一个拐角说："进那条巷子，里头有两家。"

她向那个陌生人道了谢，按照他指的方向走去，看见一栋房子，白蓝两色镶嵌的琉璃瓦上面，挂着一个黑色的木招牌，上面有四个退了颜色的金字：

白马浴池

船娘所说"青江修脚天下第一"，并非夸大之词。进了一个热浴室之后，由一个女侍者代为搓背。牡丹被领进去的屋子里，有一张藤床，供她歇息，另有一碗龙井茶。一个女按摩师进屋时，她正用毛巾盖起身子来。按摩女开始摇动她的腿，然后用一条干毛巾包起她的手，且擦且按她的脚指头，手法奇妙，一个一个地弄，直到她要昏昏入睡，因为脊椎里一种快感在上下移动，不知不觉便被催眠了。

按摩女问："小姐，您舒服吧？"

牡丹只是哼了一声。有时按摩女捏索她的脚指头时，她把脚缩回一下。她不晓得为什么脚指甲对疼痛与舒服那么敏感，颇需要一个精于按摩的人那么揉搓捏索，以便产生一种近于疼痛的快感。

她对那个按摩女说："这种感觉我一生难忘。"走时，她赏了一块钱。

牡丹的身心焕然一新，觉得四肢柔软而轻松。她从镶着白蓝琉璃瓦的走廊走出来，进入外面晚半晌的阳光之中。她饱览这个陌生城市的风光，浑身的汗毛眼儿之舒畅，真是非止一端。她每到城市里，和老百姓打交道，没有形式的礼教把男女强行分隔开，她就觉得投合自己的脾气，那些出外坐轿子，住在深宅大院的人，她看不惯。需要做事的女人无法享受深居简出的"福分"。她不是不知道男人随时都恨不得和蔼亲切地与她交谈几句，她却决心把自己迷人的魔力留给她要去相会的情人。她必须赶到山神庙去打听情人的消息。

她到了庙门口，心扑通扑通地跳，一直徘徊到日落，离去之时，带着一腔懊恼。她在庙的外门和内门都打听是否有留给她的信。一个穿着灰色粗布袈裟不僧不俗的老人对她甚为冷漠，只是心不在焉地敷衍她的问话。她在一个水果摊附近荡来荡去，快步在庙里走了一遍，盼望能赶巧碰见金竹，进去之后，又走回前门来。因为她再三追问，守门人对她怒目而视，说那儿不是邮局。她觉得十分奇怪，这件对她关系重大的事，那个老人却认为无足轻重。她一筹莫展，原以为山神庙是个万无一失的地方，再容易找不过，不会和别处异混。

也许她的信没及时寄到，也许金竹不在？倘若他收到了信而没有时间来赴约，他总会留下话的。对于她，空等一个人的味道早已尝够。她深知等人时的心情不定，那份焦虑不安，对行近的来人那种高度警觉，这都是在杭州她和金竹幽会时尝尽的味道。如今她在庙外庭院里倚着高石栏杆而立，望着房顶，若是一眼能瞥见金竹的影子，她会立刻惊喜而微笑的。立在河水当中的山神庙美丽得惊人，为云霭所遮蔽的山巅犹如在橘黄碧紫色夕照中的仙岛，这些，她都无心观赏，这都与她内心的纷乱焦急十分矛盾。

第二天早晨，她再度到庙里去，她觉得今天能见到情人的希望越发增大，至少会接到他的信息。她离开时告诉仆人天黑她才回去。打听到金竹的近况是她最关心的事，因为她将来的打算，是要以金竹的情形为转移的。

她别无他事，一个人漫步走进庙去，看着成群的游客和善男信女进进出出。山神庙依山而建，分为若干级。高低相接，分为若干庭院。山神庙修建已有千年，施主檀越奉献甚多，地面以石板铺砌，有珍奇的树木，美丽的亭子，顺着树和亭子走去，可以通到幽静的庭院，那里别有洞天，精致幽静兼而有之，牡丹甚至攀登到最高处的金龟石，看见了日升洞。

午饭后，她在一个宽大的会客室里歇息过之后，决定不到天黑不回去。过去，金竹向来没有失过约，他若不能赴约，总是有不得已的理由。自从她搬到高邮，有一年没和他见面了。

她心里焦躁，咬着嘴唇，在院子里徘徊。忽然看见两个侍卫从院角的走廊下走出。他们正给一位游客在前引路。由服装可以看出他们是北京皇家的侍卫。那位游客显然是朝廷的一位大员，那位大员中等身材，穿米黄的丝绸长衫，走道步履轻健，不像穿正式服装的官员那样迈方步。有一个穿着干净整齐的陪侍年轻和尚，是寺院里专司接待贵宾的执事僧。

她和那位朝廷大员距离有三十码。那个执事僧似乎是要引领大员到接待室，可是大员表示还要继续往前走。他的眼睛在庭院里一扫，刹那间瞥见一个少女的轮廓。牡丹看见那官员的脸时，她的一根手指正放在嘴唇上一动不动。只觉得那人的样子使自己想起一个人，到底是谁？却想不起来。那位大人也许没看见她。他走向前，站了一会儿，从矮墙之上望向河的对岸，很紧张地一转头，似乎河当中一艘白色的英国炮艇使他陷入沉思。他眼光在河里上下打量，似乎十分关注这一带的地形。那种敏锐迅速、一览无余的眼光向四周紧张地观察，就像侦察人员在观察有敌人隐藏的地带一样。然后，他转身穿过六角形的门，那个执事僧和两个侍卫在后跟随。牡丹看着他的背影在一段长石阶上渐渐缩小，直到被一个低垂的枝柯遮蔽住，终于看不见了。

过去她在何处见过那种光棱闪动一览无余的锐利目光呢？她已经忘记了。那个人的神情使她想起一个朋友的面容，很久以前看见过，一时想不起来在何处，是童年千百个记忆中的一个，在头脑中收藏隐埋起来，已无法想起。可是，为什么觉得心血来潮浮动不安呢？虽然心中断绝的思绪无法连续起来，愉快的往事遗留下的一段朦胧的联想却依然存在。

和一位京官的短暂邂逅，使她的好奇之心和烦闷挫折之感交集于胸臆，挥之不去。

落日已低，夕照辉映，河面水流金光片片，而金竹尚无踪影，庙门亦不见有书信留下。牡丹拖着疲劳的腿逐级走下粗糙的石阶，头脑之中思潮起伏，怀疑、恐惧、失望、忧郁，真是思绪纷纷，一时无法解脱。

刚走不远，忽然一阵喜悦泛上心头——庙中所遇的那位京官，也许就是她的同宗堂兄梁翰林吧？这是凭女性的直觉想到的，可意会而不可以言传。

她迅速地吸了一口气，由石阶返回，又走近那个守门的老人。还没等她把话问完，那个老人就打断她：

“怎么，你又回来了！我已经跟你说过，这儿没有你的信。”

牡丹满脸赔笑央求："请您告诉我，今天下午有两个侍卫跟随的那位京官是什么人？"

守门的老人从嘴边拿开旱烟袋，向这位年轻的女人投以怀疑的目光，他说："是北京来的一位翰林。跟你有什么关系？"

"我可以不可以看看他的名片？"

"不行。名片在执事和尚那儿。"

牡丹立在那儿，呆若木鸡，不知道自己为什么那么发抖。由那时起，她没再看那个守门人一眼，也没再看一眼自己脚下走的路。她如同踩在云雾中，两膝软弱无力。那位京官不是她所想象的梁翰林，只是梦中的影子在现实中偶尔出现，已然改变，有所不同了。在远处向他瞥了一眼，发现他已经不复有美少年的风采。他是四十岁左右的男人，皮肤微带紫糖色，身体比十二年前见他时粗了一些。他到青江来干什么？当时她没利用机会走到近前去打招呼，失之交臂，追悔莫及。他当然不会记得她。而见面的机会已难再得。她想重新回去向那个接待他的执事僧打听他住在何处，到何处去找他，但是深觉太难为情。也许那个执事僧也不知道。

第二天，她告诉船夫开船，并且说她有意去看看太湖。她梦想已久，在书上读到的地方，她都想去看看。

船夫说："若这样，要一直往丹阳走，从宜兴横渡太湖，那就不走运粮河了，在路上要多走几天。不过，那条水路不太挤，而且更为空旷。有人喜欢那么走。"

"那么就走宜兴吧。我想穿过太湖。"

第三天，在礼阳和宜兴附近，河的两岸是一片美丽富庶的田地，稻秧新绿，深浅相间。溪流聚合，野水处处，水上渔舟，片片风帆。清晨之时万籁无声，白云如羊毛舒卷于碧蓝的天空。偶尔有几只鹞鹰在空中盘旋，黎明时小鸟唧喳乱叫一阵之后，早已隐藏起来，不见踪影，就犹如守家之犬。清晨之后，中午之前，牡丹又安然小睡数刻。西北方一阵强风吹来，湖水粼粼，波光呈碎片状，随聚随散。

在他们前方数百码之遥，有两只船扬帆而驶。牡丹的船也刚刚挂起帆来，波浪拍击船舷，渐次增强，船顺风前驶进行甚速，即将追到前面的两只船。那两船是宽大的篷船，专为湖面间游之用，不求航行快速，而后面那一只由前面的船拖行。

转眼间，牡丹的船追上了那两只船。连升正站着，船家和牡丹高高兴兴地看着自己的船超过了人家。前面那只有篷的船，一根竿子上插着一面小红旗，上面有几个字，旗子在风中飘动。现在和那只船只数尺之遥。那船舷的边缘上，两个侍卫正跪在那儿，发怒地喊叫。

“你们发疯啊？你们要干什么？没长眼睛啊？”

牡丹瞪大了眼睛。她一看两个侍卫的制服就认得，心都快跳出来了。红旗上的字太小，看不清楚。这竟又是那位京官！她看见船里客人的一条腿，他坐在一张舒适的椅子上。两船的距离渐渐加大，能看见船上那人的身形，脸被手中所看的一本书挡住。若说这个人是她的堂兄梁翰林，可没有什么稀奇了。

快接近宜兴时，水面船只渐多，交通渐繁。前天夜里牡丹没睡好，醒得又早，一直在想前天的奇遇。早晨船开始进入宽阔的湖面时，她又打了个盹。

牡丹被一阵喊叫声吵醒。她披上外面的上衣，坐了起来。因为船渐渐接近，对面船上两个侍卫在喊叫。牡丹的船夫大吃一惊，停住船桨，慌作一团。那只船从后面赶上，加速向他们开来。猛力摩擦了一下子，嘎吱一声，叮当一响，她的船向一边歪了歪，牡丹几乎摔倒。那只船是故意撞的。

牡丹大怒，站起来逼问有什么不对。

“你们没看见旗子吗？眼睛叫米汤粘住了？把船靠边儿，我们要开到前头去，谁愿一道坐在那儿看一个宝贝棺材！”

牡丹大声吼回去：“我就没听过这种道理！”

牡丹真暴怒起来。她说：“这是皇上家的河道。就是皇上也不会不许人家运灵柩……”

但她看见旗子上那个大红字“梁”，立刻住了口。她还没来得及想什么，那位翰林已然从船舱里走出来。他向喊叫的女人和两个侍卫看了一眼，就问他们为什么起纠纷。

侍卫说：“大人，这是一个载棺材的船，过去这三天，老是看见这只船在咱们前头，一会儿看见了，一会儿又没了。小人们不愿大人一路老是跟在一口棺材后头，所以让他们躲开，让咱们的船到前面去。”

“我没看见。人家运灵回家有什么不对？”

“老看见棺材怪倒霉的。小人们想，大人您也不愿看的。”

这时，牡丹的手正放在张开的嘴上，向来在人前她不会失去镇静，现在却怒令智昏。梁翰林看见这位少妇行将落泪，头发蓬松地垂在两肩之上，两眼望着他，犹如吓呆的小鸟望见了一条蛇。

牡丹指着两个侍卫说：“他们故意撞我们的船。”两眼仍然怒火如焚。

京官对两个侍卫说了几句话，但是牡丹听不见。

牡丹问：“您是余姚的梁翰林吧？”自己也料不到哪儿来的这股子勇气。

“我是。你是谁？”

牡丹连忙吸了一口气，说话的声音不由得流露出几分惊喜。她回答：“我也是余姚梁家的人，是您的堂妹。以前您叫我‘三妹’，那时候我还小。您大概不记得我了。”

梁孟嘉的脸色缓和下来。他两眼闪烁，晒得微显紫糖色的脸上绽出微笑，说：“噢，三妹。我记得你很清楚，我最后一次看见你的时候，你还是一个聪明漂亮的小姑娘。”

牡丹吃惊道：“您还记得我？”她更感到意外的是，这位堂兄向侍卫挥了挥手，用一个邀请的姿势对她说：“过来吧。”她的船靠过去，两个侍卫搀扶她到官船上。

梁翰林居然还记得她，还请她到官船上去，她简直无法相信。看见这位堂兄穿着白袜子走向船的中心请她坐下时，她心里还有点儿颤动。梁孟嘉，说实话，意外遇见这位堂妹，得以破除航程中的沉寂，心里也着实欢喜。这时，有一个五十几岁的女人在旁边站着。

梁孟嘉说：“你们是回南方吧？到哪儿去？”

“到嘉兴。我是把丈夫的灵柩运回老家。”

这位京官仔细向牡丹望了望，向侍卫说：“把那条船拖在后面。”

两个侍卫吓了一跳，心里有几分害怕，立刻找绳子去拖船。一个对另一个说：“这个宝贝东西咱们一路是带定了。”过了一会儿，扔过一根绳子去，再往前走时，三条船挂成了一行。

那个侍卫端过一杯茶，道歉说："刚才不知道您是一家人。"又向老爷解释："刚才我们也只是要让那条运灵的船在后面走。"

梁孟嘉一个眼眉抬了抬，看了侍卫一眼，嘴唇一弯，微微一笑，慢条斯理地说："好了，现在合你的意了。那条船在后头呢……我也愿意这样。"他似乎很喜欢私下说点儿风趣的话。

他从容轻松地说完，然后微微一笑："这些人……他们在官船上出差，觉得自己就是钦差大臣一样。我不知道教训他们多少次，不要端架子作威作福。"他停下来，向牡丹很快地看了一眼，低声和蔼地说："但愿没吓着你。"

牡丹说："当然吓了一跳。我们的船差点儿被撞翻了，从后面唰地一下子撞过来。"她的眼睛闪着青春的光亮，流露着小孩子般淘气的神情。

"真对不起，我替他们赔罪。你一定还没吃早饭，咱们一块儿吃吧。"

站着的五十几岁的女人是女仆丁妈，她立刻跑到船后面去吩咐。其实她的身份还不只是女仆。她把梁孟嘉由小带大，替他管家也有好几年了，在北京那些年照顾这位单身汉翰林老爷，就像个母亲一样。

牡丹的心还是扑通扑通跳个不停。

她又说："我在山神庙里看见您了，但您没看见我。您还真记得我？"她就像和多年的朋友说话一样。她和遇见的男人说话，就是这么坦白亲切，这么毫无拘束。

她柔软悦耳的声音，那么富有青春的清脆嘹亮，她的态度那么亲切自然，梁孟嘉觉得很感兴味，回答："当然是真记得你。"

牡丹刚才说："我看见您了，可是您没看见我。"倘若这话说得不那么天真自然，而且有几分孩子气，就未免有点儿放肆，有点儿冒昧。梁孟嘉在北京，不知见了多少美丽的贵妇，却从没觉得像在牡丹的几句话里有那样的爽快热诚，那么淳朴自然，毫无虚饰。也没有像牡丹说话那个样子的。他还记得非常清楚，牡丹当年就是眼睛那么晶亮的小姑娘。她那一连串说出的清脆悦耳的话，就像小学生背书似的。她说："您从北京中了翰林回家，那时我才十一岁，咱们全族庆祝，把一块匾挂在家庙里。您记得绥伯舅爷吧？"

"我记得。"

“是啊，就是绥伯舅爷带我过去见您的。您看了看我。我多么崇拜您哪！您把手放在我脑门子上，一边摸索一边说我‘漂亮’，那是我一辈子最得意的日子。因为您叫我三妹，后来全族的人都叫我‘三妹’。后来，我一年年长大，老是觉得您那又软又白的手还在我头上。您那么一摸我，一夸我，不知道对我多大影响呢。后来我能念书了，您写的书我都看，不管懂不懂。”

梁孟嘉受她这样恭维，十分高兴，好像遇到一个和自己脾味完全相投的人。她说话不矜持，不造作，不故作拘泥客气。

他问牡丹：“告诉我，咱们是怎么个亲戚？”

“绥伯舅爷姓苏，是我母亲的哥哥。我们家住在涌金门。”

“噢，对了，他娶的是我母亲的妹妹，是我姨丈。”

在这样愉快的交谈中，牡丹才知道，梁翰林是受军机大臣张之洞差遣，到福州视察海军学堂和造船厂。张之洞当时为元老重臣，首先兴办洋务，建铁路，开矿，在汉口建汉冶萍铁工厂，在福州创海军学堂，建造船厂。梁孟嘉先到杭州，预计冬天以前返回北京。牡丹看到这位京官的两鬓渐行灰白，自然而然地问：“您今年贵庚？”

“三十八。你呢？”按礼应当也问对方。

“二十二。”

“和同乡都失去了联络。离家太久了。”

“我回去告诉他们，坐船南来时遇见了我们的翰林，还坐他的船，那我该多么得意呀！”

梁翰林的声音低沉，是喉音，他雍容高雅，眼光敏锐，元力充沛，仿佛对当前的事无不透彻明了。他游踪甚广，见闻极富，永远心气平和。刚才侍卫在那儿叫骂之时，他只是作壁上观，觉得有趣。牡丹从他写的书上知道，他是以特别的眼光看人生，是一种沉静的谐谑，虽然半杂以讽刺，却从不施以白眼。从他所著的书上，牡丹获知他的偏见，他的种种想法，就好像了解一位亲密的老朋友。牡丹觉得很了解他，仿佛已经和他相交有年。

牡丹现在完全轻松自然了，拖着懒洋洋的脚步走到船的一边，看那长方形小红旗上的字。上面写的是“钦赐四品，军机大臣特别顾问，福州海军学堂特使余姚翰林梁”。

牡丹看完，走回来向堂兄致贺。

“只是四品而已，别吓着你。无聊之至。”

“您为什么这么说？”

“因为我对海军、炮艇，一无所知。我只是曾经从天主教耶稣会的一个朋友那里学过修理钟表。军机大臣张之洞大人派我到福州去视察海军学校，就是看看一切校务进行得是否顺利，是否像个钟表一样。当然，耶稣会出版的东西我都看过，略懂一点儿蒸汽机……我能把一个表拆散了修理。在北京，我是唯一一个会修钟表的中国人，还小有名气。”

“您真是了不起。”

“没什么了不起，只是想懂一点儿。西洋制造的那么多东西，咱们还没开始学，一点儿也不会。”

孟嘉发现牡丹有她自己独特的态度，懒散而慵倦，眼神上懒散，姿态上慵倦。她独自一人时，头向后仰，只是一点点儿，不管坐着还是站着，总是安然沉思，眼睛暗淡无神，快乐而松懈，浸沉在四周的景物之中。一路上还有好多次都会看见她如此神情。那时，她在船头一个不稳的地方坐着，仰着脸，若有所思，但又像一无所思，吸着河面微风飘来的气息，听着反舌鸟和啄木鸟的声音，承受着太阳晒在她脸上的暖意，呼吸着活力生机。虽然她站得笔直，她的步态仍然显出拖拉懒惰和懈怠松弛。她的脖子向前倾，两臂在两肋边轻易地下垂，手指则向上微微弯曲，犹如藤蔓尖端的嫩芽。

正在摆桌子要吃午饭时，孟嘉听见半压低了的尖锐欢叫声，他的眼睛离开书，抬起来一看，见牡丹那穿着白褂子白裙子苗条的身子，她带着孩童般的喜悦，用一只雪白的玉臂指向前面。

“那是什么？”

“鸬鹚！”她那清脆如银铃儿的声音说出这个鸟名，那样柔嫩，用欢喜愉快的咯咯的喉音将两个字拖长。她一转脸，显出一个侧影，后面正衬托着河水碧波，那只玉臂举起未落，前额上几绺青丝蓬松飘动，正是童稚年华活泼喜悦的画像。孟嘉走过来，倒不觉得那鸬鹚鸟怎样，而眼前景物在牡丹身上引起的青春喜悦、清新爽快，自己不觉深深为之打动了。

牡丹已经立起身来，眼睛还凝视着前面的景色。两个渔夫各站在一个竹筏上，手执长竿，在水上敲打得砰砰作响，口中不断“吼吼”地喊叫。竹筏从两处斜拢过来，把水下的鱼赶向中间。竹筏上的黑鸬鹚扑通一声跳下水去，钻进水中，再上来时，嘴里各叼着一条鱼，交给渔夫主人，吐出鱼之后，在竹筏上卧下歇息片刻，得意扬扬地摇摆着长嘴，又跳下水去，施展本领。那些鸬鹚只能把小鱼吞吃下去，因为脖子上套着细竹子编的圆环，只好把大鱼衔上来交给主人。

现在离竹筏相当近了，那水鸟强烈的酸味随风飘过来。渔夫仍然继续发出“吼吼！”的声音，用竿子从远的那方敲打水面，鸬鹚粗硬哇哇的叫声乱作一阵。一只鸬鹚叼着一条好大的鱼上来，这时牡丹正站在孟嘉的旁边，吸了一口气，说：“看！”一只手去拉孟嘉的胳膊。然后，一直把手放在孟嘉的胳膊上，就好像真兄妹一样。这当然有点儿越礼，不过她确是出于天真自然。

牡丹这么小的一个姿态，使孟嘉对与一个少妇亲近温暖的交往有了一种新奇的感觉。他对牡丹不平常的特性似乎立刻有了了解，她是那么对人信而不疑，那么亲切自然，那么热诚恳挚。牡丹的眼睛转过去看堂兄的眼睛，看他是不是也像自己一样高兴地看那只水鸟叼着那条大鱼。

梁孟嘉觉得当年他赞美的小堂妹现在长成一个少妇了，直接而大胆，不拘泥于礼俗。他觉得，有人闯进了他心灵的隐秘之处。年近四十，自己已然是一个坚定不移的独身汉，生活早成定型，精力只是集中在书本上，学问上，游山玩水上，只求自己快意。牡丹把手压在他胳膊上，注视着他的眼睛，而他所受的震惊，就犹如有人闯入他幽静退隐的生活，使之上下颠倒过来；又犹如一股强大神秘的力量进入他的身体，把他鲁莽地搅乱震荡；又像有一个人，青春活泼，富有朝气，出乎意料地自天外飞来，侵入他的清静幽独，劫去他的平安宁帖。事情发生得那么突然，是那么不可思议。

他的成功，来之甚易。他未曾求名，而名自至。也许这一次，也许这时，他对过惯的悠闲舒适的日子感到了乏味。因为除去二三知己与本身的工作，全无一事能引起他的兴趣。不过，现在若有人反对他主张的儒学因佛学影响而呈现腐败之说，或是胆敢为二程夫子作辩护之战时，他则随时起而应战。官爵荣耀，他早已视如敝屣。甚至翰林他也只认为是一个官衔而已，只是身外之物，人之赐予。他深知身为学者，官衔等级无关紧要，能否屹立于儒林，端在自己的著作如何而定，所以他真正之所好，是在钻研学问。现在，他忽然觉得生活失去了重心。自思所以有此感觉，并无其他原因，若有，那就是他忽然遇到了牡丹。她婀娜的身材，她娇媚的声音。他心头很烦恼，但又喜爱这种烦恼的感觉。

第四章

日落之时，船已在宜兴停下。梁翰林带着前未曾有的兴奋之情，向牡丹说："今天晚上，咱们庆祝一番吧。"

牡丹睁大了眼睛，以莫名究竟的神气发问："为什么？在哪儿庆祝？怎么庆祝？"

他们走上泥泞的道路，船只丛集的岸边永远潮湿泥泞。梁翰林给两个侍卫放了假，因为他最不喜欢有侍从跟随，而最喜欢自己在一个陌生的城市徘徊游逛。他和堂妹走在狭窄的石头子砌的街道上，在一家商店挑选茶壶茶碗，花了很久的时间。宜兴以出产这种褐红色茶具出名，外面不上瓷釉，里面上有绿釉。

在一家小饭馆里，他们叫了炸虾。在太湖地区，这种虾虽小但味道极香，还有新烙的芝麻烧饼，随后来了大盘辣鲤鱼，里面有豆腐、香菇、大蒜，孟嘉又叫了点儿加料五加皮，饮以助兴。

饭馆里除了他们之外，没有别人。桌子上两盏油灯灯火荧荧，柔和的光照在他们的脸上。旁边桌子上有一支大红蜡烛，有一尺高，插在也有一尺高的锡蜡扦上，那个蜡扦是篆体寿字形的。大红蜡烛暗淡的光亮照在牡丹笔直的鼻子上，她如醉如痴地望着她那位堂兄时，那光亮也照在那闪动不已的淡棕色的瞳仁上。牡丹觉得如在梦中，自己单独和私心敬爱的堂兄喝酒，这在过去以为此生无望。她的眼睛眯起来，眼前的世界成为一个半睡半梦的境界，这个变化确含有几分危险。这牡丹以蒙眬的目光出神般地凝视，孟嘉问她："你想什么呢？"

牡丹的眼光闪动着，向堂兄扫了一下说："我正在纳闷。现在像在做梦。过去我从来没想到会像今天晚上这么单独和你面对面喝酒。这太好了！"

在吃饭时，他们谈到很多事情。谈到堂兄做的事，写的书，也谈到堂妹她自己。孟嘉很健谈，想起各地旅行途中有趣的奇闻逸事。

梁孟嘉中等身材，脸色微黑，最明显的特点是一头蓬松的粗头发，两鬓和茂密的黑眉毛刚开始变灰。在炯炯有神的眼睛和渐渐后退的发际线之间，隆起的前额特别突出。他那灵魂的中心就在他两只眼睛里，那两只眼睛洞察秋毫，光亮有神，尤其在小饮几盅，陶然微醉时，眼眶的肉光洁闪亮，两鬓则青筋纵横。

牡丹看过了不少他所写的长城与内蒙的文章。他是公认的以长城分中国为南北的地理专家，还会蒙古话和满族话，所以在宫中军机大臣对北方边务要有所查问时，他是不可缺的人才。

他曾经独自远行，历经长城线上争论未定的各要隘，由东海岸之山海关，到西北的绥远宁夏。他所写的文章里，描写古长城苔藓滋蔓的砖瓦，令人生怀古之幽情，只要提到长城的古关隘，如居庸关，以及为人所熟知的古代战役与历史上的大事，就赋予深奥难解的气息，不论熟读史书与否，人们读来都会肃然起敬。孟嘉对人所不知而他钻研独得之秘谈论起来，真是津津有味，娓娓忘倦。他的本性就是如此，他总是见由己出，不屑拾人牙慧。不雷同于流俗，冲破思想的樊篱，单刀直入哲学问题、人生问题，直接去理解体会，他因此成为当代独具见解的作家，才华出众，不囿于传统，也深奥难解，正统的理学家则斥之为矫情立异。然而他对自己此种独来独往的见解拍案惊奇，击节赞赏。

"往西北您到过邻近大戈壁沙漠的宁夏，是真的吗？"

"是。关于长城的记载，好多说法互相矛盾。长城有的地方是两层重叠，有的地方是数层重叠，在黄河岸则突然中断，宁夏就是。有一次我用嘴嘬马的奶头吃马奶。"

“怎么嘬呢？”牡丹不由得闭着嘴，用鼻子哼出了笑声。

“那时我迷了路，独自在一个小地方迂回打转。”话说到这儿，他的声音振奋起来，“在宇宙之中，一旦发现只有自己孤身一人，往后看，一无所有，往前看，一无所有，只有黄沙无边，万籁俱寂，那真是人生中绝少的经验。前后一共有五天，我迷失在沙漠的荒山里——只有乱石黄沙，真是别无他物。身上带的烙饼已经吃完，举目四望，没有可以入口的充饥之物，不见村落，不见行人，什么都看不见。我饿得厉害，预计还走一日一夜才能到达一个城镇。在长城根底下，我看见一匹马拴在石头上。一定是走私贩子的马。但是，怎么能活人吃生马呢？我静悄悄地溜到长城根下，拿块石头把马头打昏，马站不稳，倒卧在地上，我趴在地上用嘴嘬马的奶头。既然有匹马，附近一定有马的主人。我想，他若来看见，就给他钱。但是没有人来。我忽然想到在那儿停留凶多吉少，于是赶快溜走了。”

牡丹听了，不胜惊奇。她说：“亏您想得出主意。”

“没有什么，我只是预备写文章时，言之有物。过去许多写山川的书都是辗转抄袭，我一定要亲眼看见，要对题材深入才写。我总是要做自己想做的事，尤其是前人从未做过的事。”

“您已经做到了。很多人都不是做自己想做的事，也没法做自己想做的事，也不知道自己一生到底要干什么。”

“他们若真是一心要照自己的意思做，也会做得到。”

“我想也是。若很愿做一件事，只要肯一切不计较，就可以做得到。”

孟嘉定睛看着牡丹，问她：“告诉我你自己的事。你下一步要怎么办？”

牡丹知道堂兄反对女人守寡，因而以毫无疑问的坦白率直口气说：“我要离开亡夫家，再嫁个男人。”

牡丹又说：“我知道，我对他不算个贤妻，他一定恨我。我们彼此不了解。就因为这个，他死了我不哭。我哭不出来，也不愿意哭……在娘家，我也不是个规矩的好姑娘。由孩子时候起，我一直很任性，跟我妹妹不一样。”

“你有个妹妹？”

“是，比我小三岁。她叫素馨。她温柔，沉静，听话。我是家里的反叛。我十五岁就和男孩子来往，她十五岁时，都不看男孩子一眼。我俩天生就不一样。谁都喜欢她，都认为我疯狂乱来。我生下来就那样。我是个平平常常的孩子，长得丑，到哪儿都被人讨厌。”

“我不相信。”

“一点儿没错。我是平平无奇。后来您夸奖我，说我‘聪明漂亮’，那才让我的生活引起根本的改变。”

“你打算多久之后离开你婆家呢？”

“一过完一百天。我不愿无声无息地待在那个小镇上。按习俗，我应当为他穿孝。其实在心里，我认为没有道理。”

“我看得出来。”

孟嘉停下来，心里在思量。恐怕牡丹是受了他那文章的影响，并且完全按照文句字面的意思去实行了。

“当然没有人勉强你。但是，你若那么办，你婆家会很难过——他们会难过，脸上也不好看。”

“你不赞成？”

“我赞成。只是想到他们会不愿意。当然，人会风言风语，女人也会烂嚼舌头根子的。”

牡丹立刻回答：“是啊，女人说闲话，男人讲大道理。天下的男女就是这个样子。”她的腔调使人想起来，男人是瞎混，女人是东家长西家短。孟嘉很清楚，牡丹是个名教的叛徒。

“总得有人冒险受社会的指责，您说是不是？照您所说，人若一心非做一件事不可，就能做到。儒家的名教思想把女人压得太厉害了。你们男人高高在上，女人被压在下面。”

孟嘉的眼睛立刻显出惊异的神气，他想这样有力的文句，他若能写在文章里就好了。

“你刚才说的什么？再说一遍。”

“我说儒家的名教思想把女人压得太厉害了。我们女人实在受不了。男人说，天下文章必须文以载道，由他们去说吧。可是，我们女人载不起这个道啊。”

孟嘉不由得惊呼一声，他从来没听过“文以载道”的“载字”，当做“车船载货”的“载”字讲。他流露出一副赏识的神气，看着牡丹说：“若是女人也可以去赶考，我若是主考官，必以优等录取你。”

牡丹说：“您觉得我的话不对吗？”她话问得有点儿过于坦率，“我听说几年前您把您太太休了。丁妈说，这些年来她一直照顾您一个人过日子，是真的吗？”

孟嘉很郑重其事地凝视着牡丹的眼睛：“那是好久以前的事了。我二十二岁时娶了那么个毫无头脑的姑娘，是余姚的富家之女，只知道金钱势力。那时我中了举人，算得上是少年得志。我想，我对她本人，或是她的家庭，一定有可利用的地方——算得上地位相当，配得上她的首饰珠宝，配得上她父亲的田产。她一副势利眼，其实也没有什么可夸耀的势力，那是为了利用而联姻。可是，我不知道我有什么可让女人利用的，也许她可以做一个举人的妻子自己神气一下。这些年来，一直没再见到她，也没见到她的家里人。”

“后来您一直没再娶？”

“没有？”

“为什么？”

“我也不知道。也许我是个写文章的人，而写文章的人一向是自私的，大概是太珍视自己，不愿让别人共享，也许我是没遇见合意的女人。”

牡丹那天性实际的女人头脑立刻往前想下去，说：“我可以问您一个问题吗？”

“你说吧。”

“您可以不可以帮我忙？您什么时候在杭州？”

“你为什么问这个？”

“因为过了百日之后，我要回娘家看我母亲。那时候我要再见您，我的事情还要向您请教。”

孟嘉屈指一算，他要十天之后到杭州，然后到福州去，往返要几个月，估计是在早秋九月回到杭州。他一介书生却奉命研究海军，其实他并不喜欢海洋，不愿乘船沿着海岸到福州去。

他说："我厌恶风暴。有一次在广州附近海上遇到狂风巨浪。"

他俩离开饭馆时，孟嘉觉得，牡丹这个女人，在精神和思想上，都与自己很相近。他们从铺石头子的黑暗小巷子往船上走，堂妹的胳膊挽在堂兄的胳膊上。多泥的小巷向河岸倾斜下去。牡丹坚持要自己拿着那包买的茶叶。他们走向泥泞的小路时，牡丹一只手提着那包茶叶，另外那只手挽着堂兄的胳膊。那一刹那，孟嘉觉得又重新回到了青春。他很久没感觉到心情轻松放荡的陶醉。因为在黑暗里，一切没有顾忌。他仿佛是和一个不知来自何方的迷人精灵走在一起。那个精灵把他这些年生活中的孤身幽独抢夺而去。爱就是一种抢夺，别人偷偷侵袭到你的心里，霸占了你的生活，喧宾夺主而占据之。

那天晚上，梁翰林躺在舟中，觉得他生活当中已经发生了重而且大的事。越想忘记，越偏偏要想。有关牡丹的一切，无一不使他觉得中意：她的眼睛，她的声音，她的头发，她的热情，她那欲笑又止的微笑，她的理解力和精神，无不使自己着迷。从来没有一个女人这么使他动心。他心中有如此感觉，自己也深感意外。在一生之中，他从来没觉得在内心中跟一个女人这么密不可分，而这个女人无一处不使自己中意。他曾和一位在旗的公主，是位王爷的夫人，有过一件风流韵事，不过他悬崖勒马，未致身败名裂。现在他的头脑之中，牡丹的影子似乎翱翔不已，徘徊不去。她美得出奇，那么令人心迷神荡，那么潇洒直率，又那么天资聪颖，思想行为上离经叛道，不遵古训，精神愉快，时有妙思幻想，言行虽为时俗所不容，却能置之度外，毫不在意。梁翰林很喜爱她，觉得一生不可无此妹——无须举出什么理由。他不敢对自己承认的是：他一向自以为美色当前，道心不乱，而今没想到却有解甲投降之势。这个女人口中发出的一点儿声音，眼睛投出的一点儿视线，竟使他方寸大乱。爱情本身就是一场大混乱，使心情失去平衡，论理思维失其功用。

他知道，一辈子是离不开她了。

他们在太湖上的前两天，烟雨迷蒙，一无所见。太湖在各方面都像个海洋，地平线上，湖水与块块的灰云相连。他们的船一直靠近岸边。前面雾霭之间，时而隐约出现一座山顶或朦胧不清的小岛。梁孟嘉看见牡丹的两眼现出抑郁不欢，便悄悄走开，任其独自沉思。

第三天，云散转晴，他们已经到了太湖的东岸，岸上草木葱翠，农舍村镇星罗棋布。孟嘉和牡丹用遐迩闻名的惠山泉烹茶，消磨一日。天近中午，他们去游广福寺。丽日当空，红墙寺院依偎在山腰弯曲环抱之处。

他们的船顺风南驶，到了苏州郊外的光武，丁香和五月的白梅正在开花。

牡丹想起，这是他们航程的倒数第二天。他们在木铎下了船，在湖滨那一带许多小亭子中的一个里歇息，附近的花木和果树绵延数里之遥，望不见边际。

牡丹喃喃自语："这是我一辈子顶快乐的日子。"当晚太阳灿烂的斜晖自湖上射出，无限奇异柔和的光波照在雪白的梅花上和鲜绿的叶子上，生自湖面的微风，赋予花香一种湖水的味道。牡丹坐在那儿把下巴放在茶桌上自己凹下的掌窠之中，静静地梦想，有时发出幸福的叹息。梁孟嘉很少看见女人这样感情丰富。

牡丹说："像今天生活得这么充实，正是我求之不得的。我一长大，就想要过这种日子。您没法想象我在嘉兴是怎么过的——监督厨子做菜，分派仆人们做事，向不喜欢的人说言不由衷的大道理。"她的眸子一个劲儿地盯住孟嘉，流露着热情。那种敏感，正是不肯虚张声势，不肯鬼混日子的人才有的。孟嘉一看，觉得自己过去很多日子也过得太不够充实。

但是，孟嘉的心里别有所思。忽然沉寂了一会儿，牡丹手蘸着茶水，在黑漆的茶桌上无意地乱画。孟嘉慢慢地，也很自然地抓住了牡丹的手，攥在自己的手里。两人的目光碰在一处，都沉默无言。话聚在嘴唇上，似乎要说出，但又消失于无形了。孟嘉已然探察了自己的心灵，似乎有所得而欲说出，又哽塞于喉头。

他终于说出来，声音低微颤抖："三妹，我不知道这话怎么说。我一辈子从来没有这种感觉。"他们的脸离得很近，牡丹静静地听，眼光颤动，嘴唇紧闭。孟嘉接着说："这个办不到。你是我的堂妹，我也姓梁。我比你大得多，不应当打扰你的青春……"

牡丹的手攥紧孟嘉的手，回答："您一点儿也不老。您和别人大不相同。”

孟嘉说：“明天你要回嘉兴，咱们也要分手了。”这时，他的话才又说得轻松自如了。他说：“自从你来到我的船上，我三天一直在想……我没有资格说这种话，但是，我永远不愿意和你再分离。你肯不肯也到北京去？”

牡丹感觉到梁孟嘉说这话时所用的力量。她自震惊之下恢复了镇定，回答：“我也是这样想。我不能一刹那看不见您。”

孟嘉说：“我也不能叫你享什么福。我只是觉得，我实在很需要你。这是发于内心的。没有你，我再快乐不起来。我只是非要你不可。”

“很需要我？”

“非常非常需要。”

牡丹说：“对您，我也是这么想。我是您的三妹，非常仰慕您。过去这两天，我非常难过。我真正体会到，您不只是改变了我生活的人，不只是我佩服的一个堂兄，也不只是我的朋友。您对我太不寻常，太了不得，太不得了，太不可思议。但是，事情这么突然，您得给我时间想想。”

牡丹的脸非常严肃。她又想到金竹，想到尚未解决而且永远解决不了的那段情。这时，她心里对金竹有无限的痛苦。可是她那敏锐的女性头脑霎时看清楚了，知道金竹永远不能够娶她，她立刻拿定了主意。

她说：“我愿意到北京去。”

“你愿意？”

牡丹没说话，断然地点了点头。

二人之间有了默契。这时，只有两人在一处，谁也不知道两人彼此的手凑到一处。牡丹发觉自己躲在堂兄的怀里，他又力量很重地把自己抱紧，自己也紧紧地抱住对方，这表示双方互相爱慕，但苦于仍不能充分表达爱慕之情意。牡丹把脸转向堂兄，堂兄低下头吻她，万分热情，令人觉得筋酥骨软，欲死欲仙。两人谁也说不出一句话来。这是赤裸裸热情爆发的刹那，一言之微，一字之寡，皆属多余。这样拥吻之后，牡丹苏醒过来，嗅到原野上飘来的丁香花的香味。堂兄的手指头在捋顺堂妹的头发。牡丹但愿谁都不要打断堂兄这样柔情似水的抚摩。

牡丹问："您爱丁香花的香味吧？"

"当然。这种香味正好在我们这种时候闻。"

"我本来爱紫罗兰，但现在我爱丁香，此后我会一直爱丁香。"

最后，二人坐了起来。

孟嘉问牡丹："咱们怎么办？"

"咱们若是一直这样相爱，那还怕什么？这些年我一直在寻找这种爱，这种爱才有道理，才使人觉得此生不虚。"

"我的意思是，咱们是堂兄妹，都姓梁。可是，我知道我非占有你不可，不知道别的什么……"

"您从前没尝过这种味道？"

"没有。我也喜爱过不少女人，可从来没有感觉到难分难舍，像现在这样需要你。"

"您以前没有为女人这么颠倒过？"

"有肌肤之亲的女人不少，但像这样的情爱，如饥如渴般地厉害，真正由内心发出来的，觉得像是你进入了我身体的筋骨五脏一样，这样的，以前从来没有过……我想这是命中注定的，不然怎么在这段航程中遇见你？你信不信命运？"

牡丹以清脆的声音快速地回答："我不信。这都是咱们俩努力的结果。我不相信一个外在的力量能控制我的生活。"

"可是，咱们怎么办呢？"

"我也不知道。"

"你姓梁，我也姓梁。社会上认为同姓不婚。我没有你活不了，怎么办？"

"我不知道。咱们现在这样还不够吗？对我来说，只要我知道您爱我，虽然此后，我再见不到您，心里也够了。即使我被关在监狱里，我的心也是自由的。"

"那不会。我已经不能和你分离。我知道，你若不在我身边，我的日子只能算过了一半。"

"那么，咱们愿怎么办就怎么办。别人说什么话，由他们去说。"

“我的身份地位不行。人家说闲话，会闹得满城风雨，人家会说你我同姓结婚，违背古礼。而且，你的前夫才死了一个月，人的嘴会毫不容情的。”

“我不在乎。”

“咱们同宗也会说话的。”

“我也不在乎。”

牡丹不顾一切，孟嘉颇感意外。牡丹深不可测的目光似乎完全不屑一顾男女社会中的礼俗，她好像是从宇宙中另外一个星球上刚刚飞来的一样。

这一天并不是平安无事。在这个季节，天气也喜怒无常，一片乌云突然自东南而起，一阵凉风在他俩坐的花园上空飕飕地吹过，白梅的落英在风里滴溜溜上下飘飞，显然是暴雨将至。远处雷声隆隆，而他们眼前的湖面仍然在下午的阳光里闪亮，犹如一池金波迎风荡漾。他俩正坐在敞露的凉亭里，离可以避雨之处约有五十码之遥。

孟嘉说：“咱们跑去避雨吧。”

“为什么要跑？”

“会淋湿的。”

“那就淋湿好了。”

“你简直是古怪。”

“我喜欢雨。”

大点急雨打在房顶上，打在树叶上，声音嘈杂，犹如断音的乐章。雨点横飞，喷射入亭，与阵阵狂风间歇而来。刹那间，亭内桌凳全罩上一层细小的雨珠。孟嘉看见堂妹欣喜雀跃。

牡丹笑着说：“一会儿就停。”

呼啸而来的急雨，噼里啪啦不停地下起来。闪电轰隆一响，紫电横空，忽明忽灭。牡丹仰起鼻子，闭上眼睛，喃喃自语：“妙哇！雨多么可爱！”她说着又睁开眼睛。孟嘉在一旁看着，颇觉有趣。牡丹的声音是那样激动。她头一次看见太湖时欢呼道：“这么大！”当时也是这么激动。

雨没有停止。孟嘉恐怕牡丹着凉。这时远处有人打伞行近的声音。孟嘉一看，正是他的一个随从侍卫。

“他来了。”

牡丹极其高兴，看见雨伞来到，笑得非常轻松。

她说：“好了，咱们走吧！”

孟嘉必须搀扶着牡丹。他俩在地上要挑拣着道走，躲开新形成的水洼，又要躲开湿透的草，那把油纸雨伞可就没有多大用处了。距离寺院有一半时，雷声轰隆一响。

牡丹说：“这比有太阳时候好。”她的声音，被落在纸伞上噼里啪啦的雨点声盖住了。

“你说什么？”

牡丹在雨声中大喊道：“我说，这比刚才有太阳时候好！”

孟嘉心想，这个人真怪！这时他想起自己的童年，也觉得年轻了，记起了童年时那么爱在雨里乱跑，只是现在自己已经长大，童年的事若不提起，都快忘记了。可牡丹没有忘记她的少女时代，到哪儿再能找到这么个天真任性的姑娘呢？

他们平安到达了寺院，牡丹心想，在堂兄的随从看来，一定觉得她很傻。他俩的鞋和衣裳的下摆都湿透了，但她的笑声还没有完全停止。

她对堂兄说：“孟夫子一定喜欢在雨里跑，您知道不？”

“你怎么知道？”

“我想一定是。因为孟子说：‘大人者，不失其赤子之心。’”

老天爷也捉弄人，他们到了庙里不久，雨也停了。牡丹看见堂兄拖泥带水的样子，不禁笑起来。侍卫从庙里借来一条毛巾，想把大人袍子上的水擦干。庙里的方丈早就知道这位贵客的来历，出来请他们到里面去歇息，给他们倒茶，以表敬意。

孟嘉说：“丁妈听说了，一定会怪我。”

牡丹说：“这也是旅游之乐，她不懂。”

“她怎么能够懂？”

“我一辈子，就是愿意把在书上念到的地方，都去逛逛。要爬高山，一直爬到离天神没几尺的地方，像李太白说的一样。”

“你真是狂放不羁！我相信你虽是生为女儿身，却是心胸似男儿。”

“也许是。也许是男儿生为女儿身吧。怎么样也没有关系。”

“只要一个人肯说没关系，什么事情也就莫能奈他何。”

他们到船上时，已然掌了上灯。晚饭已经摆好，等着他们吃饭。丁妈由于害怕打雷，几乎吓瘫了。她还缩在床上，等人告诉她暴雨已过，他们已经回来，她才起床。这时她忘记了自己的提心吊胆，叫牡丹到里舱去换上干衣裳。

梁孟嘉这时在外面等候。牡丹似乎在船舱里停了很久。过了一会儿，他听见牡丹在里间的问话声：“您喜欢戴东原吗？”

孟嘉大笑，但没有回答。丁妈在隔扇上轻敲了敲说：“你不要叫他在外头等你太久，他也得换衣裳。”

“我就要换完了。”

一分钟之后，牡丹从里面出来，语气很重地说：“我很爱看戴东原的著作。我看见您桌子上有戴东原文集。”

孟嘉觉得这天下午已经够荒唐的了，于是说：“等我换好衣裳再说吧。”

孟嘉看见堂妹衣裳还没扣上扣子就出来了。他虽恨牡丹这样厚颜大胆，却发现了这么个无与伦比的妙人儿，他以前遇见的女人，没有一个像她的。一进舱，他看见牡丹把东西乱七八糟地扔在地上，等着丁妈进来收拾，心里忽然想，天下还是很需要些教人循规蹈矩的大道理。

戴东原并不是一个受普通人欢迎的学者，他的著作只有学者才阅读。他俩坐下吃饭时，牡丹撅起嘴，显出不高兴的样子，好像一条狗受了主人的责骂一样，一言不发。堂兄安慰她说：“你看过戴东原的著作我真想不到。”

牡丹的脸才缓和下来。她说：“把戴东原的思想介绍给我的就是你。在你的一篇文章里提到他，您说他对理学家的要害施以无情的攻击。有一段时间，我很想找他论孟子的文章。在您的文章里说过。您认为他会引人重新回到儒家的学说吗？”

“当然会。宋儒理学的根本是佛学，是佛学的制欲思想，也可以说是虔敬制欲说。你可以想象，理学中主要的一个字是‘敬’，这个基本要点你当然知道。理学家对抗佛学思想借以自存之道，却是接受了佛家思想，接受了佛家所说的肉欲与罪恶的思想。戴东原研究孟子的结果，认为人性与理性之间并没有必然的冲突，而且人性善。这是孟子的自然主义。”

梁翰林除这个道理之外，还说了些别的。两人对吃饭都不起劲。丁妈很烦躁，吩咐人把汤拿下去再热一遍。她说："你们吃完再说不行吗，菜都要凉了，酒也得再热。你们在雨里衣裳湿了个透，喝几杯热酒才好。"

酒后，他们坐在船头上。这是他们在一起的最后一夜，因为运气好的话，明天可以到嘉兴。皓月当空，湖面如镜，近处边岸，灯光万点，因为地在苏州地区，人灯船密，已靠近吴江，明天，船又要再度进运粮河。

大约两百码外，一个船上酒馆亮着灯光，响着音乐，正在缓缓移动，将镜般的湖面冲起褶皱，把漆黑的波纹变成一片乳白的光亮，但那些波纹像水银般转眼又恢复了原来的平滑光润。远处传来桨橹哗啦哗啦打击水面的声音，飘来了令人感伤的箫声，虽然令人感伤，但正如穿云而出的月亮，又使人感到安谧宁静。

牡丹在船头上悄然静坐，头向后仰，陷入沉思默想。孟嘉凝视她，发现她两眼湿润，脸上带着泪痕。她的流泪有许多理由——为自己的将来，为了金竹，也许这是她和堂兄在湖上最后的夜晚。孟嘉尊重牡丹私人的心情，不愿窥探打听。

过了一会儿，他问："你为什么不说话？"

"没有什么可说的。我只是要感觉……把今夜湖上的记忆印在心头。一切的语言文字都无法表达，您说是不是？"

"很对。那就先不要说什么。"

她又懒洋洋地说："说话又有什么用？"她那小银铃般的声音落在沉寂的水面，犹如晶莹的珠子落在玉盘之上。

孟嘉看得出牡丹脸上的渴望和思求。这一刹那，她那一时的抑郁情绪过去了。在今天晚上，她不能不快乐。得到远处飘来的音乐的暗示，她轻轻哼了一段昆曲《嫦娥奔月》，因为没有琵琶，在江上的月光中，牡丹在句子中间的空白时，以"初阿——啦——啦"的舞曲调子自己伴奏。孟嘉静悄悄地听着。

那天晚上，两个人谁也没说几句话，都那么沉默，一轮明月穿云而过，自白银镶边的片片云彩之间，射出条条的光亮。那轮月亮，就仿佛是半隐半现的羞羞答答的新娘，娇羞的面庞露出时，佳夜良宵就浸入温柔颤动的光亮之中，足以使凝情相爱的男女意乱情迷。孟嘉回舱就寝，牡丹默默无语对月静坐。直到夜半，偶尔回顾舱中，由后隔扇缝隙射入的光亮中，她知道堂兄正在夜读，也许是正在写作。她就寝时，丁妈已在梦中发出了鼾声。

第二天早晨，牡丹醒来就头疼。她整夜未曾安眠，知道自己要作一个不可避免的痛彻肺腑的决定。情况对金竹极为不利。在牡丹给金竹的信里，牡丹说要嫁他，她可以等上两三年。可是，她心里一直认为金竹若遗弃妻子，抛弃儿女，不顾社会地位，简直是办不到。他俩暗中来往已经四年，那四年，热情似火，相思相念，有多少悔恨，有多少谴责，却终归无用。金竹若不休妻再娶，一切便毫无指望，因为出身良家的女子绝无屈身为妾之理。牡丹早就想找个解决办法，借以摆脱无望的纠纷，而今终于知道必须舍弃金竹。这当然会使金竹十分伤心，她自己也是一样难过。但是，她以为实在别无他途可循。如今得到了孟嘉。孟嘉在品格和精神上是如此不同于凡俗。在人间物色到这样的男子，牡丹还应当再存什么非非之想吗？牡丹知道她之爱孟嘉，是一种全然崭新的热爱，但另外还有少女时代对孟嘉一种相知之情。所以她不能因真爱而愿随孟嘉北上，而要故意骗自己说：北京城是个新世界，具有万般千种自己前所未经的繁华美丽，因此我才随他去。

今天是航程最后一天。牡丹想到与孟嘉分别在即，心情十分沉重。丁妈在船尾忙着整理东西时，牡丹得有机会单独和孟嘉在一处。

牡丹伤感地说："这是咱们相处的最后一天了。"

孟嘉慢慢地说："只要你不变心，咱们不久还能再见。事情你仔细想过吗？"

"我想过。我要跟你到北京去。"

"你能那么快就离开婆家吗？我在八月底或是九月初就可以回到杭州。现在我更有理由可以早点儿回来了。"

"我相信可以。俗语说，要嫁的寡妇不能留。现在你若叫我跟你走，我说走就走。"

孟嘉说："你真会做惊人语。这就是你所说日子要过得充实的意思吗？"他的腔调掩不住心中的喜悦。

"是。"

“牡丹，不。至少要过了穿孝百日。因为，即使刚过了一百天你就离开婆家，也会惹人说闲话的。我八月才回来，你也无须过早离开。关于怎么样和婆家尽可能地和美相处，我会给你出主意，然后你以堂妹的身份随我到北京去，不会有人说什么的。”

牡丹伸出了一只手，去拉孟嘉的手。他俩看见丁妈走近，立即改变了话头。

牡丹问：“您在杭州住哪儿？”

堂兄简略地回答说：“当然住在姨妈家。”

牡丹说：“我要去收拾东西。失陪了。”说着扫了孟嘉一眼，眼里噙着泪。丁妈看见了。

午饭后，牡丹觉得又累又困，到自己舱房里去躺着。

孟嘉说：“为什么不到我的舱房里去？睡得还舒服。”

“您不想睡一会儿吗？”

“不，我这船还往前走，夜里足有时间睡的。”

牡丹在舱房里歇息时，丁妈和孟嘉说：“牡丹真可怜，她一定想到了她婆家，心里很慌乱。我听见她在床上一整夜抽抽搭搭的。”

孟嘉听了很不高兴，不想告诉她他俩的新计划，而丁妈正乐意把老太婆的聪明智慧提供给年轻人呢。

梁翰林问丁妈：“你觉得她怎么样？”

丁妈低声说：“从来没见过穿孝期间的寡妇像她那个样子。不管你爱听不爱听，我把心里的话非告诉你不可。看她坐的那个样子，站的那个样子！有咱们在船上，她居然还不知道守礼，穿了裙子。我从没见过这么邋遢的女人！刚才我把洗的衣裳给她放回箱子里，你应当看见了吧？不管什么东西就那么扔进去。还有那牙刷儿，用得又平又斜。若是我，早就扔了，买新的了。”

堂兄觉得应当为堂妹说几句话。他说：“我知道你会换把新的。可是，牙刷用斜了又有什么关系？”

丁妈的老眼看了看梁翰林，她说：“孟嘉，你不懂得女人。我懂得。你们男人看女人，只看她美不美，我承认，她是非常之美。可将来谁娶她，那个男人就可怜了。”

孟嘉闭着嘴笑了笑。他说：“我觉得，这个女人又漂亮又聪明。”他心里虽然不愿谈论牡丹，但欲罢不能了。

“我知道你喜欢她，你瞒不了我。”

“我是喜欢她。我干吗要瞒你？”

“固执，你就是固执，为什么不娶个大家闺秀安安静静过日子？你妈若在，一定给你正式婚配。别忘记，你也快四十了，还没有后呢。可你老是不听我的话。你若打算娶妻生子好好过日子，千万别娶那个样的女人，昨天吃晚饭的时候，我不知道你俩一直说什么。把成本大套的学问往女人肚子里塞，有什么用？你一定要找个能照顾你的女人才对。给你……”

“……做饭，洗衣裳，修修……缝缝……”孟嘉兴致很好，这样接着往下说，“噢，我忘了。为什么我不娶一家饭馆子，娶个洗染店呢？”

“够了！固执，你就是固执。”

丁妈这样大模大样教训他，孟嘉早已听惯了。停了一会儿，他又用哄她的口气说：“丁妈，你一直就像我母亲。那天晚上你说不要再在外头跟主儿，要回到杭州和儿孙去过日子。我也不怪你。”

“谁老了不想回家呢？”

孟嘉说：“我也一直想这件事。这次我回京的时候，我另外雇个管家，娶个饭馆子，再娶个洗染店。你不要惦记我，有人给我做饭洗衣裳。”

“这是你的大恩大德！你能不再叫我操心就好了。”

“我是说正经话。我永远忘不了你。你若真想回老家，我送给你三百块洋钱。你可以买块地，盖房子，舒舒服服过日子。”

他们快到嘉兴了，运粮河两岸都有了房子。分别的时刻越来越近，牡丹实在抑制不住，哽咽起来。这也好，她婆家的人会看见与丈夫恩爱的寡妇两眼哭得又红又肿。

牡丹站在跳板上，泪眼模糊地向堂兄望了望，也没说声“再见”，就径自走上岸去。

牡丹走了之后，梁翰林走进舱歇息。他在镇尺下发现了一封短信，上面有牡丹的住址，另有简单的四个字“给我写信”。

第五章

九月初，梁孟嘉已经回到杭州。他到福州坐了一段船，骑了一段马，途中经过的山水之美为生平所未见。海军学堂的公务完毕之后，已经接近八月底。为了九月初以前赶到杭州，他这样答应过牡丹，虽然他厌恶海洋，还是走的海道。

那一天，牡丹家暗潮紧张。新寡的牡丹在十天前已经由母亲接回娘家，母亲正是应女儿之请亲自去的。母亲一向疼爱女儿，也希望早日摆脱与婆家的关系。她早就不愿女儿在费家过那样郁郁寡欢的日子，这种想法完全和女儿一样，这么一来，引起了费家的恶感，也招得牡丹自己的父亲十分没面子。但是母亲奋斗成功，终于达成最后的安排。牡丹把自己的衣物全都带回娘家，她母亲和费家商量好，叫外人看来，这个年轻的寡妇是回娘家小住。在送别之时，费家一个人也没露面，她的行李由费家的仆人送上了船。

梁翰林现在住在苏姨丈家，今天晚上正为他设宴洗尘，纯是家宴，没有外人。梁翰林避免打扰外人，也避免官方宴请，他认为那是苦事。他到了杭州，第一件事就是拜见牡丹的父母，并且探望牡丹。牡丹已经告诉父母梁翰林答应带她到北京去。父亲听见这消息的激动不安，就犹如女儿不遵名教之礼不在费家守寡一样。他觉得牡丹和梁翰林进京实在不妥，最后，他说，梁翰林单身未娶，家中又没有别的女人，应该带着素馨同去。素馨闻听让她进京，喜悦之下，雀跃三尺。所以大家万分兴奋，话说个没结没完，都盼望吃晚饭时，当众再谈此事。

牡丹的生活上有这么一个转变，她欢喜非常。昨天孟嘉来拜访时，虽然出于规矩上的礼貌，话也没说多少，牡丹看见他如约在九月初到来，心里自是欣慰。孟嘉从福州给她写了两封热情似火的信，她已经深信孟嘉对她真心相爱，毫无疑问了。

素馨还是以平常沉静平板的声音对牡丹说："你该换衣裳了。"

天气日渐凉爽，牡丹穿着拖鞋在屋里趿拉趿拉走，手里拿着一个苍蝇拍子，各处寻找晚夏的苍蝇打。在追打一只逃避的苍蝇时，她得意扬扬地喊："我可自由了！自由了！你知道这对我多么重要吗？"

素馨不理会她这话，只是跟她说："你到底要穿什么衣裳？按礼俗，你最好穿白的。你现在应当是穿孝，免得人家说闲话。"

"人家会说话吗？"

"我们也怕翰林大人会说你不懂规矩。"

牡丹哼出了笑声，说："他明白。"

牡丹正要洗脸穿衣裳，白薇忽然来了。

牡丹惊喜若狂，叫道："白薇！"她俩有一年多没见面了。白薇是她最好的朋友，特意从桐庐来看她的，白薇和丈夫住在山水明媚的桐庐。

她俩的目光相遇，彼此仔细打量对方，十分惊喜。两个人的气质那么相像，真是无独有偶。两人亲密异常，彼此毫无隐瞒之事。牡丹很佩服白薇的精神、机智，做事行动的漂亮。她高兴白薇能有若水那样的丈夫。有些方面，白薇比牡丹更不拘细节，更不重礼仪，也更潇洒脱俗。过去牡丹一直梦想她能找到一个男人，像若水对白薇那样了解，那样看法相同，那样真情相爱。

白薇比牡丹略为消瘦，常常改变发式。现在她的头发是向上梳拢的样式，这是受了中国留日女生生的影响。她穿着紧瘦的裤子，牡丹的父母对这种派头十分厌恶。她们那等阶层中已婚的正派妇女都穿裙子，若水却赞成并且喜爱那种紧身贴肉的裤子。

白薇的声音细而软，向牡丹说："噢，小鬼，你可自由了！"

素馨默默望着她俩。

牡丹回答说："对，我可自由了！现在人以为我是来住娘家，可是，我再也不回婆家了。你还不知道我要到北京去吧？"

素馨也很安详地说："是，我也去。"

白薇的眼睛瞪得大大的，对这消息颇感意外。

"慢点儿说，我一时还弄不明白。"

"梁翰林现在在这儿，他是我堂兄，你还记得吧？我们跟他一块儿去。"

白薇向欢天喜地的梁氏姐妹瞥了一眼说："我真羡慕你们姐俩。他肯定会给你们找到如意的丈夫，那是必然的，你们多会儿起程？"

"现在还不一定。我们要到苏舅爷家去吃饭，一会儿就要动身。"

她转身要走时，白薇向她扫一眼说："来，我只跟你说几句话。"

两个人走出了小门。牡丹并没觉得意外，她知道一定和金竹有关系，但是并不提起。

等身边没有别人时，白薇拉着她的手，两人在背静的小巷里慢慢地走。

"金竹来了。他让我告诉你。你现在在这儿搞什么鬼？他说他明天要见你。我想他正设法调到杭州来，住在杭州。你要不要去看他？"

"当然去。你千万告诉他我去。明天。"

牡丹全家还没有到。苏姨丈家在城里的中心地区，由牡丹家步行十分钟就到。他家四周环以围墙，高约三十尺，叫做火墙，是防邻居发生火灾后大火蔓延之用的，因为当地街道拥挤，人烟稠密，很多房子四周都建有高墙保护。

苏姨丈今年六十岁，脸微长而丰满，再点缀上微黄的胡子。他已经回家养老，儿子在金华照顾他的生意。他对姨甥梁翰林实在夸耀得过甚，虽然他自己姓苏，孟嘉姓梁，但是有这样一个亲戚，他颇为得意。

"你一定让我们苏家给你接接风。上次你经过杭州，同宗怪我没告诉他们。实在因为你不常回家，大家都觉得有你这么个亲戚，脸上很光彩。"

"那我就打扰了。我这次来杭州不是公务在身，我不受官家招待，跟自家人聚会当然可以。还有奕王爷，咱们的总督大人，是老朋友，我明天要去拜访他。至于我的本家，我当然乐意见。”

“我很高兴。他们都那么至诚。给我们几天准备准备。你不用赶着回京吧？”

“不用。生意好吗？”

“我儿子接着做呢。几年好，几年坏的，赚的钱总够过日子。”苏姨丈用手轻轻捋着自己的胡子，十分欢喜。

苏姨妈进到客厅里来。她前额高，眉清目秀，像梁家的人。她打扮得朴素，但高雅不俗，穿的是黑褂子，没戴首饰。她拄着一根拐杖，裹得秀气的小脚迈步时，身子有点儿颤动。

苏姨妈看了看墙上的钟说：“他们现在应当来了。”说着，就在一张蓝垫子乌木椅子上坐下。

她问孟嘉：“你什么时候去给你母亲上坟？我老了，不然，我真愿陪你一块儿去。我也三四年没去了。”

孟嘉回答：“不久就去。”

苏姨妈又说：“还有你自己。孝道并不在祭祀。你若是孝敬母亲，就应当娶个媳妇，好继承祖上的香火。我已经有两个孙子，我的将来有了指望。这件事你应当好好想一想。”

孟嘉高高兴兴地回答：“我知道，我知道。北京所有的太太都跟我这么说。妇道人家天天不想别的，不说别的，到现在我总算还没上她们的圈套呢。”

苏姨妈伸出根白手指头教训他说：“不要聪明反被聪明误，早晚你要后悔。只是，为什么那么怕成家呢？难道我们女人都是吸血鬼不成？”

“姨妈，您别那么说。张中堂曾经说要给我做媒呢。麻烦的是，每个人都要给我物色一个军机大臣的千金小姐，总之，他们是要给我找个大家闺秀。因为我是个翰林，只有富贵之家的小姐才算匹配，他们总说要门当户对才行。我是吓怕了。若说有一等人我实在受不了的，那就是那些专讲势力的一派人——那些与富贵之家结亲的人，或是父母有钱的人，自己向来无所事事，只知道装腔作势摆架子。是有才德兼备命运不济而受穷的，但我也看见好多人真不配享受那份富贵。”

这时云云（和老祖母住的五岁的孙子）很紧张地跑了进来，告诉他们客人来了。这时已经听见前院里少女的声音。云云又跑出去找她们。

先进来的是梁氏夫妇，后面跟随着牡丹、素馨，还有云云。苏姨妈站起来欢迎他们。大家都不拘泥客套。牡丹的父亲走到翰林和苏姨丈坐的长椅子那边去。素馨和云云到厨房去了。素馨为苏姨妈所偏爱，正如她深受父亲喜爱一样。在过去几年，因为牡丹不在家，素馨自然见姨妈的时候较多。苏姨妈很喜欢素馨的文静端庄，她曾经开玩笑说她自己只有儿子，愿把素馨看做她的女儿。素馨在苏姨妈家里各屋里随便出入，就犹如在自己家一样。

这时，牡丹和母亲还有苏姨妈在一处坐着，她为明日会见金竹正忐忑不安。

不久，素馨走进来，手里端着一个大白盘，盘上盖着盖子，云云在一旁小跑着跟随。

苏姨妈说；“你叫下人端来就好了。”

素馨说：“来，大家吃吧。这是一盘蒸鸭子。”她非常轻松随便。下人也来了，素馨却自行安排座位和筷子。云云一直不离开她身边，老是碍她的事。

素馨斥责云云说：“你坐下……坐那边！”

大家落座之后，苏姨妈说：“我若有素馨这么个女儿就好了。”

云云说：“你不是有吗？”

素馨把一个手指头放在云云的嘴上，说：“嘘！别那么大声嚷！”这孩子显然是被祖父母宠惯了。

苏姨妈笑道：“有这些后辈在周围，很好。牡丹回来了，你一定很高兴。”她对牡丹她妈妈说。

素馨忙着照顾饭食，忙着斟酒。比起牡丹来，她的脸有点儿苍白，眼睛像鹿的眼睛那样温柔，鼻子像姐姐的那么笔直，下巴很端正，脸是鹅蛋脸。只是，素馨是娇俏，牡丹是美丽。牡丹的脸上有一种梦幻般的神情，两个眸子突然一闪亮，真令人意荡情迷，毕生难忘。

牡丹的母亲说：“她回来我当然高兴。我当初曾经答应，不能透露她这次离开婆家就是不再回去，这件事得让外人慢慢知道。”

牡丹的父亲对梁翰林说："我这个女儿与众不同。当初我并不赞成这样。但是男女相争，最后总是女人胜。你不觉得这叫街坊邻居看着不好看吗？她至少要等上一年再说。"

牡丹的父亲曾在本地一家钱庄做事多年，认真本分，十分忠诚可靠。他俭省度日，用积攒下的钱买了一栋房子。他已经为全家尽心尽力，现在当然希望家里人对他有一番敬意。现在女儿都已长大，而牡丹却老不断给他出难题。

他太太到费家把女儿接回来，父亲并不愿意。母女回到家里，牡丹欢呼大叫："爸爸，我现在可自由了。"随后就说要同堂兄到北京去。自童年以来，牡丹一直就是一个劲儿横冲直撞，心里想干什么就干什么，不管父亲愿意不愿意。父亲急切于让翰林知道他并不赞成女儿离经叛道的行为。牡丹的眼睛看看父亲，又看看孟嘉。她看见父亲的态度毕恭毕敬，因此心想，不管梁翰林提出什么意见，父亲一定接受。

孟嘉很安详地开口道："伯父，您老人家说街坊邻居看来不好看，这话说得对。可是，您若想到您女儿跟心里并不喜爱的公婆老是在一块儿过日子，她心里闷闷不乐，事情就另当别论了。我以为女儿的幸福更重要，人也只是活一辈子。"

"当然，你说的也有道理。"

"昨天伯母告诉我，您认可这件事不要让外人知道。别人若不知道，自然不会说什么，您也用不着发愁了。"

牡丹勉强抑制住嘴边的微笑。

牡丹的母亲年轻时一定是个漂亮的女人，她说："这件婚事，当初就错了。牡丹一直不高兴。现在既然男人已死，我不愿意牺牲女儿的幸福换取费家的快乐。"

苏姨妈看了看牡丹的父母，想笑未笑。

大家喝了不少的酒，苏姨丈说向孟嘉敬酒。每个人都很快乐，于是话题转到牡丹姐妹上京这件事。他们都同意，若是牡丹非去不可，两姐妹最好一同去。

素馨立起来，手里举着一个酒杯，安详而端庄，慢慢地说："敬大哥！我跟姐姐真是喜从天降！我这么说，大哥若不嫌我们姐妹愚钝，就收我们做您的女弟子吧。”

牡丹一直沉默无言，这时才站起来，也随着妹妹敬酒。她说：“大哥，告诉他们你的官差，或是北京的情形。”

大家都打算静静地听。

孟嘉说：“真不知从何说起。”

素馨说：“说说宫廷的事，说西太后老佛爷，别的什么都行。”

苏姨丈也央求说：“说说宫廷的事吧。”

孟嘉两鬓粗筋暴突，脸因为喝了酒发白，所以并没红涨起来，一边微笑，一边慢慢说：“说宫廷里呀！肮脏龌龊。”

苏姨妈问：“为什么？”

“这是人品问题。就拿福州的海军学堂来说吧，福州海军学堂都让北京大人物的亲戚朋友挤满了。别的地方还不是一样？凭这个样子要建立一个现代的海军，我真看不出有什么门道。一旦有海战爆发，咱们的海军打不了半个钟头。”（三年后，甲午中日战争发生，孟嘉的话竟不幸而言中。在天津，欧洲联军发现了中国自英、法、德、捷克、日本各国买来的一百万磅弹药竟全无法使用。有一艘炮艇仓猝遇战，只有两颗炮弹。慈禧太后正用为海军拨的款项大修颐和园呢。）

他突然兴奋起来，说出一个笑话。他说：“你们知道两广总督叶名琛吧？他和法国作战，以他的一副名联出了风头，那就是：

不攻不守不求和
不死不降不逃走

“这是‘六不’政策。凭这副无人可及的对联，他应当蒙恩赏赐勋章呢。”

大家都大笑起来。

苏姨丈问：“光绪皇帝怎么样呢？”

“咱们这儿说的话可不能传出去。皇帝是了不起。对咱们来说，他是皇帝，可在宫廷里，他只是慈禧太后的侄子而已。日本的明治皇帝比他运气好，没有那么个愚蠢昏庸的老太婆事事掣他的肘。日本的明治天皇和首相伊藤博文都是极有才干的人，正全力推动日本的维新大业呢。”

苏姨妈又说：“告诉我们张之洞张中堂和李中堂的事情吧。”

“我当然偏爱我的上司。在宫廷里，大人物总是互相争斗。这两个人都算得上是伟大人物，不幸的是，李鸿章更为得势。你听说过那些新政吧——开矿、修铁路等，在这方面李鸿章动用起钱来更方便。招商局就是弄得最为恶迹昭彰的一件事。”

“张之洞呢？”

“他真正伟大，有远见。他认为中国必须立即向西方学习，不然一定灭亡。他现在正想发起一项‘力学自强’运动。能学习者必强，拒绝学习者，不是衰老，即是死亡。”

素馨问：“您在张大人手下做什么事？”

“我算是客卿，不算他的属下。他让我做什么，我是以客人的身份给他做，这叫做幕僚。我并不办公，也没有一定的职务。有什么事情发生了，我们才研究讨论。”

梁孟嘉曾一度在西北一位将军戎幕中做幕僚。张之洞曾经看见他给那位将军拟稿的奏折，对他的才智颇为震惊。他已经知道那奏折内的事情。那位将军屡次在叛军手中惨败，原来的奏折上写的是“屡战屡败”，梁孟嘉看见之后，提起笔来，上下一倒勾，改写“屡败屡战”。张之洞从那位将军手中把梁孟嘉借过来，再没有还回去，其实是不肯归还。过去有很多这样有名的幕僚人物。有他们在旁辅佐，主官便一切顺利，一旦他们离去，主官便出纰漏。除去草拟奏折之外，他们也协助研究问题，应付危机，制定政策。担当这种任务必须有眼光，有机智，真正做秘书等职的，只是处理日常公务而已。

“你们要不要听徐文长的故事？徐文长可算是个大名鼎鼎的幕僚人物。”

谁都爱听徐文长的故事，他已经成为传奇式的人物。

孟嘉接着说：“有一次，两江总督遇到了个难题。在演戏期间发生了一件谋杀案，总督大人已经按日常公务向上呈报。礼部一位老吏发现这位总督有严重失职之处。原来谋杀案是在演戏时发生的，而那时正值皇后国丧，依法全国不得演戏歌舞奏乐。而总督治下竟任由百姓演戏，那位总督可能因此遭受革职的处分。总督赶紧求教于徐文长。徐文长思索了一下，微笑道：‘大人，您愿不愿受罚俸三个月处分？’接着说明他的办法：‘我想您只要加上一个字，就可以免受这场难。’总督大人问他：‘怎么办呢？’徐文长回答说：‘只要添上一个猴字。您现在应当立刻再上一件公事，说文书抄写错误，演戏的“戏”字之上误漏了一个猴字。您要说明谋杀案发生在演猴戏的时候。’猴戏只是一两只猴子戴着帽子，穿着红坎肩儿，由演猴戏的人带往各地，当然不受国丧的限制。总督照徐文长的主意办，以处理公文不慎罚俸三月，如此而已。”

饭后，大家在客厅闲坐，苏姨丈又提起同宗公宴翰林大人的事。

孟嘉说：“让我看看。我须去官方拜会的只有总督奕王爷，因为在北京的时候是旧交。我想明天去看他。”

苏姨妈说：“你去拜会时穿的衣裳都齐备了吗？”

“这只是私人之间的拜会。”

“我想你到他衙门去，还是要穿上正式的衣裳才好。”

“我想也是。洗的衣裳好了没有？”

“恐怕还没有，真糟糕，我没想到你这么快就去拜会官家。我去想个办法。”

“你看，丁妈一走，我什么都没办法了。”

牡丹问：“丁妈到哪儿去了？”

“她回老家了。她要回家养老，已经回杭州的乡下了。”

“她不跟咱们回北京吗？”

“不。这些年来她照顾我也够久的了，临走我送给她三百块钱。”

苏姨妈已然离开，素馨在后面跟了去。过了一会儿，她俩回来，拿着一件长袍、一件马褂。

素馨说：“大哥，穿上。我们想看看你当官像什么样子。”

孟嘉微微一笑：“你看她们把我照顾得多么好！”

苏姨妈看了看那件蓝缎子长袍儿，认为需要烫。

她说：“看，胳膊下头掉了个扣儿。我看丁妈管家也不见得怎么好。”

孟嘉说：“这不是她的错。我记得这个扣儿是在福州时候掉的，没关系，外面穿着马褂，里头谁也看不见。”

素馨说："总督大人若让您宽宽衣，那时您脱下马褂来怎么办？我现在给您缝上吧。女弟子按礼应当给老师送礼的，现在就先给您缝缝扣子效效劳吧。"

她去找针线来。大家继续说话时，她在饭桌上的灯光下缝扣子。她先要编成绠子，再把结子很熟练地缝上，再烫衣裳。过了二十分钟，她从厨房里走出来，又跟大家伙凑到一块儿。

她说："给您——好了。"

苏姨妈说："孟嘉，你应当得个教训。打光棍儿没个太太过日子是不行的！"

第六章

不管一个少女做什么，都是发源于原始的天性，其目的不外寻求一个如意的郎君。诸如她的穿着打扮，她注意她那修长的玉手，她学习乐器歌唱，她在行动方面，那些选择都有一个目标，那目标就是物色个丈夫。在父母给安排婚姻之下，这种本性还是一样不变，依旧强而有力，百折不挠。而热情也就是这种本性的表现，这种热情，常为人描绘成盲无目的，其实不然。成年的女人在恋爱时，自己的一举一动，心中清楚得很。牡丹自然也不例外。

牡丹觉得自己和金竹的关系前途没什么希望，不知为何自己对他的热情就凉了下来。她只是知道要赴约去与金竹相会时，不再像以前那样欢喜。她不再觉得心头阵阵陶醉，而且她的脸上将这种情绪露了出来。不错，在她离开高邮之前，心里只有一个大的愿望，那就是去见金竹，依偎在他身旁，讨论他们的将来。她也只有一个想法，那就是自己要完全以身托于金竹。为了此一目的，她不惜牺牲一切，一如她信上所写，不惜牺牲一切脱离费家。她打算尽早与费家断绝关系，好能早日与金竹结合。这就是她的美梦，她知道也是金竹的美梦。可是，在过去数月之中，情形起了变化，使她对金竹的爱无形中消失了真纯，现在对金竹的爱情里掺进了踟蹰与迟疑。她的主意已经变化。

她进到旅馆的会客室，发现金竹面带热切的微笑，正专诚地等着她，而自己的热情已有了那么大的改变，自己也感到意外。他们曾多次在这个旅馆里相见，自然对这里非常熟识。

牡丹轻轻叹了口气说："噢，金竹。"

金竹拉了牡丹的手，走到楼上他的房间去。那时天还早。牡丹已经给妹妹留下话，说她要和白薇一块儿待一天，也许回家晚一点儿。因此他俩有一整天单独在一起的时间。相会的时间终于到来了——这是双方祈求而迫切等待的日子。若像往常二人相会，一定都投向彼此的双臂之中，热情地拥抱。这次二人也接吻——但是缺乏热情，金竹感觉得到。

金竹和以前一样，以同样的爱慕之情，以同样的新奇之感，向牡丹凝视，他以前觉得这种感受不啻奇迹一般。这天他起身甚早，在桌子上的花瓶里插上了鲜花，他把可以讨她喜欢的事都想到了，每一个细节也都安排好了，好使这次相会能够十全十美。

牡丹问："你为什么没到青江去？收到我的信了没有？"

"我没收到。我病了。不能去。实际上，我病了一个月。现在好了。"

牡丹含情脉脉地看了看他，他确是比以前瘦了不少。在他脸上有皱纹，是以前未曾见过的。他不像以前那么青春健康的样子。当然牡丹知道这是暂时如此，但这种改变使她心里难过。

金竹说："我有个主意，不知道你喜欢不喜欢。你若不愿在旅馆里说话待着不动，咱们就去逛观音洞。"

牡丹用她那轻快清脆的女孩子腔调回答："我当然愿去逛观音洞。我从来没去过。"

"你不太累吗？"

牡丹微笑道："金竹，我不累。"

金竹说："那么，咱们得赶快出发。我出去雇辆马车。"这时，他突然抬起眼睛来看着牡丹说："哎呀！你真美！咱们得走一段路，你穿的鞋舒服吗？"

今天，牡丹穿的哔叽褂子裙子，没穿白孝服，只有这种衣裳既接近孝服，又不太引人注意。这身衣裳料子很贵，非常突出纤细婀娜的腰身。

牡丹说："这双鞋很舒服。"

牡丹用手整了一整头发，照了照镜子。

她问金竹说："可以吗？"

"再好没有了。"

牡丹却不满意，开始整理衣裳，把裙子提高了一寸，同时在腰间把裙子又紧缩了一个扣子。

她说："过来，帮着我。"

金竹过去，帮她扣上扣子。牡丹上身穿着褂子，那纤细的腰身曲线还是把她那结实的臀部衬托得十分丰美。

金竹说："你准备好之后，在楼下等我。我去雇辆马车，包一天用的。"

金竹雇来了一辆马车。牡丹正要上车，忽然想起忘记了钱口袋，又跑上楼去拿。

金竹正在等着，旅馆的账房先生告诉他，他接到邮局一个通知，金竹在邮局有一封挂号信。金竹决定坐车到邮局去取，但到了之后，一看邮局还没开门。他回来时，牡丹正拿着钱口袋在路边上等他。

金竹从马车上跳下来扶着牡丹上车，他说："来，上车。"金竹看不见牡丹脸上有笑容，心想是因为刚才没告诉她而离开，还让她在路边等。

等他俩在马车上并肩坐好，他说："总算……"

他不禁感到意外，因为牡丹嘴唇上还是没有一丝笑容。金竹的兴头上被浇了一盆冷水。

金竹用手推推牡丹的大腿。牡丹既不推开他，也没有往日的热情，只是向后倚着，头随着马车的震动而摆动，静静的，一语不发。她的头脑里矛盾冲突，乱作一团。在她的内心里，她还是喜爱金竹，可是现在受了别的情形的影响。相信心灵力量的人会认为他俩现在是厄运当头，一种不可见的神秘力量正在酝酿着把他俩拆散。后来，金竹去算命，问他为什么如此不可解地失去了情人，算命的说是有人用符咒迷惑牡丹的缘故，这事不应当怪牡丹，并且说牡丹还对他有情，还是会回来的。

九月的杭州，有的是好天气，他们的马车走出了湖滨广场，在美丽的西湖堤岸上走，经过从里把西湖分而为二的白堤，一直向山麓奔去，一路上，山腰间的秋色或红或紫，十分艳丽。但是，牡丹似乎视而不见。两个人手拉着手，却一言不发。

金竹问她："那么你离开了婆家，算是自由之身了。"

牡丹说："都是为了你。"话很简单，却是实话。

"你似乎不很快乐，不像我们往常一样。怎么了？"

"我也不知道。"

"我接到了你的信，进退两难。你看，我太太的娘家和我们家有很深的生意关系，她父亲和我父亲一同开办本地的钱庄。这就是为什么我们两家的婚姻这么重要。我告诉你我心里的想法。我打算调到杭州分号，就搬到杭州来住。我知道，这个我办得到。至少，咱们见面容易多了。你若愿再等几年，情形也许会改变。这谁敢说？不过我这么要求你，是有点儿不公道，我知道。"

牡丹脸上显得很难过，说："这有什么用？"她的语气表示她不愿意这样做他的情妇，即便一段短短的日子也不愿意。她说："我也大可以告诉你——我正打算离开杭州和我妹妹到北京去。我堂兄，那位翰林，现在正回家来探亲，已经说动我父母答应我们姐妹到北京去了。"

"就是去逛逛吗？去多久？我愿意等你。"

"我也不知道。"

由于牡丹那么紧紧地攥着他的手，金竹知道牡丹还是很爱他，但是他预感到牡丹对他的感情是变了，有一种外在的力量使他俩分离，百感交集之下，不知不觉车已进了山里。

车走的这段路很长。最后，车停在一个庙前。吃了一顿素面，他俩出来歇息了片刻。他把邮局的通知拿给牡丹看，告诉牡丹说："我不知道是什么信。今天要在邮局关门以前赶回去。"

"一定是重要的事。咱们能那么早赶回去吗？信是从哪儿寄来的？"

"这上头没有说。邮局五点关门，一定可以赶回去的。"。

这时正是丽日当空，天忽然热起来，秋天常会这样。金竹在树下找到一个凉快的石凳，说："来，坐下。"

牡丹当然会过去坐下。饭后，在进入山洞之前，他们需要歇息一下儿。可是牡丹摇了摇头，不过去靠近他坐，只是默默地走开，自己在一边。是不是想到他俩的前途，竟会烦恼得那么厉害？当时有数辆马车停在那儿，金竹只能从马车下面看见牡丹的两只脚。她站了一会儿，显然是身子倚着车，分明是心有所思。等她回来时，金竹看见她已经哭过。他依然保持沉默，没问她什么。

一个当地的向导拿着两根手杖走过来。

金竹问牡丹："现在咱们进去吧？"他已经和马车夫商量过时间，要在邮局关门前赶回去。

他俩顺着红土的山路往下走去，小径上野草丛生，岩石处处。游人都手拿一根木杖拄着走。在洞口，他们停下来喘喘气，向导已经拿着火把等待了。

洞的入口小得出人意料，洞很深，有若干曲折而长的小径。他们往前走时，黑暗中有拍击翅膀向着进口处飞的东西发出呼呼的声音，还有细而尖锐的叫声，原来是成群的蝙蝠，有数千之众。洞内漆黑一片。导游点着了一根火把，把另一根交给金竹。他们慢慢地走下陡峭的石阶。过了一会儿，地面平坦了。有一根绳索作为栏杆，让游客扶着在坎坷不平崎岖宛转的石径上走。有时候，他们能看见五十尺以下游人的火光，由岩洞中很清楚地透露出来。台阶是用岩石粗略盘成的，被滴下的水浸得潮湿，空气也寒冷。后来走到一个房间，侧面有构成沟状的立柱。向导用火把指向一带岩石，看来极像个观音菩萨像，两手合十，那块奇特的岩石下面的墩座，正像一朵莲花。

金竹对牡丹说："不要再往前走了吧？"他的声音引起了黑暗中嗡嗡的回音。

"最好不要再往前走了，咱们还要赶到邮局呢。"

金竹紧紧地抱住她的腰，一同往上走回去。爬上那惊险的岩石小径时，有时金竹在前领着牡丹，有时牡丹在前领着金竹。两人的手没有一刻分开过，金竹极为欢喜。

金竹觉得不过十来分钟，他们就看见洞口的光亮。最后，他们站在洞外时，牡丹的胳膊还紧紧拉着金竹。中间有一会儿，他们还像从前一样。

在回去的路上，他们告诉车夫尽快赶路，牡丹懒散地瘫在座位上，两条腿高举起来，裙子成什么样子，满不在乎。金竹让她的头枕在自己的肩膀上。金竹感觉到牡丹头发和皮肤的香气，也觉得出牡丹肉体的温暖。这时，牡丹再度沉默起来。她心里有何所思，金竹不知道，也不想问。有时牡丹坐起来一点儿，马车左右摇动时，她的身子就偏左或偏右挪动一下。金竹想吻她，牡丹却不肯把脸转过来。她以前从来没有这么冷淡，这么漠然无动于衷。

他们到了城里，金竹想先送牡丹回旅馆，自己再去取信，但是离邮局关门只有一刻钟。

金竹说："咱们先到邮局去吧。"

牡丹似乎累得瘫软了，只说了声："都可以。"心里显然是别有所思。

他俩手拉着手走进邮局。金竹把那张通知由窗口递进去，交给窗口值班的职员，那个人也许是脾气暴躁，也许是急着回家。他接了那张通知，进入另一间屋子去，金竹等了好久，最后那人才把信拿出来交给金竹。

金竹打开信看时，牡丹很关切地问他："什么事？"

"是我们钱庄来的，他们要我初五回去。离现在还有三天，后天我就得走。"

金竹显然很烦恼。他好不容易才请了七天的假，现在假期又缩短了，得回苏州去。他在马车里说："那么，明天就是我们最后一天了。"

在旅馆的房间里，牡丹沉默无语，她必须把自己的决定告诉金竹。但是不容易开口。她在浴室里待了好久。

最后，她从浴室里出来，浑身赤裸裸不挂一条线，投身躺在金竹的身边。金竹每次看她那奇妙的身躯、丰满的胸膛、柔软的身段，都惊讶于她肉体的完美。现在她已决定把她的软玉温香的身体完全奉献给爱人。可是一样，两片樱唇上没有热情，似乎是存心来和情郎做最后一次温存缱绻。

两人紧紧地抱着。金竹腾出一只手，以无限的柔情慢慢地抚摩牡丹的身体，而牡丹娇弱温顺，百依百从，好像全身都已融化在情欲炽热的火海里。

金竹的嘴压紧牡丹的嘴说："噢，牡丹，你不知道我多么想你呀！"

牡丹轻轻地，一点点儿地咬金竹的嘴唇，但是没说一句话。

牡丹又说：“来，抱紧我。”

金竹问：“我什么时候能再见到你？”

“我也不知道。”

情人在进行欢爱之时，必须忘怀一切，沉迷于对方，这是情爱的律法。那天早晨金竹和牡丹相遇之后，金竹觉得牡丹的态度异乎寻常，心中再无他想，而这件事就如千斤重担般压在他心头，弄得他对什么事都精神涣散，无能为力。

在床上，他俩相拥而卧，正像不断冒烟的火，既不能迸发成狂欢的火焰，又不能就此熄灭。两人肢体相接，金竹虽然肉欲如火，心中却极冷淡。牡丹忽然热情高涨，对情郎不住狂吻，仿佛要献给他爱的赠礼，使之永生难忘，也许只是她自己一时欲火难耐，急求发泄之故，也许是她有意让他永远记住此一刹那，记住她身体的每一次颤抖，每一个拥抱的姿势。金竹若是真正相信邪术、相信有邪异的力量正在拆散他们这一对露水鸳鸯，那邪术灵验了。

牡丹又说：“你——”这是牡丹的催请，催促金竹完成交合之好，催请他以粗犷的拥抱来使她骨软筋酥。牡丹曾经那么熟悉，那么喜爱那样的拥抱。

突然间，好事完了。金竹也不记得他俩怎么样就分开的。他起来清洗后，回去看牡丹还躺在床上，头压在枕头下面。他过去，轻轻地抚摩她。她闭着眼睛，均匀地呼吸着，仿佛睡着一样，但是眼毛微动，一滴眼泪自脸颊上流了下来。

金竹俯身吻她，觉得已经肝肠寸断。牡丹睁开了眼睛，不停地眨着，好像正深有所思。她想说点什么，但是，怎么能说出来呢？她自己已然打定了主意，决心要断绝，这叫她心都碎了。可是金竹曾经很清楚地表示不能离婚。牡丹心中自问自答，自己怎么能跟他一直这样混下去？像个情妇和他幽会，这样地怎么维持几个月？几年呢？她自己的道路很清楚，别无他途可循。

牡丹的眼泪和沉默使金竹莫名究竟。牡丹就是金竹的命根子，这话金竹对她说过不知多少次，他现在还是如此，觉得牡丹是他的一切，他的命，他的灵魂。牡丹或是与他厮混，或是离他而去，也总是他干渴中的甘泉，心灵上的熨帖。天下伊人只有一个，只有一个牡丹，再没有另一个。

现在牡丹似乎浑身疲乏，似乎睡着了。屋里十分闷热，金竹拿起一把扇子，轻轻地给她扇。这边扇扇，那边扇扇，好像慈母扇自己的孩子，这样，一则牡丹可以安享清凉恬静的睡眠，一则自己的眼睛好饮餐牡丹的肉体之美。他轻轻地给牡丹盖上床单子的一角，免得她着凉。

金竹坐在床边上，给牡丹打扇，看着她，保护着她，犹如母亲之照顾睡眠中的婴儿，也是怀有那么深厚的爱。这样大概半点钟的光景，牡丹睁开眼，翻过身来，面对着他。

牡丹问他："你这是干什么？"

"因为我爱你。"

"你睡了一下没有？"

"没有。我这么看着你，心里很快乐。"

牡丹突然坐了起来。金竹走到桌子那儿，拿了一根纸烟，点上，递给牡丹。牡丹接过去，长长地喷了一口烟，好像痛苦地长叹了一口气，很不安地向他瞥了一眼。

牡丹说："那么，明天是我们最后的一天了。"

"是啊。你什么时候再来看我？"

"有空随时可以。"

"明天晚上吧。我们一起吃晚饭。"

"好。我向家里找个借口好了。"

"为什么下午不早点儿来？咱们可以多谈一下。"

"看吧。能早来就早来。"

牡丹起来，坐在桌子旁，要写点儿什么。金竹走近时，牡丹用手遮盖了一部分。金竹觉得不胜迷惑，就走开。然后牡丹走到镜子前拢头发。牡丹真是生就的美人坯子，金竹觉得柔肠百转。

牡丹说："我现在要出去，一个人走。"她微笑着，把那封写好的信递给金竹，"我走了之后再看。"

金竹十分惊异。他在牡丹身后喊道："什么事？告诉我。"

牡丹说：“你自己看吧。”非常美丽地微笑一下，走了出去。

金竹撕开了信封：

金竹，务请原谅。我实在不能面告。我即将赴北京，即将与君相别。我二人再如此厮混，又有何用？我曾经对君疯狂相爱，盲目相爱，我爱他人从未如此之甚。但你我二人分手之时已至，请即从此相忘。

我不能以谎言相欺。我今已另爱一人，务请宽恕。以往对君一心相爱，今已不能如此。

我心甚苦，君心亦必如是。

明日再来相见。

牡丹泣笔

金竹狠狠地咒骂了一声，用强而有力的手掌把信揉作一团儿。

金竹觉得愤怒欲狂，完全忘记了东南西北。眼前的新变化，他无法信以为真。好像一件美而可喜的东西已被破坏无余，剩下的只是个黑暗无底的深渊。他知道牡丹是真心爱他。倘若他俩的爱不是如此真挚，如此美好，如此不凡，他也就可以接受这种突然的变化。噢，不行，无法相信，他那么深深相爱的牡丹，他们那么长久相识，那么两情相投，那么纯情至爱，在这茫茫人海，竟有缘相遇，今天怎么会有此意外的惨变！一个钟头以前，两人不是还携手散步了吗？

他把弄皱的信又舒展开，看了又看。这一整天的时光，牡丹分明有心这样告诉他。那么这种新情势是真的了，牡丹已经变了心。

金竹原打算挣扎奋斗一番，以求终于能和牡丹结合。但是等到牡丹自己成了破裂的原因，成了情爱的敌人，那该冲着谁发怒呢？金竹觉得自己失去了分量，空洞洞一无所有，完全失去了目标，仿佛被一种力量向后推，推向一片黑暗，向下飘落，飘落，沦落到天地的边缘。他已耗尽了气力，软弱到极点，连一丁点儿自卫的能力也没有了。

他忽然划着一根火柴，烧了那封信。火焰把那封信慢慢吞噬下去，一阵淡淡的黑烟袅袅升高，散入空气之中，发出热辣的气味。他凝神注视，心中一阵狂喜。这次，他跟往常旅行时一样，也随身带着牡丹最近写给他的几封信（其中也有牡丹寄到青江的一封），为的是旅途寂寞中有与情人接近的感觉。他把那些信也点着，扔到一个铜盆里。他这时又想起有一部使他心神恍惚的爱情小说，才看了一半，他觉得那种故事毫无意义，拿过来也同另外的信一齐投入火中。不过那本书不容易烧光，于是他坐在地上，一张一张地撕开扔入火里，直到铜盆烧得发热发黑，黑纸灰飞入了空中。屋里烟气呛人，他的手和脸都沾上了黑灰，他感觉到快乐，觉得蛮舒服。让一切爱情化作黑烟飞去吧！烟呛得他无法呼吸，他打开窗子。一个旅馆的伙计看见了黑烟，就叫别的职员来。有些人走出屋来，由院子对面往这边望。他站在窗子前面，叫人走开，说没事，不用担心，然后他仔细洗脸洗手，走了出去。

过了晚饭时间好久，商店都关了门，只有寥寥几处摊子和饭馆还亮着灯，他忽然觉得头晕眼花。这时小贩的叫卖声，饭摊儿上煤油灯冒起的黑烟，周围男人和儿童的脸——都给他一种虚幻失真的感觉。时间似乎停止不动。奇异的是，在这诸种情况当中，他居然还记得一件事，那就是他必须回苏州去。他很渴望回到他的办公桌那儿，为的是能再度把自己稳住。

金竹回到旅馆里，刚才隐隐作痛的肚子现在又疼起来。他觉得微微发烧，不会有大夫知道这是什么病。不过，并不太疼，没有什么关系。

第二天下午五点，他听见有人敲门。

“谁呀？”

“牡丹。”

他去开门。他俩彼此望了望，谁也没笑。

金竹说：“进来吧。”

牡丹还是一如往常那样，懒洋洋慢吞吞地走进屋里，眼睛扫了一下。忽然间，金竹对牡丹的恼怒又冲到心头。牡丹既然出现在眼前，正好。金竹微笑了一下，又苦笑。

牡丹说：“我答应来，现在我来了。只是已经五点了。”她很快又补了一句，“我还有个约会。”

“咱们说好要一块儿吃晚饭的。”

“我还回来。几点钟？”

“八点吧。”

牡丹的眼睛死死盯着金竹。金竹对牡丹的爱情，对牡丹的狂怒又出现在心头。可是，他又不忍向她发泄，只因为她是他的牡丹。

终于，金竹说：“好吧，牡丹。我接受了你的办法。谢谢过去这些年你给我的快乐。”

牡丹声音里带有几分难过，说：“金竹，我信里说的话，句句实言。我希望还能维持咱们的友情。”

金竹问：“但是，究竟出了什么事？是我得罪了你吗？我是不是做了什么不应当做的事，还是我变了心？”

“都不是。”

“那么，为什么？为什么？为什么？是你变了心。为什么？”

“我也不知道。”

牡丹又沉默下去，像往常的习惯那样，她投身躺在床上，一言不发。

金竹过去，想吻她。

牡丹把一根手指放在嘴上说：“不要。”

“难道现在你一点儿也不爱我了？”

牡丹并不立刻回答，但是后来慢慢很清楚地说：“事情不是是，就是非，要干净利落。”

金竹觉得受了侮辱，因此并不坚持。他想知道牡丹现在究竟是与谁相爱，又不好意思问。

他问：“你昨天晚上干什么了？”

“噢，我同几个朋友出去了。到西湖一个湖上协会，到一点半才回家。有人去划船，夜景很美。”

牡丹谈论的话题与他们自己不相干时，两人还是像好朋友，完全像以前一样。金竹知道牡丹有四五个要好的女友，有米小姐，还有别人，但是觉得牡丹说的不是实话。

“等一下八点你去见谁？”

“白薇和若水。”

“噢，白薇！老是白薇！”

牡丹半坐起来说：“你不信我的话？她想请我到她的婆家桐庐去。”

在白薇结婚以前，牡丹常和金竹夜晚去看戏，用白薇做个掩护的幌子。他记得他和牡丹在桐庐旷野露天狂欢的那一夜，牡丹在狂放的热情之下第一次顺从了他。那是毕生难忘的，是他俩相爱的最高潮。他还希望牡丹对他的爱情并没完全消失。

天气热得闷死人，牡丹把上衣最上面的扣子解开。金竹会错了意，以为那是故意给他的暗示。他走过去，想吻她。

牡丹瞪眼看着他说：“我跟你说过。现在不能了。”

金竹觉得仿佛有人打了他一个嘴巴。

他说：“那么，咱们算是一刀两断了。”

牡丹默然无语。金竹应当认清楚，这就是两人走到最后的一步。他觉得好像内部有什么猛咬了他一口。他用力在肚子内疼痛的地方按了按，肚子内扭绞似的疼痛，他脸上显出了痛苦。

牡丹看了出来，十分惊恐，问他：“怎么了？”

“没什么。”

金竹心里不觉得愤怒，也不觉得有什么渴望，只觉得是冰冷的空虚。

金竹掏出皮夹，拿出牡丹送给他的一张相片，这张相片他离家时一向带在身上，他送还给牡丹。随后，他又把牡丹给他的一绺头发，这是藏在一个纸包里的，也拿了出来。

他用冰冷无情的语气说：“还有这个。”

牡丹用手接过去，向金竹冷冷地望了一眼。

金竹说：“我已经把你的信都烧了，连最近你写的那几封在内。”

牡丹的眼睛流露出既痛苦又惊异的神气，责备他说：“也烧了！你怎么会？……”

金竹勉强用镇定的声音说：“为什么不呢？”

牡丹说：“等一下我回来，你还见我不？”

“不必了。为什么还要见？”

牡丹听了，目瞪口呆，默不做声。过了片刻，她眼睛连看也没看他，只说了声："我们不再有情人关系，我希望你还能和我保持纯洁的普通友谊。"

金竹急躁起来说："我们的友谊什么时候不纯洁呢？你怎么说这种话？我真不知该怎么想。我们的梦已经破灭。是你破坏的。我们的爱怎么就这样烟消云散？你怎么会这么无情？我相信你根本就不是个有至情的女人。我觉得你水性杨花，是个狐狸精。"

牡丹辩白说："不，我不水性杨花。不要弄错。"话说得有几分温柔。

"那么告诉我为什么。"

"我不能解释。不要让我说，我不知道。相信我，相信我对你并没说谎。过去我真心爱过你，这话你应当相信。"

"我怎么还能相信你！我对你已经没有信心。"他的声音紧张而低弱。

这话伤得牡丹很厉害。她的泪眼模糊，头转过去。

金竹不由得心软了，他说："你今晚上还来吗？"

"当然。你根本不了解我。"

"当然，我不了解你。但是，咱们别谈情说爱。明天我要早起，回苏州……噢，牡丹你既可爱又可气，简直是疯子！"

转眼间，金竹的声音又恢复正常，他们友好如初。他平静地说着，几乎是自言自语，既无责备，又无恶意："我的一切都已经失去。在我心里，有一部分也已经死去。我虽然还像个活人，其实你已经要了我的命。"

牡丹做了半个和好的姿势，有意给他一个吻，但是金竹装做没理会，点着一支烟，喷出了一口，向牡丹微微一笑，是个冷笑。

牡丹勉强振作精神，到化妆室去，洗洗脸，过了片刻，走出来，把一块淡紫色的手绢扔给金竹说："给你。"

金竹想起以前向她要过。手绢一向是情人之间表示纪念的东西。

金竹说："不用了。你不再爱我，用不着这种东西。"

金竹就让那块手绢撂在床上，并没去动。牡丹拿了自己的东西，咬着下嘴唇，软弱无力地走了出去。

牡丹走了之后，金竹只觉得对自己，也对牡丹，真是闷气难消，闷气之后，随之以悔恨，又觉得对牡丹说话如此凶狠，实在太丢脸。他觉得他并没有和牡丹就此真正完了，也没有对两人此次分手真能一笑置之。牡丹走出房间时咬着嘴唇的样子，很使他心疼。他对牡丹的爱并不像他装出来的就那么容易消失了。他整个的身体瘫软在一把木头椅子上，完全瘫软了，一阵猛烈的感情冲激他的全身。可是转眼间，他又觉得牡丹的朝秦暮楚的确可厌，觉得牡丹如此顽强也的确可厌，自己的软弱也的确可厌，觉得，人间什么都可厌。

那天晚上，牡丹又走进那家旅馆，金竹看见她那穿着白衣裳的身材在人丛中穿过走来时，心开始猛烈地跳。他立刻站起来去迎接她，领着她走到桌子旁边。牡丹坐下，用手捋回掉下来的一绺头发，显得安稳而沉静，仿佛准备从金竹这里取回什么东西，又仿佛等着金竹说几句刻薄糟蹋人的话，说几句冷冰冰挖苦她的话。她向金竹很快地瞥了一眼，那不是愤怒的一眼，而是责备。

金竹很拘泥地说了句："多谢你来看我。"为了自己的面子，金竹不好表示出挫败或懊恼的样子。要说的话，那天下午已经说完。

茶房是个头发渐渐快脱落的老年人，拿着菜单子进来。金竹问牡丹吃什么。两人都没有分别宴席上的欢喜气氛。牡丹叫的是金橘大葱烤羊肉，一个锅煎豆腐。金竹叫了半瓶绍兴花雕，因为他知道牡丹吃饭时总爱喝两盅酒，又叫了一盘宁波蛤蜊。

牡丹微笑说："你真爱吃蛤蜊。"

金竹也同样微笑回答："我知道你不爱吃。"

"我从来不爱吃蛤蜊。"

金竹从桌面上伸过手去握住牡丹的手。牡丹抬头笑了笑，两人好像又成了朋友。

金竹说："你原谅我了？"

"原谅什么？"

"原谅今天下午我那么跟你说话。我们还是朋友吧？"

"当然是，这还用说？"

牡丹戴着一串上等玻璃珠子，发出柔和的光亮。金竹又觉得有这么一位女友，自己的脸上确是十分光彩，过去一向因有牡丹而引以为荣，现在心里知道旅馆里人们，包括那些茶房在内，都欣赏牡丹的美，都羡慕他有此美女陪同出入，都羡慕他的艳福，甚至那秃头的老茶房在端进烤羊肉时也找机会，说一两句好话。

老茶房说："我准知道您会爱吃这个菜。这是我们的拿手菜。杭州城别家馆子做不了这么好。"说话时同，一只手举起做个姿势。

牡丹觉得和茶房熟悉，不必拘束，就随便说道："烤羊肉就是烤羊肉，还有什么特别？"

茶房说："噢，那可不一样，这里有秘诀。并不在烤上，而是烤以前浸进肉去的作料。"他说着，伸直了两只胳膊走了。一个可爱的少女对一个老年的男人还是有一股力量，妙哇！

他俩先喝酒，牡丹用筷子先夹了一个小金橘，闭上眼睛喊了声："噢，真好！……你记得我们在桐庐采金橘吗？从树上摘下来就吃。"

"噢，记得，在桐庐。"

金竹低着头，牡丹向他扫了一眼。金竹清清楚楚地记得他们怎样在桐庐过了一夜，第二天早晨，在旷野里一条山溪旁边，他们赤裸着身子去游水。现在最好不要想那种紧张热情的场面，金竹赶紧把那种思想岔开，抬起头来说："牡丹，我有话跟你说。"

"说吧。"

"你说要到北京去。在北京那儿男人太多了，你千万要小心。我不愿你吃亏受害，或是陷入什么麻烦。"

"你的意思我不明白。"

金竹又像不经意地说："我从此也就慢慢憔悴死了。"

"不要说这种话。"

"你不必在乎我。我要说的并不是这个。"

"那么，是什么？"

"你必须保护自己。不要忘记我们在一起时怎么办的。小心有小孩……你懂我的意思。"

牡丹哑然失笑："噢，那个呀！不用愁。"

"但是，我还是担心。你也许喜爱一个人。你也许爱他一段日子。若是出了事，你可就没法躲了。"

"你知道我会照顾自己的。"

牡丹说话显得有万分的自信。他俩讨论起多年的老问题——避孕。因为两人关系那么深，所以牡丹把极其细微的各点都谈论到。她要了一张纸和一支铅笔，金竹在衣袋里摸着，找出一个小日记本来。他俩把头挤在一处。牡丹开始画一个类似春宫画的草图，她哧哧而笑时，附近几个茶房也在一旁看，感到十分有趣。

酒喝完之后，他俩又叫了两碗粥，这顿饭算进行得还顺利。

牡丹看了看她的手表："已经九点半多，我得走了。"

金竹大吃一惊。

牡丹解释说："我十点钟还要见一个人。"

金竹看得出来牡丹急于要走。他心里想："好吧，那就这样吧。"这是他俩的最后一夜。牡丹要走了，未来的数年内可能无缘相见。牡丹也许是特意安排这最后一夜和金竹一起过，可是，这对牡丹她自己无任何意义可言。她对金竹的爱已经成为泡影，这是冰冷无情不可逃避的现实。金竹心里想："你是急于要和我分手。"但是没说出口。

金竹勉强立起，心里十分清楚这一分别的后果。他勉强忍受痛苦，付了账，两人离去。

外面下着倾盆大雨。两人站在门廊下，等洋车过来。

牡丹问："你会给我写信吧？"

"不用了。"

"我还能再见你吗？"

"不用了。你再来时，我可能不在这儿了。"

牡丹说："那么，这是咱俩见的最后一面了。"声音里有着深深的失望。

牡丹把脸仰起来，很快地吻了一下金竹。洋车过来，金竹看见牡丹跨了上去，她的脸在雨布上头，还可以看得见，但是看不清她是微笑，还是在哭。

最后，金竹在迷恋的重压之下，心里猛痛了一下子。他急忙跑近半遮盖的洋车边，结结巴巴地勉强说了句："祝你好运！"

第七章

人之所作所为，人虽过去，事仍存在。某些大事，已与时间同时消逝，其记忆则依然存在，不知不觉中，偷偷抓住人心，不肯放松。热情痴爱也会过去，但悔恨之情天长地久。金竹和牡丹彼此说再见之时，以为两人的关系从此断绝，此生此世再无相见之日，其实都想错了。

牡丹和金竹的关系，对牡丹的一生具有主要影响。有人相信，牡丹会遇见金竹，而不能与他结合，竟使金竹娶了另一个女人，有人相信这都是命。倘若牡丹少女时就嫁了金竹，便无故事可写，也没《红牡丹》这个歌谣可唱了。从另一方面说，由于和金竹分手，她固然影响了金竹，但也影响了她自己。命运以神秘不可知的手法向相关的人报仇雪恨，在这种情形卜，是人控制命运呢，还是命运控制人呢？

牡丹向金竹说她前天夜里和白薇还有别的人去划船，完全是实话。过去两天，孟嘉一直有事缠身，包括去拜会皇上的堂兄奕王爷。奕王爷的爵位是贝勒，当时任两江总督。官方一知道梁翰林在杭州，各方的请帖和请求寄给他住在旅馆的秘书，如雪片般飞来。有很多人敬求他赏赐墨宝，秘书陈立给他抱来一大卷上好宣纸。这些请求，他自然不能拒绝。像别的文人学者一样，他随身带着上好的墨、自己的印章，专为画画盖印之用，纸和笔则可以就地取材。他随身也带了些特别喜爱的宋人词集，那倒是随时可以买得到的。不然的话，他从头脑里把临时想到评论诗词的妙文隽语、即景口号等文句，也更为人所喜爱。他告诉秘书对别的会见和邀请一律谦辞，但是有一个例外，那就是本地诗人作家所组成的西泠印社的邀请，当然不能谢绝。

第二天，牡丹接到云云给她送来的一封短简，翰林希望当天下午和她相见，有诸多事情商谈。是翰林要到凤凰山母亲的坟茔去扫墓，是在城南，在钱塘江边，若由牡丹的家出发，步行也不过半小时。因此翰林预备扫墓归途中去看牡丹，他们可以在西湖的西泠印社吃茶点，正好居高临下，俯瞰西湖景色。

牡丹对她妹妹说："你也去吧。"

素馨说："不。人家也没请我。你去了要问他什么时候起身进京，咱们应当带什么衣裳。现在，你要穿什么去？"

牡丹说："当然是普通衣裳了。我那件黑马裤！"

"难看死了！"

"他不在乎。总而言之，我不能穿丝绸衣裳。"

"我的意思是，你总要穿件正式的衣裳，不要太随便。他不会生气吧？……我指的是不穿孝。"

"不会，我了解他。"

牡丹若是打算穿得随便，那谁还能比得过她！那天天气真美，干爽而不冷。她穿的是浅蓝色的旧上衣，黑马裤，已经有点儿穿坏。牡丹跟翰林一起出去，能这么不修边幅，满不在乎，素馨真佩服她。牡丹的这种勇气，素馨没有。牡丹遇到什么事都能轻易解决。

他们的马车走近白堤上的西泠印社，在清爽的秋日，堤上两行垂柳正在逐渐枯黄。右边是大名鼎鼎的"楼外楼"饭馆，左边是清代文人俞曲园的故居。西泠印社建在陡峭的山坡上，山坡上种有许多樱桃、苹果、梨等果木。有一长串石头台阶通到顶端，立在上面可以俯瞰下面的饭馆。西泠印社好多屋里都陈列着艺术精品，墙上挂着当代名书家的条幅。

孟嘉仔细鉴赏一副有五尺长的对联，是本地诗人安德年写的两句五言诗，字体遒健狂放，使他颇为吃惊。其实，严格说，不能算对联：

钱塘抱天竺
凤凰跨钱塘

这上下联是诗人凭灵感无意中的神来之笔。这十个字就是描写他们眼前杭州城的地势，没有一个形容词，只有钱塘江一个江名，凤凰山和天竺山两个山名。这两行的力量集中在两个生动的动词上，就是“抱”字和“跨”字。

孟嘉以极欣赏的口气说：“我真不相信我会改得再好。昨天晚上他们在这儿请我吃饭时，安德年也在。此人颇可敬重。”

“此人样子如何？”

“是个颇有才华的年轻诗人，算是个人物，活泼愉快，潇洒不俗。我很喜爱他。为人完全出之以本色，不装模作样。”

他俩到外面凉台上去喝茶。往远处望，正是宽阔的钱塘江，浩浩荡荡流入海湾，在晚秋的下午，真像一条玉带。在右边，一簇一簇的云自天竺山袅袅而起，远处的天空呈紫红色，附近的凤凰山正如那副对联里所说，跨在钱塘江上。在他们下面，浅蓝的西湖似乎在酣眠，把岸上多彩多姿的亭台树木全映入水中。他们后面是里西湖和保俶塔。保俶塔已经有近一千年的历史，根据当地的民间传说，白蛇的灵魂就镇压在保俶塔的石拱之下。西湖的中心是“三潭印月”，犹如一个仙岛。离他俩最近的下面，垂柳掩映，正是“柳浪闻莺”。现在他们看得见“三潭印月”，那个小岛好像一个寺院，正前面有三个高低相续的池塘，在夜晚，游客可以在这三个池塘中同时看见三个月亮。

牡丹懒散地坐在直硬的木头椅子上，两条腿穿着半磨损的马裤，不太新的鞋，直直地伸着。孟嘉已经告诉茶房把茶壶放在桌子上，要自斟自饮。这话的意思，茶房自然领会了。

牡丹和这个男人在一块儿，惊异之感，爱慕之意交集于心头，于是芳心跳动，自然加速孟嘉结实的两颊在阳光中显出粗深的皱纹——这个男人是个学者，又不是个学者。就外表看来，他会被误认为是惯走江湖的生意人。他态度从容轻松，不拘细节，也可以说不像做官的。他爱把袖子从手腕往上卷起几寸，把里面小褂的白袖口卷上去。现在牡丹正以半睁半闭的眼睛，半醒半梦般地凝视湖上的景色，但她知道堂兄在看她。

孟嘉问她："你心里想什么呢？"

"没想什么。只是任凭心绪自由飘荡，很快乐。你呢？"她的声音在新鲜的空气中清脆地振动，如麻雀啁啾。

"我在望着你出神。"

牡丹由眼角向他扫了一下，说："干吗出神？"

"想我们的奇遇。你为什么像我一样，也走宜兴这条路？我喜爱这条路空旷敞亮……"

"我走这条路，是因为我想从太湖经过。"

"若不然，我们也许永远不会遇见……牡丹，听我说，咱们还得按堂兄堂妹这样在一处生活。你和我永远没法结婚。你觉得这样你行吗？我没有权……可是我非常需要你。不管结婚不结婚，总是你属于我，我属于你的。"

牡丹把脸毅然决然地转向孟嘉说："当然，你就是我的一切。但是我不明白你把我看做什么样的人，我无法有自信。你在福州时，有时候，我觉得好像是做梦——我们在船上一路的情形，都好像是梦。"

"我告诉你一件事。你也许会把我看做一个京官，可是我有自己的梦，那梦就是两个朴质坦白的人组成一个家。刚才我一直看着你，确信我们是理想的一对。我一直怕结婚，怕婆媳和岳父母之间没了没完的麻烦，怕社会上的面子，怕无谓的闲言碎语。过去我总是听见人说张某人娶了兵部侍郎的侄女儿，李某人是江西总督的外甥，当然，我也是那类形形色色人等之中的一个。比如说，噢，梁翰林，他不是军机大臣的女婿吗？或是他和甘肃督办都娶的是李家的小姐。不管东转西转东听西听，你都气糊涂了，不知道置身何地，也忘记了你是张三李四。我第一次结婚时就是这样。但是，我有自己的一个梦——一个小小的家庭，一个中我意的女孩子，就像你一样，朴质单纯，心情愉快，富有浓情蜜意，而不拘泥于传统俗礼。这样就蛮好，别的我一无所求。你正是我梦寐以求的那个意中人。你这个打扮就很好，就这个样。”

牡丹带着几分怀疑的微笑，问他：“就像这个样子？”

“穿衣裳要看情形。当然你不能穿着这样的衣裳进皇宫。可是到个沙漠海岛，你这个打扮可就再好没有……我看见你穿着这种衣裳，也不会大惊小怪的。”

牡丹抿嘴轻笑。她说：“您要知道，我父亲只是一个钱庄的小职员，能认识您就觉得很了不起。”

翰林说：“倒不是这个。我相信一个男人一生下来，他的魂就出去寻找他那配偶的魂。可能一辈子找不着，也许需要十年、二十年才找着。男人如此，女人也是如此。这两个魂遇见时，是凭天性，不用推究，不用讨论，萍水相逢，立即相识。他们知道，双方一呱呱落地，便已开始互相寻求。两人结合起来，再无什么力量能把他们分开，他们被宇宙之间最强大的力量绑缚起来。那天看鸬鹚的时候，你把胳膊放在我的胳膊上，你给我的，就是那种感觉。那种变化发生得那么快。”

牡丹很温和地说：“我不知道我配不配，但我对你的感觉也是一样。是一种甜蜜的、完全轻松舒适的感觉，仿佛我们前一辈子就认识。也许是真的。”

“当然是真的。”

牡丹走过去倚在石头栏杆上，对自己新近的遭遇思潮起伏，似乎不胜今昔之感。金竹突然在她心头出现，使她觉得无限悲伤。孟嘉看见牡丹穿着马裤的两条腿成一直一弯的角度，下巴放在一只玉臂上。她一直这个样子不动约有五分钟，心中是一半伤心，一半喜。这时她听见孟嘉把椅子向后推开，往她身后走过来。孟嘉把一只手搭在牡丹的肩膀上，牡丹站直了身子，转过头去说：“这么一刹那的时光，妙不可言，一旦过去，便无法再现了。”

“当然无法再现。一切无常，都要过去。一千年以前，苏东坡不是也在此地站过吗？你若仔细看他的诗，就会知道。”

“朝云那时候和他在一起吗？”

“他俩在西湖上遇见时，朝云才十二三岁。朝云是苏东坡真正心爱的女孩子，并不是苏东坡的妻子。你知道吗？”

“我知道，她比苏东坡年轻很多。”

“不错，东坡流放在外，朝云陪伴着他一起去。他俩很相爱，彼此相依为命。东坡最好的诗词都是为朝云写的，最崇高，最优美。”

孟嘉站在牡丹身后，从牡丹的肩膀上眺望远处的风景，忽然有了灵感。他说：“我给你作一副对联吧。”他口中念出：

天竺云自鬟鬓上起

三潭月在酥胸下卧

牡丹向孟嘉微笑，两眼含情脉脉。

后来，牡丹把这副对联向白薇念出时，白薇说：“好绝的一副对联！”

堂兄妹手拉着手走回座位。

“咱们什么时候动身上京呢？”

“现在还不知道。昨天晚上还和苏姨丈商量呢。我说我也许可以劝请奕王爷驾临咱们同宗摆设的筵席，苏姨丈大喜。我知道，我若开口邀请，奕王爷会去赴席的。当然，他这一光临，给咱们姓梁的面子可就大了。不过先要打听出来他何时有空。赴完了这个同宗的筵席，咱们就可以起程上京了。”

“你能不能同王爷说满洲话？我听说你能说满洲话。”

“可以说一点儿——勉强对付吧……我想离开杭州，找个清静隐僻的地方去歇息歇息。我一直想到天目山去，可是，对你来说，这一段路太辛苦了。”

“你是说我？”

“我还会指谁？我心窝里只有一个你，我说清静的地方，是指只有你和我，没有别人，没有人认得我们。有什么地方呢？”

牡丹立刻想起了个主意。

她说："我若邀请你到桐庐去，你去不去？我的好朋友白薇和她丈夫就住在桐庐。你去认识一下白薇，好不好？虽然她还没有见过你，但她很佩服你。"

"我心里想的是一个清静的地方，那儿谁都没有，只有你和我。"

"到了那儿，也只有咱俩……刚才你还说有你自己的一个梦，简单朴质的家里只有两个人，那个家，要远离红尘的烦嚣。白薇和若水现在过的生活就和你说的一样，在红尘飞不到的青山绿水深处。我想你一定喜爱那个地方。我和白薇是无话不说的。到了那儿，我们怎么样都可以。"

"你的嘴谁都能说得服。"

"你答应去……那么我告诉她。她一定高兴极了。"

"听你这个说法，我觉得你跟我到北京去，还非先得到你这个朋友点头不可呢。"

"别这么说。我准知道，你也会喜欢她的。"

第八章

牡丹和孟嘉从富春江逆流而上，只见两岸秋山赤红金黄，景色艳丽。在中国南方此一地区，草木葱茏，岸上危崖耸立，高百余尺。水流深广，山势巍峨，翠影辉映，水呈碧绿。沿江风光之美，为人间所罕见。富春江及天目江，水势浩荡，北自延州，南自金华的屯溪而来，交汇于此，全境土壤肥沃，商业繁华，江上帆船载货驶赴杭州。北方之童山濯濯，至此已杳不可见，只见高地雄伟，林木青翠，鸟声上下，随地可闻，山峦自安徽南部之黄山迤逦而来，绵延数百里，峰巅积雪。江既名富春，若谓富有春光，谁曰不宜？

与孟嘉和牡丹同船的乘客有十数人。白薇先一天返回，好准备欢迎他俩的光临。他俩在船上真正觉得十分清静，绝无乘客知道他们是何许人也。两人在初恋的柔情蜜意之中，牡丹一路之上，不断轻松漫谈。他们自由自在，单独而隐密，何况还有万古不变的清新山水，妩媚景色，令人心醉。牡丹预想到那必不可免的事，那天夜晚必定要发生。

船在桐庐靠岸，有几个客人下船。桐庐这个河边码头有寥寥数条铺着鹅卵石子的街道。若水戴着黑羔皮帽子，正站在码头上迎接他们，把他们带到家去。他那个土耳其式的高帽子更使他给人以颀长身材的印象。在这个河边的村庄里，人们都熟悉若水。他生得瘦高白净，那种俊逸，特别出色；他那唇上修剪整齐的小胡子，使他看来英俊动人。不知为什么，他总喜欢穿一件宽大的长袍，脖子上不扣纽扣，松垂着像个口袋。

“白薇在家等着您两位。她不能亲身到江边迎接，非常抱歉。”

孟嘉说：“有您一个人来就够了。”

若水已经雇好了苦力给他们挑行李，另外雇了两顶轿子。

孟嘉说：“走着去不行吗？”

“这段路有两里远呢。”

孟嘉转向牡丹说：“你觉得怎么样？”

“这么美，为什么不走一走？”

若水说：“何必呢？上轿吧。要下来走，随时可以。我已经买了两根手杖。”

牡丹说：“这才好玩儿。”说着抢去一根没上油漆有疙瘩木瘤的手杖，那是从本地树林里砍来的。

若水看见牡丹眼睛不住闪动着快乐的光，前后左右跑来跑去，就对牡丹说：“看见你兴致这么高，真高兴。”

几个年轻的轿夫争着要抬牡丹，喊着：“坐这一个吧。”

这种爬山的轿子结构至为简单，就是一把矮藤椅子，前面系着一块板子供放脚之用，两根大竹竿子从椅臂下穿过，捆紧起来。牡丹迈步坐上，轿夫抬起来，往前走去，她看见若水的黑羊羔帽在前面一冒一冒的，孟嘉的轿子殿后。

半路上，一只山鸡飞进树林里，颜色鲜艳的羽毛长尾在后面拖着，牡丹转过身去指给孟嘉看。

她的轿夫说：“小姐，坐好！别乱动！”别的轿夫也接着说。因为轿子上每一两重量都压他们的肩膀上，平稳当然很重要。

“噢，对不起……咱们为什么不下来叫他们轻松一下？我心里很想走，为什么非让他们抬呢？”

孟嘉和牡丹心有同感。

两顶轿子站住了。

一个轿夫说："没见过这样的小姐。"

牡丹对那些轿夫的态度很平易自然，她问："你们抬我沉不沉？"

"不，一点儿也不。什么时候您想上去，就告诉我们。抬您很轻松。"

他们三个人都下来站了一会儿，远远眺望邻近的山峰，轿夫则用黑色毛巾擦汗，年岁最大的在喘气。

孟嘉说："老伯伯，不用忙。现在还有多远？"

"三成已经走了两成，剩下不到半个钟头了。"

小径从山茱萸和枫林中蜿蜒前进。路上处处有露出地面的树根和石头，幸而红土地十分干燥，走起来还容易。三个人向前步行，轿夫抬着轿子在后面跟随。若水特别注意孟嘉，他迈着矫健的步伐，向前慢慢地走，似乎磨磨蹭蹭，颇有流连不舍之意。

若水说："你看见我们后面那个老人了吧？一年冬天，我由下面上来，当时风大，一路都难走。离顶上只走了一半，他觉得没法上去了。他咳嗽得厉害。我说我下轿走，让他和他的同伴下山去。您猜怎么着？我给他轿子钱，他不肯要。他说：'不，不要。我应当把您抬上去，现在抬不上去了，钱不能要。'我只好逼他拿着，最后，他只好接受了，不过不是当做工钱，是当做赏钱拿的。这种人可以说是今之古人，现在不容易找了。"

由树林子里出来，是一片高地，前面就平坦了。他们向后回顾，看得见下面那个小小的村子。他们右边，山地一直向下倾斜。那段暗绿的山坡的远处，山峰重重，高耸天际，浅淡的蓝色与遥遥的碧落混而不可分。他们看见远远的路顶端，有一道瀑布，自高处倾泻而下，在阳光之中闪耀，犹如晶亮的银线。山间的空气，显然微微有凉意，但凉意袭人，颇觉愉快。他们只走上来一里地，便是一个崭新的天地，花草树木大为不同，空气芬芳如酒。

牡丹向孟嘉说："真是天上人间，对不对？"

这位翰林问："这山上有什么飞禽走兽？"

"有野兔——您可以看得见各处跳跳蹦蹦的，还有一种小头的花鹿，土拨鼠多得是。我听说有野猪，不敢说是不是真有。您打猎吗？"

“很少。”

若水说：“我不伤害这些动物。”

“这儿只有你们一家吗？”

若水说：“在我住的那儿，除去我们，只有一个农家。偶尔有牧羊人上山来，那时我们才听见咩咩的小羊叫。您来到这儿，我们别无所有以飨嘉宾，只有新鲜的山中空气，取之不尽，用之不竭。”

孟嘉立刻对若水非常喜爱。他说：“你之为人，颇合我意。但有你这样福气的人并不多。”

牡丹觉得很高兴，说：“是吗？来此世外深山居住，真得需要点儿勇气才行。”

他们一直不停往上走，直到河边才看见房子。若水对轿夫说：“我想我们不会再上轿了。你们是愿上来喝盅茶呢，还是要回山下去？”轿夫说天快黑了，他们若不再坐轿，愿早点儿回家。只有一个跟他们前去。他是挑行李的，等一下他把轿钱给大家带回去。若水指着左边河堤上的一个缺口，说再往前走就是严子陵钓台了。

“那太好了。明天咱们一定要去。”

“风从那个缺口过，非常强，会把人的帽子刮掉的。”

牡丹对孟嘉说：“等一下！明天是九月九重阳节。你的名字正好和晋朝的孟嘉相同。真是够巧的！”在晋朝，清谈之风最盛，江夏人孟嘉在重阳节与人共游龙山，风吹落帽而不觉，于是有此典故，他使重九出了名，而重九也和“孟嘉落帽”永不可分了。

孟嘉说：“你若不提，我还想不起来呢。”

“也不是我想的，白薇记得，她告诉我的。咱们要庆祝一番。”

转过山顶之后，若水的房子已经在望，隐藏在一个山头的凹进之处。转眼看见一个白色女人的身形。

牡丹喊道：“白薇！”随即加速跑了过去。

白薇向牡丹挥手，表示欢迎，然后迈步往山坡下走，前来迎接。白薇走起来飘飘然，步态轻盈，有几分像豹的动作。她身段极为窈窕。孟嘉看见白薇眉清目秀，鼻梁笔直，头发向后梳得十分平滑，像牡丹一样，穿得很随便，只是一件短褂，一条裤子。她向梁翰林凝视，因为这是初次相见。经介绍之后，她很斯文地微微一笑，露出一排雪白的牙来，真是美如编贝。她向翰林说："大驾光临，蓬荜生辉。"

孟嘉也以普通的客套话回答，抬起头来看这所别墅绿釉烧就的名牌。

孟嘉倒吸了一口气，不胜惊喜，原来当前的六个字是："不能忘情之庐。"

牡丹说："你看完这个地方的景色再说吧。"声音里洋溢着喜悦和热情。

他们走进屋去。白薇的目光几乎一直没离开她这位贵客之身，因为她已经看透了她这位女友的秘密，看出来这位贵客三分像学者，七分倒像她这位女友的情郎。屋子里，光亮通风而宽广，家具淳朴简单，完全是一副任其自然的样子。地板的当中摆着一双淡红色的拖鞋，看来颇为显眼。

丈夫说："喂，白薇！有客人来，我以为你把屋子收拾了一下呢。"

白薇向丈夫甜蜜地微笑："我没收拾吗？我已经尽力收拾过了。"

牡丹笑得眼睛都眯合了："我跟你怎么说来着？"她这是向孟嘉说的。

这一切都出乎孟嘉的意料，他不由得脱口而出："妙想天开！真是结香巢于人境之外，别有洞天！"他心想，地板中间若是没有那双淡红的拖鞋，这栋房子就不太像个香巢了。

屋里有个没上油漆的书架子，上面横七竖八地放着若干卷书。右边摆着一个鸦片烟榻。

孟嘉问："你抽大烟吗？"

"不，只是陈设而已。白薇要摆在那儿。有那么个东西使这个屋子觉得温暖，尤其是夜里点上煤油灯之后。"

若水说："来，我带你看我的花园。"他领着客人到面临江水的高台上。约两百尺深的下面，就是那缓缓而流的深绿色的富春江。悬崖之下拴着一条渔船，看来像一片发黑的竹叶。在江对面的岩石岸上，山峦耸立，山峦的顶端正是枫叶如火，在微风中轻轻颤动，夕阳余光照在叶子上，枫叶往下的颜色渐渐变成赤紫、棕褐、金黄，如浪如云。

往右看，江水有一部分隐蔽起来，不能看见，对岸则乡野平阔，远与天齐。

孟嘉问："你的花园在何处？"

若水从容风趣地回答："这就是我的花园。景色随四时而改变，妙的是，我不费一钱去经营照顾。"

孟嘉颇有会于心，不由得念出："不能忘情，诚然，诚然。"

他们回到客厅。白薇带着牡丹去看她的南屋，这间屋子是空着的卧室，有时若水白天在此歇息。若水陪着翰林到旁边的书房，桌子上摆着一壶水。

若水说："随身用的东西您都有吧？您该梳洗梳洗，歇息一下了。"

孟嘉说："这屋子好极了。"十分高兴，对这种安排感到非常满意。

若水告辞，进了厨房。这时白薇带着牡丹到对面她的卧室闲谈。过了半天两人才出来。孟嘉正一个人漫步，观赏书房窗外的假山。

孟嘉问她俩："若水在哪儿？"

白薇说："他在厨房。"

牡丹说："若水很会做菜。"

孟嘉觉得若水莫测高深。他的名字"若水"，是源于老子的名言"上善若水……处众人之所恶"。孟嘉很想了解这位处士的品格。

孟嘉问："他在厨房干什么呢？"

白薇回答说："他无为而无所不为。他在炖羊头给你接风。他兴之所至，也提笔作画。他也写诗，但常不终篇而作罢。可是他一整天地忙。我们的木器是他自己设计的，他也种菜，帮着农夫的孩子去浇菜园子……"

这些话并不足以向孟嘉说清楚若水为何要这样过活。一个人若过得快乐并且生活上一无所为且自觉满足，必有其伟大之处。也许他之为人秉性严肃，尖酸机智，正如这所别墅的名字表示的一样，他知道人生的真谛，认为自己应当把人生过得十分美满，至少不要自行破坏人生。如今有白薇相伴，他梦想中满足的生活似乎已然实现，如愿以偿。

首先说，一个主张不杀生的人，却是一个烹制羊头肉的行家，是自相矛盾，也是他“不能忘情”的一个例证。他不杀生，但并不坚持吃素，并不戒绝肉食。他两手端着沙锅由厨房出来时，他的脸上因为制此美味，显得又喜悦又得意。他做菜是个行家，这毫无疑问。这个菜在肉的肌理上做得像是小牛肉，是要趁热吃。孟嘉尝得出里面有酒有汉药。软骨炖得很筋道，加进去别的东西，使味道特别厚而鲜美。

若水对客人说：“在山里，没有别的好东西相敬。我们的羊肉极好，吃下这个，再喝几杯热酒，希望今天晚上你可以快快乐乐好好地松快一下。我觉得这个安排蛮对呀。”

若水立起来，挑最好的肉给孟嘉和牡丹夹过去，又用汤勺舀走大头葱和香菇。

若水夫妇向客人敬酒，大家对这个菜的独到赞不绝口。

孟嘉说：“告诉我，为什么你叫别墅这个名字。有几分凄苦，是不是？”

若水引用庄子的文句：“‘太上忘情’，是为神仙。我不是神仙，也永远不能。翰林学士，您觉得这个名字有几分古怪吗？”

孟嘉说：“这倒更像个香巢的雅名。”

若水说：“也许有那个味道。我所要说的是，我们的生活是有感情的，有理性的。我认为，我们不应当抑制感情和理性，而应当充分发挥其本性。最重要的是，不要毁损这种天性。在政治和社会上，偏偏就要毁损这种本性。我为自己立了三条规则：不害人，不杀生，不糟踏五谷杂粮。而在肯定的方面，只有一条，那就是，对人生一切事情，对周围的草木鸟兽，我应当感恩。即使我们做家庭中烦琐辛苦的事，也应当高高兴兴地做，因为这是生活对我们的赏赐。为什么陶侃早晨搬出几百块砖，晚上又搬回去？我想，他是在享受生活对人的赏赐。”

孟嘉明白这种道理。魏晋的崇尚自然精神全在这位主人身上表现出来了。他说：“我看你就是正在过这种生活，有欲望有情感，并且予以充分发挥。至少你炖的这锅羊头肉把这种肉的美味充分发挥出来了。”

若水常常皱他的鼻子，每逢高兴或觉得有什么好笑，嘴周围的法令纹就深起来。他又用柔和的声音说：“你完全体会出我的意思了。天下若没有花儿，什么也不用提了；因为有花儿，我们就得去闻。天下若没有鸟声，一切也不用提了；既然有鸟声，我们就得去听。天下既然有女人，我们就得去爱，就得怜香惜玉。因为羊肉味道如此鲜美无比，就得把这味道诱发出来，就得品尝。这样，这羊才不虚此生。可是，我不去杀羊。别人要杀，我不管。对别人的生活，我都持此种态度。为什么我们不能对别人，对一切鸟兽任其自然呢？我不去做官，也就是这种道理。对百姓不必去干涉管理，他们都是好百姓……对不起，我话太多了，我一定是多喝了几杯。”

孟嘉说：“我不反对，恰恰相反，我跟你看法正相同。现在我明白你们夫妇为什么过得这么快乐。政府管得越少，老百姓越快乐。”

饭后，主客四人一同到书斋去。牡丹请白薇拿她的画像给孟嘉看。白薇选了二十几张，都是注意面部表情的。白薇似乎喜欢农夫和穷苦人的画像。有几张是一个乡村傻子的画像，特别讨白薇喜爱。白薇说，普通渔夫、猎户、牧羊人的脸，比城市里娇生惯养的富人的脸，更富有个性。由于这些画像，可以看出她对劳苦大众的同情，她悲天悯人的思想。有一个瘸腿的乞丐，一个有精神病的人，还有一个乡下老太婆弯腰拄着一根牧羊人的手杖，这几个人的脸上特别有神气。若水以体贴妻子的心情，把这些照片一张一张地指给客人看。白薇有时候很坦白地说：“我喜欢这张。”别人恭维她的写生画时，她微微撅起嘴来，表示谦谢。

孟嘉发现了这一对年轻夫妇的生活，很高兴，他说：“坦白说，我对婚姻生活一向不重视。现在看见你们俩生活得像一对鸳鸯一样，也许我会改变看法。”

白薇似乎深有所思，说：“我想，能使生活美满的，只有爱情。感情由内心发出，就影响我们的生活。生活里似乎有许多丑的，痛苦的事。你看多少渴求的眼光，多少因饥饿而张的嘴，它们都需要满足。那么多的杀害，大屠杀，互相仇恨，在自然界如此，在社会上也是如此。可是，人能凭想象把生活重新创造，由于表现出来对生活的想法，而不是原来生活的本相，我们就可以对真实的生活拉开一段距离，再由于对艺术的爱，我们就可以把丑陋与痛苦转变为美而观赏了。”

若水说：“你们看，她似乎蛮有一套学说。”在灯光之下，白薇看着确实是美，因为她满面春风，洋溢着情爱。

白薇就是这个样子。牡丹虽然也有这样的感想，但是说不了这么清楚。白薇常常能够帮助牡丹把她那隐而未显的细微情思表现出来。和白薇在一起，牡丹能够表白内心的感受，比在父母妹妹前更能畅所欲言。

白薇，这个聪明解事的主人，现在说："你们劳累了一天，好好安歇吧。"她指了一下一个茶壶暖套，里面有一壶热茶。夜里需用的东西都已齐备。孟嘉在书房的床已经铺好，牡丹的床在隔壁的那间卧房里。

白薇向他们告别去就寝的时候，她的目光和牡丹的目光互相望了一下儿。白薇说了一声"明天见"，就走了。

房门关上之后，牡丹问孟嘉："你喜欢我这两个朋友吧？"

"太喜欢了。这一对夫妇真好！"

"所以我才很希望你认识他们。"

现在，这堂兄妹才算真正两个人在一起了。孟嘉对于下一步会有什么事发生，已经有了预感。他盼望很亲密地和牡丹单独在一起久矣。白薇离开屋子时，他已经看见在牡丹的双唇颤动了会意的微笑。但孟嘉还是先克制着自己，觉得牡丹若不先显得全心全意，他不应当勉强占她便宜。

牡丹的两颊泛起了红晕，眼睛不再向孟嘉正视。孟嘉坐在若水常坐的椅子里，手翻动着桌子上的一本书。牡丹向桌子走过来，立在孟嘉前面，在温柔的灯光里，她那漂亮的鹅蛋脸和浓密的眼毛闪出了光亮，而她那平坦紧绷的肚子就紧贴着桌子边缘。忽然，她低下头说："你看什么呢？"

"看若水的一本书。"

他俩的脸离得很近，孟嘉能看见牡丹的眸子闪动不已，流露出女人的魔力和神秘。然后，牡丹的手握住了孟嘉的手，脉脉含情地望着他。牡丹似乎在尽力压制心里的羞愧。孟嘉以无限的柔情轻轻吻了一下牡丹的手，说了声："三妹。"

牡丹摆脱开他，问他："你要不要喝杯茶？"

牡丹走到旁边的桌子那儿，倒了一杯茶给孟嘉端过来。孟嘉站起来，也向牡丹走过去。两个人的四只眼睛怪难为情地互相扫了一下。牡丹向孟嘉凝视，同时看那碗茶，小心翼翼地，这样，好显得是在专心端茶过去。孟嘉接过那碗茶，放在桌子上。他还不知不觉时，两人的胳膊互相搂抱起来，完全出乎自然，几乎是同时两人的嘴唇凑到一起，急切地紧压在一起，满足了强烈的渴望和相思。牡丹的头靠在孟嘉的脖子上。孟嘉听得见牡丹急促的喘息，也感觉到她那柔软的身体发散出的温暖。牡丹忽然抬起脸来，靠近孟嘉说："你挠挠我的背，我觉得痒。"

孟嘉照牡丹的话办，把手伸进牡丹的上衣，这也是他平生奉命做的最异乎寻常的一件事。

牡丹的头斜靠在孟嘉的肩膀上，说："上面的肩膀上。轻一点儿。"等一下儿又哧哧地笑着说："靠左一点儿……噢……好舒服……再低一点儿……再低一点儿。"

孟嘉心想，以前从来没遇见一个小姐，也没遇见一个太太像牡丹这样。

孟嘉说："你想喝点茶吗？"说着把牡丹刚才给他倒的那碗茶端给她，好表示似乎在做点儿别的事，冲淡一下心情的紧张。

牡丹接过那碗茶，闻了闻茶的香气说："你呢？"她给孟嘉倒了一碗。

牡丹说："我一点儿也不觉得困。"用嘴唇抿了一点儿茶，又说："你若不打算立刻睡，我就多陪你一会儿。"

"还不睡，还不到九点钟。我平常都看书看到半夜。"

"那么我先不走。"

孟嘉比牡丹年岁大得多。虽然他知道若能完全占有牡丹这个美女，会其乐无穷，但还是要等待牡丹自愿任其为所欲为——也是要等牡丹表示需要。两人是堂兄妹，这也是向堂妹表示尊重。在牡丹这一方面，她已经准备今天晚上以身相委，可是仍然克制着自己，因为她对翰林究竟是敬佩惯了。翰林掏出一根纸烟，装做看福州之行的随笔文字。

牡丹过去，躺在堂兄的床上，那床是靠着墙放的。

牡丹说："你若不介意，我就躺在你床上，你在那儿做事。"

"没关系。"在这种节骨眼儿，男人比女人更觉得局促不安。若打算把道德上的约束和肉体上文明的负担扒脱个精光，可真需要几番挣扎，几番力气。

牡丹顺手从床头架子上拿下一本书，想打开看。结果，两人之间竟有五分钟这样挨过去，多么沉静，紧张，不安！

牡丹说："大哥。我这样打扰你，你不怪我吧？难道你以前没有真正恋爱过吗？"

"我记得只有一次，那时候年岁很小。我还是不说为好。你为什么要想知道？"

"因为你的什么事我都想知道。"

"是啊，我只爱过一个小姐，只是那一次。她真美。天哪，她真美！她抛弃了我，嫁了一个富家之子，事情就此结束。"

牡丹深深地叹了一口气，说："什么恋爱也比不了初恋。"

"对，你说得对。最初，我非常痛苦。后来，我很快就摆脱了那种痛苦。和她那次恋爱是一项冒险，以后跟女人来往，我一直战战兢兢的。"

这件往事他叙述得并不漂亮：第一，他心不在焉；第二，那件事他并不感兴味。这时他不知如何是好，就伸手点上一根纸烟，把椅子向后一推，靠近窗子站着，背向着堂妹。

他听见牡丹对他说："你递给我一根烟好不好？"他回转身去，看见牡丹已经坐起来，身上盖着被子。翰林点着一根纸烟，移身坐在床上，把烟递给牡丹。牡丹，静悄悄地，一句话没有说，嘴张成一个引诱人的圆圈，把堂兄拉近了她身边。两人接了一个长长的吻，牡丹用力往深里吸吮，好像要解除长久痛苦的干渴。

牡丹说："噢，孟嘉！"这是她头一次叫翰林的名字。

翰林一边以无限的爱意掠开牡丹脸上的头发，一边说："三妹。我和你分手之后，是怎么样的心情，你再也没法想象——在船上，在路上，在马上，过高山——我老是觉得你在我身边。我似乎丢了魂儿，茫然不知如何是好。我多么盼望看到你一封信。我一直带着你留在船上的那一封短信'给我写信'四个字。这封短信对我太重要，你亲手写的，我就觉得有你在我身边。"

牡丹说："我收到了你寄给我的那两封信，真美呀！"

"我再不愿离开你。我是你的！永远，一生。"

牡丹说："我也是。"又在堂兄嘴上一吻，很自然地说："把灯吹灭了。来，好好地躺一会儿。"

孟嘉起来把灯吹了。晶莹的月光自窗外泻入，比在山谷间皎洁。孟嘉开始脱下长袍。抬头一看，牡丹正把袜子和别的衣服一件一件脱下来，扔在床边的地板上。

然后在痛苦和喜悦的狂欢之中，两人的肉体和灵魂一同融化了，肉体长期积郁的渴望，终于获得了满足。两个人合二为一，阴阳相交，九天动摇，星斗纷坠，彼此只有触摸对方，紧抱对方，仿佛忽然沉陷入远古洪荒的时代，不可知的原始天地，只有黏液，变形虫，有刺的软软的水母，吸嘬的海葵，只有肉的感觉，别的一无所有。他们仿佛在全宇宙的黑暗里，在难以忍受的痛苦和喜悦里正在死去，仿佛只有这样死过去成了神仙，才能创造下一代。旋转冲撞的动作稍微低弱下来时，牡丹的手就在堂兄的身上，以无限的甜蜜和温软的情爱在移动，寻求，探索，捏搓，紧压，抚摩。

牡丹问："你舒服吗？"

"很舒服。"

"我也是。"这时牡丹的喉咙里发出低小迅速的呻吟。她说："千万别看不起我。我爱你——很爱你。"

"你不打算回你的屋里去吗？"

"不。"

于是两人坐起来说话，后来不禁又再度做鸳鸯之戏。孟嘉发现牡丹那个娇小玲珑的身体竟藏有那么深厚的爱，真感到意外。现在，在黎明以前熹微的光亮中，孟嘉恣意观看美人的睡态，凝视牡丹酣睡中的面容：那微微撅起的双唇，长而黑的睫毛——她那关闭的心灵百叶窗，她两个眼睛下面迅速颤动的眼球现在是一片平静，就像风雨之夜过后湖面的黎明，她那雪白的肉体，那么匀称，那么完美，让他看来真是又惊又喜。他是那么爱她，爱她整个的人，再加上她的精神，她的灵魂，还有她的肉体。孟嘉所感觉的，在一次满足之后，并不是一种解决，也不是肉体压力的解除和摆脱，而是在亲昵地了解她的肉体之后对她的心灵有了新的认识，同时人生有了一种新的力量，新的目的，因为他们的结合不只是肉欲的满足，而是天生来两个心灵全部的融洽结合。这一夜他对爱有了一个新的体验，是他前所未知，以前认为断然不可能的，由于牡丹给予他的光与力，已经深入他的身心的光与力，更加大了他人生的深度。

孟嘉划着了一根火柴，一看钟正好四点。他轻轻拍了拍牡丹。

他叫："三妹，你最好回你的屋去睡吧，面子还好看。"

牡丹只回答了句："噢，不。这儿很暖和。"又入睡了。

直到天刚破晓，一只农家的公鸡叫了"根儿——根儿——根儿"，孟嘉才把牡丹劝回她自己屋里。

牡丹正在青春，早晨八点醒来，丝毫不觉得累。大家都起来了，因为若水一向早起，白薇今天也特别早起。

牡丹不用化妆。她洗完脸，就到早饭桌子上去，一副十分清爽的样子。这时只有白薇坐在那儿。白薇瞅着她，静悄悄微微一笑说："怎么样？好吧？"

牡丹微笑点头。

白薇说："你不用说我就知道。你脸上带有蜜月的春色。"

不久，两个男人也进来。没人说什么越礼的话。他们商谈到一里外严子陵钓台去远足。

若水说："在过去两千年里，不是地面升高了一百尺，就是海面降低了一百尺。不然严子陵无法从这个高台上钓鱼。"

孟嘉慢慢地笑了笑，觉得很滑稽。他说："我们有三个李白的坟墓，都说是真的。谁愿信什么就信什么吧。"

白薇说："重要的是人的情趣。严子陵也许根本没有在这儿钓过鱼。人只是对这位高风亮节的隐士表示崇敬之意而已。"

十点钟光景，他们出发。山的缺口处果然风力极强，迈步都困难。

牡丹说："我不愿去。"她并不很喜爱古迹。她在现代这个世界生活惯了，对古代并没有什么兴趣。

白薇说："你若不去，让他们男人去吧。我去过很多次了。"

于是孟嘉和若水一齐去，两位女友回到家里来。

昨天的一夜春宵，还在牡丹的脸上浮漾着春色。

白薇问她："你说你跟金竹断了。他怎么样？"

"他也没办法。他问我为什么，我也说不出理由来。我告诉他说我爱上了另一个男人，他还不相信。他没想到是梁翰林。当然一个女孩子说'我爱上了另一个男人'，或是说'我已不爱你了'，男人除去认命，还有什么办法？"

"你没说你不爱他了吧？"

"就是这么说的。"

"你怎么能这么说？你们毕竟在一起这么多年。你不会这么说吧？"

"是这么说的……我看明白了他不能和他太太离开，此外我还有什么办法？难道做他的情妇吗？他说他计划调到杭州去，我和他容易常见面。我只好和他断了。除去告诉他我不再爱他，我还能怎么办？"

"当然你不是那个意思。"

"我也很为他难过。他很生气，把我给他的一绺头发退还给我，烧了我写给他的信。他从皮夹里把我的相片拿出来还给我。"

"我想他会。这对他的打击太大了。"

"当然……不过，我们还是像朋友一样好离好散。"

白薇沉默了片刻，然后说："他那一切表现也没有什么，只是生气而已。我不相信他已经不爱你。他不可能，你也不可能不爱他。"

她俩又接着说到北京去的事，直到两个男人回来。

下午，白薇提说他们一起去她特别喜爱的那条小溪边，她常在那儿写生。小溪边有一个小瀑布，只有七八尺高，她把那条瀑布叫"我的瀑布"，瀑布下面是一个池塘，只有二十尺长。若水常在夏天去那里游水。那儿既风光如画，又清静隐蔽。溪流中又洁白又光滑的圆石头随水滚转，两岸松柏茂密，俨然一个小丛林。

白薇觉得在小溪边野餐很有诗意，她知道牡丹很喜爱那种活动。若水在村子里买了些鳟鱼，白薇开始点火噼啪乱响后，火着好了，她拿出鱼来烤，用筷子夹住一条一条地烤，那鳟鱼很小，才四寸长，孟嘉看见白薇烤鱼时那种游戏又郑重的样子，觉得很有趣。

若水大笑，说："你烤的鱼几口就吃完了，还不够费事的。幸好我带了几条糖腌的熏梭子鱼。"

白薇觉得很没面子，说："噢，那算了吧！"她的眼里被烟熏出了眼泪。

四个朋友坐在小溪边，围着雪白的圆石头吃东西。鱼虽然很香，但每条只够吃两三口。若水正要解开他带来的熏鱼，白薇阻止了。

白薇说："我本打算今天要吃得很别致，你偏偏来破坏。"

拿出熏鱼吃，怎么就会破坏了女人设计的这次野餐构想，若水觉得不值得去追寻什么理由。他悄悄地，很温柔地拍了拍妻子的肩膀，鼻子凑在妻子头发里，表示谢罪。

白薇说："哎呀，好好的！"觉得怪难为情，但是显然也很喜爱丈夫这个动作。

牡丹对孟嘉说："来，咱们顺着小溪往下走，别妨碍这对恩爱小夫妻。"

孟嘉说："往哪个方向？"

"下面有一个很好的地方，可以看见整个一个山谷。"

牡丹领着孟嘉顺着溪边一条小径走去，她一只手拉着孟嘉，那青春的步态袅袅婷婷。孟嘉过去从来没有遇见一个女人这么热情，这么独行其是，又这么富有奇思妙想。

"你知道那个地方吗？"

"知道。我以前去过。"

他们慢慢往下走，抱着彼此的腰，两人的身体互相摩触。

牡丹问孟嘉："你快乐吗？"

"我以前从没有这么快乐过，这真是个妙不可言的好地方。我想，将来我们和你妹妹在北京时，得特别小心。"

"这个我不愁。我是她的姐姐，我有我的自由。她会知道咱们俩的事——那一定。我还没见过有比素馨头脑更清楚，做事更稳健的人。她向来说话小心，从不会失言。"

他们顺着小溪走了一半路，看见一个平坦的大石头，伸入水中。

"咱们爬上去，坐在那儿吧。"

他们俩并肩而坐，互相亲吻，看着落日余晖由鲜艳的金黄色变成紫色，再由紫色变成深紫红，这时，下面的村子已经笼罩在深深的阴影中了。

过了十几分钟，他们听见白薇的叫声。牡丹站起来，看见他们在上面。白薇说他们要回家了。牡丹摇手作答，向上喊道："你们先回去吧！"

牡丹又高高兴兴地坐下，说："现在你向四周望望。在这整个宇宙之中，只有你我，没有别人了。"说着她躺在石头上，穿着马裤的两条腿曲起来，显得特别欢喜。孟嘉低头看她，她浅棕色的眼睛映出有条纹阴影的天空，变成了天蓝色。

"像这么好的地方，再也找不到了。"

牡丹忽然一跃而起，说："跟我来。"

孟嘉对牡丹随时有惊人之笔正自叹服，就问："到哪儿去？"

牡丹把手伸过来，两人一齐从大石头上跳下，向溪岸走去。牡丹把孟嘉领到一片平坦的地方，是个完全隐僻的所在。牡丹仰卧在草地上。这时，牡丹就是一个森林中的仙女，两只眼睛望着孟嘉，呆呆地出神，也许是正望着紫色的云彩，高高地在逐渐黑暗的天空中飘浮。

牡丹喃喃自语："这个地方妙极了！"

孟嘉对她的美，对她的青春，清清楚楚地感觉到了。他坐下来，仔细地打量她，端详她，心里充满了一股强大的压力。

他说："没法再好了。"

"什么没法再好了？"

"这个时刻——在这儿和你……"

牡丹把眼睛转过来，和孟嘉正目而视，默默无言，她的两个乳房上下起伏，清楚可见。

牡丹说："你现在非常吸引我。"

"小鬼。"孟嘉挪动了身子，把头枕在牡丹胸上，细听牡丹的低声细语。孟嘉眼睛不看牡丹，对她说："刚才你带我来时，你就知道我们会这样吗？"

牡丹点了点头。孟嘉对他这位堂妹再没有抗拒的能力。他们的关系在昨夜已经改变过来，两人之间再没有羞惭，再不用克制。两人现在是以平等地位相处，孟嘉只是个长成的男人，牡丹只是个长成的女人。牡丹用手抚摩孟嘉躺在她酥胸上的头，说："听我话。咱们把今天做个永远纪念的难忘日子吧。”

……

他俩完毕之后，九月里白昼苦短的一天已经暮色四合了。

牡丹说：“咱们得赶紧回去。他们等着咱们吃晚饭呢。”

牡丹整理好头发。孟嘉又吻了牡丹一下，并且向她道谢。

“谢什么？”

“谢你给我这么多的爱，这么多快乐。”

“你们男人有一个错误的想法。你们认为女人只给你们快乐，不知道我们女人和你们享受的快乐一样大。”

牡丹坐起来准备回去时，孟嘉看见她的肩膀上有一块肮脏的绿斑点，他从牡丹大腿雪白的肉上捡起一只压扁的萤火虫。

牡丹说了声：“你呀！”拍了拍孟嘉的手。

孟嘉说：“三妹，自从认识了你，我一天一天地越来越爱你。你带我到小溪下游这儿来，你的想象真美。”

“这是因为我爱你，也因为你刺激我。”

牡丹把衣裳都穿好了。他俩从这片空旷的地方走开时，孟嘉说：“以你这样性格，我真不知道你怎么能对你丈夫做个忠实的妻子，对公婆做个听话的的儿媳妇，还那么久。”

牡丹摇了摇头，还是像平常那样坦白：“做个听话的儿媳妇还差不多，做个忠实的妻子，可没有。”

“你意思是……”

“那不能。我若真爱我丈夫，我当然会和他……但是我不爱他……我厌恶他……”

“在那个和外界隔绝的家里，你怎么办？”

“天下无难事，只怕有心人。”

“你真敢？”

“为了他，我什么也不怕。”

“他？”

“不要问我。想起来还心疼。这件事算我对你保持的唯一秘密吧。”孟嘉在她身边，觉得她浑身似乎都有点儿颤抖。

“好，我不再问了。”

牡丹的眼睛有点湿。她长叹了一声：“我多么爱他！不过已然成为过去了，那是在我遇见你以前……”

孟嘉只是静静地听着，又听见她说：“大哥，我现在只爱你，不再爱别的男人……”她几乎像是在恳求孟嘉：“不要再问我，说起来太伤心。”

“那么我就不再想知道。我的意思只是，你怎么能办得到？”

“我对你说过，天下无难事，只怕有心人。”

孟嘉不再追问什么。在暮色迅速加浓的一片苍茫中，他俩手拉着手走回上游的石阶。他们到家时，天已完全黑了下来，晚饭早已经摆好。

第九章

现在牡丹平静下来，这是狂欢后的平静。她秘密的爱情使她对一切皆等闲视之，而眼前世界的颜色也因此有了改变。她心中的愿望得到了满足，她对父母允许她走心怀感谢之情。她对每一个人说她要同妹妹随梁翰林上京去。爱说闲话的女人和迈着方步的男人，天天忙着过陈陈相因的日子，永远来不及问一下自己到底过的是什么日子，而这等人问她姐妹为什么要去，要去做什么，她只觉得他们十分可怜。北京之行，是她开始一段新生活必须通过的一个关口，她精神上的冒险和得救，她对不可知命运的寻求，都要以此为门径。

事情很顺利。在同宗的庆祝宴会上，每个人都听说两姐妹，三妹和四妹就要到北京去了。这是大消息。这两位姐妹被介绍晋见了总督大人奕王爷，坐在贵客和王爷的席上。

在宴席上，奕王爷对牡丹的父母说："若有什么事情需要帮忙，就直接去找我。"这是一种友好的表示，因此他与孟嘉这位名儒的关系也就越发亲密。万一遇到什么麻烦，好处自然很大。一般老百姓都仰那班愚昧迂缓低级员司的鼻息，只有少数幸运的人才能直接通到总督大人的驾前。

苏姨丈确信总督大人要大驾光临赴席，这可真是梁家全族的盛事。在那种年月，总督大人因公外出时，三层庭院里要连续打鼓。要吹长号筒，放三个大鞭炮之后，大人才坐上蓝呢轿，由八个轿夫抬着，轿前有步兵和骑兵。对权威有如此的壮观和恭敬，是有用的。男男女女都回避，只站在路旁，在总督经过时，都目瞪口呆，惊叹不已。全城现在都知道总督大人是梁家的朋友了。

梁姓同宗在西湖借到一家别墅，近水是一个莲花池，四周有红色的长廊蜿蜒回转，客人可以坐在廊下，赏花观鱼。

席间，家人和多年不相见的亲戚同桌，处处有孩子哭，大人叫，婴儿在怀里吃奶，男人坐下起来—— 一切都是喧哗热闹，喜气洋洋。

用餐前，依照惯例，先有几个人致辞，好像是先让大家吃最难吃的这道菜。族长先站起来，两手高举一张纸，上面是由一个人预先写好的文章，文字雅俗共赏，明白通畅，在一片吵嚷喧哗之下，他诵读的声音是无法听见的。但是他仍然郑重其事地念，因为是一件郑重的事，就应当郑重地做。在一个句子中间念不下去时，他就临时停住，歪过头，从各种角度从纸上斜目而视，一边说："这是个什么字？怎么看不出来？"于是，他喘一口气，设法说明，并且把那个字重复几次，直到认为满意，好像船夫勉强把船撑过了沙滩。过去之后，似乎风平浪静，他的速度又加快了，可以看得出，他平安无事，一路顺风了。

奕王爷的话简单明了，是官样文章，对梁翰林十分恭维。等梁翰林立起致辞时，全场立刻鸦雀无声。做母亲的制止孩子吵闹，说："现在翰林说话了。"这话说出来好像符咒般那么有奇效，孩子听了都害怕。大家羡慕恭敬的眼光都集中在翰林身上，"翰林"一官，梁氏全族过去百年之内仅有一个人获得了这个朝廷的品级，也是别姓宗族所嫉妒的。孟嘉的脸上的肌肉动了一下，眼眉皱起来又松开，松开又皱起来。他很受感动，全族人的宴请比北京官家的宴请意义重大得多。他开始第一句是："万事不如家居好。"他的眉毛有些抽动，声音温和，微微颤动。姨母大人邻近他坐着，非常得意，非常欢喜。梁翰林越说信心越强。他说到军机大臣张之洞的"力学自强"的主张时，听懂的人便寥寥无几了。他说，一个大国总要改变革新，以适应中国遭遇的这种世界新情势，中国过去在北方国境上筑有万里长城，抵抗北方来的威胁，国家才平安无事。而今中国的威胁来自汪洋大海上，中国必须适应这种新情势，要努力学习，而且要学习得快，不然还会遭受外侮，就如鸦片战争，圆明园遭受英法联军的抢劫焚烧一样。他又说："万里长城现在没有用了。以前咱们中国从来都不知道外国人，现在越过中国海到了中国。人家的炮艇在大海上如履平地。中国现在遭遇的情况，是空前未有的。"

孟嘉的讲演词中心，正是当年由张之洞倡导由一群有思想的人附和的革新主张。张之洞数年后发表了他那篇有名的文章《力学自强论》。

奕王爷没等到宴席完毕就先走了。他说要先行离去时，客人都立起致敬，宴席中止。他走后，又喧哗热闹起来。

宴席即将终了时，素馨问孟嘉："您怎么会想到学满洲话呢？我刚才听见您和奕王爷说满洲话。"

"我已经学了一点儿蒙古话，那又不一样，不过和满洲话的字母相近。只要能念字母，就能学字。但是，他们都爱说汉话。"

"为什么？"

"因为汉人的语言文字是文学、哲学、诗歌的文字。满洲人说官话比我们说的都好。你知道旗人纳兰容若，他写词写得真好！感情那么深厚！我要教你念他的词：《饮水词》、《侧帽词》。要欣赏他的词，一定要知道他的恋爱故事。"

素馨那晶亮的圆圆的眼睛闪出了光亮。孟嘉告诉她们的每一件事，听来都新奇有趣。她能同姐姐跟着孟嘉到北京去，能一天一天地听到孟嘉说话，真是有福气！

虽然有离别的难过，对牡丹也难免有些忧虑，大体说来，父母还是为两个女儿高兴。做父母的认为这总是女儿的好机会，前途有希望，也深信孟嘉能给她俩物色丈夫嫁出去。也可以说，这个寡居女儿的问题算摆脱了。父亲对孟嘉说："小女有您这样一位名师，真是她们的福气。她俩在京里有您教训，是会获益不浅的。"

母亲说："我把两个女儿全交给您照顾了。"这次看着两个长成的女儿离家远走，母亲真是难免心疼。

孟嘉回答："我会尽心照顾牡丹。我相信素馨也会自己小心的。"

牡丹说："你这话是什么意思？"黯然神伤。

孟嘉说："我意思是，我会照顾你，让你妹妹再照顾我。"

素馨兴冲冲地说："您指的是洗衣裳做饭吗？您不照顾我吗？"

母亲说："不要对大哥无礼。"

孟嘉说："没关系。我喜欢这样。她们和我一起住，不要老是拘礼才好。"

临别的那天夜晚，只有姐妹二人在一起的时候，牡丹说："妹妹，这次咱们俩一块儿去，我真高兴你也能跟我去。你心里一定很兴奋。"

"上北京去！当然！"

"不要告诉妈。我做姐姐的，应当告诉你。我爱他，他也爱我。这意思你明白吧？"

素馨用她那平板的声音说："我早已看出来，妈也看出来了。"

牡丹把手指头放在素馨的嘴上说："嘘！由她去想。但是别说明。我告诉你，我爱他——爱得要命——我的意思是——我有我的生活，你有你的生活。"

"你的意思是，我别插一腿。"

"正是。"

"你若是担心这个，那是多余的。我自己会小心。"

"大哥说你会自己小心的。"

姐妹达成了和平谅解。两人平躺在床上，各有心事。过了一会儿，素馨说："你不会害他吧？你要保护他，珍惜他的名誉……"

"别恶心人。"

"好吧，睡觉。"

"睡觉。"

让两个女儿走，是母亲真正的牺牲。父亲最喜欢素馨。素馨可以比做西湖，姐姐牡丹则好比任性的钱塘江。八月中秋奔腾澎湃的钱塘江潮，是不能引起西湖上一丝波纹的。素馨比姐姐小三岁，已经是个完全成熟的女人，关于女人的何事可为，何事不可为，何话当说，何话不当说，这一套女人的直觉，她完全有。但是做母亲的，耽于想象，过的是无可奈何的日子，既非快乐，也非不快乐，她特别偏爱牡丹，在牡丹的冒险生活里，她好像又把自己的青春时代重新生活一次。这种情形，在她生活的每一件事情上都表现得出来，在房后她极力经营的那个可怜的小花园里；父亲不在家时，在她同女儿偷偷唱的断断续续的歌声里。

他们坐蓝烟囱公司的汽船到上海，再坐太古公司的船由上海到天津。姐妹两人早就想坐坐洋船，洋船本身就是一件顶新奇的东西，这一项理由就让把孟嘉对海的偏见一扫而光。这样走，他们到北京要快得多——九月底以前，冬季还没开始就可以到了。

孟嘉并不想成为一个海军专家。一个士大夫怎么能够学得现代海军的奥妙呢？但是他现在的使命是在海军方面，张之洞的想法是，中国的危胁不再是来自中国塞外的穷沙大漠，而是来自汪洋大海上。于是，孟嘉以富有研究性的锐敏的头脑，想学一切新的东西。在航海途中，他在一个翻译的帮助下，和那个戴着白水手帽高大的瑞典籍驾驶交谈，也学到不少航海的东西。他对望远镜、象限仪、晴雨计都感兴趣。总之，世界上现在是各民族的大竞赛，这个竞赛不容轻视，尤其是人家的炮楼子里能够喷射出雷吼般的火焰来。在他头脑里，他的想法渐渐成形，可以回去给张之洞交上一个报告。最重要的是，以他治历史地理的头脑，他对外国海上的灯塔、浮标和精密准确的地图自然深为注意，曾经不辞辛劳地粘贴杨守敬木版页的历史地图。在上海看过外国人的几张邮政地图后，他认为杨守敬的地图可根据那个修正一下，会更精确。在将几张地图比较之后，他证实了北京和古北口与张家口的距离和自己的记载相符。外国人地图的制图法和印制，都比过去他所见的好。在上海停留三天，他从江西路一个蜡烛商手里买了一个晴雨计，预备回去送给张之洞。后来，到了天津，他参观了大沽口炮台，并且很细心地访求咸丰十年英法联军由大沽、塘沽进犯北京的路线，那英法联军入侵导致圆明园遭受抢劫焚毁。宫禁里那些昏庸愚钝的官僚还在目光如豆地争权夺利之时，却有些梁孟嘉这样的人已经迫切感觉到改革的必要了。

他们的汽船从黄浦江缓缓驶向上海时，强烈的西北风从烟囱口把黑烟吹向泡沫漂浮的水面。牡丹和孟嘉倚着船面上的白栏杆站立，看团团的烟汽在波浪上扫过。牡丹的眼睛眯缝着，轻轻地说："真美！"江的两岸，红砖的货舱，小工厂，用波状铅板搭盖的破房子，都迅速地向后退去，河面挤满了舢板、平底船、渔船。汽船慢慢地滑过，汽笛嘟嘟地叫，让别的船只注意通行。小舢板却有大无畏的勇气，在海鸥还来不及飞落之前，就挤过去打捞大船抛下的罐头、瓶子、蔬菜、饼干。一艘法国的炮艇，还有一艘英国的炮艇停泊在江里，细而长，虽是不祥之物，却自有其美。这两艘炮艇象征外交上强权的胜利，是保护他们经商的后盾。

沿江一带的路上散布着一些高楼，其中有皇宫饭店，还有颇具气派的汇丰银行，是石头建筑，配上巨大的玻璃窗子，长不足四分之一里，一边达到汉口桥，那一边是污暗的红砖仓库，有涂上沥青的大铁门。不久，他们听见电车叮当叮当的铃声，又看见黄包车和马车来往。又有一群群行路人，穿着颜色深浅不同的蓝衣裳，男的穿着大褂，留着辫子，戴着黑帽盔，女人裹着脚，摇摇摆摆地走，有些拿着竹制的长烟袋。少女则穿着鲜艳的衣裳，玫瑰色、蓝宝石色、淡紫色，都是当年时兴的颜色。还有印度警察，留着弯曲的黑胡子，用咔叽布缠着头；还有白种人，戴着礼帽，上唇留着弯曲的小胡子，脖子裹着浆硬的领子，腿上是古怪的长裤，外国女人戴的帽子更古怪，上面的鸵鸟毛有一尺高。

甚至在那个时代，上海已然是东西商业汇集的大都会，是棉纱烟草冒险企业的顶峰地点，是猪鬃、黄豆、茶叶的寻求地，方兴未艾的、侵略性的文明惊涛骇浪，正在叩击这亚洲古旧大陆的边岸。孟嘉看了，着实有点害怕。

他们在东西路附近的福州路找了两间屋子。福州路两侧都是接连不断的小商店，在那些商店里，由雨伞、麝香，到土耳其的神仙油，由精美的南京云锦，苏州的透花绒，到黑龙江的鹿角、上等的人参，应有尽有。姐妹俩看见孟嘉光买人参回北京送礼就花了三四百块。他们看见一家广东商店，专卖雕刻的象牙和玳瑁壳制的东西，还有波斯的琥珀，柬埔寨的香。一个叫哈同的犹太人，拥有福州路全街的房屋，他对东方这个大都会的前途深具信心。再往市中心去，往跑马场那方向，是当年上海市区的边界，那儿就是“堂子区”，也就是苏州姑娘的秦楼楚馆地带；那些姑娘即便不是来自苏州，也说的一口吴侬软语。有了这些花街柳巷，附近的饭馆子自然就添了不少生意。那些姑娘，应召到饭馆去陪酒之时，在打磨得闪亮的自用洋车上——在脚下电石灯的雪白的光亮中，坐在阿妈的怀里，施朱抹粉的脸上永远是艳光照人，微笑含春。因此福州路的夜景中，永远浮动着欢笑喧闹，气氛令人眼花缭乱。

他们正在鸿福楼饭馆的一间雅座里吃饭。一个衣衫褴褛的小姑娘，十二三岁，面色苍白，显然是营养不良，拆开了浅灰的门帘，手里拿着衣袋大小的唱牌，请求为客人唱曲子，可以在那个污旧的唱牌里挑着点。孟嘉问两个堂妹是否要听唱，俩人说不要。小姑娘再三再四的地求。孟嘉出于恻隐之心，让她唱一个江南情歌。听一个才十三岁正饥寒交迫的小女孩唱那种感伤的子夜情歌，真令人心碎。一个男人站在一旁，瘦削的两肩上挑着一件破大褂，在秋意已深的日子，显得过于单薄。大概是小女孩的父亲。

莫听公鸡叫
天还没有亮
街上露水湿
哥哥不要忙
再来呀！好哥哥
哥哥来看我
你我好亲热
你若不再来
我也会知道
我要等，我祷告
别让我心焦

小女孩刚刚唱完就说："让我喝口水。"她自己唱的是什么意思，恐怕她也不清楚。她所知道的不过这是一首情色的歌，而这个世界就是这样的，她唱一首歌可以赚六个铜元，如此而已。她脸上表现的，正是大都会的罪恶和堕落。

牡丹说："小女孩真可怜。再额外多给她点儿吧。"孟嘉多给了她六个铜元。那张苍白憔悴的脸露出了笑容，在门帘后消失了踪影。

火车再三地鸣笛，车辆叮当叮当的响声，城墙送来了回响，这表示梁家姐妹就要到旅途的终点北京城了。在她们右边，隔着大约四十尺宽的护城河，就是那数百年古老京都的城墙，由城垛子分成段，墙顶上有雉堞，供射箭或放炮之用。

他们到达之时，觉得最激动惊奇的要算是素馨，感到心满意足而微露笑容的则是牡丹。

孟嘉说："再过五分钟，咱们就到了。"

牡丹只是惊呼道："这么大！"

"当然大。"

古老的城墙用巨大的灰砖砌成，上面苔藓斑驳，高有四五丈，横亘若干里，一眼看不到尽头。北京，这个数代皇家的古都城，在梁家姐妹耳朵里，听来就像符咒一样。素馨，其实牡丹也一样，都觉得一场美梦而今在眼前实现了。见了北京，你不会挑毛病，你会欣然接受它；有的人真把它拥抱在怀里，有的人则与它一见钟情。

火车从一个城墙的豁口进入，一直到前门火车站。前门，正名是正阳门，就在火车站旁凌空耸立，高八九丈。街上马车、洋车熙来攘往。孟嘉的仆人刘安前来禀明主人，说他们的马车在车站外面等着。

那天是秋高气爽的好天气。刘安照顾行李之时，梁家姐妹抬起头来看看前门的城门楼子，它们古老肃穆，耸立在碧蓝的天空。

四周车辆来往不停，牡丹欢喜得不知如何是好。

她说："咱们为什么不坐洋车？"

"干吗坐洋车？"

"比坐在马车里看外面清楚。"

孟嘉说："这个主意不错。那么，咱们雇一辆敞篷马车吧。"

牡丹说："不，还是坐洋车。"她知道她的话孟嘉视如圣旨一般。

主意果然很妙，果然看得清楚。前门外是最繁华热闹的街道，好多卖帽子卖灯笼的，再几条街也都是密密匝匝的饭馆和旅馆。过了前门，他们到了内城。洋车往东拐，进了东交民巷，在平坦光滑的柏油路上，车轮刚才嘎吱嘎吱的响声立刻安静下来。这儿和法国、英国、俄国、德国的使馆地区密迩相接。往北到了哈德门大街，眼界豁然开朗，立刻感觉到北京的宽广，呼吸到那广阔地方的空气。哈德门大街有七十尺宽。中间的大道与旁边的人行道有露天的深沟相隔。虽然这条街的正名是崇文门，可是北平的居民都以蒙古名字哈德门相称。过了不久，左边皇宫大殿的黄琉璃瓦顶已经在望，殿顶向四下铺展，宽广而低平，层层重叠，在十月的太阳下闪烁发光，那正是紫禁城的中心建筑。

哈德门大街北端东四牌楼附近，从总布胡同往东拐了几个弯，就到了孟嘉的家。他住的这栋房子，也和普通北京居民的住宅一样，门口并不富丽堂皇，只是两扇油漆的门，中间各有一个红圆心。刘安和马车夫，还有厨子，都在大门前迎接他们。有一个眼睛水汪汪的老年人，留着稀疏的白胡子，是门房，在官宦之家，准不准来访的客人见主人，完全由门房决定。孟嘉养着这个门房已经有几年，因为他自己志不在飞黄腾达，自然也不在乎别人对他是什么看法。另外还养了一条狗，这狗看见主人回来了，又跳，又用鼻子闻，又摇尾巴，还想闻两位女客，惹得素馨很害怕。

孟嘉的客厅在里院，自然还僻静，也像个家。在北京住家在胡同里头，真不能相信会那么幽静。客厅的中间挂着对联，屋里摆的是硬木桌椅。翰林他父母大人的相片也挂在墙上，下面是一个柚木条案，镶着胡桃木，条案的两端向下弯曲。孟嘉的卧室在西面，书房在东面。整个看起来，一个翰林学士住的这栋房子不算坏，可也不算堂皇。书房是用得最多的地方，因为是学人治学的所在。一张大桌子，上面满是文稿书籍，紧靠着开向院子的窗子。屋子靠墙都是书架子，整整齐齐，书挤得满满的。北墙下面有张床，上面是一个高窗子，床附近有两把柔软舒适的椅子，中间是一个小茶几。一个黄铜火盆已经点着，好让屋里温暖。

孟嘉把两位堂妹带到她们的屋子，在书房东面另一个院子里。孟嘉原来一人居住时很少用那个院子，这个里院以前显然是房主所住的。庭院极其精致，用讲究的绿石头铺的地，现在因为没人整理，不好看了。北京的房子都是一层高，就犹如谁也不能把头高过皇宫内院。

房子早已经给两位堂妹准备好，现在只要添点儿家具就行。刘安说他特意等两位小姐来了之后自己去挑选。

孟嘉说："你们喜欢这个房子吗？"

两位小姐说她俩很迷那个院子。北京城，还有她俩住的这个院子的新奇，一直使她们惊喜不已。她们认为能在北京住这个庭院，真是安宁舒适，这样的生活水准显然比以前在杭州高，何况有仆人、厨子、自用的马车。

在随后几天，又继续添买些东西，周妈，四十来岁，老家在青岛附近，每天来洗衣裳，整理屋子。除去以前的丁妈，孟嘉一向不太爱用女仆，他觉得女仆们大多时间都爱说些莫名其妙的闲话，常爱加枝添叶，无中生有。

有两位堂妹在家，孟嘉的生活随之起了变化。桐庐的插曲使他感觉到生活有一种新的意义，就犹如喝了一杯春酒，他的精神跨越到一个新的境界。而今在饭桌上，他闲谈起来，比丁妈在时有一种前所未有的轻松自由。他随时有话要说，而堂妹俩随时都乐意听，牡丹总是静悄悄地听，素馨则很热切地发问，常会打断他。吃饭时，他随意漫谈，毫无限制，他知道对方了解他，尊重他，也喜爱他。他感觉到自己有家居之安乐，也明白了家居的性质和意义。不过，他有时良心不安，觉得是阴谋犯罪，这种感觉时不时出现在心头。这种安排也许对牡丹不太公道，可牡丹甘心情愿。不管要付出什么代价吧，他知道，他的整个身心需要牡丹的心灵，牡丹的爱，要听牡丹的声音。这是他心灵上所必需而不可少的。偏偏牡丹不顾传统名分，愿和他过虽然非法却爱情十分美满的日子。若给牡丹找个丈夫嫁走，使自己生活失去了她，孟嘉实在无法想象。这是他们爱情生活上的白璧微瑕。不过人不必老想那些瑕疵，只要爱慕观赏那爱情本身无比的晶莹，闪耀出独特无比的强烈火焰，就好了。人生中，往往一个偶然的原因就会妨碍一个美满的婚姻，真是一件恨事，倘若牡丹不是堂妹而是表妹，那两个就可以成就梦想不到的情投意合的姻缘。他俩的情爱必须严守秘密，却增添了两人之间如胶似漆的热情味道。

在仆人面前，他们多少要保持几分体面，并没有太公开。不管是在书房，或是在饭厅，牡丹玉臂对孟嘉一压，美目流盼一下，或玉体有意地接触一下，看一本书或看封信时，柔荑般的玉手故意碰一下，就会使他热血沸腾，就犹如火苗在风里猛跳了一下。他极为得意，觉得自己是在从事无上的冒险，进行一件非常的阴谋。

这种情形，素馨眼中看见，心里明白，觉得自己说什么也不对，也不相宜。她曾看见姐姐和金竹相恋，还有金竹奉父母之命娶妻时牡丹想寻短见的那一段情形。

关于牡丹，还有一件事，那就是她朝三暮四。有一次她跟孟嘉说："真不得了。不管我把头梳成什么样子，老是想再改变一下。"她总喜欢改变头发的样式，这一点和白薇一样。

第十章

到了北京的随后几天，孟嘉忙着出去拜客，在家接待客人，又要呈交视察报告，始终没在家吃午饭、晚饭，官场生活就是那个样子。他过去从来没有和人家正式地宴酒征逐，可是，那种宴酒征逐的应酬似乎就是结交朋友谋求升迁的不二法门。他则以奇才高士之身，始终设法躲避那种官场应酬。但如今离开北京半年，宴会应酬和朋友聚会一时难免了。他总是能回家则回家，常常在下午三五点钟。晚上又不得不出去吃晚饭，要到夜里十点十一点才能回到家。有一两次在同朋友酒饭之后，到前门外八大胡同去打茶围。朋友们看得出来他很烦躁，急着要早点儿回家去。

他一到家，就发现牡丹在书房等着他，蜷曲在床上，看书消遣。难得有一天她规规矩矩地坐着。

这时，她不下床，只是说："过来！"把孟嘉拉到她身边，嘴唇摩擦他的嘴唇，一句话也不说，只用闪亮的眸子凝视孟嘉，这样从他身上得到快乐安慰。她把温软的手指头在孟嘉的头发里抚摩，像小猫那样前后挑逗摩挲着孟嘉的脖子。这时，孟嘉就告诉她哪天见了哪些人，做了哪些事，她就安静地听，那么安静，到底是听还是没听，孟嘉也弄不清楚，只见她那灰棕色的眼睛瞪着，显出惊异的神气，又眉目含春，静静地盯着孟嘉的脸。孟嘉常常写文章或是读书直至深夜，有牡丹在书房陪伴，真觉得心中满足。仆人往往在那闪亮的藤皮编的旧壶套里放一壶热茶。在寒冷的晚上，厚厚的蓝窗帘在窗子上挂起来，窗子上糊的是高丽纸，可以卷上放下，比玻璃还御寒。窗子上既然有透光的高丽纸，牡丹总是爱把蓝窗帘拉到一旁，让外面朦胧的光穿纸窗射入。若是孟嘉说他还要起来再做点儿事，牡丹就又把灯点上。若是夜深了，她就从靠近书架的一个小旁门轻轻回到自己的屋里去睡。

一天晚上，牡丹对孟嘉说："我拿点儿东西给你看。"她把一个一尺高厚挺的白毛纸糊的信封递给孟嘉，那是普通的公文封套。封套上印有蓝色的粗格子，左下边有木刻的深棕色的字，是"高邮盐务司"。

"我要告诉你我丈夫所做的事情。看见那些女人的名字和他在她们身上花的钱数，你就明白了。"她说这是他们从桐庐回家后，她在家里发现的，是由一个嘉兴的船夫送去的。在封套的左上角贴着一张字条，上面写着"费庭炎夫人亲收"，在"亲"字右边画了两个圆圈。她嘉兴的家里寄给她，以为里头有她自己的文件。原来是她亡夫的私人信件，一本厚日记，另外一小本账簿。高邮盐务司寄来了几个箱子，几件家具，还有这个交死者遗孀的大封套，人家不知道她已经离开了费家。

"这对我并不算新鲜。你看见了这个小折子，不会怪我吧？这些名字是宝珠、银杏、小桂，她们得自他的好处最大。"

孟嘉一时感到兴趣，看了一眼那个小折子。上面记的有一次晚宴和玩乐，竟花到八九十块钱，这就是一个官吏的重要生活。上面还有几项收入引起他的注意，上面有人名、日期、数目，数目后面动辄以千为单位。费庭炎那几个数字写得很漂亮。这位死去的盐务秘书生前的花费显然入不敷出。

他的日记就更明白了。在某些页上他把情人的信粘在上面，还有些零星插入的文句，如"所遇未成"，"虽尽力报效，此女蠢不可及"。他对同事和上司的评注并不客气。最后他提到走私和受贿、商谈、威胁等，如"相信杨必遭报，渠之所得不止五千。所得已超过我之两千五百，明天将此事告知薛。"

薛盐务使为何使此一包裹由别人经手，殊不可解。也许他尚未知晓此一包裹，也许尚未肯查看内容为何物。一定是由一个职员在费庭炎锁着的办公桌抽屉中找到，而办公桌是用东西破坏后打开的。

孟嘉很郑重地说："你知道这些东西有什么重要性吗？这项证物若在法官手里，全局的职员都会受到牵连，这是严重的犯罪。"

"你为什么不报上去？"

"你过去恨他，是不是？但是，他现在已经死了。"

"我不了解你们做京官的。你们若是认为这犯了大清的法律，难道不需要洗刷，不需要革新吗？他与我又有什么关系？"

孟嘉觉得，牡丹的心灵深处似乎有一种热情在燃烧，在激荡。那不幸的婚姻一度焚毁了她的相思和热情。她仍然记得她丈夫那虚伪的笑声，那么肆无忌惮，无所不为，那么急功好利！她仍然记得当年那段日子，一丁点儿声音会吓她一跳，一点儿光亮她也怕。一个受苦受挫折的少妇心中恼怒仇恨的残火余灯，本来上半年已然在幸福之下埋葬，已然忘在九霄云外，现在又死灰复燃，又引起她心中的剧痛，这种感觉，若没有亲自经过，谁也不能知道。

孟嘉点着一袋水烟，在幽静的书房中喷出一口口短促的蓝色烟雾。水烟袋，是用美丽的白铜做的，每逢孟嘉在家里度过那轻松悠闲的时光，抽水烟是最心爱的消遣。每装一次烟丝，只够抽上几口，装烟点烟太麻烦，所以在事情忙时，他只抽纸烟。

最后，他说："你不想到法院大庭广众之中亮相吧，我也不愿看见你受牵连。这个案子一办起来，一定要你去作证，因为其中直接涉及你的前夫。奕王爷当然对你诸多关照，但还要看这个案子怎么样办。我若把这个案子送上去，负责审查的人会立刻就办，或是为了他的前程着想，或是想在扬州百万富翁盐商身上刮钱。这本日记上所记各项都要深究细查，因为上面有经手人的名字、日期、款数。盐商若不及时花钱把这件事遮盖下去，会是件闹得满城风雨的丑闻……"

牡丹的回答是很奇妙的女人的说法，因为她懒洋洋，还有气无力地抿嘴笑了笑，说："这会使我婆婆的心都碎了。因为她一向那么正派，那么死要面子……只要不牵扯上我的名字，我倒不在乎。"

"御史派人调查这件案子，当然秘密进行。我会告诉他们不要牵扯上你的名字。你对这些事一无所知，对吧？”

“除去他花天酒地胡来，我什么也不知道。那些姑娘的名字我都不知道，当然他从来不跟我说。可是，若没有这本日记，他们怎么能找到证据呢？”

“由他们去办，他们自有他们的办法。自有人会去办，向旅馆的茶房交朋友，会找出人名字来，甚至和盐务司的职员厮混。总要费上几个月的工夫。到市井打听闲话，到理发剃头的地方儿去探访。只要有像这本日记里记载的案子，城镇上随便张三李四都会知道，就是大官不知道。还有什么宝珠、银杏、小桂，这些姑娘也知道不少。那很容易。”

“你意思是，那些姑娘会说？”

“怕她们不说。不用愁。这些文件会退还给你。人家当然抄下一份。”过了片刻，孟嘉又说，“我保存这些东西，想想再说。不用忙。”

过了些日子，梁家姐妹习惯了北京的生活，熟悉了北京新奇的声音颜色。北京的天空晶莹碧蓝。早秋清爽的日子，宫殿的金碧辉煌，深巷胡同里住家的宁静，麻雀、喜鹊唧唧喳喳的叫声，啄木鸟叩敲空树干的清脆响声，她俩觉得都是北京的特色。乍由南方来，她俩尤其感觉到这是真正的北方都市，地方宽阔，日光照耀下颜色特别鲜艳，老百姓的谈吐诙谐而愉快。

姐妹俩常常坐着马车到东安市场，东安市场离他们的住宅很近。两人下了车，便走进那帐篷盖顶的街道，在那些商店里，什么东西都买得到，水果，上海的糖果、纺织品、衣料都有。或是在小饭馆吃小吃，或是到吉祥戏院去听谭鑫培的戏，后来也听梅兰芳在那儿演。那时是露天戏台，破烂而拥挤——但戏唱得好。有时到隆福寺庙，可以买字画，当然有真的，也有假的，不过假的居多，还可以买古代书法的拓本、碎铁、旧剪刀、新皮鞋，还有各式各样的艺术品，比如玉石的小扣子、精美的鼻烟壶。若是有孟嘉陪同，他们有时坐车到天安门，在紫禁城前面，皇宫就在附近。

北京城作为天子宝座的所在地，真是再合适不过。大自然的情况，人的想象，不管穷人富人，那种友善热诚通情达理的生活态度，闲聊瞎扯嘻嘻哈哈的一般老百姓——这些就构成了北京的特点。慷慨大方正是北京人的本性，随时随地，在人的精神上，都可以看得见。不论站在哈德门大街的什么地方，都会看得见这种气氛。哈德门大街，有两三里长，又宽又直，直得像一支箭，城门楼子，不论在南在北，都是高耸入云，犹如画图中所见的一样。天安门广场可容纳十万人。这种伟大的气派，大概是由于巨大的比例而成，由一扫无余开阔辽远的线条所形成，那种气势是惯于居住在穷沙大漠的人心胸中的产品。北京是宁往宽阔方面展开，不肯局限于一地而飞入空向高处发展。当年成吉思汗征服金朝的都城，他孙子忽必烈曾修建金都，明成祖将北京改建完成，并予扩大，成为今天的形势，清军入关，康熙、乾隆皇帝又予修缮，愈臻精美。历史的力量为后盾，历代皆有增修，所以一直伟大堂皇，坚固无比。

在北京城的晶光闪亮之下，梁家姐妹真觉得眼花缭乱。北方的力量开阔敞亮，非常坦白率真，纯洁得犹如青天白日，与南方的轻软朦胧大为不同。在北方，妖艳与朴质合而为一，宫廷的璀璨堂皇和富丽丰盛，正与民间住宅的纯和满足朴质宁静相匹配。离东四牌楼不远，就可以看见宝石蓝与淡紫色琉璃瓦的殿顶，环以闪亮的金黄色，下面就是宫殿后面有雉堞的长墙，耸立在二十五尺宽的护城河内，这段高墙在东北角上的终止处，是金黄碧绿色殿顶重叠的八角楼。

天空蔚蓝，冬日阳光普照，这一点大自然对北京特别慷慨厚施，京西郊外西山一带，风光壮丽灿烂，山上点缀着建筑精美的寺院。人为的艺术已经创造了壮丽肃穆平和宁静的感觉。当地居民却把大自然的赏赐视为理所当然，而不知感恩，艺术家创造的艺术美同样得不到人的感激。一个城市之可爱，全在这个城市的居民的生活情调。对北京的居民而言，北京就犹如一个聪明解事宽容体贴的慈母，或者像一棵供给各种蚂蚁、苍蝇和其他昆虫居住的巨大的榕树。保持北京城日常活动的，是轻松愉快的穷洋车夫，饭馆里彬彬有礼的跑堂的，庙会上转来转去的人群，小生意人以及他们的妻子儿女，这数百万人口都有耐性，心情好，生而谦恭和蔼。

有时候，这堂兄妹三人到大名鼎鼎的正阳楼吃烤羊肉，吃一顿热闹的晚饭。吃烤羊肉在一个敞亮的大院子里，客人站着，一只脚踩在铁炙子周围的架子上，自己用筷子夹着一片羊肉在火苗上烤，由火上拿下来立刻往嘴里送，所以滋味完全鲜美，毫无损失。他们饭后回家，在书房中灯前闲话，或是谈书论画，评论诗人墨客，说名儒的逸闻怪癖。有时孟嘉和牡丹下一盘棋，素馨在别的桌子上写家信。

晚上静静的。夜里的胡同中自有其音乐声。在外面夜色沉沉中，卖馄饨，冬天卖冻柿子，卖脆萝卜，卖干瘦花生“空儿”等清脆悠扬的叫卖声，穿透了深夜，悦耳可听。半夜时吃碗热馄饨做点心，真是舒服。

一天晚上，他们作诗为乐。孟嘉给她姐妹讲这种诗的作法。他念第一句，姐妹俩补出下一句，要用三个字“一半儿”，描写心思或景物。主题是“秋景”。

“秋来北地霜风紧。”

素馨：“看树叶，一半儿棕褐一半儿金。”

牡丹：“眠孤衾，一半儿凉来一半儿温。”

“鹤鸣高在碧云天。”

素馨：“看芦苇，一半儿飘摇一半儿垂。”

牡丹：“俏佳人，一半儿思郎一半儿愁。”

“午夜谁来轻叩门。”

素馨：“倾耳听，半似落叶半折枝。”

牡丹：“芳心里，一半惊来一半喜。”

“亦非折枝亦非叶。”

素馨：“半似雾来半似花。”

牡丹：“半似相识半故交。”

孟嘉说：“现在要考考你们的真本领了。”

“迟来客人门前立。”

素馨：“一半儿外来一半儿里。”

牡丹：“一半儿遮面一半儿觑。”

素馨撅起嘴唇来：“我不作了，越来越没法作。”

孟嘉说：“当然，这是闺怨诗。我只是要考考你们的技巧。不过你们若想作……”

“好了，接下去。”

孟嘉说了下一句：

“郎声正若春风至。”

素馨（想了好久）：“两眼半开又半闭。”

牡丹：“小佳人，一半儿就来一半推。”

素馨说：“哎呀，要命，越来越不像话。这么下去，那不就要上床了吗？我顶好走开吧。”

孟嘉说：“到此为止。”然后对牡丹说：“你似乎把《牡丹亭》看得很熟。”

牡丹说：“我十三岁看的。”

孟嘉对素馨说：“我想你的看法还客观。你看爱情从外面看，你姐姐从内里看。”

素馨并不觉得羞惭，很安详地说：“天下有诗以前就有了爱情。《诗经》上有好多爱情诗，开头就是说文王与妃子的爱情。有生命处，即有爱情存在，要点是看最后怎样个结局而已。”

就这样，在玩笑之间，姐妹两人就学到了不少诗文的秘诀，也渐渐熟悉了宋朝艳词精美的形式。

孟嘉觉得总是不能使牡丹把一本书从头到尾看完。牡丹有才气，字写得美，文章做起来也不吃力，就是缺乏耐性，不求精细。但所说皆言必己出，孟嘉对这一点极为高兴。孟嘉相信一旦她思想丰富，有了经验，会突破常轨藩篱，成为一个优秀的作家。

一天，牡丹对孟嘉说：“一本书我若能读半部，绝不读全部；若能从一页或一段得其乐，绝不读半部；若能从一行或一句而得其乐，绝不读整段。这样就足够了。”

孟嘉说：“你若能站着，你绝不迈步走；你若能坐下，你绝不站着；你若能投身躺在床上，你绝不坐着。”

牡丹说：“我知道，我懒。我一个人寂寞独居也自有其乐。”

孟嘉说：“这是你的个性。我不希望你有所改变而失其本来面目。自从我第一次见到你，我在街上看见别的女人就都与我风马牛不相及了。她们，总而言之，都不是你。天下只有一个牡丹，只有一，无有二。有人长得像你，没有你的声音；有了你的声音，又没有你的心灵，没有你的生活态度。”

牡丹听了很满意，问：“我的生活态度如何？”

孟嘉说：“那是你全部的个性。你坐的样子，你站的样子，就像以前丁妈说——你移动的样子，你手垂在左右两边的样子，走路时的抬头，你对人生的看法，你对美满人生的寻求，你对美满人生的渴望……你的热情，你的任性不肯节制，你的成熟！我也不知道怎么表达了……”

牡丹向他流露着得意的微笑：“我不知道自从遇见你我起了什么变化。我写不出来。我记得怎么样等你的信。那时我住在我妈家，你还没从福州回来。我常常拿起一支笔要写，可是后来慢慢把笔拿得越来越低，终于把笔放下。说着说着话，我沉默下去；沉默的时候，我开始思索；思索的时候，思想又飞到很远很远去了，心里纳闷那时你正在做什么。”

“你把现在说的话，就照样写下来，我相信，有一天你会成为一个优秀的作家。”

“我真是很愿写作。”

第十一章

冬去春来，牡丹坐立不安。这是一种小不舒服，是一种微恙，到底什么缘故，她自己也不知道。

她越来越愿孤独，往往离开别人，把自己关在自己的屋里。她的情思有所探索——自己也不知道何所探求。她依然很爱孟嘉，但已然不像在桐庐时那么发乎自然，那么毫不勉强，再说精确一点儿，不像船开往宜兴时在船上相遇的情形了。后来，越来越厉害，她总愿一个人出去，在茶馆酒肆，公共娱乐场所，混迹在男人群中。一种内在的行动逼迫着她，仿佛在寻求这个世界上早已失去，早已为人所遗忘的东西。

她妹妹问她为什么要自己一个人出去，而不和孟嘉坐车出去，她回答说："我也不知道。有时候，我愿意自己一个人，完全我自己孤独一人。"她原先打算和孟嘉在一起过活，现在如愿以偿，不是不快乐，可也不是完全快乐。孟嘉感觉得出来，隐隐约约感觉到自己似乎是她的绊脚石。也许事情已发展到极点。梦般的月光中的世界终于快要隐去，让位于阳光普照平凡真实的人间。但是，这也不是。牡丹似乎被一个影子迷惑住了，是一种自己也难以言喻的影影绰绰的不安情绪。牡丹自己知道她爱慕孟嘉，以前对别的男人都没有那么爱过，可他身上似乎缺少了什么——也许是金竹青春的影子，是那青春的火。

也许只是女人要结婚找个归宿的原始本能，不合法的关系似乎欠缺一种自然的满足。也许是牡丹她自己敏感的，无时不在的，对不可知东西的梦想渴望。

所以她一方面遵从旧习惯，一方面又受这专横挑拨不可抗拒的新习惯驱使。她觉得在城里各处乱逛，寻求游人最拥挤的娱乐场所，这样才获得了轻松，求得了逃避，毕竟也与她的青春有关。

现在也像她以前流浪的日子一样，她穿一件普普通通没有什么特点的蓝布褂子，一条深蓝的裤子，未免有点儿太瘦，也因穿得太久而显得颇不雅观了。在北京这个穿蓝色衣裳最为普遍的地方，她这身打扮，在大家之中倒是丝毫不显眼。这样她觉得蛮高兴，也担保平安无事，她穿着这种衣裳出去，人们颇感意外。她这种特性在素馨看来，倒也不足为奇。

她雇了一辆洋车，到外城前门外低级娱乐场所天桥去。不管到什么城镇，她有一种生来的本领，就是很容易找到老百姓所趋的热闹场所，因为她也容易和街上的陌生人攀谈起来。在老百姓集中的地方，她很容易跟人混得熟，很有缘，很受人欢迎，没有上等社会交际上那种传统的阻碍。她和生人相见，能不经介绍便可交谈，几分钟之后，便可以直呼对方的名字，以名相称，丝毫不必客气。

在天桥，牡丹正好找什么得什么。在那群追求欢乐的低级大众之中，她很快乐地消失在里面。年轻人一对对在逛街，弯腰驼背的白胡子老头，嘴里嚼着芝麻酱烧饼，一手领着小孙子；穿着开裆裤的小孩子在人缝里挤着往里瞧，扤着篮子的姑娘们发出嘹亮的笑声互相追逐。声音最大的还是敲锣打鼓。就在附近，有嗖嗖嗖、噼啪噼啪、拳掌相击相打的声音，正是打把势卖艺的练功夫，嘴里按着节奏发出“吼、哈、哟”用力气的喊声。

一个练把势的拍了拍掌，正准备向对手高踢一脚，这时候牡丹正在旁边看。一脚踢去，不料对方揪住他的脚，毫不费力，顺手一推，踢飞脚的人向后倒退，跌倒在地，但是跌倒得干净利落，说时迟，那时快，转眼间一跃而起，飞起一脚，不偏不斜，正踢到对方的肚子上，把对方踢得踉踉跄跄向后退。一圈子观众大声喊：“哟！”这种“哟”的声音，在戏院中一段或是一句要好的唱腔完了时，听戏的也是这样喊着喝彩，不是发自喉咙，而是如同大象的声音一样，是发自丹田的中气。观众越来越往里挤，圈子越缩越小。这时一个表演武功的拿起一条七节钢鞭，挥动起来，却向周围观众打去，每逢那钢鞭尖端就要碰到观众的鼻子时，他立刻把钢鞭撤回。这样，观众自然往后退，周围的圈子又扩大了。

现在两个卖艺的，都是光着脊梁，两手抱拳，上下作揖，同时两个脚跟在地上旋转，以最文雅的态度向观众说："诸位大爷、叔叔、弟兄。在下几个江湖客是卖艺的，练的武艺不敢说高明。诸位大爷、叔叔、弟兄，力气大功夫好的，请多多包涵，多多指教。"说话人声音洪亮，气发丹田。打把势卖艺在开始和结束的时候，照例要说这些江湖话。在走江湖到人生地疏的地方都这样说话，省得开罪当地，遇到麻烦。

那几个练把势的，其中有一个，牡丹很喜欢。他生得乱蓬蓬的头发，很好看，微笑起来，露出一排白牙，显得老实正直。他把锣反过来端着，好像个盘子一样，在里面走了一圈，向观众收钱。他嘴里喊："止疼的膏药同，一毛一贴！"由喊叫的声音看，他好像颇以那样生活为乐。他一看观众扔到锣里的钱不够多，买膏药的人也太少，就看了看锣，摇了摇头，开始说笑话，求大家同情。他弯起胳膊，让腱子肉自己跳动，这时说："看……嘿！别跑哇，丫头养的才跑呢！"他指着张大的嘴，用力拍着肚子，仰着头大声喊叫，先是求老天爷，然后是求在场的观众。他说："噢，老天爷！咱们卖苦力气混碗饭吃。"这时低下头，"咱们不能不吃饭。咱们卖了力气又出汗，都是为了换碗饭！老爷们多帮忙吧！"观众听说要把势卖艺的吃饭难，不由得心中同情，开始扔下铜钱去。

"多谢！老爷！多谢！少爷！各位叔叔大爷！"

牡丹扔进去十个铜钱，眼睛不住看那人肌肉的结实，流着汗水高低起伏的胸膛。那个年轻耍把势的发现有人扔下那么多钱，抬头一看，对那女人的慷慨颇感意外，又向她那玉立亭亭的身段看了一眼。牡丹开始推开人走出去，但是那个耍把势的还一直望着她，冲她背后喊："嘿，姑娘别跑！嘿，姑娘！"没受教育的人是更为自由的。

牡丹很喜欢那人那么喊叫，不由得回头望了望。

牡丹很认真地望着他，他似乎流露着恳求的神气。牡丹看了一下，就微笑着走开了。附近又有一个武场子，传来了耍钢叉的声音，里面有一个练把势的，正把钢叉在肩膀上、背上、胳膊上不停地滚转，有些看玩意儿的人渐渐在周围站成圈子。再往远一点儿，一个变戏法的，正凌空在手拿的一块灰布下面，端出一碗热气腾腾的汤面来，他的两只胳膊露在外面，上面光身赤背，前后左右都有人站着看。

远处传来了鼓声和笛子声。牡丹向那儿跑去。一个女人正仰身躺在桌子上，向上弯曲的两腿蹬着一个十来尺高的梯子。一个小女孩正在梯子空中上下钻。一个男人，显然是小女孩的父亲，在敲鼓收钱。四周看得啧啧称奇的观众正往地上扔钱。随后小女孩爬了下来，母亲也坐起身来。

鼓手现在越打越起劲，催动精彩的节目。小女孩拿起一支短笛，吹出尖声的曲调。她母亲脸上擦上粉，红胭脂涂成圆圈，开始边唱边舞，别人也参加了歌唱。观众都知道是凤阳花鼓歌。牡丹也和别人一齐唱起来。人人都一边拍手，一边踩拍子，扬起了地上的灰尘。那个女人用力摇动她的臀部，这首歌节奏轻快动人，由鼓声衬托就越发明显。观众很喜爱，要求再唱，又吵又闹，笑声不停。

牡丹这次游逛，至为快乐。她在挤来挤去的群众当中，觉得非常投合她的脾味。这时小姑娘尖锐的笛子又吹响了，声调很优美，好像由蒙古大草原上飘来的一样。

我的心肝儿，我爱你，
我的心肝儿，我爱你……

这短句在每一首歌里重复着。牡丹的身子不由得随着摇摆。这个歌调柔软优美，虽然不够明显，但是隐隐约约可以感觉到是来自阿拉伯的。鼓声随着歌唱，停顿之时有笛声填补空白。到结尾时，拍子渐快，真是动人肺腑，挑动人的渴望思念。最后鼓声突然“扑通”一响，歌声停止，牡丹惊醒，吓了一跳。

牡丹就这样乔装出游，混迹于低级汗臭味的大众之间。她看见一个茶馆，上面搭着席棚，就走进去坐下歇歇脚，似乎是满腔心事，却又茫无头绪，只觉眼中几乎掉下泪来。她到底在追求什么？自己也不明白。她只觉得心中有无名之痛，只觉得极端地缺乏什么，缺少什么。她露着玉臂，穿着紧身的上衣和裤子，真是年轻漂亮。男人们在她旁边成行地走过，有美的，也有丑的，有肌肉松弛的，也有肌肉结实的。每逢她一个人出去，到茶馆里一坐，似乎沉思，其实却一无所想，总有人向她搭讪说话。不管年轻的或是年老的茶房，总是以无限温和的微笑向她这么个俊俏女人说话。她坦白自然，平易近人——不管对方是什么人。她是了解男人的。她并不是在男女之欲上需要他们，只是喜爱那种富有男人刺激性的平易自由的气氛。难道她是寻求一个失去的爱人，还是寻找一个求之不得的理想？

那年春天，孟嘉从都察院的朋友口中听说一个盐务走私的巨大案子即将侦破。其中牵连到扬州一个出名的盐商，他和高邮盐务司勾结，利用官船偷运私盐，借以逃避重税。一个姓薛的盐务使和若干厘金官吏都涉及这个案子。那就是说，若是正式起诉，不但罚款极重，盐商要流放，薛某一定要判多年流放，甚至要判死刑。关于阴谋勾结的资料已经在当地搜集到不少。薛某和该名盐商被控以盗窃国帑，知法犯法。究竟如何，那就看这个案子怎么样办了。倘若证明罪行重大，薛某可能秋天在北京城斩首示众。

自然，这个案子会株连不少。盐商杨顺理正在拼命挣扎，各方面活动奔走，就跟热锅上的蚂蚁一样。他势力很大，但愿钱能通神。他已经派私人代表来到北京奔走门路，但求大事化小，小事化了。但是御史刘铮，是为官清正恪尽职守的人。不知他名字中那个“铮”字，是官拜御史之前的书名，还是做御史之后新起的，无论如何，“铮”指铁之刚利，如铁之铮铮，又喻人之刚正不阿。这件案子无法疏通，杨某的代表深冬时来京不到一个月即南返扬州。

在二月中旬，薛盐务使和商人杨顺理即已逮捕归案，拘押票已经发出，要传好多主要关系人或证人查问，他们的供词都记录在卷。凡与官方合作的，如妓女宝珠、小桂花都予释放，但仍在官方监视之下。

这个案子与牡丹的关系是够近的，重要的证据当然是她亡夫亲笔写的日记和账目。虽然铁证如山，薛盐务使和其他人等仍继续否认与闻此事，把责任全推到几个低级员司身上，那几个低级员司家人的生活则由富商杨某答应负全责照顾。

主要的证据，现在即在梁孟嘉的手中，不过已经抄写了一份送交都察院（都察院有今日检察长之权，对皇帝的所言所行也有诤谏之责）。本案现在正在江苏当地审理，很快即由府至道，再到驻南京的巡抚，最后到大理院。孟嘉向主办此案的御史再三请求务必以供词为主，以个人情面为他堂妹恳求，最好不必涉及日记部分。因为他堂妹不顾亡夫声誉将此日记呈交官府，也算是一功。虽然费庭炎的名字也被牵连在内，但对死者，或荣或辱，终归无用，并且亡者遗孀对此案件一无所知，于是，主办该案的御史应允不将牡丹名字牵连在内。

那些日子，家中谈到牡丹回杭州探望父母一事。牡丹自己愿意南下，但孟嘉不明白什么缘故。万一牡丹还怕自己被牵连在内时，他可以尽速给奕王爷写一封信，请他向江苏巡抚美言一二。按理说，主管军事的总督与主管民政的巡抚地位是相等的，虽然职权不同，但这位满洲皇家王爷的一句话，对汉人巡抚还是有分量的。这件事办起来再容易也没有，两位大人在饭桌儿一句话就够了。于是，孟嘉给奕王爷写了一封信。后来事情顺利解决，孟嘉也就把这件私运官盐的事情置诸脑后了。

四月初，刚过了清明，牡丹接到白薇的一封信。两人来往的书信之亲密坦白就如同闲话谈心一样。白薇无论说什么话，牡丹都不会生气。在若干其他事情之外，白薇有下列一信：

牡丹：

你生活之独立精神与勇气，我一向佩服。你在北京所见之景物，我深信我亦甚愿来日与若水一同前去游赏。你近日之生活，必然如一美梦，你真幸运儿。闻人言月下望天坛之美，我愿留此乐事，将来与汝共之——或待汝少为安居就绪，未为迟也。我不克近日北上，即以此为一理由，未为不可……汝之影响于金竹之大，汝尚一无所知。我可以掬诚相告，此事我极痛心。春日他来杭扫墓，我见其形状，不觉大惊。头发蓬松，形容枯槁，面貌竟一变至此，殊不可信。

> 表面虽勉做坚强状，但其内部业已摧陷。他告我正在上海与一妓女同居。由苏州至上海，仅一小时里程。我今将一事相告，实为我与汝前未谈及者。汝北上后，彼于十一月曾来桐庐，独至该小溪下游，孤宿一夜。次晨他抵舍下时，两目血红，消瘦可怕，但彼故作勇敢坚强状。彼今日确已改变，大不同于曩昔。汝亦无法使其恢复旧观。我与彼交谈时，彼未尝一言以及汝，亦未提及汝之姓名。彼若对汝愤恨，汝亦不应责怪。我亦因与彼相识既久，见此惨状，实觉痛心……假以时日，彼或能自行解脱，因此人个性极强，刚而有力，我知之，汝亦知之也……

牡丹实在无法卒读，但觉心中忽而作冷，忽而作烧，胸中则堵塞难忍。信中并没有说金竹已离开妻子，显然他并没有。一个妓女可以公开做的事，普通女人焉敢去做！牡丹知道那个妓女一定不配金竹，金竹也并不真正需要那个妓女。她一时肝肠隐隐抽搐，热血冲到脸上，感到微微疼痛。

这个消息引起她一腔悔恨。因为金竹不能离开妻子，牡丹自然不能答应像那个妓女一样和他同居，这也不算自己的过错。若给他写封信，现在又平白无故没有理由，反倒引起更多的麻烦，又使他对旧事更难忘记。事情已经那样，就让那个贱货，不管她是谁吧，让那个婊子占有他吧，也许能帮着他恢复一下，渐渐近乎正常呢。

那天夜里，她半夜醒来，便无法入睡。她起来，在黑暗中无法找到拖鞋，就光着脚走到旧桌那儿，点上灯，自己坐着想。灯的柔和的光和沉默的星斗，那么像她和金竹在桐庐那午夜的时光，她的心跳得很厉害，似乎跳到她的嗓子眼里来。她双唇紧闭，拿起一支笔，开始给白薇写信。她向窗外一望，但见夜的天空，繁星万点，银河倾斜。按民间的传说，银河是把一对情人牛郎织女分隔在两岸的。她似乎听得见金竹温柔的声音，在她耳边低声细语，细说那牛郎织女的长相思，他们俩一年一度七月七日才能团圆一次。她想象中，似乎能听见金竹急促的喘息。

白薇：

读来信，知金竹近况，不胜惊诧。我不断自问，此事果我之过耶？我并未修书问候。他将永不原谅于我，势属必然。所尤惧者，即我果有信前往，渠必致重启旧痛。此事只可与妹言，不可与外人道也。因我之心神早已归属于他，急欲赎罪愆，故每思忘怀往事，终于无能为力。我何以如此，亦不自知。我今如一叶小舟，漂荡于茫茫大海，业已迷失方向，不复辨东南西北矣。自来北京，迄未获得梦想之快乐，情形演变，荒唐可笑。此皆我一人之过，我非不知。以堂兄之年，为人如此，殊无瑕疵可指。我二人年龄虽有二十之差，如我能忘怀金竹，此差别亦不为害。但我实不能忘，你非不知也。金竹之爱，已深植于我之血液，我之毛发，我之骨，我之髓，我心灵之深处。

我当何以自处？务请相告。我当如何为佳？我心肠寸断矣。我与金竹断绝关系，实非不得已。因长此以往，实不能每年与渠只一二次相见而已。试问此一二次相见之外，其余之岁月，我将如何消磨耶？此种情形，汝自不难了解。对往事我又焉能完全忘怀？自吾二人相爱伊始，每次相会，痛苦与激动，皆交集而不可分，相拥抱之喜，恒伴以别离之苦，肝肠之痛，正是“相见时难别亦难”也。渠虽勉持镇定，我归家时，见心中毫不相爱之丈夫，则深感恐惧。又因心知唯我始能与彼如此真正之身心结合，故尽情放荡，强忍心头之痛，以使渠享受更多之快乐。我之感觉，天生极为锐敏，我二人既相会匪易，故每逢相会，我则力求忽视现实，盲目想象，每设身处地，以结发妻子自任，庶乎心醉神迷，暂享狂欢于刹那。

由于幽期密约，我之感觉日形敏锐，几至不可忍受，我已成为一极警醒之女人。夜间我身躯半裸，卧于母家床上，此时小星窥我，明月吻我，微风拂我，我臂我背，悉由爱抚——斯时也，一股春情，自然觉醒，无奈浑身饥渴，终无满足之望。我之微恙，我之头痛，我之惧光，使我心为之破碎，身为之改变，痛楚之情，悉化为柔丝万缕，不知飘荡何所之矣。环顾周围，但感空虚，方寸之间，朦胧惝恍，仅能返归残忍丈夫处，形如顽石木偶，勉尽妻子儿媳之道……回顾往事，终无用处。我陈下怀，心乱如麻，何去何从，茫无头绪，如是而已。

我今自顾，亦感震惊，疑惧之情，不觉涌起。自知往日，会有一分真情在，今孟嘉虽极渴望，我欲不克以此完整之爱给予之，果由于我爱金竹之甚耶？有负孟嘉，我又何当不知？因孟嘉固以真心待我也，近来我只视孟嘉如我梁家之翰林，不复以情人自由之矣，自思亦是咄咄怪事。我今心旌摇摇，无由安定。我身何去何从？所作所为，已不复介意矣。白薇，汝果知我耶？……笔下凌乱，正如寸心。

愚妹牡丹

第十二章

四月里，鸟儿的恋歌使空气荡漾着春意，西山的春色也十分诱人。在乡间，冬天大地上干硬的土块又重新获得了生命。除去乾隆皇帝的香山鹿囿和卧佛寺，玉泉山和八大处已有足够的名胜供人探春寻幽了。

一天晚饭后，孟嘉和牡丹在书房中闲坐，素馨到厨房吩咐厨子买什么菜，回来往自己屋里去梳洗。因为每逢孟嘉和牡丹两人在一处时，她总是回避开，免得碍眼。她知道，她们在书房比在大客厅还要安乐舒适。不过在她正往自己那个院子走时，孟嘉叫她：

“四妹，来，说说话儿。”

“有什么事吗？”

“就是瞎聊。这儿还舒服。”

“好，我马上就来。”

几分钟后，她走进书房，脸上浮现着青春的自然微笑，头发改梳成一条光亮的辫子，身上换了蓝布裤褂，和牡丹的一样，是在家不出门时常穿的。褂子的袖子比出去应酬时穿的要短一点儿，也瘦一点儿，出外穿的褂子袖子大，宽边，是当时流行的式样。她虽然穿上这种便装，其动人之处并不稍减。她向姐姐很快地扫了一眼，牡丹情不由已，素馨自己觉得怪不舒服，也不自然，赶快坐在一把硬木椅子上，流露出一股青春的气息。她看见牡丹穿着拖鞋的两只脚放在凉火炉子的铁边上，身子则舒舒服服安坐在有皮毛垫着的椅子上。

牡丹问她：“你为什么看我？”

素馨说：“我没有看你呀。”眼睛一惊而睁大。她又很坦白自然地向孟嘉扫了一眼，好像若无其事的样子，以低而平静的声音说：“你们说什么话呢？”

“说你呢。”

“说我？”

“我是说你运气很好……”

“我知道，你们俩都喜欢深思幻想。当然我也并不是妄自菲薄，可一个家总是要像个家，总要有人照顾，要有人收拾整理。睡干干净净的被单子，不很舒服吗？我的意思是这个。”

“这方面，我是真感激你。”

“咱们的床单子好像不够，我想再去买几条。可不可以？”

“你何必还问？看着缺什么就去买吧。”

“说正经的，你们刚才说什么来着？”

孟嘉说：“我要出门十天半月。你们已经看见北京到天津这段铁路了，皇上已经答应这条路要延长到山海关。工程两年前开始，现在即将完工，这条路大致和万里长城平行，将来有一天是会用来运兵的，不然，这么远，就是急行军也得走七八天。因为大沽口永远有外国军队驻扎，我们经不起敌军的包围。我们一定要能从满洲把军队迅速调回关里来才行。我要同几个中国和英国的工程师视察新修的这一段铁路工程。皇上非常高兴，又想在北京和热河之间修一条铁路。那两个英国工程师求我顺便带他们去游明陵。我正想你们姐妹是否愿一同去，这个机会太好了。”

“哦？去明陵！”素馨的声音里有无限的热情。

“到明陵一路要走两三天，这时候的天气出外游春再好不过。”

素馨问牡丹：“你愿不愿去？”

“不。我干吗去看那些过去皇帝的坟？待在家里不更好？”

孟嘉插嘴说：“这就是为什么咱们要商量商量。也许你能劝劝你姐姐。牡丹你这次若不去，恐怕要很久以后才有机会，而且以后天热了。谁知道什么时候……也许我会调到别的地方去。”

素馨说：“我愿去。咱们还可以看看居庸关长城，我梦想好久了。”

“妹妹，你若有兴致，你和他去吧。”

“我不。你若不去，我也不去。”素馨的声音坚定而果决。

牡丹说：“你若真很想去看，你可以和他去呀。”

“不，你若不去，我也不去。”

孟嘉说：“好吧，算了。”显得很失望。

孟嘉决定在十七那天出发。在十六晚上，他向牡丹说：“这是你来北京后咱们第一次分开，你一切自己小心。出去玩，轻松过日子，要高高兴兴的。我一定尽量多写信回来，来去也不过半个月。”

他们拥抱时，意料不到的是，牡丹的眼里微微有泪。

“你为什么哭？”

“我不知道。”

“你不高兴吗？”

“我高兴。”

“你为什么不去呢？你不愿看明陵和万里长城吗？去一次，两个古迹都可以看到了。”

“只因为我——有时候我想一个人静一静。”

“为什么？”

“我不知道。”

“你不是为你妹妹发愁吧？”

“不是。我对她很放心。”

“这样很对。”

他俩之间有了隔阂，到底是什么，他无法知道。

“你心情不好，好好睡一觉，明天就好了。告诉我你什么时候要一个人清静，我会听你的。”

所以，次日，孟嘉同那个英国工程师向南口出发。每隔两三天，姐妹俩就收到他寄回的一封信，信是寄给牡丹的，写了两三张纸，字是瘦硬刚健的字体。他信写得很仔细，开始时不外乎是“思念”、“犹记”，结尾处则不过“诸希珍摄”等语。信总是牡丹先细看，再交给素馨看。牡丹有一种独到的想象力，能从只言片语体会到其中含蓄的深情至意，如“大岭云开”、“飞雁横塞”，或“午夜闻笳”，由这些词句，牡丹便感觉到含有相思之意。

一封信里有诗一首：

昨夜梦见君
握手笑语频
殷勤留好梦
梦破何处寻
与君同入梦
相聚形与影
梦中无别离
一生不愿醒

主人不在家，仆人都松懈，饭菜也简单，也没有多少事情做。车全由姐妹俩坐，春光诱人，正有好多地方可去游逛。一次，姐儿俩远到西山的碧云寺，寺里有印度型的宝塔，登高一望，北京城全在眼底，金光闪烁的黄琉璃瓦顶，就是紫禁城，正位于北京城的中心。两人都玩得快乐，只是觉得缺少个孟嘉，颇为思念。风和日丽，万里无云，可是只有两个女人这样远游，终觉无趣。素馨生性保守，一向不觉得物色一个如意郎君是自己的事，甚至连提也不提。她认为那是她父母的事，是她堂兄的事，这用不着提，当然是她长辈的事。

一天下午，牡丹又自己一个人到天桥去了。上次一个打把势卖艺的看她，在她心里留了一个很愉快的印象。一个女人，即便是已然订婚或是已然结婚，一个满面微笑年轻的男子向她表示爱慕，看她，向她调情，总是一件乐事。那个男人年轻英俊，肩膀宽，两臂两腿健壮有力。

她这次去，希望能再碰见那个年轻人，当然并不一定两人之间有什么重要的事情。牡丹喜欢他那快速优美的动作和起伏有力的胸膛，还有嘴里露出的一排白牙齿。

她站在圈外看练把势。让她不痛快的是，那个年轻人偏偏不在。两个别的人在练功夫。一个人采取守势，另外那个满场子追他。个子小的保持守势，不断地逃跑，但是出尽了风头，因为他虽是一副怯懦的样子，却每乘对方不备，出其不意地踢上一脚或打上一拳，对方跌倒在地，他又跑开。就好像猫鼠交战，老鼠竟占了上风。看热闹的很爱看。身材小的那个嘴里还喊出“嘿——吼——哈”向追他的那个挑战，或是逗弄。当然这是预先练好的套路，身材小的那样跳动灵活，功夫稳而狠，观众看得非常过瘾。

牡丹和大家一齐笑，两个人踩得尘土飞扬，她拿着一块手绢挡着嘴。这时，有人从后面轻轻拍她的肩膀。她回头一看，认得那晶亮的眼睛，露出牙咧开嘴的笑容，不是别人，正是那天那个练拳的，俩人轻松自然地相对微笑了一下。

“是您哪，姑娘，半个月前您来过。”

牡丹点头微笑说：“你今天怎么没练？”然后较为温和同时天真自然地添上了一句，“我是来看你的。”

“真的？姑娘，您叫什么名字？那天我对您乱叫，您不见怪吧？”

“哪儿的话。”

牡丹觉得和一个同样年轻的人说话很轻松。

“您贵性？”

“我没有姓。”

“好吧，无名氏小姐。”

他说：“跟我来！”不管牡丹愿意不愿意，伸手把她拉走了。牡丹高高兴兴地跟他去，觉得这样直爽真有趣。

他们走进几棵槐树下的一个茶馆，在一个有围墙的院子里，叫了茶。这时，远处露天唱戏的地方传来了锣鼓声和尖而高的唱声。牡丹仔细端详他。他并不粗壮，但是两颊美，下巴端正坚强；脸很光润，消瘦而肌肉结实。在那角落的绿树荫下，上面落下来的光线照出他那脸的清秀侧影。不知由什么地方照过来的一个白色波动的光影，在他的脸上跳动，照上他那乱蓬蓬的头发。

“你今天为什么没在场子里卖艺？”

“我是玩票的。那天我是客串。”

“玩票的？”

“我的正业不是打把势卖艺，他们是我的朋友。您不知道我们打拳的人的兄弟关系。我们都是师兄弟。他们认为我练的功夫还可以，给我一个机会练两趟。也蛮好玩儿，您说是不是？”

“你练得很好，把你的名字告诉我。”

“我叫傅南涛，就住在附近。”

他那朴质老实的微笑，牡丹看了觉得安全放心。南涛向牡丹看了看，流露出爱慕之情。他说：“天哪！你真美！”

从来没有人那么直截了当向她说。

牡丹叫着他的名字，问：“南涛，你做什么事？”

“我开一个小铺子，乡下还有点儿地。拳是练着玩儿的。”

“你还做什么？”

“你说练玩意儿吗？我还会踢毽子。附近这儿有一个很不错的毽子会，找一天我带你去看。还有练太极拳。我挺笨，念书念不好。”他话说得慢，清楚有条理。“告诉我你是谁？住在哪儿？”

牡丹微笑说：“不用。”南涛若听说她是翰林家的人，一定会吓跑的。

南涛央求她：“不要那么神秘。你们家很有钱吧？一看你的脸，就会这么想。”他上下打量牡丹，牡丹觉得那种看法简直要把她看穿了，看透了。

牡丹说：“我们家也是普通人家。”

“还没有结婚？若是已经结婚，告诉我。我好心里有个数。”

牡丹说：“没有。”她又加了一句，“丈夫死了。”

“那么，你是谁呢？”

“照你说，我就是无名氏吴小姐。你是个男人，我是个女人。这就够了。”

她这话刚一出口，立刻觉得自己失言了，但是已经无法收回，他也许会误解。

牡丹于是站起来要走。

南涛说：“我在哪儿再见你呢？”他倒好，并不先问还能否相见。牡丹望着他那老实的微笑，平板的面庞，乱蓬蓬的头发，回答他："我也不知道。"

"什么时候再见呢？"

"我不知道……离这儿很远。我住在东城。"

"我住在西城。你若告诉我你住的地方，我会找得到的。"

"你那么想找我吗？"

"当然，很想。走，我陪你走一段。你若不愿告诉我住在哪儿，你再自己走。"

牡丹觉得和南涛说话很痛快。他俩走近前门大街时，脚步走得很轻快，是青年人走路的节奏。南涛挎住牡丹的胳膊，而他的胳膊是那么健壮有力。他的胳膊碰到了牡丹的胸，而且在磨着，两个人都知道，但都假装不知道。

牡丹说："东四牌楼正西有个酒馆，我们可以在那儿见。你什么时候能来？"

南涛说："哪天都行，随时都行。就明天吧，下午五点，怎么样？"

两人说定之后，南涛给牡丹雇了一辆洋车，又提醒她："明天下午五点。"

与傅南涛相遇之后，牡丹不再那么沉思，不再那么出神了。两人的调情愉快而天真。牡丹觉得南涛很能给人解闷，使人轻松畅快，和他说话，不像和学者大儒那样。南涛头脑里没有抽象观念，对人生也没有自己得意的理由。他大概不懂什么书本上的东西，他给牡丹的感觉是一个青春健壮的男子汉，对人生只是直截了当的看法。牡丹认为，和他来往绝不会有什么感情上的纠纷。孟嘉是一种人，南涛是另一种人。这两种是截然分开，风马牛不相及的。她也不必怕自己会陷入什么危险。

后来几次相会，牡丹证明印象并不错，而且越发加强了。都是在五点钟左右，她出去与南涛相会。她在露天茶馆里找个位子坐下，看街上来来往往的车马行人。已经是四月底，白天渐长，六点钟时天还很亮。

哈德门大街，每天是一直不停的车水马龙、熙来攘往。黑脸的男孩子露出一嘴白牙，有时在街上赶着装满一袋一袋煤的骡子车，慢慢轧过。一阵阵骆驼，拖沓拖沓地迂缓走过，刚从门头沟运了煤来，赶骆驼的照例用黑布裹着尘土肮脏的头。西藏的喇嘛，拖着橘黄色的袈裟在街上走，他们住在乾隆皇帝给他们建在北城的雍和宫。有时候出大殡的行列在大街上经过，长长的队，华严的执事，多彩多姿，北京人很喜欢看。那种行进的行列有时会有两百码长，殡仪专业的人穿着特别的服装，是绿和淡紫的华丽颜色（有时难免有些破旧），举着旗、牌、伞、帐；油漆贴金的大木牌上雕刻着金字；锣鼓之外，还吹着西藏两人抬着的七八尺长大喇叭。这一行业的人行进之时，都保持相当长的距离，大家散开后，占的地方广，走的行列长，显得气派大。这时也许有打架的，发生些意外的事情，也许女人掉在泥里会惹得人人哈哈大笑——北京城一般的老百姓随时会开怀大笑——还有要饭的、和尚、尼姑、在旗的女人，梳着黑的高把儿头，厚木头底的鞋，狗嗥叫或为争骨头而打起来，还有洋车夫永远不停地瞎扯乱说，永远不停地哈哈大笑……

茶楼酒肆的生活才是北京人的真正生活，人不分贫富，都混迹其中，一边自得其乐，一边放眼看人生，看人生演不完的这出大戏。酒馆儿里，洋溢着白干儿酒的酒香，新烤好的吊炉火烧和刚烧好的羊肉的美味。靠近牌楼，总有些拉洋车的在那儿停车等座儿。他们也进来，把布鞋底上踩得一片片的泥留在酒馆的屋地上。他们喝下二两白干儿之后，开始聊天，汗珠从脸上掉下来。有的脱下破蓝大褂搭在椅背上，再系紧一下裤腰带，有时候不小心，会露一下大腿根儿。他们之中，有的是健壮的年轻人。牡丹就坐在那儿看，很出神，那些下等人嘴里又说些脏话，有的话牡丹听不懂。

牡丹总是要四两绍兴花雕，坐在一张虽未上油漆，但刷得十分干净的白木板桌子上。若是南涛不在，别的人，也许碰巧是个穿着军服的兵，就和她搭讪闲谈起来。她年轻貌美，又无拘无束。年轻人自然要调情。牡丹穿着打扮讲究，但是由于她一个人儿到茶馆儿里去坐，有人会把她想作“半掩门儿”，是个暗操神女生涯的，也不无道理。

傅南涛来了也是坐在那儿，一块儿观赏街上的景物。傅南涛，从某一方面说，他在这一带算个英雄人物。这条街够得上地灵人杰，有他在此，这一带地方，绝不许有卑鄙龌龊阴险狡诈的事情发生，一切要光明正大，要合乎北京的规矩。他随时注意四周的事情。有一次，酒馆门前发生了顾客和洋车夫有关车费的争执。坐车的是个上海人，说他已经给够了车钱，车夫却一把揪住那个乘客胸前的衣裳，说他还没给够。傅南涛大踏步走上前去问那个外乡人："您从哪儿坐的车？您已经给了他多少钱？"外乡人告诉了他。傅南涛半句话没说，狠狠地打了拉车的一下子，叫他滚蛋。拉洋车的像一阵风跑了。南涛回来之后，告诉牡丹那个拉洋车的欺负外乡人。他喊说："没王法！"

他真生了气，好像这是让北京城丢了脸。有一次，他带着牡丹到毽子会去，会员有男的，也有女的。牡丹看到南涛那种踢毽子法简直着了迷。把毽子踢起来，能让毽子落在他仰起的前额上，再回头猛一顶，毽子再落下时，能用腿向后倒着踢，把毽子踢起来。他不屑于把小褂的扣子扣起来，他跳起来或转身，就让两片前襟随风摆动。他身子灵活得赛过猴子。有一次，他俩花了一整天的工夫去爬安定门北边的蒙古人修建的土城子。自上面下来时，牡丹整个倒在他身上，他必须用强健有力的胳膊把她抱下来。

牡丹发现南涛一直讨人喜欢，他头脑里没有一点儿学说理论。牡丹以为他认不得几个大字，补足这个短处的只有那天真老实的一脸微笑。他心目中的英雄，只有《三国演义》上红脸的关公和黑脸的张飞，这也是从戏台上看来的。他是一个使人很愉快的好伴侣，不过牡丹认为不会和他堕入情网。

毫无疑问，牡丹确是对他有了好感。牡丹很迷他那晶亮的眼睛和青春的大笑，和孟嘉那成熟沉思的神气是那么不同；并且他的肉皮儿比孟嘉的坚硬结实而光润，他的头发光亮茂密。男人总是发觉少女的身体有纯生理上的诱惑力，牡丹和一个肌肉健壮与自己年龄相当的年轻男子在一起，也觉得兴奋精神。这是天定的，自然的。倘若有谁来挑逗牡丹的心情，那不是别人，那是生理和自然。

傅南涛经常到酒馆去。有几天，牡丹故意抑制住前去相会的冲动，和妹妹一同混过时间。素馨心想牡丹一定有什么心事。牡丹有时急着要写完一封信，好能在四点钟来得及出去。若不然，她会打呵欠，说不愿出去，其实在家里也没有事做。在出去到酒馆之前，她会在镜子前多费几分钟时间仔细修画眉毛。

后来，牡丹知道她若由着这件事发展，虽然开始是出于无心，将来恐怕会弄到欲罢不能的地步。她一直躲着，十来天没去，自己越发用力压制心里的冲动，因为自己说话失过言，不小心说出："你是个男人，我是个女人。这还不够吗？"这种话会引起对方进一步亲近的想法。她相信傅南涛一定误解了她的意思。傅南涛每天去等她，但是发现她已经不再露面。傅南涛到了之后，坐在一张桌子那儿，仔细看街上漂亮的姑娘，希望一转身正是那位无名氏吴小姐。他最后只好离开，心里一边怀疑，又一边不死心，为意中人的不赴约勉强想出些理由来。

一天上午，大概十一点钟，在总布胡同西口和哈德门大街的丁字路口上，牡丹赶巧碰见了傅南涛。傅南涛从背后看出来牡丹，跑过去叫她："姑娘，不要跑！不要跑！"牡丹一回身，看见了他。当然是傅南涛，闪亮的眼睛里流露着恳求的神气。牡丹不由得口中说出一个感情冲动的"你"。这一个字，在傅南涛耳朵里听来，可就蕴蓄着千万种意思。

"这些日子你到哪儿去了？我每天都到酒馆儿去，你为什么没去？是不是我得罪了你？我一直在街上乱走，指望能碰见你。"话说得清脆，像一串鞭炮。

"我现在回家去。"

"你不能躲开我。"。

"我回家。求求你。"

"那么，我跟着你走。"

但是，牡丹一点儿不动，两只脚好像用胶粘在地上。心中扑通扑通地跳，真像井里有十五个吊桶——七上八下。南涛拉住她的手，逼她转身和他同往一个方向走，她觉得身子下那两条腿乖乖地听话。南涛的手拉住牡丹的右胳膊，用力压她她竟情不由己，觉得酥酥的很舒服。

牡丹："你到哪儿去？"

"你说到哪儿就到哪儿。"

牡丹想走开。过去在公共场所遇见他，对他的一切又全不了解。傅南涛央求她说："你跟我到一个旅馆去，咱们俩好清清静静说会儿话，也好彼此多了解一点儿。你放心，我绝不会对你失礼。"

"我怎么能相信？"

"我拿我母亲起誓。因为我爱你，你叫我做什么，我都照办。"

"跳进那水沟去。"

傅南涛真的跳进那水沟。露天的水沟大概两尺深，一边是宽大的马路，一边是慢车道。沟里混浊的泥水溅了起来。他从沟里上来时，脸上溅了些泥点子。

牡丹大笑，掏出了一条手绢给他擦脸，说："你疯了。我开玩笑呢。"

"可我是疯了——都是为了你。"

牡丹仔细端详南涛。他还很年轻，大概还不够成熟，她相信只有一个不成熟的年轻小伙子，才能这么爱她。

"你若答应我你规规矩矩，我才和你做朋友。只是做朋友，明白吧？"

"你怎么说都可以。可是，你为什么那么神秘？"

傅南涛现在心中确定牡丹不是干"半掩门儿"那行生意的，这更增加了她的神秘和对他的吸引力。

牡丹问他："我可以不可以问一句，你成家没有？"

"我若成了家，那又该怎么样？有什么关系吗？"

"只要我们做朋友，那自然没关系。"

傅南涛开始告诉牡丹他婚姻上的烦恼。说他妻子多么可恨，他妻子不许他看别的女人一眼，不管是在大街上或是在戏院里。

"走，咱们坐洋车吧。我知道有一个很好的旅馆，咱们可以去安安静静地谈一谈。"

那个小旅馆在前门外灯笼街，是来往客商住的，算是雅洁上流，并不贵。他俩手拉着手，走上黑暗的楼梯。牡丹觉得两腿发软像面条一样，心里猛跳。自己和他秘密地走上楼去，很激动不安，觉得要做一件不应当做的事。

他们关上门，南涛叫了一壶茶。在等茶房端茶来时，南涛冷不防在牡丹的脖子上亲了一下，然后求她原谅。牡丹由刚才上楼时他在后面那样摸她，已经料到这是难免的了。

茶房把茶端来之后，门又关上，钥匙一转把门锁上。牡丹觉得自己是在犯罪，十分慌张失措，坐在床边，把手放在膝上。南涛打算靠近，牡丹说："不。你就坐在那儿。咱们要说话，是不是？"

南涛听了她的话，在近窗的一把椅子上坐下，两眼不住地看着牡丹。他给牡丹倒了一碗茶，给自己也倒了一碗，茶似乎使他平静下来。他安定了一下，开始很郑重地说他妻子的情形。他说他娶的不是个妻子，而是个狱卒。然后，他说近来这几天，每逢想到牡丹便觉得身心都失其常态。那天早晨，他又跟妻子吵嘴，就因为这几天接连不在家。他把脑门子指给牡丹看，他妻子抓他，硬是从头顶上扯掉了一绺头发。

他说："我想一定还发红呢。"

牡丹看了看，头发上还有淤血块。

南涛靠近一点儿给牡丹看，就过去坐在床上，一只手很重地按在牡丹的大腿上。

牡丹说："不要这样。看看你的鞋吧！"说着指给他看，不由得哑然失笑。南涛也大笑，站起来在地上跺了跺脚。

"脱下来，这样也干不了。"

想到这件事，两人都觉得很有趣。

牡丹说："你不知道你从水沟爬上来的样子多么可笑。"

牡丹笑得前仰后合，南涛也跟着笑起来。她这个玩笑，真叫人开心。

正在这时候，门上响起一连串非常大的哪哪叫门声，傅南涛的脸吓白了。笑声停止，开始低声说话。"不会是警察，一定是我太太。一定她跟随我们来的。"

"那我该怎么办？"

一个女人的尖声喊叫从门缝里传进来："开门，我知道你们在里头。开开！"

傅南涛从容镇静地说："你看出武戏吧。我过去抽冷子把门一开，这时你躲在门后。趁她还没来得及看到你，你赶快溜走。"

他大声说："来了！"他用脚尖轻轻走过去，把窗子关上，弄得屋里黑下来，再静悄悄毫无声音地把钥匙转开，用左手拉住牡丹，冷不防把门打开，同时用力把外面的女人拉进去，用力过猛，竟使那个女人跌倒在地。他拉过牡丹，让她往外跑，牡丹把头一低，从南涛的胳膊下面钻了出去，跑到大厅里。

牡丹顾不得听听屋里的情形，匆匆忙忙慌慌张张跑地下了楼梯，旅馆的茶房看着她。她总算平平安安跑到大街上，跑了几步，找到一辆洋车，等到家的时候，心神已经镇定下来。

妹妹说："今天回来得早啊。"

牡丹说："怪腻烦的。"

第十三章

孟嘉比往常耽搁的时间久，五月初十才回到家里。一路风吹日晒，人都晒黑了，看来有点儿旅途劳顿，也许是因为到家时正赶上倾盆大雨，那种季节下那么大雨很少有。他说那次外出对他很有好处。去的时候，他骑马一直到潭柘寺和妙峰山，已经深入了西山，一共走了四天，肥胖的身体变瘦了。

一回到北京，他还要出席京热铁路会议，因为他对这一带地理形势的知识是大家所信赖的。

过了三四天，他才有时间待在家里，他出主意要一家坐马车去逛先农坛。先农坛在南城，由前门大街往南一直走，快靠近外城的城门，里面有一大片桑树。在过去，皇帝在冬至到天坛（在前门大街南端左边）祭天；在春天，皇后要到先农坛（在前门大街南端靠右）采桑叶喂蚕，象征农夫及妻子务农的重要，先农坛的意思就是“农为先”之意。

素馨没和他们去，因为孟嘉刚回来。她很懂事，知道这时最好让他俩单独在一起，自己不要往里掺和。牡丹忘记了自己现在还是孀居，当然在北京城没有人知道。牡丹穿了一件白衣裳，上面印着蓝色大花朵，在春天的阳光里，她看来会叫人非常吃惊，她的头发梳到后面去，留下几绺垂在额上。

孟嘉先说他此次的北地之行，然后谈论《西厢记》张生红娘的艳史，这题目是牡丹提起来的。

孟嘉说："你知道为什么爱情故事里《西厢记》最受人欢迎？就因为是偷情。别人不敢，但莺莺敢。这其中有一种天不怕地不怕不顾一切的性质。认真说起来，一个长成的小姐偷一次情又有什么不对？她若是正式订婚，合法嫁了丈夫，与丈夫正式效鱼水之欢，那故事就提不起读者的兴趣了。爱情总是要冲破藩篱的。这个故事当中最使人无法忍受的，就是张生，其实是唐朝诗人元稹他自己，他始乱终弃，另娶了豪门之女，也就是元稹所说的'补过'。最坏的是先与少女有苟且之事，而后再来一套大道理，证明自己上合天理，下顺人情。这个故事是在悔恨的心情下写的，但愿他没讲这套大道理倒还好。"

"那么，你赞成莺莺的行为？"

"我不赞成，我也不反对。就是说，我不下评语。她青春年少，是随时会发生男女情爱的时候。你想她和寡母住在荒郊古寺之中，从来没遇见一个像样子的青年男子。张君瑞出现了，正合乎她少女的心愿，她就倾身相许。你就把她的行动看做热情吧，看做完全是肉欲好了。她年轻，很年轻——我想那时候她是十九岁。我们凭什么去批评她？"

牡丹在一时冲动之下，把她和傅南涛相遇的事向孟嘉说了出来。她的坦白出乎人的想象，孟嘉倾耳谛听。牡丹往下叙述时，忽然打定主意把真实情形改变一下，点缀一下，用以考验孟嘉的反应。她把事情里南涛的妻子一段删了去。她一发而不可收，说："说实话，我不是存心要那样，但是没法子悬崖勒马。他太可爱，很温柔。事后我觉得不得了，要吓死了，但当时我六神无主，茫然忘其所以了。"

孟嘉的脸上没流露出一丝表情，只是说："我也从年轻时过来的，我也做过些糊涂事。"

"你会原谅我吗？"

"没什么可原谅的。你热情，我知道。"他低下头去吻牡丹，又说："在我一生当中，你是最温柔，最奇妙，最不寻常，最不寻常，最不寻常的。倘若就此终止你对我的爱——我想我受不了。"

"我告诉了你这件事，你对我的看法不会改变吗？"

“不会。我不会。不管你怎么样……你看我这么需要你，我也必须强壮，我非自己留意不可。说实话，你我之间有年龄上的差别，我非要自己留意才行。”

“留意什么？留意我？”

“留意你的青春，你那冲动多变的性格。有青春就有风流事。你告诉我那个拳术家的事之后，我并不吃惊，现在你知道为什么了吧。”

牡丹心里又有一股子冲动，想把真实经过告诉他，说她并没有和那个拳术家同床共枕，但又拿定主意话说到此。她说：“我还不够了解你，你对我太好了。”说着把身子倚在孟嘉的胳膊上。

孟嘉说：“你不够了解我，我自己也不够。我对你的爱不是要取得，而是要付出，再付出，只要看到你幸福就好。知道你幸福快乐，我才觉得幸福快乐……这个你懂吗？”

牡丹非常娇柔地说：“这个我能懂。”

他们一到家，素馨脸上显着很厌倦的样子，告诉他们堂兄的朋友送来了一封信，是杭州奕王爷的。她并没看那封信，还放在孟嘉的桌子上，是端王府差人送来的。素馨赏了来人一笔很重的赏钱，二十块。孟嘉发现素馨那么快就学会了北京的人情世故，很高兴，很感到意外。素馨又说扬州来了个人，要见堂兄。那个人穿得很讲究，嘴上留着胡子，说话的样子像个乡绅，听说梁翰林不在要明天才能回来，显得很失望，很紧张，好像有重要的事情。

孟嘉一看那人名片，原来是已经逮捕拘押中的扬州百万富翁杨顺理那里。他立刻明白，相信那个人是杨顺理派来托人情的。杨顺理和别的人怎么会知道有证据在牡丹手里呢？也许薛盐务使的秘书寄出那本日记之前曾经偷看了一眼，案发之后，那个秘书可能告诉了薛盐务使。

孟嘉立刻吩咐门房，那个人再来时，要斩钉截铁告诉他：“老爷不在家。要打发他走。”

那个老门房问：“他若是一定要等着呢？”

“就告诉他我不在家，告诉他我不在北京——你随便说什么都成。他一听会明白的。”

孟嘉很生气。他转身告诉两位堂妹：“我敢说，那个人一定送来一笔很重的贿赂。我知道他们的办法。那些个游手好闲惹事害人的书生没有固定的谋生之道，专门凭打官司找关系，卖人情势力损人利己。那等人，总是满嘴里的圣人之道，假装出一副谦虚文雅的样子，知道什么时候笑，什么时候假装咳嗽清清嗓子，装出对人一片恭敬。他们只会耽误人的工夫。一个上等的妓女若费那么大劲，一夜也可以赚上一百块钱呢。而一个精通此道的书生可以赚到一千块钱。两种人都是婊子——有什么不同？”

素馨很紧张地扯自己的衣裳，牡丹忽然看出来妹妹脸色非常苍白。

牡丹问她：“你病了吗？你好像很累的样子。”

素馨回答说她很好，可是她两眼暗淡无神。素馨最善于掩饰自己的感情。

后来闲谈时，素馨强为欢笑。大家说的只是些零零星星不相干的琐事，有好多空着无话说的时候，那样的沉默令人发呆发木，觉得有点儿古怪。在书房喝茶时，才恢复了几分高兴的气氛。

孟嘉打开奕王爷的来信。信上没说什么重要的话，只是事情还没到总督大人那儿。一旦公文递到，他一定关照就是，要翰林和他堂妹不必担心。孟嘉又看官邸公报，是一份四页的印刷品。上面说高邮盐务司的盐务使和扬州两个商人已经逮捕，案子已到了道台手中。巡抚大人闻听犯人厚颜无耻，已经饬令道台详细申报。其实这些孟嘉已经知道，这个公报大概来自总督衙门。由公报上看，要点是都察院正在认真办这件案子，私下解决是行不通的。因为和这件案子直接有关，孟嘉要去拜访刘御史，多了解一下案情。

牡丹问：“你敢说我不会牵连进去吗？”

“我敢说。把这件事交给我。即使需要从你嘴里打听，你只要老实说亡夫从来不跟你谈论这些事——当然你也不知道。”

傅南涛一直没有踪影，一直没在酒馆再露面。牡丹到天桥去过几次，什么地方也找不到他。牡丹有一次壮起胆子去向那几个打把势卖艺的打听，他们装做一无所知。牡丹心里纳闷，不知道他遇见了什么事。难道他妻子会凶到把他关起来，或是硬禁止他出门？

牡丹又到上次与南涛相会的旅馆，好像罪人回到犯罪的现场一样。

她在外面徘徊，心中一半希望，一半想象傅南涛会出现，并且走进旅馆门道的阴影中。倘若他同另一个小姐出现，她就走进对面的水果店躲避。她死盯着旅馆前面两个柱子中间现出的那长方朦胧的门道，正上面挂的是一个玻璃招牌，写着三个俗字“连升栈”。做生意的旅馆的字号不能离开两个意思：一个是财源茂盛，一个是步步高升。

牡丹又回想和南涛臂挽着臂在哈德门大街散步，当时她和南涛富有弹性的青春步态相配合。这样甜蜜地出神回味，她的头脑静止了好几分钟。

他究竟出了什么事情这个问题，还时常在她心头出现。不久，她想到还有个平民娱乐场什刹海，在紫禁城后面，北海后门北边。一半由于无聊，一半由于有心去找他，牡丹到什刹海去。

什刹海一带是稻田，中门是一道长堤垂柳，两边是两个大池塘。由地名表示当年曾经沿岸有十个古刹，而今只有一个小小的寺院，土红的颜色，有两个白圆圈是窗子。池塘的水和北海的水相连接，在大街的下面有一道水闸隔开。若说当地空气中的香味是宫禁中嫔妃的脂粉飘香，自然纯出乎想象；若说阵阵凉风飘来荷花的清香，则确实可信。这里杨柳低垂，堤岸之上时有青年男女，在此打发炎夏的半日时光。广阔的浓荫，粼粼的碧水，使这一带成为消夏的胜地。卖酸梅汤等冷饮的小贩，手中的两个黄铜碟子敲出清脆悦耳的声音。在这个季节，天桥因为一片空敞晒得火热，所以有些杂耍玩意儿都临时搬到这儿来。到晚上，这儿有蜡烛、纱灯、大煤油玻璃灯，一圈圈的黑烟子往上冒，照得四下通明，两面池塘中的水也反映出影子。来游的人不必回家吃饭，这儿摊贩云集，面、馄饨、饺子，种种冷切食品，另外各种奇特的小吃，不计其数，由下午一直卖到半夜。

傅南涛却不见踪影。

素馨已经看出来她姐姐的生活有了变化。在过去那个月，牡丹大概上午十一点钟出去，常常回家吃午饭，只是往往回来得晚一点儿，五点钟又出去，去以前要费半点钟修眉毛，照镜子，拢头发。她出去时，慌慌张张，回来时，也慌慌张张。若是孟嘉在家，她就把上衣脱下搭在椅背上，觉得总得拿半点钟左右的时间在孟嘉身上，当然，她心不在焉。

孟嘉看出来她眼睛里缺乏热情，但是从不说什么。

一夜，素馨对牡丹说："你对大哥怎么个样子，你自己知道吗？"

牡丹只是撅着嘴，不说什么。

人人都知道爱人的热情何时算冷淡。爱情的冷淡表现在眼睛上，表现在说笑的腔调上，表现在缺乏热情上，表现在那份疏远的态度上。现在孟嘉一回家，牡丹的眼睛再不见那自然流露的晶亮光辉。一天，孟嘉坐在饭桌那儿等牡丹回来，问素馨："你姐姐到哪儿去了？"

"出去到什么地方，我也没法儿知道。"

"以前她在老家也这样吗？"

"有时候也是。"

素馨沉默下来，暗示她不愿多谈此事，只是以焦虑的神气凝视孟嘉漠然无动于衷的脸。他既不显得吃惊，也不显得烦恼。素馨心里想："这是她的私事。她若愿意，就直截了当地告诉孟嘉。"但是她无法猜测孟嘉的心思。

素馨这位做妹妹的什么都看在眼里。她姐姐对堂兄旋风式的风流韵事并不使她吃惊，近来闹情绪也不使她感到意外。她冷眼观看，镇静衡量，但默默无语。一次，张之洞夫人为素馨提一门亲事，她委婉辞谢。她也知道不能嫁给堂兄。这些事情她深埋在心底，也决定了她生活上一个坚定不移的方向，就像一个船上的舵能够使航行平稳无事。对她，孟嘉实在无疵可指。孟嘉实际上有些话对她说而不对牡丹说，甚至在讨论纳兰容若的词时，他们在了解的程度上也绝没有掺入个人的感情。素馨认为孟嘉各方面都十全十美，包括鬓角上的灰白头发，每逢孟嘉由外面回家来，她的芳心也有几分发跳，那只是她敬佩孟嘉这个学者之身，因为他学问渊博，思想深刻，风度高雅。她做孟嘉的一个钦敬仰慕的女弟子，真是再恰当，再理想不过。在早餐的饭桌上，她都能从孟嘉言谈之中获取学问。牡丹早晨起床稍迟，他们堂兄妹俩总有时间交谈的。这么不可多得的女弟子，正好是他的堂妹。

一天，牡丹又到东四牌楼的酒馆去了。那账房太太看见她，离开桌子走过来，对她说："姑娘，您好多日子没来了。我们以为您不在北京了呢。"

她回答说：“没有。我为什么走？”她觉得那个女人问的话有点儿怪。牡丹脸上露出一点儿苦笑，张开嘴，又闭上嘴，那个女人看破了她的心思。

那个女人说：“过来。”在牡丹耳朵旁低声说了几句话。

牡丹听了，张口结舌，喘不上气来，吓得捂住了自己的嘴。她既震惊，又悔恨。事情发生的原因，在她的头脑里渐渐明朗——偶然一事之微，竟酿成了大祸。傅南涛因为杀妻被捕了——是他岳父家告的状。那一天，在旅馆那间黑暗的屋里，出事的经过根本没有人知道。很可能是那天傅南涛以一个拳术家那样猛然用力把他妻子拉进屋去，一定使她的头猛撞在什么硬东西上，也许是撞在那又尖又硬的铁床柱子上。现在他因杀人罪在狱中候审。

那个女账房已经把消息告诉了她，已经再无话可说，也不想知道牡丹和傅南涛的关系。从她的眼角里，她瞥见牡丹吧嗒一下子坐在椅子上，瞪着惊异的眼睛。牡丹一言未发，又站了起来，把椅子往后一推，迈着平日懒洋洋的脚步往街上去。

牡丹当然对傅南涛爱莫能助，而且要躲开那个是非窝才好。

在随后那几天，她铁硬了心肠去想，第一，那是一件意外；第二，傅南涛曾经告诉她，在他们俩认识之前，他们夫妻就常打架；第三，虽然已经到很可能的程度，她还没和傅南涛真个同床共枕。她纵然可以有千万这种想法，还是不能避免自己的犯罪感觉。她有时半夜醒来，颇觉心旌摇动，方寸难安，好像是她亲身闹得傅家家破人亡。等头脑清醒了，她才能镇定下来，确认自己清白无辜。

孟嘉这几天忙着筹备京榆铁路的竣工庆祝。因为他感觉到牡丹的疏远冷淡而又不免于设法掩饰，他仿佛走在一块缓缓下沉的地上，又仿佛走在一块冰上，这块冰虽然还能经得起人在上踩，但已然有了可见的裂纹和缝隙。孟嘉看见牡丹回家时，他的眼睛还闪动着喜悦的光亮，但是牡丹的反应是勉强造作。她脸上隐匿着不自然的表情，是友谊的同情，是沉滞的死水，缺乏泉水轻灵愉快的水泡。

在牡丹自己最疏于防范的刹那，孟嘉得以进一步了解她，对于这位美得倾国倾城的堂妹，他那份强烈的爱在增强，而非减弱。他的爱也在外面表现出来，以前对她婀娜多姿肉体的强烈惊喜，而今变成了爱护与关怀。孟嘉觉得牡丹还是和以前同样可爱，只是她开始引起他的操心与焦虑。他能看得出，在感觉和想象力促使之下，她天天如腾云驾雾一般，在寻求如意的少年郎君。这让孟嘉想起来，只在一年以前，牡丹以那样强烈的热情恋慕他。而如今，可以看得出来，她又以同样丧魂失魄般的热情恋慕另一个男人。孟嘉目瞪口呆，就犹如看着梦游人走向万丈峭壁悬崖的边缘一样。他所能做的，倘若这个梦游人还需要他一点儿帮助，那就是赶快伸手去拉住她。牡丹没把这件事隐瞒他，总算万幸。

素馨可不了解这些个。她对姐姐坚定不移的忠实，却使她把所知道牡丹这方面的情形，对孟嘉隐匿不言。她知道的不少——比如牡丹不留心流露出的只言片语，吃饭时脸上故意掩饰的神气表情，和孟嘉在一处时压制下去的呵欠，她那么时常地独自出去，她对妹妹说的那些知心话，有的话让一个普通的小姐听到会脸红发烧的。那些话都是闲谈的好材料，在素馨和孟嘉之间，却一个字也不能提起。一半因为素馨要保护自己的姐姐，因为毕竟是姐姐的关系，自己才能住北京，并且十分愿意继续住下去；另一半因为那些话是一个未婚的小姐不宜向男人说的。而孟嘉呢，他认为和牡丹感情之深，关系之亲密，不适于和别人谈论她，即便是她的亲妹妹素馨也一样；另一方面，他认为一个高尚的男人，不应当那么下流去侦查自己心爱的女人。所以这一家这么个重要的变故，竟由一片幕布遮盖住了。

又好像默默无言看一出戏，不到剧终幕落，观众是不许表示感情，不许互相比较意见的。

孟嘉对这位堂妹的主要了解，只把她看做青春期爱苗滋长，正如朝阳的初旭点染在刚刚绽开的玫瑰花瓣上。他认为牡丹在她现在的二十二岁，已经到了女性充分觉醒的时候，而很多女人三十岁时居然还没觉醒。但是她的爱尚未真正成熟，只是纯粹的青春强烈而已；对于经验丰富美感度更高的性的享受那种极致精美，她还不真正懂。她现在只知道男女之事，而不知其间之艺术。譬如饮酒，只知举杯一饮而尽，殊不知尚有细饮慢品之境界。孟嘉觉得有趣的是，在她初到北京时，他几次提起去看皇宫的太和殿，她居然置若罔闻，直到后来，孟嘉几次催促，她才答应去，后来，好像如梦方醒，说了一句：“噢，是啊，我得去看看太和殿。"也可以说，她宁愿到那平民娱乐场所天桥去游逛。不过，这是年轻人过去生活遭遇上的挫折而引起的。因为牡丹在孟嘉眼里是那么可爱，不管她的行为如何，孟嘉总是从牡丹的观点去衡量，深以为她的行动不无原因，未可厚非。

一天晚上，大约十点钟光景，牡丹轻轻走进里院。她正要穿过六角形的门进入自个院子时，看见书房灯光还未熄灭，像往常一样，她走进去要与孟嘉闲谈片刻。毫无疑问，她对堂兄还有一种友爱在。两人的目光默默相遇。孟嘉向她微笑说："今天玩得痛快吧？"

"很痛快。"

牡丹过去坐在床边，说："你为什么用功？轻松一点儿不好吗？"

"噢，我一个人的时候，总要找事情做，好占住身子，消磨时间。"

牡丹撇下堂兄孤独一个人，觉得有些良心负疚，于是说："很对不起。"

随后沉静了一会儿，显得很不自然。孟嘉做了个要吻牡丹的姿势，牡丹摇了摇头，站起来，把外衣脱下，像往常习惯一样，屈身倒在床上。孟嘉停了一下，然后流露着怀念之情说："你现在不想吻我了，是不是？"

"不想。你不怪我吧？"

孟嘉说："我不怪你，回去睡吧。"他这话，当然让人无法相信。

牡丹说："跟我说明天见。"

孟嘉说："好，明天见。"

牡丹由书房的后门走出去，又是老习惯，忘记带走上衣。她忽然想起来，微笑着走回来，在孟嘉前额上冷不防偷偷地一吻。

孟嘉看着堂妹的影子在门外消失，那时，堂妹的头发披散在肩膀上，像一个富有凄凉之美的梦中幽灵。

孟嘉的心陷入寂寞凄凉的愁云惨雾之中。

最使孟嘉痛苦的是，如果他这位堂妹牡丹现在还爱他，他已经想出一个方法，使他们俩可以结婚。只要把姓一改变，便毫无困难。在一个宗族之中，一家若无后代，收养另一家的儿子是常见的事，这样是为了继续祖宗的香火。表亲之间过继，牡丹自然可以改姓，比方她由苏姨丈收养，过继之后，牡丹就要改姓苏。当然，这种过继，都是为了传宗接代，继承财产。像这种为了兄妹结婚而过继，好避免同姓不婚，可是前所未闻的。

这是孟嘉出外旅行时在路上想到的，本打算向牡丹说。虽然有点儿背乎常情，却未尝不可。有几次，孟嘉已经话到舌尖想对牡丹说，可是牡丹对他那么冷淡，结果他犹豫未决，又把话咽了下去，再也没提起。

第十四章

凉秋九月即将来临，树叶萧瑟，日渐枯黄，大自然警告人寒冬将至，提醒人季节正在树心中搏动，告诉一切生物要保存，要储蓄，要预作准备，要耐过漫漫长冬，以待大地春回。西山和北京城的庭园之中，树木的颜色应时变化，呈红、紫、金、棕各色，如火吐焰，艳丽异常。草木已失去夏季的柔韧，脆而易折，寒风吹来，作干枯尖瑟之声，不复如夏季浑厚钝圆之响。墙隅石缝之中，甚至卧床之下，亦有寒蛩悲吟。山坡之上，羔羊渐渐披起厚重之长毛。而牡丹亦随之进入人生中最为悲伤的岁月。

孟嘉每天都要去见张之洞大人，以备咨询。京榆铁路通车典礼定于十五日举行，各国外交使节都要应邀前去观礼。

一天，孟嘉要在六点出去，参加一个英国工程师的宴会。那位工程师急于把孟嘉介绍给他的朋友。因为去年春天同去游历明陵，孟嘉已渐渐对那个英国人有了好感。英国人的翻译不在时，孟嘉和英国人之间的谈话便告终止，但在不能把意思精确表达出来时，双方无可奈何的姿势和微笑，以及满肚子友善之情，反倒增强了情谊。至少，孟嘉学会了英文的 got it（听懂了），英国人也会了“懂得”。所以他俩说话时，有很多这两个小短句。他俩互相倾慕。工程师的名字是 Peter Cholmeley，中文翻得很妙，是“查梦梨”，他的名片上就是这三个字。查梦梨很佩服这位清朝官员的聪明（当然他丝毫不懂“翰林”两个字的含义），尤其喜爱孟嘉多方面的兴趣，那强烈的求知欲，还有那快捷的理解力。中国翻译官是上海人，英文的语汇量并不够大，实在不足以表达“翰林”这个名词的含义，只告诉洋人“翰林”是了不起的名称，是独一无二的大人物。孟嘉这方面，对这个跨越重洋而来的洋人，既敬慕，又在设法研究，了解。他觉得洋人胳膊上那软蓬蓬的金黄色的毛，还有那长瘦而带有忧伤神气的脸上的雀斑，实在怪有趣。他以前还没有离洋人这么近过。洋人的每一个手势，洋人嘴唇上每一个表情，都有一种意义。他那位耶稣会的朋友，至少长的是黑头发，不足为奇。在长城顶上劳累步行，英国工程师穿咔叽短裤皮靴子和他闲谈，彼此之间的过从渐渐亲密。所有英国人快速的步履，轻捷的活动，那种读书人表现出来的体力，捻转烟卷儿的动作，两唇之间叼着烟卷儿一边说话的样子，对工头直截了当的指挥差遣，是读书人而不身穿长衫，都使他感到惊异，他急于了解这能造火车头、望远镜、照相机，能绘制精确地图的洋鬼子一切的一切。

在赴英国工程师的宴会之前，孟嘉向牡丹说：“你和我一块儿到北京来，我实在很感激。我没有权利和你这么亲密，可是我俩当时那么疯狂相爱，实在难舍难分。最近，我发现你变了……”

“没有，我们还是像以前一样要好，有什么改变呢？”

“我当然还是。可是，我知道那种事不能勉强。原来盘算好的想法，事实不见得就正好符合……你为什么不把你的初恋跟我说说呢……”

真是出乎孟嘉意料，牡丹的脸上突然一片惨白。随后，她浑身哆嗦，脸上显出悲惨失望的痛苦。孟嘉坐在椅臂上，以无限温柔弯下去抚摩牡丹的头发和脸，牡丹冷不防伸出两只胳膊抱住孟嘉的脖子不放松，可怜兮兮地瘫软作一团，抽抽搭搭，又像个孩子一样号啕大哭起来。

她哭着说：“我俩是情投意合，誓不相离……但别人，生把他从我身边抢走了。”她心灵深处的痛苦似乎全从这么简短的几句话里倾泻出来。然后她抬起苍白的脸说：“请原谅我。你要好心肠帮助我。”

听到这些话，孟嘉非常痛心。牡丹话说时就像个孩子。在那一刹那，孟嘉立刻明白为什么牡丹不能再真心爱另一个人，连孟嘉他自己也算在内。等牡丹松开两只胳膊之后，她胸前的衣裳已经完全哭湿，孟嘉似乎和牡丹比以前亲近了许多。

那天晚上大约十点钟，孟嘉把几个英国朋友带回家来，他当然先送信告诉两位堂妹，说她俩可以按西洋礼俗出来和洋人相见。姐妹俩在杭州时曾经见过几个西洋传教士，现在对孟嘉这几个洋朋友极感兴趣。她们平常总是把这几个英国人叫"洋鬼子"，就跟称呼小孩"小鬼"一样，只是觉得有趣，因为把小孩叫"小鬼"，是认为他活泼、淘气、聪明可爱。

接待洋人是在客厅里，客人来了一小会儿，姐妹俩便出现了，穿的是在家最讲究的黑绸子衣裳，都没有戴首饰。两个洋客人之中有一个在中国住了十二年，大使馆里他是知名的"中国通"。在他的本国同胞之前，他并不反对露一露他的中国话，和两位小姐谈得很起劲。他的中国话带点儿英文味，但是说得蛮流利。喝茶之后，主人把他俩带到书房去。那位"中国通"对孟嘉这位中国读书人和他收藏的木版书十分敬慕。主人给洋客人看他收藏的毛笔、古砚，还有已经毁于战火的明朝《永乐大典》中残余的一大本。那一巨册，真是一件完美的艺术品。十八英寸高，九英寸半宽，上等厚宣纸上用工楷手写的字，书皮的锦缎呈金黄之色，墨发出宝石之光。素馨圆圆的脸盘儿，雅静的态度，使客人一见难忘。查梦梨，因为不能和她用中文交谈，就和她斯文地坐着，以端庄的目光望着她，倾耳谛听一言不发之际，再三地用眼睛往那边扫过去。素馨年正双十，恰似芙蓉出水，新鲜娇艳。那位通中文的则与大小姐说话，牡丹双目流盼，坦白率直，热情而自然。查梦梨提出请姐妹俩去乘坐京榆铁路往山海关的试车。

牡丹谢绝前往，但是，在九月六日，素馨和孟嘉去了山海关，有名的万里长城就在山海关直到中国的渤海之滨。他们从附近的山里走到海边的沙滩，享受了两天的快意之游。英国人不嫌天冷，曾经在海边入水游泳，素馨看见，既不显得忸怩羞愧，又没流露出惊奇不安。那个英国人不住地赞美她的雅静大方。真是一次赏心悦目的旅行。她立在雄伟的山海关前，听孟嘉叙述这座古老关口在历史上扮演的重要角色。城楼上的五个大字"天下第一关"，赫然在目。

过了四天，他们返回北京，发现牡丹焦灼不安，正在等待他俩的归来。

在九月八日，他们离家两天之后，牡丹接到白薇的一个电报，只有六个字：

他病了你速来

此外再无一字。这几个简要的字，像沉重的铅铁一样，沉入她的肺腑。电报里说的“他”，那一定是指金竹，她认为毫无疑问。按理说，也可能指若水，是白薇的丈夫，但那就无须故意含糊其辞用“他”字。显然白薇认为情势严重，才打电报，因为当年电报还是一种新奇的通信办法，一般人不常用。白薇从牡丹的信里知道牡丹还爱金竹，依然旧情未忘，若不让她知道，将来牡丹不会原谅她。

牡丹千头万绪涌上心头，一时心乱如麻，不知如何是好。是金竹病了吗？一定是。到底病得多么重？是什么病？是白薇自己打的电报，还是金竹要她代打的呢？金竹此时一定很想见她，不然白薇不会打电报。随后，牡丹想起与金竹分手时，金竹随便说的一句话：“我从此也就慢慢憔悴死了。”那不会吧？只有在小说里才那样写。这种猜想推测在牡丹心里转来转去，后来她竟有点儿头晕眼花。

人心里没有别的想法时，决定一件事并不困难。牡丹立刻写了一封回信，自己出去寄了。信里告诉白薇，一有机会，立即南返。信里附有给金竹的一封信。那信是：

金竹：

不论你身在何处，是病是好，我即将返回你身边。务请宽心，我不久即至，此后再不与你分离。我今终日昏昏，似睡似醒。过去我愚蠢无知，一切皆为君故。今是昨非，十分悔恨。

今先匆草数行，一俟得便，当即南归。如今只有三事相告：第一，为我之故，务请善自珍重，早日痊愈。如能助君早日康复，我无事不可为，无物不可舍弃。第二，我即南返相见，离去北京，绝不再来。你所在之处，即我所在之处。我若深知你爱我之深，一如我之爱你，则长居蓬门荜户，也甘之如饴，即是人间最快乐之人。但求为君之友，为君之妻，为君之情妇，为君之妓女——一切概不计较。第三，我爱君之诚之深之切，幸勿见疑。

牡丹

牡丹等着妹妹素馨回来，那几天就像在梦寐之间度过。她只想告诉孟嘉她打算回南方去，并且要求孟嘉帮助她。

孟嘉和素馨回来，发现牡丹平日精神焕发的脸色呆滞沉重，毫无笑容。她把白薇来的六个字电报给素馨看。

“我要回家。一定得回去。坐由天津南开的船，哪只船早坐哪只。”

孟嘉问她：“这都是为了什么？”料到是发生了重要的事。

牡丹知道，一说出口就要伤感情。

牡丹说：“我不能对你说谎话。我近来一直魂不守舍。他病了。我非回去不可，坐开往上海的第一只船。你帮帮我好不好？”

堂妹这个女人的芳心谁属，孟嘉是不问即知。他忽然心中似有恨意，为什么她当初对自己那么一往情深？为什么要随自己到北京来？难道她所有的甜言蜜语都是谎言吗？孟嘉想起有一次，牡丹说，到北京她就算“遇救”了。

孟嘉只是简单说了一句：“这个咱们以后再说吧。”说完回到自己屋里。

素馨这时把旅途之中可惊可喜之事告诉姐姐，而牡丹把她本想告诉妹妹的话都忘光了。素馨知道当然都是为了金竹。金竹生病这件事将来会对姐姐和孟嘉有什么影响呢？当然也会影响到自己。她知道她姐姐不顾一切的火暴脾气。她一向任性而为，甚至父母的意思也不管不顾；她也深为了解孟嘉，倘若姐姐执意要走，孟嘉也会答应。她感觉到简直什么事都会发生，比如姐姐会与孟嘉一刀两断，以后再无法回来。至少，这是必然的。素馨觉得生气愤怒，因为姐姐对孟嘉的真情挚爱这么负心，孟嘉也一定和自己一样生气愤怒。在她打开箱子分放自己和孟嘉的东西时，就一直感到大的灾难即将来临，她这位鲁莽妄为的姐姐这个做法太不应该。她给孟嘉预备洗澡水时，听说这位一家之主要出去。

牡丹说："他要出去吗？"也感到很迷惑。

素馨说："他很心烦。姐姐，你真是胡闹。"

牡丹说："我头脑清楚得很。我心里怎么想，我自己明白。"

"那么你要怎么办？"

"我要找金竹去。他病了，他需要我。这还不够吗？"

"但是你对大哥，这算怎么回事？你知道不知道？"

"那我对不起他。"

"那我该怎么办？"

"这对你有什么关系？"

这样断断续续交谈了几句，每句话都富有深意，姐妹俩也觉得彼此之间有了隔阂，各有心事。最后，素馨说："你去洗澡吧。"

牡丹瞪眼看了看妹妹，说："不要管我。"

"洗个澡，你会觉得舒服点儿，头脑也会清楚一下。"

牡丹勉强压制着脾气。她看见妹妹给她找出洗好的干净衣裳来，心软了，说："素馨，我觉得你真了不起。你的耐性叫我佩服，你将来一定是个贤妻良母。"

素馨回答说："知道了。"这么粗率地回答了一句，表示这话早已听厌，早已听了一百次。她把一堆要换的干净内衣推给姐姐，脸上显得受了委屈。

素馨一个人静下来想，觉得情势确严重。似乎只有她一个人看出来事情的复杂。不管怎么看，她姐姐是自己要陷身于不幸！先和堂兄相恋，但又改变初衷，仍要回到金竹身边去。后来怎么样呢？结局会如何？素馨看见姐姐让堂兄那么伤心，自己流眼泪倒又是多余了。素馨已经很了解孟嘉，对孟嘉那种成熟的智慧品格十分佩服，而姐姐视若无睹。她凭女人的直觉看来，姐姐对堂兄感情的冷淡是因为年龄的差别。牡丹的热情像一片火焰，可只在感情的表面上晃来摆去，而孟嘉是太伟大深厚，不是一个供女人发泄一时热情的人。牡丹把热情与爱情弄混了。素馨在这个几乎比她自己大二十岁的男人身上所爱慕的，就是这等成熟的素质。她并不怪她姐姐，没人对这种不合法的男女关系会一直感到满足。

孟嘉和张之洞大人在一处过了一整天，回到家里来吃晚饭，这时，他的成熟，他的修养和度量，就显而易见地超乎寻常，因为他看起来还是像没发生什么事一样。

他一个人在书房里忙着办理公文，两姐妹看见他这么专心沉静，才放了心。这时，他撅着嘴默然沉思，笔放在砚台上。他那习惯性喜悦的微笑和心中的奇思妙想流露在眼睛上的光亮，用这些来判断他心情的愉快万无一失。先进书房坐在椅子上的，是牡丹。看见堂兄忙着做事，她就拿起一本书看，并没有说话。妹妹进去时，牡丹把一个手指头放在嘴唇上。孟嘉拿起笔来，在一个文件上飞快地写了几个字。做完了一件事，在心情痛快之下，他把椅子向后一推。

他说："咱们去吃晚饭吧。"看这个男子汉了不起的克己功夫！每逢孟嘉用眼向牡丹扫时，牡丹都看得见那亲切的神气。牡丹放了心，心中一块石头落了地。

孟嘉开始说起山海关之行，算是把谈话的调子定住，素馨也插嘴谈论那个英国人。

素馨说："关于那些洋鬼子，最叫人无法相信的，就是他们的毛，胸膛上和胳膊上的毛；他们脸上的颜色，鼻子，还有眼睛的颜色，看来都很古怪。他们的脸上总好像多了点儿什么，不管是上一半，或是下一半。令人没法儿相信的是，他们说话或是笑，又跟咱们一样。是不是怪有趣的？那个英国工程师撸起他的袖子来，给我看那整个儿上面弯弯曲曲的黑毛——可惜你没看见！然后他笑起来，就像个小学生一样。还有他们看一位小姐或是一位少妇时的样子，你没在东安市场见过。只是咱们一惊叹'哟'，他们却吹起口哨来。在靠近长城时，每逢我要从磴高点儿的台阶下来，他们俩都争着伸过手来扶我。"

孟嘉说："素馨下来之后，一个家伙用手拍了一下她的屁股，另一个用严厉的声音说了一句。我们听不懂说的是什么，但一定是狠狠地责备他。"

他们又回到书房之后，孟嘉像不经意地对牡丹说："可惜你来不及看你亡夫的上司薛盐务使出斩了，已经决定十七那天在天桥刑场执行。我今天刚从衙门里听说的。两个扬州的盐商——我忘记他们的名字了——已经判处流放。我敢说，他俩一定是拿钱出来顶罪的。真正的罪犯一定早腰缠万贯，逍遥法外了。当然，他们经营的盐店要受很重的处罚，付很大的一笔罚金，可是对他们算不了什么。”

牡丹问：“对我死去的那口子一字没提吗？”

“公报上我没看到。”

他又看着牡丹说：“我已经给你订了一张船票，几天之后就离开天津。你是想尽早离开我们，是不是？”

牡丹打算从孟嘉的眼里发现一点讽刺的意味，但是，她知道一点儿也没有，孟嘉对牡丹的情爱丝毫不会动摇。

牡丹好容易说：“是啊。”眼睛向孟嘉看，表示出无言的感激。

孟嘉站起来在文件中摸索，找出一个信封，说：“这是一张支票，在上海一家银行取钱，我想你需要钱用。明天我再给你买点儿鹿茸和人参。不管你朋友生的是什么病，都会用得着。这种东西，北方产的最好，南方买不到这么好的。”

孟嘉看见堂妹的头低到椅子的臂把上，就轻轻地抚摩着她。牡丹几乎是以恐惧的表情抬起头来，深感意外。

孟嘉只是简单说了句：“牡丹，你的朋友，就是我的朋友。”

孟嘉这样子做事，说这样的话，大出牡丹的意料。倘若这样子不是堂兄孟嘉，而是另一个男人，牡丹会说是了不起的举动。但是孟嘉这温存体贴，牡丹早已习以为常，看到她施与孟嘉爱的魔力还没完全消失，心里自然高兴。她只是说：“我真不知道怎么向你道谢。在你面前，我真是丧尽了体面。也许将来有一天，我会报答你对我的一切恩惠……”

孟嘉坐在牡丹身旁，随便说些不相干的事。牡丹觉得，眼下正在铸造一条铁链子，这根链子将来会永远把她和孟嘉联系在一起，那条链子时间与空间永远不能折断，那条链子太结实了。

素馨只是默默地观察，她本来不赞成姐姐对孟嘉的态度，现在一时忘了，心中只愿姐姐不变初衷，仍然和孟嘉相处下去，不必再去做无谓的冒险。素馨最善于掩饰内在的感情，所以一言未发。

第二天，一天都忙着买东西。牡丹一心不想别的事，只想尽早回到杭州去。亲戚朋友们一定人人盼望得到一点儿北京带回的礼物。她心里特别想父母和云云，因为她特别心爱云云。她已经给白薇买了一个自外国进口设计精美的珠宝盒。

午睡起来之后，孟嘉说可以陪她去买东西，因为他知道哪些铺子好。

牡丹说："你还是到衙门去吧。"

"不用。早晨我把事都已做完。我愿在这最后一个下午陪着你，这是我们最后一个下午在一起。恐怕以后短期之内不易见面。"

牡丹很满意地微笑了，知道她与孟嘉的友情此生此世不会破裂了。两人热情的火焰熄灭之后，孟嘉对牡丹的爱，那已经达到崇敬爱慕迷惑的爱，会永远存在。牡丹对堂兄当然很感激，但是爱情仍不能勉强，她颇为不能像孟嘉那样爱自己而感到内疚。

他俩到了家，马车上装满了一包一包东西。他们物色到八两上好的上等人参、四两黑龙江的鹿茸。回到书房之后，孟嘉又仔细品鉴，看颜色，闻气味，然后断言是上品，十分满意。最后，他命刘安去买几个干蛇胆，以备去热火健肠胃之用。

所有这些东西都要很费工夫包装，由素馨帮着，直忙到夜里十一点。牡丹虽然内心很焦虑，还是很快乐。

这是孟嘉和牡丹此生最后一夜，牡丹信而不疑，孟嘉则未敢深信。素馨善解人意，早已避开。

孟嘉这位退位让贤的情人，滔滔不绝地说了很多话。自从牡丹告诉他和傅南涛的事情之后，他俩就没再同房。孟嘉在自尊心支配之下，也不愿去勉强。他知道情欲虽然是生理作用，却像水流一样，若是流往另一个方向后，原来那方向的水自然就会干的。他甚至不肯去吻牡丹的唇，因为牡丹有两次拒绝过他。

那天晚上，牡丹躺在书房中的卧床上，孟嘉乘机以温柔而冷静的腔调对她说："有时候我了解你，有时候又不了解。我对你并不完全了解。"

"你的话是什么意思？"

"因为你还没把所有的事都告诉我。"

"难道你以为我和你疯狂相恋时候，我是虚伪做假吗？"

"这个，我倒是想了很久。由始至终，你的行动就像个水性杨花的女人。"

牡丹断然否认。

孟嘉接着说："我对你非常坦白。我说你是，就因为你的爱变得太快，这却治好了我的痴恋。我早就开始想这件事，因为我们平常不了解的事，自然会常常想。说老实话，我过去认为你是个很坏的女人，这个'坏'字是按照普通的意思说，因为你对男人十分诱惑，自己又无品格。"

牡丹问："你现在还是这样想吗？"

"等我说完。你从来没跟我说过金竹，你记得吧？那一天，一提你初恋的情人，你立刻哭得瘫软，我就有点明白。那初恋一定其美无比，一定妙不可言，虽然已经和他分离，你还是旧情未忘。现在我不再把你看做水性杨花的女人了。你对他的热情之美，我很佩服。这是我想对你说的第一件事。第二件事是，虽然你已经变心，我还没有。不管你行为如何，不管你身在何处，在我的心灵里，你还是至美无上的；在我的身体上，你还是最纯洁最光亮的一部分。这话我不知道怎么说，但是，你会懂。你的身子可以离开我，但你还在我身上，在我心里。你永远不会离开我，我也永远不会把你忘记。忘记你，这是不会有的事。我的心灵会永远跟你在一块儿。你闯进了我的生活，你给了我前所未有的光明和力量。你几次问我为什么不出去消遣一下。实际情形是，每逢我想出去，我就想到你。你将来会一直在我心里。你，也只有你，没有别人。我对自己说，谁也代替不了你，牡丹……"

忽然间，孟嘉的咽喉闷住了。他极力想控制住自己，沉默了片刻。他再说话时，声音有点颤动。牡丹听见堂兄从痛苦的心灵里挤出来的几句话，这几句话她以后会记得，很久难忘，只要她一个人单独之时，就会听到这几句话：

"小心肝儿，你把我高举到九天之上，又把我抛弃到九渊之下。这是我的命，我没有话说。"

这好像是心灵深处的哭喊，是天长地久永不消失的悔恨歌声。

孟嘉望着牡丹的脸，那么可爱的脸，不可抑制的冲动在他心里勃然而起，他求牡丹许他再吻一下她的双唇。牡丹向孟嘉很严肃地凝视，那灰棕色的眸子转来转去，闪烁不定。她把脸凑近孟嘉的脸，把她那放浪狂荡的吻送给孟嘉，这是过去那么熟悉而今已久不知其味的吻。在那一刹那，在心肠与头脑之中，他俩另有一种感觉。孟嘉把牡丹紧紧地抱着，都快喘不上气来之时，他听见牡丹喘气，觉得牡丹的热泪自脸上缓缓流下。在那种天上人间的刹那，两人的心灵融合在一处，他俩的以往和将来也借此融合在一处，融合了所有过去的一切和所有将来的一切。在那一刹那，他们又忘记了时间的流动。这时，牡丹向后一仰，躺在床上，孟嘉就倚在她身上。牡丹的头向一边歪着，他俩的手和嘴都互相寻找。两人这样紧紧地拥抱着不放，一直过了几分钟，多么宝贵的几分钟。

孟嘉说："我俩以后永远是朋友。"

牡丹说："是啊。总比普通朋友还多一点儿什么吧？你说是不是？"

这样说着，二人分开。刚才他俩之间的爱已然十分充分，再不缺什么，那种爱高高超过青春的狂热情欲。对牡丹而言，这还是她前所未经历的新奇之感。

不巧的是，第二天牡丹的火车要充作新路试车之用。所有重要的大臣都去参加典礼，其中有两位满洲王爷，还有所有外国使节。孟嘉虽无官差，但在张之洞学士接受外国使节祝贺之时，他应在场才对。所以他那一天就忙着在大学士和两位堂妹之间来回跑，因为两位堂妹坐在一节车厢里。

在火车站的月台上，若干帽子上插着孔雀翎的大清官员各处走动。这些大官身穿深蓝缎子马褂，白底黑缎靴子，使当时的典礼显得特别隆重。他们戴着平顶黑官帽，下小上大，后面插着孔雀翎，他们的官阶，凭顶上的珠子很容易分别，因为珠子分为水晶、珊瑚、宝石三种。这时，围绕着月台早拴好绳子，有身穿红绿的禁卫军站岗，十分隆重，显得出是朝廷的场面气派。外国使节穿着瘦长带条线的裤子，在中国人看来，真是够难看的。此种装束十分显眼。他们自己有人在诙谐玩笑，但大体看来还端庄郑重，和清朝的官员的严肃态度还算配合。

醇亲王朗读正式的开幕词，吹号鸣鼓。乐队以笛子与口琴为主，吹奏当时的流行曲调。那种高而薄的曲子，在洋人的耳朵听来，不太像军乐，倒很像结婚的音乐。

发亮的火车头一声笛鸣，人群开始狂热鼓掌。乐队奏起特为此典礼编出的新奇曲子。当天，一切都是崭新的，包括路警和车长的制服，号志员的红旗子。醇亲王念讲演词时，孟嘉离开了会场，偷偷走进两位堂妹的车厢。

牡丹对妹妹和堂兄说："你们下去吧。"他们正在说话，一位梳着黑色的高把儿头的旗人公主从人行道中挤过，打断了他们的话。孟嘉匆匆忙忙地向刘安说了几句话，刘安要送牡丹到天津上船。连推带搡，孟嘉和素馨挤下车去，到了月台上。他俩向后望见牡丹在车窗中露出的笑脸，欢喜而激动。火车头猛然响了一声，接着加速喷气，像人积足了气要奔跑一样，光亮的蓝色快车噗咚噗咚地缓缓开出了车站。牡丹向他俩挥手，但是转眼在一排挥摆的手和手绢之中消失了。

三天之后，刘安回来，禀报小姐已经安然搭上了"新疆"号轮船。刘安说："我们在旅馆住了一夜，今天早晨才上船，那时候船都快要开了……还有什么？"刘安又问："小姐不回来了吗？我想她是回家去看看吧。"

孟嘉闭了一下眼睛，仿佛有什么东西打了脸一下，于是以平淡的语气问："是她告诉你的话吧？"

刘安回禀说："噢，是。小姐嘱咐我好好伺候老爷和素馨姑娘。"

"她的舱位好不好？一切都没问题吧？"

"是，老爷。还有一位很好的年轻公子也坐那个船，他答应一路上好好地照顾小姐。好像是很正派的一个年轻人，我想是一个大学生吧。"

刘安从衣裳兜里掏出来一张名片递给老爷。

孟嘉一看上面的名字，长叹一口气，含含糊糊地低声说："噢，牡丹！"

下　卷

第十五章

孟嘉和素馨由火车站回到家，进了院子，忽然有种不胜冷落凄凉之感。一只孤独的喜鹊在覆满黑色鲜苔的房顶上吱吱喳喳地叫，更使这个院落显得岑寂无声。走进屋去，他们看见朱妈正抱着一大堆衣裳从大厅走过。

朱妈向素馨说："我已经把床单子撤下来了。您若认为可以，我就把帐子也拆下来。您要不要搬到牡丹小姐的屋里去住？"

素馨说："不，我干吗要搬过去？我还住自己的那间屋子。"

素馨走进书房时，看见书桌上摆着两封信，还有一大包东西。她立刻认出来是她姐姐的笔迹。那两封信，一封是给她的，一封是给大哥的。

有什么牡丹不好当面说而要写出来的呢？她把一封信和包袱交给孟嘉。孟嘉绷着脸，眉毛动了几下，他精神集中时就是这样。

两个人拿着各自的信，靠近北窗坐在椅子上，屋里立刻死静死静的。

这是致素馨的信：

馨妹：

我即将回南。你我道路各殊。我之行动，在你心目中自属怪异，我深知亦必使大哥伤心。他至今依然爱我，离他而去，我亦甚感痛苦，但愿你能帮助他将对我之热情淡忘，我深知他不易将我完全忘却。为何事竟如此？过去一年之中，我对自己一切，已然了解甚多，唯有一事我始终不能改变者，即我对金竹之爱情。我实在无法自我克制。大哥明智解事，令人敬佩。一事我可得而言者，即倘若我使大哥伤心，实不得已，非有意为之也。

我命途多舛。不能嫁与金竹而嫁与费家蠢汉，是我之过耶？我爱堂兄而他不能娶我，是我之过耶？而今我如何以此相告，我亦难言其故，或系我欲自行辩白耶？

我为大哥，亦感难过，请勿相疑。我去后，望善事之。我南返与金竹相会，极为快乐。前途命运如何？我不计也。爱情与痛苦，爱情与伤怀，如影随形，永难分离。妹尚年轻，将来一为爱情纠缠时，自然知晓。

愚姊牡丹

素馨看完，信落在膝上。她向孟嘉望去，只见他打开的信在手里，流露出不胜自怜之状，又为牡丹而伤怀。他脸上那副受打击而愤怒的样子，她从来没有见过。他似乎知道素馨在偷偷看他，赶紧把视线转过去，头低下斜视。他两唇紧缩，微微颤动，默默无言，似乎心里在努力挣扎，力图镇定，两鬓的青筋跳动。过了一会儿，他嘴唇周围紧张的条纹散开之后，才抬起头来。

他说了声：“噢？”

素馨向孟嘉凝视片刻，才说：“我替我姐姐向您赔罪。她做的事，她也深自愧悔……您愿看看这封信吗？”说得有点儿太冷静了。

素馨已经站了起来。孟嘉还没来得及说什么，素馨就把信送到他手里，然后从书房的门穿过，走回自己的屋里去。

孟嘉剩一个人在书房，觉得轻松了一点儿，很佩服素馨的聪明解事。他已经看完了牡丹的信，话说得冠冕堂皇，其实是残忍下作，正如偷偷溜走的一只豹向后的一下回顾。她既然走了，为什么不厌其烦，心那么狠，竟还要留下一封信？那封信犹如死亡的一吻，其硬如石，其冷如冰。

大哥：

因我实无勇气当面相告，今写此信，心中十分悲痛。

我深知，天地之间，大哥为最富有理解力之人，但求能体谅下情，同情堂妹不幸之遭遇。

我既不愿说谎，亦不愿欺骗。那件荒唐事为何发生，何时发生，何时在我心灵中涌现，我全不能奉告。

我今对你已毫无爱意，今生亦不愿再度相见。

过去我确曾爱你如狂如醉，但系盲目相爱，此皆由不可知之新奇与魔力所致，颇难条分缕析，如今对你已完全了解，我已自幻梦中觉醒，已然十分明白，往日我所谓之爱，实际不过系对一男人之仰慕。他已将我之生活改变，已教我在此浮生中如何谈笑，寸心甚感。

我对你仍极敬佩，因你这位思想家突破理学家名教之藩篱，使天下男女顺乎寸心中自然之善念，依其本性而生活。我之得有此种思想，当初实自君得来，今日依然不得不对君表示谢意。

你心伤悲，我非不知，因我亦有同感也。但今日君虽有情，我已无意。我无相爱之心，实难勉强。

请即忘记堂妹牡丹，勿复想念。不必再来相见。君之一生中，将再无我之踪迹矣。

堂妹牡丹泣笔

这封信中充分显示一种荒唐无理的性质，实在难以言喻。好像正在倾耳谛听中的一部美妙的交响乐，突然被猴子跳到台上发出聒耳噪声打断一样。孟嘉心头涌起一阵毒恨，咽喉中觉得一阵发紧。他的梦破碎之后，只觉得昏晕呆愣，欲求自卫，却软弱无力。

最使孟嘉茫然不解的，是牡丹信中最后一句锋利的中伤。孟嘉很明白过去数月之中牡丹热情的冷却。既然离别之后，还有什么必要说这些话？孟嘉对牡丹的行为，早就予以无限宽容，因为牡丹的为人，他以为已然很清楚。而现在却是坦白而无温情，背义而无歉疚，分手而无伤感。这时他忽然想起初恋的经验，那位小姐也是改变了心肠，把他抛弃，改嫁了一个富家之子，当时所表现出来的也是同样冷酷无情，犹如禽兽。因此孟嘉心里越发坚信女人第一条律法是，完全占有一个男人，嫁给他，指挥他，至于如何处置他，要视情势而定。牡丹这样毁灭了孟嘉的爱情生活，所毁灭的并不只是孟嘉的爱情生活，这又使他厌恶女人的思想在心中复活了。那就是，女人会用尖爪利齿撕抓奋斗以求获得一个安定的家，以便抚养幼儿——这种天性就犹如鸟儿筑巢时的天性一样——而女人这样做，也并不一定是残忍无情，只是在遵守万古不变的天性而已。头脑聪明而意志坚决的独身男子就是一条狡猾的鱼，尽可以吞食别的食物，偏偏避不开这香吻吸吮的嘴和顾盼醉人的眼睛所织成的张得广阔的罗网。

孟嘉忽然又看到信后的附白，是匆匆忙忙之下写的，因为与那封信本身工整的字体显然不同。一定是昨天深夜那似火般富有启发性的狂吻，使两人都感到意外的狂吻之后，她又添上的。

又启：务请宽宥，宽宥我之一切愧对大哥之处。上面既已写出，只好如此，不必改写矣。今将我之日记留下，其中所记，是我真正内心之所思所感，阅后可更多了解。

孟嘉并没打开那个大包袱，心想必无甚重要。倘若其中另有解释之词，他要等自己能冷静之时再打开阅读，就犹如在一世纪之后，再阅读前一代之重要历史文献或某私人之日记一样，如此才没有当事人直接的利害关系。为什么牡丹要说“君之一生中，将再无我之踪迹矣”，如此坚决，如此冷酷，如此无情？孟嘉觉得仿佛是阅读一个技艺完美久经风尘的妓女的信一样，牡丹一定以前在认为已无需要而与人断绝关系时，也写过这样的信。写这样的信，也是这一行人的必要本领，而事实只是，她分明是放弃他而另寻新欢。两三天之后，或者十天之后，再看她留下的日记吧，他需要先自行反省，好恢复原有的宁静心情。

第二天吃晚饭时，素馨问他：“您为什么那么看着我？”

孟嘉说：“是吗？对不起，我不是有意的。”

孟嘉的眼睛显示沉思的神气，似乎对眼前的一切，都能一览无余，能洞悉一切，一个头脑平庸自信力不强的姑娘会望而退缩。素馨看出了他心灵中的痛楚，他那凝神贯注，还有他那凝聚的目光后面可怕的寂寞之感。

素馨问他："您不是正想我姐姐吧？"

"没有。我想的是女人的特性，女人的脾气。我这么看你，真对不起，我是要寻找……"

"寻找什么？"

"寻找女性本身那种欺骗虚伪特性的痕迹。"

"找到点儿没有？"她的眼光一瞥，显得疲倦无神而又厉害，暂时看向别处。接着说："您可以再仔细看……"

"我真对不起。"

"不过您别拿看我姐姐的眼光来衡量我。"她低下头，把从腋下衣扣处塞着的一块手绢拿下来，擦擦鼻子，然后以宁静的面容转向堂兄，若无其事似的。

她问堂兄："您是不是也愿我走？您知道，我随时可以走。"

"你要走吗？"

她说："不。"随后又以更为温和的语气说，"除非是您要我走，那我才走。您已经看了我姐姐留给我的信，她希望我留下。我非常喜爱北京。我喜爱这栋房子，喜爱您，喜爱我自己住的屋子，还有能向您学习，对我有那么大有益处。谁还会再抱更大的希望呢？您若愿意让我住下去，我当然愿意。我要住下去。我姐姐……您看了她的日记没有？……还没有？……我知道她记日记，我不偷看……"最后一句话她说得很自负。

孟嘉觉得自己应当辩解。他说："那么，我央求你住下去……千万不要对我误解。我有一种清清楚楚的感觉……那全然不同。"说到这儿，孟嘉竖起了耳朵。

"听什么？"

"我觉得听见了她的声音，你姐姐的。我一定是神经错乱了。"

"那也是自然之事，她在这儿住了这么久。有时候我也似乎听到她的声音。昨天晚上，我半夜醒来，正要开口叫她，忽然想起来她已经走了……可是，您为什么不看看她的日记呢？"

"我不愿意，不想现在看。我愿意等到我觉得和她很疏远之后再看。"

素馨继续吃饭，忽然发起脾气来。她说："这厨子简直越来越荒唐！"

她按了一下电铃，对打杂的小男孩说："把这汤端下去，告诉厨子不要再上这种洗碗水。难道没有好点儿的东西做汤吗？"

片刻之后，厨子来了，几乎不敢抬头望一望这位年轻的女主人。素馨根本不给他辩白的机会，就开口说："有我在这儿，你休想用姜用醋就把烂鱼的气味遮盖住。你看看……"

厨子竭力分辩说："这是我今天早晨才买的……"

素馨根本就不听他，接着说："今后三四天老爷都要在家吃午饭和晚饭。我看见罐子里的酱茄子都光了。做一点儿，不然就到东安市场买点儿来。记住，老爷爱吃酱茄子。"

厨子走了之后，素馨转身向孟嘉说："他简直岂有此理。因为咱们不在家，家里就乱翻了天，所有的用人都懒起来……只有朱妈照旧做事。不用吩咐，她自己就把脏东西收拾起来，我很喜欢她。您没看见她把牡丹屋的窗帘摘下来洗了，烫了，又挂上了？"

孟嘉的脸不知不觉中轻松下来。听一听女人说这些家常话也蛮舒服。

孟嘉说："咱们到书房喝茶去吧。"

这就是孟嘉和素馨共同度过的第一个黄昏。气氛是如此这般新奇，可又似乎那么陈旧。孟嘉觉得过去从来没有真正仔细望过素馨一眼，现在才重新端详她，其实以前他已经把素馨看了千万遍——她那直率坦白清亮的眼睛，嘴角上时现时隐的酒窝儿。

孟嘉问："你怎么知道我爱吃酱茄子？"

素馨微笑得很得意，说："什么事情也逃不了女人的眼睛。你一个人怎样过日子，我实在没法想象。你天天吃的是什么东西，大概自己也不知道吧？"

孟嘉在女人这样的关怀体贴之中，真是如沐春风。他这位堂妹所给他真纯的满足和心情的宁静，实在是太大了。素馨在椅子上坐得笔挺，两条腿紧紧靠拢，淑静而腼腆，和她姐姐那么懒洋洋的四仰八叉的样子简直有天渊之别。她那样坐着和孟嘉那么相称。她说话的声音温柔而低，没有牡丹声音像铜铃般的清脆。在斯文地喝了一小口茶之后，她常举起手来，用纤纤玉指细心地整理一下头发上的簪子。她的脸盘和五官的大小很像牡丹，但是她姐姐眼睛梦幻般的朦胧神气，她没有。素馨和她姐姐比起来，就犹如一部书，是诲淫诲盗等章节删除之后的洁本。

孟嘉有一天问素馨："这屋里变得有点儿不一样了。什么地方变了呢？"

素馨微笑说："您没看出来吗？今天早晨你不在家的时候，朱妈和我把窗帘换了。我找到了那蓝缎子床单。"她指着放在卧床上叠得整整齐齐的蓝色的被褥，"您不觉得那蓝色好看点儿吗？我一向就喜爱蓝颜色。那旧紫色的洗了，您是不是还要换回来？"

孟嘉想起来牡丹是多么喜爱紫颜色，尤其是睡衣。

孟嘉说："不用了。铺上这条蓝色的很好，我一看就觉得这个屋子有了改变——屋里光亮多了。"

他俩喝茶之后，素馨问他："您现在要做事吗？您若想一个人儿待着，我就回我屋去。"

"不。我不做事，你若想走你再走。有你们姐妹在我身边惯了，有时候我一个人觉得闷得慌。"

"那么我再添点儿炭，坐在这儿看书吧。今天下午我在我屋里也觉得闷闷的，因为姐姐走了。"

这是差不多一整年以来，孟嘉第一次享受生活上的平安宁静。他仿佛在惊涛骇浪里搏斗一夜之后，现在进入了风平浪静的港口。

牡丹所给予孟嘉个人的羞辱，现在还使他心中隐隐作痛。出乎他自己的预料，他发现自己仍然没有停止想这位堂妹，还在计算她哪一天到上海，哪一天到杭州。他永不再相信任何一个女人，而从一副冷眼看人生的态度，认为天下的女人都一样，自己遭遇的本是早在意料之中的。他从这种想法里获得少许的安慰。纵然如此，可他在想象中看见了牡丹的笑容，听到了牡丹的声音，他的心还是怦怦地跳，他对牡丹已经不在身边，自己回家时的空虚之感，还是感觉非常锐敏。

他心里暗想："这个荡妇离我而去，我一切都完了。"

素馨看得出他的忐忑不安，内心实在可怜他，却半句话也没说。第三天晚饭之后，孟嘉对素馨说："我要出去。"

"有事啊？"

"不是，只是去看个朋友。"

他要证实女人爱情确属空虚，便作了个粗野的决定，到前门外八大胡同去寻花问柳，去向女人的怀抱中寻取慰藉，同时把胸中的仇恨向女人发泄。把爱情降到最低的兽欲等级，而使之与感情截然分离，这倒也是一件有趣的事。但是他究竟无法办到。第二天晚上，他再度前去，因为，出乎他意外，他仍然发现有人性的感应。那与他共度春宵的妓女依然是人，有情的温暖，也能有强烈的爱，不过其中有些确是庸俗愚蠢，居然还请他再去相访。他虽然尽量想把那种活动当做纯生理的事，但是，对他而言，爱，甚至用金钱买得的爱，仍然不是纯生理的事。他仍然不能忘记第一次在运粮河船上遇见牡丹时的印象——那么真诚坦白，对自然之美那么敏感、那么爱好，对生活那么热爱喜悦，那种独特稀有的情趣，大不同于他以前所见的一切女人。

他不再去八大胡同了。不论忙或闲，他头脑里只有一个想法，那就是牡丹。他尽量出去会见朋友，想在公事上发生兴趣，但终归无用。一整天每一分钟，牡丹都跟他在一起。他极力想牡丹的坏处——想她冷酷、残忍——但也是无用。他劳神苦思，想找出理由把她忘记，但是心里不肯忘。在生理上，他觉得他的心在滴滴地流血，这段情爱的生活阵阵作痛，不断地感觉到。于是他又想法子自己说服自己，说牡丹真爱过他，而牡丹已经不再爱他了。每一种说法都真诚可信，但是每一种说法又不真诚可信。他觉得在感情深处，自己并不真正了解自己的思想——大概非等到有一种危机来临时才能真正了解。不错，牡丹喜爱乱追求青年男人。那表明什么？情欲和真爱是两种不相同的东西……在心情如此悬疑不决之时，他硬是不能把牡丹从头脑中排除，无法摆脱她的影子。他渐渐发展出一种本领，那就是在处理一件重要公事之时，同时能心里想念牡丹，公事不会弄错。在晚上，素馨回屋去之后，他自己躺在床上不能入睡。牡丹已经分明是去了。那天长地久悔恨的歌声却仍回到他的耳边："你把我高举到九天之上，又把我抛弃到九渊之下。"他在黑暗中伸出胳膊去，才知道她已经不在了。他暗中呼唤她的名字，知道不会有人回答。在他的心灵里，他感到可怕的寂寞凄凉。这种感觉在她走后第一夜出现，随后每夜出现。休想一夜免除这种煎熬。他知道自己一生命定要不断受这样的折磨，而心灵上的寂寞也永无消除之日。他知道给牡丹写信也是白费。那能有什么好处？

他原想等心情平静再看牡丹的日记，但是现在知道此生永远不会有那么一天。那原是素馨出于女人的好奇心而催他去看的。素馨看见那一包根本没打开，只是扔在书桌后面的书架子上，还是用白绳捻捆着。

于是素馨问他："您是怕看吧？"

孟嘉辩白说："不是，我只是想把事情放凉一点儿再说。我不愿自寻烦恼，我还没冷静下来。"

"那您为什么不让我打开看看呢？我是她妹妹，我很想看。我看的时候会比您冷静，因为我对她了解还深。"

"那么，你就替我看吧。"

素馨向堂兄正目而视，说："她是打算要您看的。我还是愿意您自己看。您还是要拿出勇气看一看，也许看了之后，会觉得好受一点儿。"

"你为什么说这种话？"

"一件神秘的事不解开，您就永远摆脱不了这件神秘的事情的迷惑。我相信我姐姐并不坏，她只是生来就和我不一样罢了。"

素馨从书架子上把那包东西拿下来，放在堂兄面前，说："这么着，我走开，留您一个人在这儿看。若是您有不明白的，关于我们家或是我姐姐本身的事，可以问我。"

像素馨这么一个年轻小姐能这样办事，孟嘉觉得实在异乎寻常，所以她从书房门外消失了踪影之后，孟嘉不得不佩服她无上的机智与聪明。

日记里所记各项，大部分没日期，但是，凭所记的事也大致可以推算出来。有若干条是记当初相遇的情形，但似乎全部是在北京的最后一年写的。那些条都记下来她内心的矛盾纷乱。有的占了两三页，但似乎有几个月没动这本日记了。其中"情人"和"他"字用来指金竹或傅南涛或孟嘉自己，次数大概相近。因此，有时一句话完全无用，比如："噢，他真了不起！"或是"我相信此一生，除他之外，将不会另爱别人。"她究竟是说谁呢？看那本日记，就犹如在一个有四五个月亮的行星上一样，所以孟嘉不知道，大概牡丹自己也不知道，到底是哪一个月亮的银色光辉从窗外向她送上一吻。有的话说得太露骨、太坦白，简直令人吃惊害怕，有的表示她有自知之明，把自己分析得入木三分。

> 我渐渐长大，关于成年人之秘密所知渐多，乃决定人生每一刻，必要充分享受，必至餍足而后已。我承认，我乃一叛徒。我一向犯上任性，反复无常，自儿童时已如此。我不愿做之事，无人能勉强我做……
>
> 我之所求无他，即全部之自由。是我父之过于严厉，权威过大有以致之耶……
>
> 星光窥人，辗转不能成眠。我见星光，犹如他眸子闪烁，向我凝视，似乎越来越近……
>
> 我不知今年春季为何如此慵倦。春风入户，触我肌肤，如情郎之抚摩。

有关于她和孟嘉的事，所述特别清晰，有时十分惊人，但有时亦甚为矛盾，足以表明心灵深处之痛苦冲突。其中一段可为例证：

> 今日与孟嘉赴天桥一游。我想他之前去，皆系为我之故。他实令人失望。诚然，我低级下流，恰如他所说，但我自喜如此。在天桥所见皆贱民大众，变戏法者，耍狗熊者，流鼻涕之儿童各处乱跑，处处尘土飞扬，喧哗吵闹。有为父者，上身半裸，立于一十二三岁之幼女腹上，幼女之腿向后弯曲，其身体弯折如弓，脸与颈项，紧张伸出，状似甚为痛苦，其母则环绕四周，向观众收取铜钱。我几乎落泪，而他泰然自若。是因他年岁老大之故耶？所见如此，我甚受感动。人生中此等花花絮絮，所有生命力旺盛之人，我皆喜爱。我亦爱百姓中之悲剧与百姓充沛之活力。不知他看见与否？然后我二人至一露天茶座。我开始与一年轻之茶房交谈。我想此茶房必疑我为他之情妇，因当时我询问最出名花鼓歌之歌唱者，并与该茶房交谈甚久，所打听之事甚多。青年妇女向男人问话，男人皆极友善。一盲目唱歌者经过时，以沙哑声随琵琶歌唱，群众渐渐围绕观看，此时我随该年轻茶房前去观看。歌唱者立于地上，一腿折断，以木腿撑之。他向众人曰："诸位弟兄，叔叔伯伯，婶母伯母，请听在下

给您唱一段儿小曲儿。”他身体高大，像关外大汉，留有两撇胡子，脸盘亮如红铜，看来坚强有力。虽然大睁双目，盲不能视，其状颇为英武。他鼓起歌喉，腹部胀落可见。他之面貌、声音、盲目，望之颇觉凄惨而动人。但他平静自然！据说，人既盲目，便善于歌唱演奏。不无道理。但此人双目失明，何以致之？或为色情凶险所害？我当时听之神往恐有二十分钟，竟将孟嘉完全忘记。我又返回茶馆，与年轻茶房闲谈。孟嘉恐心怀嫉妒，亦未可知。他竟毫不介意。他竟而如此了不起！——我指大哥，非关外盲目歌唱大汉也。

我愿以全力爱孟嘉，他亦以全力相爱。但他或正欲与我保持纯洁精神之爱，心灵相交，智性往还。自与他同住，我与素馨不同。我故不与之探讨书籍学问思想，因深惧我二人将成为师生，而不复为情人关系矣。我愿与他以平等之地位相处，彼为一成年之男人，我为一成年之女人，如此而已。至于思想学问，与他相比，终生无望……

再往下看，是一段启人深思的文字：

我与他相处，但对他甚为怀疑。他能否将精神方面一笔勾销，全然将肉体情欲发挥至痛快淋漓地步？在桐庐我与他初次度夜之时，必使他大为吃惊。当时由其面貌，即可推知无误。我之所望者，即与之尽情放荡，恣意寻欢，一如娼妓。我之深望于他者，即对我摧残凌虐，深入，贯穿，毁灭。而他之对我如何？过于斯文高雅。雷声大，雨点儿小。冒烟不起火。甜言蜜语，而所行不力，只是调情温存，而无风狂雨暴之爱。我之所需，不在温存调情。不知天下何等女人需要如此软弱无能之情郎？他最大之乐事在于满足美感。他曾说爱情并非只如杵臼关系。或许，但是……

对爱情之真谛我并不了解。我只知男女之爱为宇宙中最深奥之秘密，集崇高与滑稽为一体，化兽性与心灵为一身。此种情形是否存在？爱情而无肉欲，天地间是否果有此事？何种女人不需要被心爱的男人破坏，深入，弄得天翻地覆，蹂躏摧残？难道我是一荡女？但我是。……

我二人高度永远不能齐一。我之错误我已发现。我并非说他不热情，他确属热情。女人欲情似火之际，而情郎却裸体而卧，吸烟闲话，你将何堪，你将如何爱他？……

关于傅南涛，是这样写的：

爱情乃肉体之行动。犹记他从道旁水沟之中上来，脸上衣上溅有泥污点点，我感到其青春之情感与身体之强健。我不禁大笑，因我一言，他竟而跌入沟中。我至今不能忘记者，即我二人行往东四牌楼时他矫健有力之青春步履。他之步态轻灵迅速，两肩宽挺，两臂肌腱结实，抓住我时，我竟感疼痛。当日倘非有妻子突然出现，我必然应允顺从矣。我并非出乎本意，口头上亦表示拒绝，但他之前进，实由我导引之。我以此事询诸孟嘉，有一要点，彼亦表同意。他曾谓，在男人心目中，女人之性感全在肉体上。自反面言之，在女人心目中，男人之性感，亦在肉体上。我二人又情形如何？……

我以为，爱情，爱情之美丽，相思炽热之出现，只有在二人分离之时，或遭遇挫折困难时，或理性想象与感性矛盾冲突而引起心魂荡漾六神无主之际。有爱情而无悲伤，有爱情而无相思之苦，天下宁有此事？由我对金竹之情爱，我即体验到，相思即是爱情。倘若他日日与我相处如夫妇，我尚能如此相爱，如此梦绕魂牵耶？牡丹，吐露肺腑，诚实坦白，切勿欺心。……

爱情为悲剧之母。否则岂不同于浅薄的闹剧或家常便饭？但是何缘故，非我所知，一日得便，当向孟嘉请教。待我与他分手之后，或已将他失去之后，容我再度爱他。

还有：

世界之上，谁爱读以合法结婚夫妇为主题之爱情小说？所有历史上伟大之爱情小说，皆写偷情故事。新娘一进入花轿，抬向新郎家，小说即戛然而止，此时结束，恰当其时，因读者已无兴趣再读下文。渔人所关怀不忘者，非网中已获之鱼，乃脱网逸去之大鱼也。

另外有一旁边画线之标题，为“不平衡之宇宙”，下有疏解，饶有哲学意味：

不平衡之宇宙：诚然，宇宙系来自阴阳之平衡与交互作用。但若谓宇宙永远处于一不平衡之状态，亦可谓真实不虚。或阴盛于阳，或阳盛于阴。失去平衡，而后有行动，实由于一方面之吸引也。因此爱情之义为悲伤，因爱乃一人对另一异性之吸引。我深知孟嘉以其全部情感爱我，正如我以同等热情感情之爱金竹。因此悲剧乃不免于发生矣。不论于家、于国，完美理想之平衡，少之又少。故争吵，不忠不义，仇恨、战争、叛逆，乃不免于发生矣。在自然界，季节之变换，云、雨、风暴、冰雪，皆由甲力欲克服乙力所引起之不平衡而出现。甲物随时皆谋推翻乙物，故无一物，无一状态能持久而不变。人之爱情，亦正如此。悲夫！悲夫！……

在最后数项中，有一项又接续表示上述大意：

我深为南涛之遭遇而苦恼。此事发生之残忍，皆我之过。我必须坦白承认，南涛之痛苦，实由我一人引起。我实无意使之杀其妻，而今他坐监服刑。又有何用？但他也引起我之烦恼。与他肌肤之摩触，他之力挽我臂，遂使我对孟嘉全然失去情爱。此种反复作用，将进展不已，永无止息。如今，我所深感悲伤者，我竟毁坏孟嘉生活中之幸福，正如已毁坏金竹之生活，孟嘉实有深恩于我。但事何以竟致如此之复杂？事事皆失去其平衡矣。

倘若相思之情能相向飘浮而相遇；
倘若梦想能有朝一日化幻而成真；
倘若天地万物只单独呈现于你我之前；
倘若黑夜来临与天光破晓时，我手与君手常相挽握；
倘若你我在雨中共同跌倒，共同滚至衣裳湿透；

倘若月光之下你我同在一处美满团聚不分离；

倘若你我眼睛不空望，你望我来我望你——

两人若如此相爱，人间之甜蜜幸福，尚有过于此者乎？

像以上表示感情奔迸之语句，在那日记之中并不少见。然而究竟是写给何人？给金竹？给南涛？还是给孟嘉？当然不是给孟嘉，因为他俩已然住在一处了。但下面在日记开始处，似乎是表示在得到孟嘉之后，她甚感幸福快乐：

与你相识之后，你教我如何欣赏万物之美；教我微察低柔甜蜜之声，微飔轻抚万物之声。

在我忧伤之时，你教我笑；我孤独郁闷之时，你与我以慰藉，将我之孤独郁闷一扫而光。

你之温柔，你之安慰，你之深爱，灌我之心灵，一如倾盆之大雨，无深而不入……

我相信你我之心灵早已结合而为一，空间不能隔，时间不能变。我相信我等之感情与冲动皆感于一种力量而发，此一力量既传递爱情，并将二人之爱情巩固而维系之。此一力量纵然与我等不相识，亦不知我等之存在，然我不能逃避其支配。

我深知，在时光如逝水奔流之际，每一时一刻、一分一秒，皆无力量能将你我之灵魂分离而为二。你我二人结合为一体之爱情，生死不渝。孟嘉为牡丹之孟嘉，牡丹为孟嘉之牡丹。万事万物尽可改变，心灵至坚至强，永不改变。

另一条是关于她的朋友，其中一处提到素馨，颇使孟嘉吃惊，大感意外。这真是一项重要的透露。孟嘉从来没有想到素馨会对他暗中怀有爱意，竟那样细心地把感情掩饰得滴水不漏。

那段文字是：

天下芸芸众生中，我之所最心爱者，并非别人，而是白薇。因我二人皆为女人，所以达到之全然了解，绝非一男一女之间所能达到者。我爱其智慧，我爱其敏感，我爱其人生态度，与我之态度不谋而合，毫无格格不入之处，正如碧空无云，一月当天。我深知她为我无事不可为，正如我之与她，亦事事皆可做。她与若水相恋之时，我并未曾以我亦爱若水之私心相告。设若我曾以心事相告，必致伊无限悲伤，我幸未透露，实为幸事。白薇！白薇！我之爱你，胜似胞妹。犹记当年一阴雨之日，我二人并坐，春雨滴自玻璃窗上急速流下。我二人快乐至极，伊谓我曰："这个雨滴是你，那一滴是我。试看哪一点赢得赛跑。"但二水滴未及流至窗底，竟中途汇而合流，我二人乃哑然失笑，不能自已。当时若有人见，对我二人必定不能了解。诚然，我二人恰如水珠雨滴。至于素馨，我爱之，亦复恨之。我二人之气质迥不相似。我之所不能忍受者，为伊心中对我所行所为之非难态度。但愿伊能明言相告，岂不痛快！而伊绝不肯明言。我二人虽然意见相左，虽悬殊相异，我仍爱伊甚深。一日，我谓伊曰："不用否认，我知你爱大哥。"伊回答曰："爱又如何？大哥是你的情人。"伊之密不相告，与我之爱若水而对白薇密不相告，同耶？否耶？

只有一次，我与伊论我与孟嘉相爱一事。素馨谓我曰："我有言相告，幸勿误会，我非道学家，至少，我不承认。对一少女而言，人生第一大事为嫁一丈夫而有家庭归宿。你如今在荒唐鬼混，只是自己浪费光阴。你只要与他如此相处，必无结婚之日，难道你不自知？"我深以为然。

牡丹富于想象，敏感而热情，但是在她的迷梦荒唐之下，她所追寻的，大概也是同于所有女人追寻的，也可以说是自从人类开始存在起所有的女人一直不断追寻的——那就是一个理想的丈夫。像所有的女人一样，她急于要建筑一个她自己的巢。没有结婚之望的热情，她已然厌倦了。所以她过去追求男人，都是正像：

狂风暴雨猖狂甚

一鸟急忙自筑窠
免得邻居齐笑语
无家无室尔如何

牡丹又写的是：

我之愿望乃是做一母亲，有众多子女。若与他结婚而生子女，必致两人齐为人所非议。

但我极愿生一小孟嘉，我将亲以自己之两乳哺育之。

她身上潜藏着的种子正在呼号，要求急予施肥。正如初绽的蓓蕾，正发出阵阵富有陶醉性的芳香，吸引蜂蝶，免得花粉空落，花株无从繁殖。那株牡丹的鲜艳娇美，正是自怜的呼喊之声：

梨枝生出累累果
牡丹看罢自叹息
纵然娇笑难比美
花落无果剩空枝

也许牡丹尚无立即出嫁生子之心，甚至永远无此准备，因为她酷爱自由；也许这就使她向锁着的大门，一个一个地疯狂般撞过去——那些门却是从里面锁牢的。金竹、孟嘉、傅南涛，三个人都是她永远不能嫁与的男人。可是她的日记里有这样痛苦煎熬的话：

即使十个男儿似南涛
我亲生一个男儿天下宝
生也好，死也好
快乐知足活到老

牡丹有一次对素馨说："做个女人太复杂了。"

第十六章

花香会使蜜蜂陶醉，孟嘉看完牡丹的日记之后，牡丹情感的热烈也把他陶醉了。不管嘲世派把爱情说成什么样子，孟嘉对世界的看法已然有了改变，因为他曾一度体验到女人的爱，在他看来，这个世界的色彩已经有了不同。牡丹离开他才那么短短的几天，他在行动上所表现的，我们予以解释与判断，皆不相宜，我们只能去发掘原因。牡丹热情的音乐已然停止，但是回音仍然荡漾未已。孟嘉的全身就犹如一个未曾闭合的伤口，对最轻微的触动也会感到疼痛，他正在寻求一切办法来压制住阵阵的痛楚。牡丹那样薄情把他抛弃，他那销魂蚀骨的热情，虽已消失，对牡丹的柔情却依然存在，他的思想，他的情感，还在牡丹柔情色调的映照之中。在他俩最后一夜相处之时，孟嘉还期待牡丹像在桐庐时狂热的情欲之下，会旧情复燃，重新回到他的怀抱。但是，牡丹的情爱已然成为槁木死灰。两人分手之时，没有眼泪，只有朋友的微笑而已，热情的火焰已然完全燃烧殆尽。不过，孟嘉深信，倘若牡丹在那天晚上决定回头，还和他同居一处，他的所有心弦会立刻响起梦想不到的响亮答复，就犹如暂时停下一刹那的交响乐，随后又响起来一样。那时，他浑身所有的汗毛眼会一齐张开，会与牡丹的声音笑貌手脚四肢的振动协调合拍，会再度与之感应连接，强烈如电，神秘而不可言喻。

看了牡丹的日记，一件事可以确定无疑，那就是他们的爱情到了尽头之时，牡丹的忧伤确是发乎内心的，不过，她还似乎是淡漠无情，绝不像一个活生生的热情的女人，而是像一株发出香味含毒的花朵，她要孟嘉毁灭，或让另外任何男人毁灭，她都能做到。

十天之后，一天他正和素馨吃早饭，他原告诉素馨他要出去，后来，又改变了主意，决定回去躺着。素馨没理会，等朱妈去告诉她说："老爷在屋里，门关着。"这时素馨才知道，立刻到他屋里去，果然发现他的屋门关着。她轻轻叩门，听见低声回答，慢慢打开门。里面很黑，因为他把南面的窗子关着，只有后面微弱的光亮射进来。过了几秒钟，素馨的眼睛才适应了屋里的灰暗，看见孟嘉和衣倒在床上。

她问："您病了吗？"声音显示出深切的关心。

"没有。我只是想躺一下儿，歇一会儿就好了。"

素馨过去用手轻轻按了按孟嘉的前额，前额发着高烧。素馨拉过他的手，摸一摸他的脉，脉强而稳定，但是跳动得太厉害。

"得请个大夫来。"

"不必。"

"您发烧很高。"

"哪儿会？我一辈子没病过。我躺一下，再过两个钟头就好了。"

素馨声音沙哑着说："您要躺，也得把外衣、鞋、裤子脱了，盖上被子。我给您沏一壶山楂水。"

"好吧。"

他猛然坐了起来，但是动作上显得有点儿紧张不安。在有点儿幽暗的光亮中，素馨能够听到堂兄快速沉重的呼吸声。孟嘉开始自己脱下外面的衣裳，最后，不能再自己动手，才答应素馨替他解开箍在身上那件衣裳的扣子。然后，素馨帮他脱下鞋袜，给他盖好才出去，临走还在孟嘉的前额上摩了一下。她出去之后，擦了擦自己前额上的汗珠子，能听见自己的心怦怦地跳。

素馨停了片刻，等恢复了平静，才到西边厨房找到朱妈。

她说："老爷不舒服。现在虽然已然是秋天，但正是秋老虎。你回家去把铺盖带来。你恐怕要在这儿住几夜，好伺候老爷。"

不到一个钟头，大夫来了，是坐梁家的马车来的。因为素馨吩咐车夫跟医生说是急病，并且一直在医生家等着。那位儒医程大夫，为人极其庄重，在路上已经听见车夫说了一点儿这家的情形，已经有几分料到是堂妹走后，主人因烦恼而引起的。

大夫进屋之后，素馨遵照老规矩隐身在蚊帐之后，并没有出来露面。她第一件看到大夫做的，是撩开病人的眼皮，看了看病人的眼珠。然后让病人伸出右胳膊，把病人的手腕放在枕头上，把脉把了很久。孟嘉用沙哑疲倦的声音回答了几个问题。然后，程大夫以同样端庄的态度站起来，告诉梁翰林，他不久就会痊愈的，但是需要轻松歇息，心里不要装事。

程大夫告辞出来，被领进书房，给了纸笔。

素馨跟在朱妈之后，赶紧随着大夫来到书房。

她只简简单单向大夫说："我是他的堂妹。这种事情我不能交给仆人们。程大夫，请您告诉我病人是怎么不好。"

在听这位少女以十分关怀的低声说话时，大夫一直很有礼貌地低着头看桌子。然后，向素馨很快地扫了一眼，用医生十分本行的腔调回答："小姐，您不必担心。我跟您说，这病是因内心不安而起，是神不守舍，魂散魄存。病人一定是受了情感上的挫折，一看他的眼神就知道。脉很强，但是跳动不规则，阳火太强，阴火不足。元气倒充足，这还好，我看得出来，您给他山楂水喝了。还接着给他喝。我给他开一服清内的药，把滞塞在内的肝火发出来，因为肝火，脉才不稳。病人所需要的是养阴水以济阳火，而且，病人需要镇定精神，稳定神经，补足元气。"

于是大夫开了一服十二三味药的方子，那些味药，素馨大部分都知道。然后大夫又嘱咐该注意的事。开完药方子，大夫以探究的眼光看了看这位少女。由于素馨的两只眼睛流露着智慧，举止沉稳，大夫才觉得放了心，他认为病人以后是需要人照顾的。

素馨又问："病人有什么要忌的没有？"

"噢，对了，病人不要吃炸的东西，那会滞塞在内部。我现在先清清他的内火。吃了药，要出汗，要用毛巾擦干，盖好。明天我再来。他要睡够。病好以前，也许有时还会显得重一点儿，但是不要怕。”

大夫这样嘱咐之时，察觉到素馨这位少女的脸上微微羞惭发红。最后，大夫说：“您记住，调养、心情，胜过仙丹妙药。”大夫以具有无限信心和内行的腔调，向素馨说了声再见。素馨把大夫送到里院的台阶上。

素馨定了一套固定的程序。她命仆人搬来一个小泥火炉，放在里院的台阶上，马车夫一定随时听候差遣。朱妈把铺盖带来了，在中间客厅里卧室外面的墙下放了一张轻便的木床。素馨告诉她，家里的事她都不要管，她的时间都要用来伺候老爷。素馨自己注意熬药，她在孟嘉的卧室门外放了一把舒服的椅子，卧室的门一直半开半掩。坐在那儿，屋里堂兄叫她随时都可以听见，家里的事也可以清清楚楚、一目了然。

第二天，大夫发现病人的脉比头一天稳定，觉得诊断得还满意。他低着头走到书房去，脸上端庄凝重，很快又写了一个药方子，望着素馨说：“小姐，请您帮忙，把这个方子去抓药熬好。您不要惊慌。这次我给了病人一服猛一点儿的药。不要给他别的吃，他若要，就给他点儿稀粥喝。”他把药方子递给素馨，又说，“晚饭后，再给他吃这剂药。他会说梦话，在床上乱翻乱滚，会痛得乱叫，也许还会粗暴发脾气，不要管他。大概半个钟头以后，疼痛会减轻，他也会安安静静地睡一觉。您只要细心照顾他就好。他睡醒之后，给他另一剂药吃，他就好了。”

素馨咬着牙说：“大夫，您放心。”

素馨遵照大夫的吩咐办。到了吃晚饭的时候，她告诉朱妈到外面去，把门关上。她端着药，轻轻把堂兄叫醒。孟嘉醒来，看见她手端着药碗，紧靠他嘴边，在素馨那少女的脸上流露着使人愉快的笑容。

她说：“大哥，吃药。大夫说这剂药吃下去，会有疼痛发作，不过一会儿就过去，您可以睡得很好。”

孟嘉看见她一直凝视着药碗，药碗离他的嘴很近。孟嘉尝了那汤药，脸上立刻扭曲了。他想把药推开，素馨却不肯退让。

素馨说：“你害怕？”

孟嘉：“不是。药的味道很可怕。”

孟嘉乖乖地用手接了药碗，但是素馨不肯松开，一直到孟嘉一口气把药喝下去。

孟嘉的眼睛紧闭起来，显出药的味道非常难喝的样子。孟嘉的嘴边漏出来一点药，素馨给擦了去。这时，孟嘉忽然发作起来发出痛苦可怕的叫声，他喊："简直要我命！会要我命！"他尖声喊叫，两个眼珠子在恐惧痛苦下左右乱转，一阵烧断肝肠般的剧痛之下，两手用力抓住了被子，和发疯一样。孟嘉弯曲着身子，伸着胳膊，疼得抽搐着，在床上左右两边乱滚。他的两只手又去抓床柱，猛然用力翻了个身，嘴里喊叫："要了我的命！"素馨只好在一旁默默地看着。但是他用力过猛，素馨站在一旁，被碰得倒在地上，手按在桌子上摔下茶碗的碎片上。朱妈在外面听见屋里的喊叫声，乒乓在门上乱敲，但是素馨还在地上坐着，看着孟嘉疼得翻腾打滚，眼睛一直不动。孟嘉的喊叫之声听来十分可怕，好像全身正在火里烧一样。

素馨由地上站起来，站得远一点儿，好安全无事，不至于被碰到。大概十分钟过后，孟嘉两只胳膊乱摔乱舞的力量渐渐小了，喊叫之声渐低，抽搐也不那么频繁了。疯狂般的眼睛开始因精疲力竭而低下垂去，疼痛的喊声渐渐变小，接着而来的是低弱的呻吟，胸膛不断起伏。

素馨走近问道："大哥，怎么样了？现在好点儿吗？"孟嘉听不到。素馨看出来病人的痛苦渐减，呼吸渐渐平静规律，脸上刚才一摸还烫手，现在变凉了，浑身的血和生命力似乎已轻衰退下去。

素馨开了门。

她在朱妈耳边小声说："他睡着了。"

朱妈说："您的手流血呢。看看您的脸和头发，出了什么事？"

朱妈把素馨脖子和下巴上抹的血痕，指给她看。这时素馨才发现自己的一个手掌上流血未停，是刚才被地上的破瓷片扎破的。

素馨说："这没关系，我去洗一下。你在这儿看着。别吵，要静静的。"

几分钟之后，素馨回来，已经随便吃了点儿晚饭，说没有胃口。大厅和卧室里一直掌着灯，书房里的大黄铜炭火盆已经搬到卧室来，好使屋里温暖。素馨告诉朱妈在前半夜看着老爷，她端过一盏灯来，自己坐在客厅的椅子里，手里拿着一本书。病人睡得很好，但是素馨要朱妈一直警醒，唯恐老爷叫，要喝水或者要别的东西。

到了半夜，她叫朱妈去睡觉，自己来接班儿。因为灯光在秋风中摇摆不定，她把椅子搬进卧室，在那儿继续看书。她偶尔打个盹，醒来一看孟嘉还在酣睡，呼吸得很均匀。这时素馨有机会细看孟嘉漂亮的侧影，他在睡眠中也那么动人。他的脸比在白天清醒时显得窄一点儿。

第三天早晨，孟嘉还一直昏睡。大夫十点钟来的，听说病人经过的情形，说那正应当如此，梁翰林也许还会睡上二十四小时，要等药力过去才能清醒，等醒后才能给他第二剂药吃。那剂药会强心补气。

第二夜，还是一样，由朱妈和小姐轮流伺候，一分钟也没离开病人。素馨让那火炉一直不灭，好等堂兄自昏睡中一醒，便吃第二剂药。在睡眠中，孟嘉有一两次呼吸呛了，有一两次喃喃自语，听不出说的是什么。

第三天清早，朱妈走进病人的卧室，发现屋里静悄悄的，病人睡得很安稳，素馨坐在椅子上打盹，一卷在手。

朱妈说："小姐，您现在可以去歇息了。"

素馨醒来说："不，我一定等他醒来。我在这儿，好给他第二剂药吃。"

朱妈说："我照顾老爷吃药好了。您两天两夜没脱衣裳睡觉了。您也得好好睡一睡，不然会病倒的。"

素馨说："他生病，我怎么能睡觉呢？不，还是让我守着。你去，去吃早饭，收拾收拾屋子。"

床上咳嗽了一声，随后又安静了。两个女人停止了交谈。

朱妈用脚尖轻轻走出屋去。过了一会儿，素馨听见床上有移动声，又咳嗽了一下。素馨从椅子上立起身来，静静地走近床边。孟嘉翻了个身，一只手动了一下，睁开了眼睛，素馨正以无限柔情低头看着他。

孟嘉问了一句："什么时候了？"

"天快亮了。"

"我一定睡了一整夜。"

素馨很高兴地回答："不是。您已经睡了一天两夜。"

孟嘉感到惊异，他睁大眼睛，把全屋子一扫。油灯亮着，外面还黑呢。

素馨松快地微笑了一下，说：“那药是不是很难吃？您吃的时候，疼得直折腾。”

“是吗？我好像不记得。”

这时素馨走出屋去，大声叫朱妈打盆热水来，自己去温那碗药。等朱妈把一盆热水和毛巾拿来时，素馨也走进屋去，她要亲自伺候堂兄洗脸。她把毛巾拧干，亲手给堂兄擦脸。孟嘉看得出堂妹快乐的面容。等堂兄说要换下内衣时，素馨立刻离开屋子，叫朱妈：“你去帮他换衣裳。”

朱妈当时正在扇炉子，听到就答应了一声：“来了。”她说：“老爷，您堂妹有两夜没眨眼了。我告诉她去睡一下，她就是不肯。您还没看见她的手巴掌扎破了呢，是您把她推到地上的。您喊叫得快把房顶子都震塌了。”

素馨把药端进屋时，孟嘉那么用眼盯着她，她的眼睛不得不暂时往别处瞅。孟嘉的眼睛看着素馨用纱布包着的手，有气无力地说：“怎么了，我一点儿也不知道。”

素馨说：“噢，没什么。重要的是，你现在好起来了。十点左右，大夫还来呢。咱们照常派马车去接他。”

孟嘉的眼睛又在素馨身上看了一下，不过时间不长，还不致让她不好意思而两颊羞红。大夫来了，听到经过的情形，因为有那么个能干的堂妹，他向翰林道贺。

孟嘉问：“我什么时候可以下床？”

“还要过几天。因为药吃下去很损元气。还是要躺在床上，心情轻松。我要告诉张中堂，说您还要在家休息几天。”

素馨在一边说：“我已经告诉中堂大人了。”程大夫和梁翰林脸上都表示对这位少女称赞之意。

孟嘉说：“不错。刚才我想站起来时，两腿发软，得扶着床柱才行。”

大夫按了脉，点了点头说：“还是有点儿不太规律。您若听我话，在床上躺六七天再起来，那就好了。”

随后那几天过得很快。素馨陪着，或者她在附近，孟嘉可以看得见，他一叫就可以听到。两人谁也不提牡丹的名字，孟嘉觉得似乎经过了点儿什么甘愿忘记的事，而素馨又不愿提起来扰乱他的心情。素馨好像消瘦了，脸上有忧戚之色。另一方面，二人之间有了一种新的感觉，所以往往故意避免看对方。有一次，孟嘉拉起素馨的手看她的伤痕，素馨赶紧把手抽开，匆匆回自己屋里去。

孟嘉想起牡丹日记里的话。牡丹指着素馨说："你不要否认，你爱大哥。"还有素馨的回答："那有什么用？他是你的呀。"他又记得病中醒来时听见素馨说："他生病，我怎么能睡觉？"他过去从未想到，而如今知道了，也是他时时在素馨脸上一瞟就看得出来的。

第六天，孟嘉打算起床下地。素馨认为换个地方会对他还好，他应搬到里院冲着东面小花园的那间房子去。里院既隐秘又安静，有假山，还有几个盆景，一个大瓦缸的金鱼。孟嘉问素馨："你在哪儿睡呢？"

"我在哪儿睡都可以，姐姐这个卧室收拾一下也可以。我已经安排朱妈睡在里面。"

决定是，孟嘉睡在素馨的屋子，面向花园，素馨则搬出来住西屋，那是以前牡丹住的，朱妈在中间屋放一个床，"为了晚上随时叫她方便"。这少女周到的设想和自卫的安排，孟嘉想来颇觉有趣。

里院比外院光亮得多，孟嘉想一直住到冬季来临，到时候再搬回正院去。他以前在花园的时间极少，现在很喜爱这里，这也表示他心情上的一种改变。中间那间屋子现在改做饭厅，堂兄妹二人在此吃饭。

一天下午很晚了，素馨出去买了趟东西，回来走进花园，一看堂兄正在一个石凳子上坐着，似乎那么神思专注，竟没理会素馨过去。孟嘉集中思想时的面容，素馨早已知之熟矣。素馨唯恐打扰他，正要迈步走开时，孟嘉头也没抬，就向素馨说："别走，我有事和你商量。"

素馨回来，站在一棵枣树荫里。一连几分钟过去了，孟嘉也没说一句话。素馨时时看堂兄，深怕他要问关于牡丹的事。

最后，孟嘉脸上呈现出一个怪而不可解的表情，望着素馨，以沙哑的声音向素馨说："素馨，过来。"他微微挪一下身子，拍了拍那个石凳子，那儿还可以再坐一个人。素馨走近，面带微红，坐在孟嘉身旁。

孟嘉的眼睛看着地，问素馨："你嫁给我好不好？"

素馨的心几乎要从胸膛跳到喉头来。她说："您说什么呀？我们怎么可以？"

孟嘉还是神思凝重，说："我们可以。"

"可是，我们是同姓的堂兄妹。"

"可以设法改变。"

"怎么改变？"

"我想了又想，终于想起一个妙计。同姓的堂兄妹不可以，但异姓的表兄妹总可以。苏姨妈很喜欢你，为什么咱们不求她收养你作为义女？你若愿意，这只是一步法律手续而已。"

素馨一时不知如何是好，她从没想到改姓。这个想法就像一粒子弹一跳进了她的头里。她默默地望着那棵枣树，想法镇定下来。又一刹那，她觉得五内翻动，心血来潮，好似全身浸润在一个温暖舒适的浴池里。

素馨回问一句："说真格的，你真愿意吗？"她听到自己的声音也有点儿害怕。

"我需要你，我真体验到了，我非常需要你。我不断细心思索这件事，已经好几天了。你姐姐和我那一段全是白费事，是无可奈何的。"

素馨吃惊之余，感到意外的幸福。

她问："那我们怎么办呢？"

"就像我说的，这是一条妙策。我也是头脑中灵光一闪才想到的。只要'过继'就可以了。你只要'过继'给苏姨妈，就可以了。我知道她很喜欢你。你现在已然是她的义女了，是吧？所有要做的就是正式按手续办一下，然后你就成为苏姨丈的女儿了，你的姓也改成苏，不姓梁了。当然你要先得到父母的允许，我想他们会乐意的。再说，这也只不过是一个形式——一张纸而已。"

素馨仍然在深思这个主意，想着所牵扯的一切方面。

孟嘉又问："你还没回答我的问题。我这儿问你呢。"

素馨把一双手放在孟嘉手里，用力握着。她问："大哥，是真的吗？那我是天下最幸福最得意的妻子了。先是，牡丹跟你好，我从来没料到我们会可以。现在，你就是想把我从你身边赶走，也赶不走了。"

素馨用一个手指头把一个泪珠抹掉，真是喜出望外，一时不知如何是好，只好把头垂在孟嘉的肩膀上。

孟嘉低声细语道："我应当早知道才是。我原不知道你喜欢我，我意思是指这个样——后来等看到牡丹的日记才知道。由最初，我就应当看出来我所爱的是你，但我有眼无珠，视而不见。现在我之需要你，要更加千百倍了。"

孟嘉轻轻吻了素馨一下——是偷偷吻了她发角上弯曲的一绺头发，能感觉到素馨搂着自己脖子的一只胳膊的压力。他转过脸去，含情脉脉地望着素馨的眼睛，而素馨这时仔细端详堂兄的脸，看上面，又看下面，好像是对孟嘉的前额、两颊、嘴、下巴，每一部分都喜欢，都觉得可爱。

孟嘉问："你不吻我吗？"

素馨犹豫了一下，说："我怕羞。"后来在孟嘉的唇上很快吻了一下就跑走了。

关于牡丹，则是渺无消息，而且谁也没盼着她寄信来，因为知道她不爱写信。在她和费庭炎结婚住在一起的时候，有时半年之内，她母亲和白薇也接不到她一封信。写不写信，那全看她的心情。

十月的天空飘着片片白羊毛似的云彩，北风从蒙古平原上把寒意吹到北京城。西山的白杨叶子在风中萧萧瑟瑟，犹如瘦弱的群鬼战战兢兢。雁群成一个字，列阵长空，随风南去。野鸭在夏日饱食已肥，在北京城外北方的土城一带的沮洳湿地，芦苇丛中，和外城的西南陶然亭一带，千百成群。什刹海这时已呈现一片萧索凄凉，卖酸梅汤、果子干儿等冷饮的小贩早已绝迹，池塘中长茎枯黄，卷曲憔悴，瘢痕点点的荷叶，似在显示一年一度滔滔长夏的荣盛已过。孟嘉的花园里，则空气清爽，秋意宜人。树篱上，小眼的翠菊从地上又出土窥人，多年生的菊花即将开花。素馨从隆福寺庙会买回来的菊花排列得那么美观，人一看，便知道是出之于女人之手。那些菊花都是围绕着树篱种的，中间有固定的距离，每棵花都有劈开的竹片支着。邻居一棵巨大的玉兰树送来阵阵清风。有时成堆烧树叶子的坏味道飘来这隐僻的角落，虽然有几分辛辣，却也嗅着舒服。这个花园已经变了样子。原来的泥土小径上，已经铺上了小石子。原来腐草烂枝的地方，现在是苔痕深浅浓淡的小景。另外窗外种了一棵蜡梅，以待深冬之时雪中吐艳。孟嘉从书房中隔着红木家具凝视窗外的枝干时，几乎在想象中已经嗅到在寒冷空气中黄色小花偷偷飘荡的幽香了。

花园中这种改变，孟嘉非常欢喜。他那屋里也有两棵菊花，栽在上有白釉的陶盆里。这时，在宫廷里，千万盆的菊花已然各处分发阵列了。

孟嘉康复所需要的时间比预期的长，心跳脉快并不能像感冒消失得那么快，大夫早就说过。

大夫说："不管你烦恼的是什么事，必须置诸脑后。你的病就是神不守舍，所以六神无主。我若不开那服猛药，这个病也许拖延几年呢。现在，幸亏好了。"他又转身，以赞美佩服的口气向那位堂妹说："小姐把这栋房子和花园子这么一改变，真是太好了。若打算让翰林老爷早日康复，最好是使他觉得快乐、满足、心里轻松。当然要有一段时间。不过再过两三个月，也就完全好了。"

"使他觉得快乐？"素馨想到这句话，不知为什么羞愧起来。

大夫又接着说："这就叫做'心病还须心药治'。快乐的人恢复得快，尤其是这种情形。"说完这话，他又以富有深意的眼睛望了一下，意思是要叫素馨听懂这句话的意思。素馨小姐芳心里动了一下，却问了一句："做事怎么样？"

"少做一点也好。不然心不在焉，则神不守舍。心里最好有一个固定的方向，一旦心魂为主宰，则神志清明。"

素馨同样很了解这种"以毒攻毒"、"心病还须心药治"的疗法。破除旧的一条道路阻塞之势，势必再开一条新路。

在金黄色的秋日下午，堂兄妹常常在东边花园里坐着。在花园里不愁没有可看的东西，可做的事。有时素馨把落叶扫起来，点火焚之。孟嘉身体还软弱，常常侧倚在柳条编的椅子里，在和煦的十月阳光中晒太阳。素馨柔软的身段儿在园中走动，扫集树叶，用棍子捅火，心情愉快，专心做事，那么健康自然，处女的清新，灿烂焕发，观之可喜。伊人芳心之内，对堂兄情有所钟，深藏不露，竟会如此之成功！孟嘉也许一辈子不会窥透。

黄昏将至，晚寒袭人，孟嘉移至屋内，躺在床上，叫素馨坐在身旁。素馨会时时摸一摸孟嘉的脉。素馨的纤纤玉指，温柔的摸触，还有手腕上的玉镯随着腕子起落而晃动，孟嘉不由得心为之动。素馨双唇绽出静静的微笑，总是说："好极了，你的脉一天一天好起来了。"

这时，孟嘉用自己的手握住素馨的手，说："我的脉永远不会跳得正常，因为每次你的手一碰到我的手，我的心就会怦怦地快跳起来。"

素馨很温柔地责备堂兄说："别乱说。"

"可一点儿也不错，你是我最好的大夫。"

在那一刹那，孟嘉是多么需要素馨呀！他把她拉倒在身上，给她一个多情的热吻。素馨觉得会有危险了，说声"不"，站起来给他倒一杯龙井茶。

大概过了半个月，他们才接到苏姨丈的回信和素馨父母的信。孟嘉和素馨去信时，并不愿把话说得太露骨，并没说明理由，只是请求把素馨正式过继给苏姨丈做女儿，使她成为"苏小姐"，不再叫梁小姐。梁翰林给他姨妈写信，那真是稀有难得的一天，他既然写信，家中收信人就料到必然另有深意。素馨倒是经常和苏姨妈通信。她用自己的名字再给父母写了一封信，回信得十一月底才能收到。

经常在晚饭前，他们从花园回来之后，孟嘉总是要慢慢饮上一杯五加皮，这是大夫说喝了补心的，素馨则另喝一杯茶。朱妈这时在厨房里忙着。孟嘉躺在卧榻上，总是把素馨拉到身旁，握着素馨的手，谈天说地——真是无所不谈，只是不提牡丹。这是两人故意存心避开的。有时候，孟嘉贴近素馨的胸，把头深埋进去，叫素馨用力把他抱紧。

素馨想起大夫说的话，就问孟嘉："这就能使你觉得快乐吗？"

孟嘉把头低着，并不回答，只是把头埋得更深。素馨就用手抚孟嘉的头发，怀抱着他，很温柔地抚摩他，就犹如抚摩小孩子一样。素馨说："你若这样觉得快乐，那就轻松下来，要睡就睡。"素馨的心思飘到遥远的地方，想到父母，想到姐姐，想到杭州的旧相识。

"不知什么时候苏姨丈才回咱们的信？"

"总会回信的。"

"我知道我父母若猜想到，会很乐意，他们一定会猜出来咱们的心思。"

孟嘉回答："当然。"于是抬起头来往上仔细看素馨，脸上有无限的柔情，"他们答应之后，我再写信求婚，那你就成为我亲爱的小妻子了。"

这时，素馨心里万分快乐，低下头问孟嘉："这是真的吗？这能是真的？"孟嘉把素馨的头拉低下来靠近自己，两人的双唇在狂喜之下吻起来。素馨故意把身体滑低下去，一边抚摩孟嘉的双颊，一边用自己的身体去温暖孟嘉，说："我愿你身体赶快好起来——为了我，不是为别人。"

孟嘉的眼睛在素馨身上上下打量，左右端详，仿佛素馨是什么新鲜稀奇之物，素馨移动了一下，快乐得叹了一口气。

她说："我这个女孩子很有福气。我从来没梦见运气会这么好——你这么爱我，这么需要我。"

他们听见朱妈很明显大有含义的咳嗽声。她发出这样的咳嗽声，是因为不愿到客厅摆桌子时打扰他俩。素馨已经把心腹话告诉朱妈，说她和老爷即将订婚结婚。朱妈对这位二小姐是敬且爱，与对那位大小姐自不同，听见如此喜信儿，自然为她高兴。所以朱妈总是那样咳嗽，而素馨听到就坐起来，重整云鬟，以重礼仪。一切都很好，只是这个老实忠存的女仆咳嗽起来显得太拙笨了，仿佛是说："年轻的女主人，我知道你那儿不规矩呢，不过只我一个人知道。"

苏姨丈正式信来到的前三天，素馨对孟嘉"以身相许"了。因为他俩已经那么亲密，而二人之间与日俱增的新的爱情，更是如泉水般涌起来。那天下午，东方紫色的云霞把温柔的光彩散射到他们的屋里，孟嘉缠着素馨要做那件事。孟嘉的头深藏在素馨的怀中，素馨已经听见他那急促的呼吸。

素馨问："做那件事？哪件事？"

孟嘉说："那件事啊。我现在很需要你，需要你，需要你整个的身体。"

素馨不再说什么，觉得这件事早晚一定要发生，于是把孟嘉的脸拉过来，很温柔而热情地吻他。

"那样会使你更快乐吗？"

"当然。"

素馨答应了孟嘉向她求欢的请求，于是两人的热情洋溢奔放，直到素馨觉得自己失去了感觉，两眼紧闭，任凭孟嘉在她身上为所欲为。她自己也达到了目的，满足了欲望，只知道一把锁钥开到她身上隐秘的深处，她觉得这是疼痛与喜乐的狂欢，是真正相亲相爱的结合。她心里暗中喜悦，以做这样的男人的妻子而自得，两只胳膊把这个男人抱住，占有这个男人而同时被这样的男人占有。

孟嘉问她："我弄疼了你没有？"

素馨回答说："没有。你这个样子使我成为你的人，我非常高兴。要知道，有这么点儿疼痛，将来才有可纪念的。这好像是我的新生，这是爱的觉醒。现在我是一个妇人了，这点儿疼痛是难免的。"

后来，有一次，素馨流露着狡猾的微笑，向孟嘉说："有些有经验的妇人，以为只有她们才有性的热情，而一个贤德的淑女总是冷冰冰的。这话不对。最贤德的妇人也会是最热情激动的。她们只是等找到理想的意中人才表现出来，就像我找到你一样。当然不是每一个女人都能像我找到你这样的男人。"

这件事情之后，孟嘉才许素馨看她姐姐的日记。孟嘉把素馨向她姐姐表明对孟嘉有情那一段文字指给她看，说："看这几句，这对我是一个转折点。我从来不会想到你喜欢我——是那个样子。我从来就不知道，因为你是那么合规中矩，白玉无瑕。你从不肯让感情流露出来。"

素馨仔细而快速地看那段文字，牙咬着下嘴唇，然后抬起头来看孟嘉，抿嘴微笑。

孟嘉说："你姐姐有点儿忌妒你，逼着你说出你对我有情，是不是？"

"不是忌妒。那是她和傅南涛在一块儿鬼混的时候。那一段日子，她自己乱来，常常晚上出去，把你一个人撇在家里。我说过几句话，她就对我说：'我知道你爱大哥，不用否认。'我回答：'爱又怎么样？他是你的呀。'因为我对她构不成威胁，她没有理由忌妒我。"

这是孟嘉第一次答应和素馨提起牡丹和牡丹的日记，他的心跳和对牡丹的欲望已经一扫而空。话虽如此，他还是觉得他之爱素馨，仿佛素馨是牡丹的一个删节本，是真纯的牡丹，是他心爱的牡丹，不是后来那个他知道的牡丹的错乱本。

孟嘉问素馨："你看了那日记，告诉我你有什么想法。"

再没有别的事会使素馨快乐的了。她说："我认为我对牡丹比你了解得多，知道得多。"她抱起那本日记到床上弯着身子去看。这本日记真是颇有味道。她有时脸泛红云；有时抬起头来，停住，回想往事；有时眉头深深地蹙起来，眼睛斜视，想了解一句话，为她前所未知的事寻求一个线索。牡丹已经告诉了她和傅南涛的事，当然没有告诉她在旅馆里发生的那件意外，她只是听提到有一个毽子会。

素馨说："你看这儿，在最后。我看出来为什么她不愿和咱们到山海关去。那时候她正思念金竹，这就是她不愿和咱们去的缘故。现在我明白了。"

那天深夜，素馨看完了那本日记，孟嘉跟她说："告诉我你的想法。你比我还客观，你是局外人。我的关系牵扯得太深了。"

素馨说："我不知道我能不能作局外观，我俩在一块儿长大，我不知道能不能批评她。认识一个人，就像我认识我姐姐那样的深度，还不能说这个人是好是坏。她很好多方面，我所能说的，正如我们家里所说的，她是我们家一个小叛徒。我还沉静，虽然我比她小三岁。她与众不同，完全不像我认识的别的女孩子，总是生气勃勃，极端聪明，精力旺盛，脑筋里老有新花样。她漂亮可爱，我父母宠坏了她。过去她总是一阵风一样跑回家，把东西乱扔，母亲责骂她，她就瞪着两个大眼睛，舌头在嘴里乱转，一边吧嗒嘴。她刚愎自用，遇事急躁，非常任性，和人争论，争论，直到胜了才算完。我父母对她硬是没办法。当然，那天你回家，在全族长辈之前夸奖了她两句，别人就对她另眼相看，她算亲身受了翰林大人的恩惠。她很不寻常，长得比我俏。我知道。"

孟嘉说："我觉得你们两个人各有其美。"

素馨说："不是。她好看得多，我知道。她的鼻子那么直，两个嘴唇那么端正好看。我的嘴太大了。"

孟嘉看她这样自己批评自己，觉得很有趣。毫无疑问，牡丹的嘴和她特别的微笑，她甘美的嘴唇，确是美得非凡，而素馨的脸缺乏那种完美，五官也缺乏那种精致——她的脸是圆的，下巴颏太坚硬。但这没关系，孟嘉喜爱素馨的坦白真纯，还喜欢她对姐姐所持的宽大看法。

“后来，她十六七岁的时候，和金竹之间发生了初恋——父亲常常禁止她出去。可是父亲越管她，她越不听话，照样出去和情郎相会，妈疼她，不在乎，假装看不见，替她瞒着父亲。她每年都设法见金竹两三次——后来，他俩都已男婚女嫁，还是那样。一般人总会说她不贤德，别的小姐若在这种情形之下，就想办法断了，忘记了，但是她不能。你不知道她怎么在床上哭呢——她可难受死了。有一次，见了金竹之后，她回到家里，那么哭！她在床上连哭带叫，第二天早晨，两眼哭肿都睁不开了。倘若她嫁了金竹，会成个什么妻子呢？后来，她一切不管不顾。因为她追求已失去不能再得的爱，就叫她荡妇吗？一切都因为她真心爱一个男人而不能嫁给他才发生的。金竹娶了另外一个女人，也不是金竹的错，他父母安排的。你要知道，她比一般的女孩子都聪明。我记得她十三岁读《牡丹亭》。也许有人说看那种书对她有害，因为使她情窦早开，但她是天生如此……其实她是很体面的，人很直爽，对别人很信任，对自然之美很敏感，在别的方面，她和别人也没有什么不同。不过，她只是在以上我所说的那几方面，比别人过甚一点儿而已。”

“她和我告别的那封信，你看过没有？”

“看过了。”

“你以为如何？很坦白地告诉我。很使我茫然不解的是，她为什么对我那么——那么冷酷，似乎故意想伤害我。”

素馨的嘴撇下去。她踌躇了一会儿，很细心地措辞。她说：“似乎——那么忘恩负义吧。我也许太主观——她和我是大不相同的。她比我有才华，也更狂放——更——冲动，更——蛮横。当然她没必要跟你这么恩断义绝，她无须说：‘在君一生之中，将再无我之踪迹。’毕竟你还是她的堂兄。”

孟嘉说：“你身为小姐，也许更容易明白她。过去她和我相爱甚深，这个你知道。那么热那么深的爱情，怎么会轻易地消失呢？由这封诀别信上看，怎么连一丁点儿的情分也没留下呢？”

素馨撅着嘴，停了一会儿，才说：“我也是茫然不解。她一和那个练把势的来往，我就知道她的心变了……那个人叫什么名字不管吧……日记里有一段，我看到时吓了一跳。”

素馨用大拇指翻那日记，在一页停住，指给孟嘉看：

这几天心神不安。我二人之相爱已然成为我一项负担，也许对于他亦复如是。不知若以他为情郎，将如何度此一生？我二人曾讨论此事。当然，我之爱他，以女人之爱一男人论，可谓无以更加矣。我二人无不希望能美满婚配。倘能如愿，快何如之！我曾提议我二人共赴香港，改名换姓。有何不可？爱为天下最伟大之事，孰曰不然！但我今日始知我之所望于彼者，未免过奢，使彼遭受之牺牲过大，牺牲其事业，牺牲其学者地位，不论在朝廷或他处，他皆受人敬仰。

素馨说：“你看，”把一绺垂下的头发掠到耳朵后面，又说，“这日记是她自己的记事。虽文字的衔接并不清楚。我还是懂了这里面的意思。做个丈夫，你可太好了；若做个情郎，她嫌你无用，这话说得粗一点儿；若找个男人一块儿上床睡觉，那个年轻练武的自然强得多。我并非说她有意利用你对她的爱，但是很容易看出来，诚如她所说，她不能跟你一直名不正言不顺，一直关系暧昧地混下去。照她所说，你是她的一个累赘。她对你的爱一定是在那时候就没有了。她一定是要和你摆脱关系，好另找一个男人。当然，这是女人的本性……现在我很为她担心……她可能铤而走险……”

停了一下，素馨又说：“我不知道她听说你我就要结婚了，会有什么感想。”

“她不会忌妒你，你大可以放心。过去事情证明她十分爱我，如今那种爱早已烟消云散，渺无踪影了。”

“我意思是，她若知道你想出使我改姓苏之后，会怎么想？因为你以前没跟她提过这个办法。”

孟嘉大笑道：“噢，这个呀！”笑得几乎有点儿太过分。他觉得良心上有点懊恼，原来这个他为牡丹想出的办法，现在却用在素馨身上。但他爱素馨，不忍把实情向她说出来。他只说："这个妙策是忽然想起来的，可称之为神来之笔。这跟我为张中堂劳神苦思，在公务上想出一个新奇妙策是一样的。最重要的是要新奇，是巧思。大部分官场中人都是因袭旧例，依样画葫芦。"

"这样用过继的方法，你相信会解决咱们的困难吗……是不是一切都能顺利呢？"

"担保一切顺利，毫无问题。我读《礼记注疏》就注意到六亲——第一代堂兄弟姊妹，第二代堂兄弟姊妹，祖先的祭礼，等等。姓这件事是莫名其妙的。贵州籍的一位小姐因为和我同姓，即便是五百年以前的亲属关系，我也不能娶她，荒唐。其实，你做苏姨丈的小姐，那你和我的血统关系还更近呢，你是我第一代的堂妹，但是没有问题，因为你姓苏。社会上所需要的，只是喜帖上要苏姨丈是你父亲的名字而已。那么便一切合法，婚礼我请中堂大人来主持。"

一切全如预期完成。他们打算结婚的意思写信告诉了素馨的父母和苏姨丈，他们已经同意。这件事大出乎素馨父母的意外，更赶上大女儿突如其来地归来，似乎更为复杂。素馨的婚礼定在明年正月，在北京举行。

第十七章

十月初，牡丹走进杭州的家门，一个扛行李的给她扛着一个棕色漆漆亮的竹片编的大箱子，那个箱子看来精致漂亮。她穿着缎子面子的黑上衣，宽大的袖子，正是当时流行的式样。围绕着脖子的白花边加大，成一个扇形披肩的样子，所以那件黑色的上衣自然就在胸部较低处开始。她穿着一件在上海南京路买的白地黑花裙子是。头发是蓬松上去，在两个鬓角上头发弄得成绺弯曲。打扮那么入时，一看就知道是上海来的贵妇。

她在那栋那么熟悉的砖房的小黑门上敲着。这次回家，事前并没写信，她预知会有好多话问她。她怎么说？说她和堂兄决裂了吗？能说回来看金竹，再和一个有妇之夫继续一段无望的风流事吗？

她母亲开的门，两只眼眯缝起来看了一会儿，才认出来那个打扮讲究的少妇是自己的女儿。自从女儿走后，做母亲的似乎老了好多。

牡丹说："妈，我回来了。"就迈着两只脚一直走进去。到了屋里，她扑通一下坐在一把直背木头板椅子上，两条腿伸出来，两只胳膊吧嗒垂下来。她那副无精打采的样子和突如其来的万里归来，同样使母亲感到吃惊。

母亲很焦虑地问她："出了什么事？"牡丹还是母亲的宠儿，因为她最惹母亲忧虑，也最惹母亲操心。在过去四五年之内，牡丹就始终没让母亲松过心，而现在，她似乎比以往更需要母亲的爱。母亲又追问一句："出了什么事？"这时牡丹仍然两目无神，向前茫然而视。母亲又问："你妹妹呢？"

牡丹说："她还在北京，她很好，什么事也没出。十天前我离开北京，坐船到的上海。妈，我是打定主意回家来的。"

最后一句话她说得郑重其事，语气也很重，表示已下定了决心。母亲对女儿的喜怒无常早已见惯。这时，一滴眼泪从牡丹的腮颊上缓缓流下来。

她说："妈，您别骂我。金竹病了，我回来看他。我不再回去了。"

母亲两眼因害怕而黯然无神，当下没说别的，只回答："这不要叫你爸爸知道。"母亲还是和以前一样疼爱牡丹，把女儿拉到自己身边，好像牡丹还是个孩子似的，然后到厨房去沏茶，牡丹叫脚夫把行李放好。母亲用茶盘子端出茶来，跟牡丹在饭桌一旁的凳子上坐下，谈论一年来家里的事情。

牡丹一边用力攥她母亲摆在桌上干枯皱纹的手，一边对母亲说："只有您，什么事情都没让我失望。"

母亲说："你父母年岁都慢慢大了。我由心眼儿里疼你，你走了之后，家里一直冷冷清清的。"

"现在我回来跟您一块儿过日子，您该快乐了吧？"

这个冷落的家又重新出现了温暖，母亲的面容上总算融化了那层冰霜，两个眼睛焕发出活力。

那天下午，父亲自外归来，牡丹和母亲已经商量好不提她由京南返的原因。父亲的欢迎之中，夹杂有对女儿行动上神出鬼没实难预测的烦恼。牡丹对不愿在北京住下去的解释是，自己住着不愉快，但别人听来无法满意。父亲对她的无常性，有始无终，略有责备之意。牡丹不高兴，站起身来回到自己屋里去。

牡丹急于见白薇，好打听金竹的病况和他现在身在何处。她买了一张第二天开往富春江的船票。船上只有十五六个人，已经挤满了。她一个人坐着，默默地抱着双膝，对周围的一切视而不见。她盘算是不是会在白薇家见到金竹——这种想法也不是不可能，这样一想，心就怦怦跳起来。倘若遇到他，要对他说什么呢？她那么凝神深思，不知不觉船已在桐庐靠了岸。

那一路水程上，什么事都不顺当，她眼皮发跳。天上阴云四布，她上岸时，雾气弥漫，犹如一张白布笼罩在河边。在她抵岸以前，一直下雨，空气又湿又潮又憋闷。茶馆里的桌椅上都像罩上一层细薄的汗水。狗夹着尾巴偷偷地溜来溜去，在茶馆的泥地上抖掉背上的雨水珠。

虽然只是下午五点钟，但已暮色四合。要找上山抬二里地的轿夫，很难找到。轿夫说他们下山时天已经黑下来，而山上的羊肠小径又危险。这种烦恼不算，她还把两只耳环中的一个掉在船上。她害怕，不敢自己一个人去爬那荒野的山坡，因为她穿得太阔气，陌生的轿夫抬她上山，她也不放心。但是，她有着霹雷火般的急性，决定自己冒一次险，因为毕竟还不致太晚。她付了一笔她认为高得荒唐的价钱，雇了一顶轿子。轿夫在雨中又黏又滑的红色泥土小径上踉跄而上时，她紧闭上眼睛，一切付诸天命。接连几阵狂风呼啸而过和急雨发出鸣叫之声，从四周向他们猛袭。五十分钟左右，天空开始清亮，但山脚下还是浓雾滚滚。风势加强了，在油布的轿围子上猛扑，轿围子啪嗒啪嗒地扇动，发出杂乱的声音。牡丹觉得自己哆嗦起来，一则因为山风冷，一则因为急于听到金竹的消息。又过了十分钟，她看见了好友家的灯光。

下轿的时候，她心跳得更快，若水走出门来，白薇紧随在后。

白薇喊道："牡丹！真想不到是你！"

"你不是叫我来吗？"

"是啊，可怎么也没料到会这么快。"

"他在哪儿呢？"

"在医院。先进屋来。"

两个挚友热情地拥抱起来。一年的离别之后再度相会，她们真是欣喜若狂。

和白薇在一起了，牡丹觉得舒服些，和她谈论金竹和梁孟嘉，心情慢慢松下来。在白薇面前，她对自己的所作所为无须解释，也无须表示什么歉意。因为白薇之浪漫不守故常，是完全和她一样的。

白薇说："他现在住在六合塔一个基督教医院里。我听说大概是肠炎。他病了有一个半月了，非常憔悴消瘦，医生还没法决定是不是动手术。你来得这么快，我真高兴。你怎么舍得离开翰林呢？"

"我接到电报后，就尽早离京南下，谁也挡不住我。他病得重不重？"

"半个月以前，情形很坏。我想我若不告诉你，你会恨我一辈子。他还不知道你要回来，我是自发给你打的电报。我不能告诉他，免得惹他空盼着你来，因为我没把握你准会回来呀。"

"白薇，我真感谢你，只有你了解我的感情。我已经和堂兄一刀两断，不再回去了。"她一边脱下厚上衣，一边不断地说。仆人端进来一脸盆热水，附带一条毛巾。牡丹一边摘下首饰放在桌子上洗脸，一边在屋里走来走去，两人一直不断地说话。牡丹说："即使我没接到你的信，我也要离开我堂兄。"她摘下来一只耳环，又说："你看，一只耳环丢在船上了。"

白薇睁大了眼睛，向牡丹望了一下。她不管耳环的事，只问牡丹："告诉我为什么。"

"一时半会儿也说不清楚。"

"情人吵架？"

"不是。"

"他又爱上别人？"

"不是。"

"那为什么？"

"我也不知道。我就是觉得不爱他了，真的不爱他了。"

两人现在围着那个大理石的桌子坐下，白薇摆了一壶热茶。

白薇说："你意思是他不如你原来想的那么可爱，而现在你的梦想破灭了？天下没有十全十美的。我原以为你和他相爱得要命呢。"

不错，白薇当初以为他俩是非常风流超俗的一对。现在觉得心里很难过，就仿佛自己遭受这种伤心事一样。白薇从来就不相信梁孟嘉会娶了牡丹——那根本办不到——他也不会娶别的女人。而他俩一直不正式结婚，又有什么关系？他俩以情人的关系相爱一辈子。在一个学者和她的女友之间有这种风流艳事也是美谈呀！

白薇对牡丹说："我告诉你点儿事好不好？上次你和翰林来过了一夜，还在小溪边玩，若水和我曾经说起你们两个人。我俩觉得你们像卓文君和司马相如艳事的开始，因为文君新寡，正像你，而司马相如是辞赋家，正像孟嘉。我们这个梦想你竟给弄得落了空。"

牡丹显得很严肃。她想方设法把真的感情表达出来，但一时苦于词不达意。她说："我还是以后再告诉你，现在暂时不说吧。"脸上这才放松下来，笑了笑。接着说："他也有一个好处，就是不忌妒。我认识了一个年轻人，叫傅南涛。孟嘉都知道，我告诉他的。他说我若找到一个理想的男人，希望能看见我正式结了婚。倘若他的热情像疯狂一般，用暴力把我强奸了，我也许会再度爱上他。我说这话你明白吗？等我跟他说认识了傅南涛，他说他明白，他不愿把自己硬塞给我。他这样斯文，倒使我失望。我原不应当如此，但是，我想我对他失望了。他耐性极大，极其聪明，什么都懂，这样，在我热烈的爱火上泼上了一盆冷水，浇灭了我的爱火。我说的话有道理没有？"

若水微微一笑，把茶放在桌子上，带有讽刺的口气说："我想我懂。你们女人所爱的是几分粗野，做丈夫的越是打她，她越俯首帖耳百依百顺。"

白薇说："别乱说，女人并不愿做奴才。"

牡丹说："但女人是这样。她们偶尔也需要男人在她们的大屁股上打两巴掌。这样，才觉得她们能惹别人发火，而别人不是不爱她们。"

白薇说："别把他说的当正经话，若水开玩笑呢。在男女一对情人之间，应当有很透彻的了解才对。"

若水回答说："那是友情，不是爱情。在两个翻云覆雨的时候，什么需要了解不了解，女人所需要的是男人雄伟健壮的躯体。"

白薇故做斥责状说："我俩在这儿说话，你不要胡搅蛮缠好不好？"

牡丹说："若水说得也有点道理。不过不一定像他说得那么粗野就是了。"

大家沉静了片刻。若水这会儿乖起来，静静地不说一句话。白薇被惹得不高兴了。因为她觉得男女之爱，一向是纯高理想的风流之爱——

是超凡的、诗意的、几乎是天仙式的——就像她和若水之间所享受的那种爱。而牡丹心里正想的是那个年轻英挺北方拳术家结实坚强的身体，本想再说点儿什么，但是在若水面前，有点儿犹豫不决。若水刚才给她解释的话，她有点儿不懂。就是，为什么她宁愿和一个平凡的打把势卖艺的同房，而不愿意和一个满腹经纶的翰林同房。最后，她向若水瞟了一眼，说："我想若水的话对。女人真正愿要的，是一个英挺年轻的贩夫走卒仆役之辈，而不是个词人墨客。"

白薇说："你们简直荒唐绝顶。牡丹，你是不是喝醉说胡话？"

牡丹说："在爱情上谁要什么理性智慧？要的是火般的热情和坚强的肌肉——头脑那时暂停活动了……"

白薇说："牡丹！"

牡丹又说："不管怎么样，我留给堂兄一封信，告诉我不爱他了，我要回家。我说我要一辈子在他的生活里失去踪影。"

白薇流露出吃惊状，眼睛瞪得圆圆的，问牡丹："你怎么能这样？难道他已经不爱你了吗？为什么一定非这样不可呢？"

牡丹说："我也不知道。"她停了一下又说，"我想我们到现在仍然是好朋友。最后一天晚上我们在一块儿，他很伤心。我吻了他一次，事前已经几个月没吻过了。他还是爱我，由他的吻我就知道。但是他没有抱我、碰我一碰。我真愿他抱我。他永远是个文质彬彬非礼勿动的正人君子，就不能做个热情似火的爱人。我把这话告诉了他。我说他是诗人、文人，是好人，我佩服敬仰，但我不愿要这种人做爱人……我很坦白。"

"你说这种话？"

"别怕成那个样子。"

"他说什么？"

"他说，既然事情这样，就这样好了。若是心里有所感觉，他并不表示出来。他又能说什么呢？他说他并不只要我佩服敬仰他，他要的是我，是我对他的爱。因为我不再爱他，也就再没什么话好说。"

白薇说："真的？我记得你说过没有他你活不了！可是，所有的人……"她的话到此停住，头脑里忽然出现了一个人，拔出钢刀，把一幅元朝名画削成两片纸，又伸出粗手，把一个精致的瓷碗哗啦一声摔得粉碎。她接下去说："你若跟他合得来，那多好！"这时她带着半沉思又似半责备的口气对牡丹说，"你对翰林的爱构成的空中楼阁，现在这个幻想破灭了。你这么说走就走，置他于不管不顾的境地，我还是觉得你不对。"

"干吗，白薇！"

这是牡丹第一次厌烦她这位闺中密友，也许是她自己那一天烦恼紧张的缘故。

白薇一看这位最好的朋友不高兴了，赶紧说："对不起，别见怪。"

两人又微笑了，四只眼睛碰到一起。牡丹勉强说了一句："要替人家设身处地想想。"

这些话说使牡丹很烦恼。她开始对他们说北京别的事情，甚至说起新筑好的京榆铁路，还有在火车上看见的那位长身玉立的满洲公主，和那公主的全身打扮。

"当然你也看见了万里长城。"

"没有，我没看见。素馨看见了。她和孟嘉到山海关去了一趟。我没有去。"

"你一定看了好多人收藏的名画。"

"一点儿也没看见。"

白薇免不了责备她，也只有最好的朋友才这样。白薇说："那你在北京干什么了？也没去看古物展览？"

牡丹摇摇头。

那天晚上一切事都不顺。像在船上丢耳环，早晨出发时眼皮跳——都不是吉兆。再没有人比白薇对她更亲近，但是白薇都说她不对，对爱的看法也不同，这就足够动摇她俩之间一向存在的精神上的和谐了。

那天晚上，若水以为这两位女友会有很多话说，他把床让出来给牡丹。

他说："我到外面去睡，你们一定要作长夜之谈的。"

白薇很感激地看着丈夫："你真是体贴入微。"

两个女友直谈到晨曦初露，完全和几年前两人长谈一样。牡丹是真爱白薇，对别的朋友从来没有这么亲热过。在牡丹躺在白薇怀里哭泣之时，两人又完全恢复了友情和亲密。

牡丹问白薇："你快乐吗？"

“当然。”

“我说是住得离城这么远，完全和一个男人住。”

“我们之间的爱可以说十全十美。有个我敬爱的男人爱我，我很快乐，很知足。”

“你是不是有时候愿意下山去，坐在茶楼酒馆里，看看人，也让自己被别的人看看？从另一方面说，我在北京也有快乐。我能享受完全的自由，是我平生第一次，对谁也没有责任义务。我享受的是不折不扣的充分的自由，也够满足了。我没告诉你傅南涛的事，他是个拳术家，我不愿在你丈夫面前说。不知他近来怎么样，他因为杀害妻子坐了监……”牡丹就把遇到傅南涛前前后后的一切告诉了白薇。

“我还没告诉你由天津到上海船上遇见的那个男人呢。他是个大学生，赶巧同船——他人好极了——他很讨我高兴，使我舒服，真是无微不至。他还没订婚，也还没结婚，脸长得很清秀，我很喜爱他。在船上我非常烦恼无聊，好多事都令我心烦。头一天晚上他要跟我……我拒绝了。第二天晚上，我答应了他。我告诉你，我不在乎。我的心属于金竹，我的身体，我不在乎。那天晚上是顺风，风很强，那船又滚又摇，不过又滚又摇的不是那船，那是他。那不是两人效鱼水之欢，那是野蛮狂暴的跳舞……现在你对我持什么看法？”

“你简直是乱……”

“乱交。是不是？告诉你，我不是乱交。我多年来一直想找一个理想的，对我够得上是一把手的。”

“我知道，自从和金竹破裂之后，你等于一直追逐你自己的影子。”

第十八章

牡丹看见杭州城郊又宽又深的钱塘江畔那个六合塔医院，那所翘脊三层红砖楼房，她的心怦怦地跳，她的脚步快起来。她得停下来喘喘气，她在回到以前的情郎身边时，要显得镇静而快乐。有凉风顺着江面吹来，她好不容易才把头发固定成型。她不知道要说什么才好。在过去那一年，她那么梦绕魂牵思念着金竹。在生活上她始终失去平衡稳定，而金竹才是她的重心——这个，她现在完全清楚了。去年她的确告诉金竹他们之间一刀两断了。现在她回来是要重修旧好。她要告诉金竹，她已经和堂兄一刀两断而再回到他的身边。她不顾自己的体面，因为实在需要金竹。金竹不会余怒未息，倘若是，她要设法消除他的怒气。她曾经问过白薇他是否曾谈论过她。因为在医院有护士在旁，他俩一定没细谈此事。白薇曾经费心亲自把牡丹的信带给金竹，因为不能信任别人。那时人家告诉她金竹不在家，因为生病正在住院。上次白薇见到金竹就是在这座医院里。金竹认为牡丹绝不会再来看他，他已经完全放弃了牡丹。但白薇见金竹那么衰弱憔悴，不觉大惊。她觉得金竹已经头脑不清楚，病得实在很重。他上次到桐庐来，听说牡丹曾经和翰林来过，把他抛弃之后，已经去了北京，就是因为狂恋梁翰林。当时白薇看见金竹愤怒得全身颤抖不已。

行近白墙环绕的那个红砖医院，牡丹心烦意乱，头脑昏晕。医院的门口，一丛竹子临风摇曳，秀气尖瘦的竹叶形成一团深绿，侧影移动，蓝天如屏。牡丹只知道要对金竹说一句话："我已经回来了，永远不再离开你。"

她走进大厅时，医院中惯有的碘酒和别的药的气味直扑她的鼻孔。里面挤满了门诊病人。有的坐在墙边的长凳子上，怀中抱着婴儿，有的正在排队。一个柜台后面，穿白衣的护士和外国医生正忙着弄些瓶子、剪子、绷带。牡丹觉得有点儿喘不上气来。

她告诉那些人说她是一个病人金竹的朋友，从北京来的，要看金竹。

值班的护士说没有金竹这个人，只有一个病人叫金竹塘，是苏州人。

牡丹说："他就是。"

那个护士说："可你说你要看的是金竹啊。"

那个自以为了不起的护士，以为在洋人开的医院做事，自己就是新式派，以为自己文明，所有中国人不是无知就是迷信。而实际上，她连看中国经典文学的能力都没有，因为她在教会学校长大。这个洋派头的护士让牡丹自然很不痛快。她解释说："竹塘是他的号。"

那个护士说："你能不能写出他的名字？"

牡丹按捺着脾气，写出"金竹，字竹塘"。那个护士一看牡丹写的字很漂亮，抬起头来，微笑了一下。

"他住在十一号病房，我带你去。"

那病房在二楼，靠大厅一头，门向西。牡丹的心跳得厉害。那护士先敲了一下门，然后推开门。

她说："有朋友来看你。"说完匆匆走出去，显得办事效率很高的样子。

那间病房里，孤孤单单的一个铁床靠墙摆着。金竹睡着了，他头发很长，脸很久没刮，十分消瘦，灰白而带惨绿。一只手在被单上面放着，纹丝不动，手指头的关节突露出来。

牡丹的咽喉一阵发紧，眼里流出了泪。她轻轻抚摩了那堆她以前那么熟悉的黑头发，又仔细端详情郎那光润的前额，和低瘪但依然清秀漂亮的五官。她想他必然饱受痛苦，因为自己薄情狠心把他抛弃，现在痛自懊悔。

她低下头用鼻子嗅金竹那光滑的前额和头发，低声说："我回来了，我回到你身边来了，你的牡丹回来了。"

她听见的只是轻轻稳定的呼吸。她又吻他的眼皮，金竹的眼睛睁开了，先是开合不定，后来，突然间，用疲倦惊恐的神气向牡丹凝视。他脸上没流露出丝毫别的感情，向牡丹狠狠地看了一眼，缓慢而清楚地说了一句："你来干什么？"

"竹塘，是我。你病得很重吗？"牡丹用手抚摩金竹的腮颊，金竹并不笑，也不拉牡丹的手，又重复了一句："你来干什么？"声音沙哑，含有怒意。

"竹塘，怎么了？我听见你病的消息，立刻离开北京赶了回来。"

"是吗？"

"竹塘，我是牡丹，你的牡丹。我不再回去了。我回来跟你在一起，看着你病好。"

"是吗？"

金竹在愤怒和惊奇之下，一时气闷，不再说话。他分明还怒火未息。牡丹以前就知道金竹的脾气——猛烈、急躁，用苏州话骂起来没完没了，一发脾气，他就离开杭州，回苏州去。他发现牡丹和她堂兄走了之后，那一阵暴怒！不管当时如何暴怒，现在他的声音疲倦而软弱无力了。

牡丹拉过一把椅子，一双手放在金竹那只手所放的被单上。牡丹低头吻金竹的手指头，但那指头根本一动不动。牡丹有种伤体面的感觉忽然涌起，纵然如此，她的眼泪仍然落在金竹伸出的手上，那像冰一般的手。牡丹的两腮上泪不停地流下来。

牡丹说："竹塘，我爱你，我爱你，竹塘。你不知道我多么爱你呀！"她呜咽起来，无法自制。又说："竹塘，我再不爱别人了，我只爱你，我的竹塘！"

金竹慢慢地缩回了他的手，两眼还茫然无神地望着天花板。

金竹用尽了力气，但还是软弱无力地说："我怎么能信你的话？"

牡丹抬起头看着金竹说："我老远从北京来这儿看你，你怎么还说这种话？我再不爱别人，我只爱你一个人。现在我知道了。我实在是需要你，你是我的心肝儿，我的命，我的一切。你要相信我。”

“你以前也说过这种话，我想你也一定对他说过。”金竹的头纹丝不动，眼睛低下来看牡丹紧贴着他的身子。

“对谁说？”

“对你的堂兄啊。”金竹不动声色，实在怕人。

牡丹烦躁起来，说：“我已经知道我错了。现在我知道我真爱的是你，不是别人。”

“我对你没有信心。”

牡丹恼怒起来，内心觉得受了极大的屈辱。

她又说：“我已经给你证明了。我已经离开了他——这是千真万确，板上钉钉的。”

金竹问：“为什么你离开我不千真万确，板上钉钉呢？你原说过不再回头的。”金竹说完，好像要动一下，坐高一点儿。牡丹帮他起来，并且拍了拍枕头，顺便吻了他一下。若在以前，金竹一定乘势把牡丹猛力热情地抱住。这次，牡丹扶了他之后，便退回坐下了。

牡丹说：“好吧，跟我说话吧。”眼睛看着他。

“你为什么又来打扰我？我现在没以前那么傻了。我已经平静下来——这心里的宁静是多年来没有的。不错，我一听见你跟别人乱闹恋爱，当时自然怒不可遏。你闹恋爱要一次接连一次。那时候我算了解你了——完全了解你了。不错，我们算相爱一场，我们算是彼此相恋。但是现在，说实话，我不知道该怎么想……”他上气不接下气了。

“可是我从北京给你寄过一封信，告诉你我决定回来，你随时叫我回来我就回来。我只是要和你接近。做你的妻子，做你的情妇，做你的妾，做你的妓女，我都愿意，我都不在乎。那封信你收到了没有？”

“收到了，但是我没打开，我扔到废纸篓里了。你若想知道，我不妨告诉你，去年春天我从桐庐回去之后，把所有剩下的你的信全烧光了。”

“但是，你看看我，看看我的眼睛。我在这儿呢，你还不相信我吗？”

“这有什么用？没用——除去憔悴折磨，两地相思，一年一度相见之外，别无好处。你还不明白吗？”金竹的眼里忽然有一股无明的怒火，他说："我们彼此相忘，断绝思念，不是最好吗？"

金竹现在的仇恨，和牡丹把他视若敝屣一般而狠心抛弃之时所受的痛苦，正是同样强烈。自从那次刺激之后，他再也没有恢复正常。他终日恍恍惚惚，几乎不知道自己是存是亡，仿佛身上有一块肉已被撕扯下去。

牡丹向他注视，似乎茫然若失。金竹的两颊上已然恢复了血色。以前他不高兴时，向墙上扔拖鞋，扔椅垫，往地上摔茶壶，在牡丹看来也是俊逸动人，牡丹现在也很喜爱他眼里的怒火，喜爱他嘴唇上的怒态，喜爱他舌头上淫猥的转动。现在他身上有一股淋漓充沛的兽性元力，他看起来那么英俊。

在一时冲动之下，牡丹紧靠在金竹的身子上，两只手捧住金竹的脸，用她那销魂蚀骨的双唇乱吻起来，一边吻一边说："竹塘，我的竹塘。"金竹用力把头扭转到一边，摆脱开她的纠缠，突然用力向前一推，把牡丹推开。

"走！别再来打扰我的安静。过几天我太太就来了，别再来看我。"

牡丹头也没转，从椅子上站起来，步履蹒跚地走在地板上。她走出门去，连门也没顺手带上。

外面，钱塘江在明亮的月光之下涟漪明灭，茶馆里和河岸小吃摊上还有人。她自己走开，几乎忘了自己置身何处。她头昏昏的，只想着金竹对她有了误解，不肯相信她。以前她也见过金竹发脾气，但是无法相信金竹对她这样粗暴，这么狠毒。五十码外前边岸上有一个渡船码头，那里拴着两三只小船，却没有一个人，她坐在跳板上望着，那宽阔的江水在月光之中闪亮，滔滔不停地流向大海。

这时，她心里只有一个想法，那就是，金竹怎么会误解了她真正的爱。她并不恨金竹，只是觉得让金竹受这许多痛苦，实在懊悔莫及；看见金竹病得那么重，那么衰弱憔悴，实在难过。金竹不愿见她，又不肯相信她的话，她认为这倒不要紧，重要的是现在怎么能帮他治好病。

她走到家时，精疲力竭。迢迢万里来探望自己独一无二的情郎，结果是一场空。她觉得自己孤独寂寞得受不了。要救金竹这一念在怀，使她梦寐难安。第二天，她父亲出去上班之后，她拿出来从北京带来的药，熬人参汤。至于鹿茸和干蛇胆，她不知如何用。她把那两样拿到药铺，向药铺的掌柜打听。鹿茸应当刨成极薄的片，在文火上烤。弄起来很不容易，她让药铺第二天给她准备好。

过了下午，她才把很久才炖好的人参汤放在竹篮子里，带到医院去。她知道很难把这药带进病房。她在门口等候，打算遇见由医院出来的护士。过了一会儿，她看见两个护士下了班，从门里走出来。

牡丹尽量微笑得讨人喜欢，向人家问："您两位谁是管第十一号病房的？"

高个儿的那一个说："我是。你要干什么？"她姓毛，大概二十五岁，消瘦身材，高颧骨，眼角已经开始有了皱纹，那样岁数就有皱纹，是不多见的。

牡丹说："我给他带来了人参汤。"。

毛小姐说："这违背医院的规矩。"

"小姐，我老远从北京来看他。小姐，这也许会救了他的命啊。"

毛小姐以好奇的眼光打量她一下，由她怪难为情的神态和说话的声音，心想这位探视金姓病人的小姐一定是他的女朋友。出于同情心，毛小姐就对这位女客说："你可以送吃的东西来。但是一定要让护士长知道才好。你为什么不进去问问护士长？"

牡丹跟随毛小姐进医院去。

毛小姐问牡丹："你是他太太吗？"

牡丹的脸红起来，说出勉强能听到的两个字："不是。"后来补上一句，"我们是老朋友。"

护士长见了牡丹，微笑一下说："噢，昨天你来过。"她不像前一天看来那么傲慢，那么一丝不苟的样子了。

牡丹尽力想法说服她。

"这是人参汤，您知道。这是我在北京买最好的人参炖的。您若是看见那肥壮微黑透明的参，担保您也喜欢！是上好的人参，一两要卖五十大洋呢——您信不信？明天我再带鹿茸来——还有蛇胆。"

牡丹拼命地解释，说完之后，觉得自己太愚蠢。护士长认真向她望了望说："人参，我知道，鹿茸和蛇胆我不清楚。我不同意带去给病人吃。"

“可这可以救命啊。请您答应好不好？”

“你是谁？我意思是，你是病人的什么人？”

“我们是朋友，很老的朋友。”

“我看得出来。你昨天看了他之后，他的体温升高了。我认为你不应当见他，对他不好。至于这个，我相信鹿茸这些东西，可我得先问医生才行。”她打开锅盖，闻了闻那浅棕色的人参汤，然后抬起头来微笑了一下。她说：“我给你说一说。费医生觉得中国药很神秘，也许会试一试。等一等，你带药给他看一看，也许是个好办法，你说这样好吗？”

牡丹向她道谢之后，就准备离开医院。

牡丹和护士毛小姐往外走时，牡丹问她：“为什么他太太没来？”

“我们听说他太太刚生了孩子，过几天就来。”

牡丹的脸上露出了不安的神情，毛小姐不由得越发好奇。

她问：“你一定认得他太太吧？”

“是，我认得她。”牡丹正视着毛小姐说，“我对小姐必须说实话。我不是他太太，还是不见他太太的好。”

“噢，是了。”

她俩由走廊走出来。毛小姐已经猜得清楚——毫无疑问，他们是秘密的情爱关系。

牡丹说：“我可以麻烦您一下吗？”

“当然可以。”一部分是由于好奇心，一部分是由于自己本身的遭遇，毛小姐对牡丹的处境感到同情。她带着牡丹走到一个玻璃走廊，里面有凳子，有藤椅。这个地方供疗养的病人坐着晒太阳，往外可以看到花园里的小金鱼池。这时正好没人，毛小姐找了个舒服的藤椅，对牡丹说：“坐。现在我不值班。你从哪儿来的？”

“我家就在杭州，但是，这一次我老远从北京回来。请您告诉我，他的病怎么样？”

毛小姐告诉她，病人一个半月以前被送到医院来，发烧，肚子隐隐作痛，时有时无，是肠炎。医生狐疑是种东方病，由肠子受感染而起的，但是不能决定是否要动手术。毛小姐说到这儿，看见牡丹脸上很痛苦，泪由两颊上缓缓流了下来。她用手拍了拍牡丹的肩膀，说了声：“对不起，我不应当这么说。”

牡丹擤了擤鼻子，仍然低着头说：“他若死，我也随着死。他原是打算娶我的，别人从我身边抢走他。”说完用手绢擦鼻子。

毛小姐说：“我明白。好了，若有什么可以帮你的，我一定尽力。明天你把中国药拿来，看医生怎么说。”

牡丹说：“您若能帮我渡过这个难关，我一辈子也忘不了您的好处。”

毛小姐颇为牡丹年轻恳求的声音所感动，是不是她过去也在爱情上经过波折？

“有没有话要我告诉他？”

“没有什么。只告诉他我已经把中药拿来了，是牡丹拿来的。”

护士小姐送她到门口，牡丹只记得勉强低声说了一句“再见”。

随后那几个星期，牡丹天天在靠江边那条街上出现，那条街上已经开设了若干商店。靠医院的那一边种了一排小槐树、柿子树，这些树在靠河边的那一面投下了阴影。几百码之外，就是那古老的六合塔，那边商店更多，摊贩也多，这是城外一片较为安静的地区，常有游客到这儿来消磨一个愉快的下午。

费医生是个美国人，细长身材，动作敏捷。他要看看鹿茸什么样子。中国人向他解释那是从刚长满一年大的小鹿头上取下的。当时猛追小鹿之后，把它逮住，小鹿的热血正冲到角上。要细心把鹿角从底部割下，包括下面那软骨部分，那一部分角还软而未硬，正在生长。在那紧张的时刻，据说鹿身上的血把营养化学质素输送到角上去。那位美国医生很愿试验一下中国的老药方，尤其是遇见了这个难治之症，因为用的西药都不见效。至于干蛇胆，他知道其中有肝胆汁的浓缩物，但始终没有机会试验蛇胆有多大效用。他知道蛇胆不会使病人中毒，会帮助病人的消化机能。在干蛇胆使病人的体温降低下来之后，这可成了天大的新闻。

事实上，费医生已经对病人放弃了希望，并且把这种看法很机密地告诉了护士小姐。他疑心病人患的是肠癌。毛小姐不能把这个消息告诉牡丹，在把病人退烧的情况告诉牡丹时，她看见牡丹脸上有了红润，也看见牡丹嘴唇上颤动着笑容。

听到好消息之后，牡丹走出去，头扬着，嘴上露着胜利的微笑。她那时要单独一个人待着。她走到渡头，坐在冷清无人的跳板上，两手抱着膝盖，听着钱塘江上的秋声。

数日之后，金竹的太太到了，每天早晨去看他。牡丹看到停在医院墙外的马车，就知道金竹的太太在里面。牡丹照例去得早，一看见马车到了，就出去到渡头去坐着。

现在她每天去医院已经成了习惯。然后每天坐在江边，听宽而深的无言江水汩汩而流，听山坡上风声的呼啸。在秋天，山坡已变得一片棕黄，一片紫红，常常有成群的帆船起航出海，远处还隐约可见船帆在午后的阳光中闪动明灭。她相信，金竹病况日渐好起来，都是干蛇胆和鹿茸的功用。

她每天下午两点钟去医院的时候居多，因为他太太要照顾新生的婴儿，她相信那时一定在家里。她等着那位护士毛小姐从窗子里给她做暗号。金竹住的病房是二楼靠角上的一间屋子。牡丹经常坐在白墙附近一块石头上，在一丛竹子阴影中。

在金竹打过针，已经睡觉后，那位好心的护士小姐就向外做个暗号。这是护士小姐的主意，而牡丹怕惹金竹生气，自然也同意。牡丹要等金竹过了危险期，再进去和他说话。

睡午觉的时间，医院里悄然无声。护士长总是在大厅她那办公室里静坐。牡丹则由侧门进去，经过一间装满瓶子的房子，爬上一个咯吱咯吱响的旁边的楼梯，偷偷溜进十一号病房，那时候毛小姐就在在屋里等着她，只许她在屋里待十分钟到十五分钟。她静悄悄地坐着，看着金竹睡觉，看得出金竹鬓角上青筋跳动，消瘦憔悴的脸在睡眠中沉静而安详。他那骨头外露的侧脸和笔直的鼻子，衬着粗短的胡子和立起的头发，两者愈显得分明。牡丹会低声问那位好心的护士病人睡眠如何，是不是病况见好。有时候，病人会在床上翻身，把瘦胳膊伸出到白被单上面，牡丹会轻轻地摩一下那尖出的骨节，也许默默无声地偷偷轻吻一下，然后起身离去，快乐而满足。

牡丹不能离开医院附近，似乎有一种力量，逼着她要靠近爱人卧病在床精力日渐消耗的地方。她无话可问，无事可求金竹，只求与他稍为接近。另外，也只求孤独一个人，沉浸在无限的悲伤之中，这就是她的奢侈享受。她有时坐在渡头，有时进入茶馆，占据一个桌子，对江而坐。将近五点钟时，医院中若干学生和护士出来了，茶馆里又热闹起来。护士小姐们都知道她是“十一号病房的朋友”。

万幸的是，没出什么意外。金竹太太总是坐马车来，从临江的窗子就可以望见。有一次牡丹在病房时，金竹太太来了。毛小姐就在走廊上用力跺地板，发出吵闹的响声，向牡丹警告，牡丹就赶快从后面楼梯溜走。还有一次，她看见金竹的身形在窗口移动，似乎向她那个方向看。那时她正坐在竹荫下的石头上，不知道金竹看见她没有，大概没有，因为转眼间，金竹便在窗口失去踪影，再没有出现。

一天，牡丹看见枫树投在墙上的影子渐渐稀薄。在太阳西下时，白墙上那枫树摇动交错的影子，牡丹早已看得熟悉，但是现在那摇晃闪动的影子和以前不一样，她才想起来是叶子都已飘落了，只剩下那树的枝柯还似从前。

牡丹并没有计算那些日子。那些奇怪安宁平静的日子，她称为秋晚祷歌的平静，肉欲的悲伤和美的平静。毛小姐给她的病情报告一直很使人兴奋乐观——至少总不使人吃惊——但后来，竟使牡丹忽然起了疑心。鹿茸和蛇胆并没有起到牡丹昼夜祈祷的神效，她那高兴的希望和信心渐渐变为怀疑和恐惧。一天下午，毛小姐告诉她她的朋友昏睡不醒，而且快十天了。毛小姐不忍心告诉她实话。

第十九章

牡丹既不能告诉白薇，也不能告诉她父母这段经历。一天，近傍晚的时刻，她看见金竹那间病房的百叶窗开了起来。她在恐惧中等待，一直发愣。好像是等了几百年，那位护士小姐才出来告诉她金竹已经去世了。牡丹的嘴唇似乎立刻干枯，耳朵和脸上惨白得没有一点儿血色，没有眼泪。毛小姐看见她那苍白的人影儿像个泥胎木偶，顺着江边往杭州城走去。

第二天早晨，一个和尚在离医院三里远的一个庙后面发现了牡丹，是在往虎跑去的路上。和尚发现她睡在几块巨大圆石头旁边的小丛林里，心想她一定是被人诱拐到此又遭人遗弃了，但是她的头发并不散乱，丝绸短衫上的扣子依然系得很好，完全没有撕扯挣扎的痕迹。奇怪的是，她一定在夜里蹚过两条浅水的小溪，因为六和塔到虎跑中间没有一条直通的路。她若是沿着湖边走，一定在毫无月光的夜晚，在做梦似的的情况之下跋涉了六里多地。

牡丹在觉得有人推她的时候，不知道是醒着还是在做梦。她睁开眼睛。清晨的时光，那条溪谷正在天柱山峰的背影之下，光线由山峰顶端射过来，照上一片原始树林，林里都是参天的巨大树木，只有怪诞的鸟声，但鸟儿渺不可见，远近不可知，此外，真是万籁俱寂，毫无声息。

和尚看见她坐起来，她的两眼疑惑纳闷，不由得很焦急地问：“你是谁呀？怎么来到这个荒僻的所在？”牡丹在精神恍惚之下，看见一个穿着灰袈裟又瘦又高的和尚，高高地站在她面前。他那剃光的头顶中心有九个受戒时烧的疤痕，整整齐齐地分成三排。

在那个和尚注视之下，牡丹觉得忸怩不安，想立起身来，但是突然尖叫了一声，脚上一阵剧痛。和尚扶她起来，她身体倚在和尚的肩膀上。和尚大惊，牡丹感到十分满意，微微笑了一下。

和尚一听见牡丹下面的话，更加倍吃惊。牡丹说：“太好了，他已经原谅了我，我们已经和好如初了。真是幸福快乐，美不可言。”牡丹轻轻摇着头，像自言自语。她又抬头看了看那个和尚，说：“你懂不懂爱情？那才妙呢。”

早晨的太阳偷偷爬上了山峰，在阒寂无人的山谷间照出片片阳光，露水在枫树和柿子树上闪耀，山谷中隐僻的地方远在一层迷蒙晨雾笼罩之下。这是一个奇怪的地方，而和牡丹一起走的也是一个陌生人。好像两个人又回到了原始洪荒时代，正像茫茫大地上仅有的两个人。

那个和尚急于摆脱这个肉体累赘，就把牡丹扶到一块宽广平坦的大石头上，让牡丹坐下。和尚问她：“现在，你可以告诉我你是谁？为什么来到这儿？”

“我不知道。”

“你好好想一想，你怎么来到这儿的？”

“不要管我是谁。我很快乐。他是我的，完全属于我了。他再也不能离开我，永远不能了。”

那个和尚肯定她精神错乱了，一定遭遇到很伤心的事。

“你说的‘他’是谁？”

“当然是金竹。当然我知道你不是金竹，我看得出来，你身材还高，你没有他那闪亮的眼睛和柔软可爱的小手。你知道，我们又已言归于好，已经彼此原谅了。现在不会再吵嘴，因为他已经在我身子里，完完全全的。”

牡丹望向远方出神，转眼又闭上眼睛，倒下睡着了。她的身体摇摆不定，那个年轻的和尚用一只胳膊护着她。她的身体冷不防斜过去，和尚赶紧把她抱住，她的头才没碰到石头上。

和尚把牡丹轻轻放在石头上，慌慌张张跑回二十码以外的庙里去，路上绊倒在地，又回头看看，自己都不相信刚才的事，仿佛身后有个母夜叉追赶他。

几分钟之后，这个年轻和尚又出现了，领着一个老和尚来到那个年轻女人仰卧的地方。老和尚拉她的手，摇了摇，但是她酣睡不醒。

老和尚说："这可怎么办？我一辈子也没遇见过这种怪事。不能把她放在这儿啊，也不能抬回庙里去，那会被人控告在庙里隐藏妇女，不守清规。"

"至少我们得把她抬到庙里去。她刚才和我说话，又紧张又激动，就是刚才。她一定是在睡梦中走来的。她说的是她的情人，她的情人大概会来找她。"

两个和尚，一老一少，设法把牡丹睡中绵软的身体抬了起来。年轻的和尚把这个可爱沉重的负荷背进了庙中，放在屋里的草席上。

老和尚说："她会在这儿再睡一会儿。咱们要看着她，到她睡醒为止，要听她说明经过才行。"

老和尚伸出手摸牡丹的前额，说她并没有发烧。把她的袖子撸上去，看见一只美丽的翠玉镯子。老和尚说："她一定来自富贵之家。"又在她身上翻找什么文件东西，看有无线索能查出她的姓名身份，但只是从她口袋里找出一块手绢，另外几块洋钱，若干铜钱而已。她的手有几处表面擦破的伤，满鞋都是泥，真是神秘难测。他叫厨房，要拿个垫子来，然后解开她脖子上的扣，把枕头塞在她的头下。

现在庙里的杂役和另一个小和尚站在一旁，看着这个睡觉中的少妇。老和尚吩咐他们在旁坐着守候，准备好熬浓的红糖姜汁，等她醒来喝下去。

直到天色将暮，牡丹总算一觉醒来。她发现自己躺在一个和尚庙里，不觉大惊。那个瘦高的和尚告诉她，当天早晨发现她时，她正躺在草地上，还重复一遍她当时嘴里说的话。牡丹瞪大眼睛看着和尚，硬是不相信。她还有几分迷乱恍惚。

又过了一会儿，她才认清了方向，随后想起来毛小姐那位好心的护士，真正明白了金竹已死是千真万确，是死人不能复生，是无可挽救了。她万念俱灰，不胜沮丧。她的梦已经破灭，她的想法已经落空，现在是真正孤身一人了。她的头低垂一边，浑身颤抖抽搐，开始哭泣，哭泣终于抑制不住，把头下枕的垫子都哭湿了。小和尚端给她姜汤喝，她不理，只是痛苦悲惨地哭成一团，手不断捶着那个垫子。和尚问她出了什么事，她回答："金竹死了，我的金竹死了。"又接着哭，抽噎不止，真是伤心断肠的痛哭。

和尚把她扶起来，尽力让她把那碗姜汤喝下去。那碗姜汤喝下之后，她才算心神隐定，真正清醒了。

"现在是什么时候？我在哪儿啊？"

和尚告诉了她。

"离城多远？"

"三四里地。"

"我怎么来的？"

"你不知道，我们更不知道了。"

她现在平静了，她的眼睛只向远处茫然出神，显得无可奈何。现在蛮清楚发生的事情，但是仍然有几分懵懂。梦和现实经歪曲失真后的形象在心头交互出现，就犹如极端的幸福与全然的无望两种截然不同的情况来回交错。她突然想起来，她没有回家，父母一定很想念。

牡丹坐着轿到家时，晚饭时间早已过去。那天晚上她没回家，父母吓坏了。她父亲那天早晨没上班，到医院去看她在何处。护士毛小姐一听牡丹没回家，心里又焦急又难过。金竹已死，金竹父亲已得到通知，他太太正在医院里哭。毛小姐告诉牡丹的父亲别大声说话，免得金竹他太太听见牡丹的名字。护士告诉牡丹的父亲，说牡丹已暗中得到消息，随后向杭州城方向走了。

牡丹的父亲已到忍无可忍的地步。牡丹那天晚上回家时，他打算听一听过去那几天牡丹都干了些什么事。牡丹下轿时，父亲看见那哭肿的眼睛和那没精打采的脸，这个傻女儿总算回来了。做父亲的怒不可遏，若不是太太拉他的胳膊肘说"她已经回来了"，让他别再说什么，否则他会暴跳如雷的。

女儿既然平安到家，母亲也就不再担心。牡丹的安全要紧，虽然千劝万劝，要她吃点儿东西，但牡丹说没有胃口。给她端上来一碗粥，她碰也没碰，就上床睡觉了。

第二天早晨，牡丹醒来，还是昏晕混乱，和情郎最后一次的团圆这一件事，如今他已然死去这件冰冷现实，仍然不能把两者截然划分。父亲已经吃完早饭出去了。他出门之前，对太太说："我永远无法了解这个孩子，万幸的是她还有这么个家可以回来。先是丈夫死后，脱离夫家，然后随堂兄上京，后来又改变心肠回来……"

母亲偏帮着女儿说："她还年轻，谁没年轻过？"

"那也不能想男人想疯了。那下一步呢？"

做父亲的，慢慢地，一点儿一点儿地，才知道了女儿迷上金竹，一个有妇之夫——是她以前的情郎。现在做父亲的懂了，过去几个星期他曾经极力反对女儿天天到医院探病。金竹的太太若是发现了，闹起来，不是满城风雨吗？但是每次他要教训女儿时，牡丹就争辩，说她既然成年长大，又是个寡妇，自己的事情自己清楚。其实牡丹既没有争辩自卫的口才，又没有争辩自卫的精神气度。做父亲的只好心里想女儿的情郎总算已然死去，聊以自慰。

母亲发现女儿躺在床上，两眼茫然望着天花板，就把一碗稀饭一盘肉松拿去给她吃。

"吃吧。"母亲坐在床边上。

牡丹接过托盘，伸出手来，很亲切地摸摸母亲的手。

她说："妈，您是世界上最好的人。"

"孩子，昨天你真把我们吓死了。现在吃吧，吃了会觉得舒服点儿。"

牡丹缠着她母亲，又开始哭泣。母亲轻轻地拍她，仿佛她是个小孩子。

那天，牡丹一天没起床，第二天，极其疲倦，毫无心思，好像行万里路归来之后一样。她偶尔穿着拖鞋在院子里趿拉趿拉地走，然后又回到床上去，随手把门关上。她希望孤独，只愿自己一个人待着，自己思索，随便翻翻书，东看点儿西看点儿，什么事也不做。她在床上一躺就几个钟头，一心想自己的事，回忆过去，思索梦境。她全神陷入幻想的深渊，想象中的一切那么逼真，简直顶替了金竹已死的现实。有时候，她觉得金竹虽然已死，似乎与自己相离更近。在梦境迷离中，她强记了许多情境，现在极力要再想起来，却苦于无法捉摸，但还能觉得清清楚楚的，只有那梦中的音乐韵调。似乎她和金竹在一片云雾世界里飘荡，只有他们两人，快乐、团聚、自由。在月光之中身轻如叶，两人说："现在一切烦恼都过去了。"那朦胧甜蜜，纯然无拘无束彼此相爱的陶醉感觉还依然存在，在心中像回音盘旋不去。

在牡丹生活中，金竹之死是最重要的一关，是终极而决定性的，是永生无法补救的。现在她倒觉得解脱了束缚羁绊，必须调整好自己的心情，重新开始一个新生活。她心灵上的诸多创伤，都等待治疗。她对最轻微的声音，对温软东西的接触，都有难以忍受的敏感。她要认真调养生息，犹如久病之后一样。

她在床上一躺就是几个钟头，只是心里想个不停。倘若金竹还活着，一定时而易怒，时而温柔，既会令人心碎，又会令人快乐。他随着年岁渐大，脾气也会改变，但是，金竹这一死，却成了情圣的塑像。他现在是以一个青春的情圣为牡丹所景仰膜拜，不分寒暑，永不改变，长生不死。牡丹身体稍好之后，她不厌其烦地把金竹的信、小笺和诗歌，连同信封（都是她自己留下来的）贴好、裱好，用丝线订成很漂亮的一本，再以黑金色圆样的精美锦缎做封皮。她自己的短笺、诗稿、凌乱的散行文句，那些东西像她的心思那么杂乱，那么无止无尽，那么有头无尾，她也装订成另一册，每逢偶有所思，或奇异形象出现于脑际，便在那册子上书写数行。所增写的文句，都是夸大其词，或凭感情的渲染——比如"在他怀抱之中那华丽黑甜的睡眠"，"在星光闪耀的夜里，他那手指头发出甜蜜而雪白的光亮"。这些思想就是她的生活，也是她最亲密熟悉的情感。

她自己对自己说这些话，就和她对那锦缎本上金竹的信说话一样，犹如金竹就在她的屋里。她给金竹写了很多祭文，诵读之后，在蜡烛火上焚烧，这样送交金竹的魂灵。这样做，她得到奇异的满足。她在心中珍藏这些记忆，就成了她的生活。她喜爱她那屋子里的幽静，觉得金竹在她的周围，她的心灵总算得到了安宁。

牡丹的父亲十分高兴，因为女儿不再像发春的母狗满街跑了。一天，吃晚饭的时候，父亲问牡丹："你以后要怎么办呢？"

"我也不知道。"

就在这时，牡丹的父母接到素馨的来信，请求正式过继给苏舅爷，信不是不明白，只是没有叙明理由。孟嘉亲自写给苏姨丈一封信。更加上长女回来，事情就够清楚的了。在牡丹遭遇这次打击之后的数日，父母勉强压制着没肯问她，怕引起她的烦恼，有一天，她已经恢复得不错，似乎可以和她谈一谈这件事了。素馨一直和父母通信。

母亲告诉了牡丹，最后说："现在，素馨若不嫁给你大哥，又怎么办呢？这当然不是要图苏舅爷的财产。你舅爷若想过继你妹妹，他会回信。"

牡丹一听吓呆，愣住了。

"你心里怎么想？你从来没提过你们姐妹和你堂兄的事。"

牡丹的脸变得绯红，不由得脱口而出："噢，素馨！……对了，她心里爱他，我知道。一定是我走之后发生的。"

她不再说什么，回了自己屋子。这件事出乎意料，家里感到如此，牡丹也是。她若能和堂兄想到这样一个办法，也许她会嫁给他，一定会。她一时不知道心里怎么想。一股子怪不舒服的忌妒一涌而起，可也没有理由责怪素馨，是谁的主意呢？她的，还是他的？若是素馨想到的，为什么不在牡丹和孟嘉相爱正热的时候提给她？大哥现在成了她的妹夫，本来是会成为自己丈夫的。

后来，她想清楚了——不知道是什么时候想通了——孟嘉还是爱她。她从自己的经验里推出来。就像她自己对金竹的爱一直不变，孟嘉对她的爱也一样。爱情永远是自发的泉源，由内流出来的，盼望得到回报——不管有回报或是无回报，那份爱还是存在。金竹拒绝她的爱那样坚定狠毒，就和她拒绝孟嘉一样，现在她算知道原无不同。她深信孟嘉若是真爱她，一定会原谅她，正像她自己会原谅金竹拒绝她那份狠毒一样。她记得最后一个夜晚孟嘉说的话："不论你做什么，你总是我身上最精纯最微妙的一部分。"一点儿也不错，她深信不疑。倘若她自己不再嫁，或是孟嘉再得不到她的消息，而能一直在心里保持那神圣的形象，就犹如她心中保持金竹的形象一般，那岂不富有诗意，岂不美哉妙哉！

她心里已经有一个从此销声匿迹的打算，就如在诀别的那封信上所说，从孟嘉的生活中永远消失了踪影——并不只是为了素馨，也是为了自己。

那年十一月二十六日那天，金家在杭州为金竹开吊。发出了讣闻，用仿宋字体印得很精美，上面叙述这位青年杰出的成就，遗有妻子、一子、二女，最小的才几个月大，承认他为孝子，为人聪明，婚姻幸福。大门门柱上挂上青柏叶白菊花的彩饰，院子里，广大的客厅摆满了红木八仙桌。客人由大厅里溢到院子里，喧哗声、哭祭声、吹鼓手吹奏声时起时落。

金家为杭州世家。亡故的青年是一名举人，属于朝廷士大夫阶级，都是经科举考取的，他们这一批人自成团体，保持着亲密关系。另外还有家中的好友故交，有祖父辈和父母辈的亲友——有钱庄银钱业的，有殷实的商人，有大商号的东家，他们的车辆摆满门前，一直挤排到大街上。一个小乐队，吹短铜号、击鼓，时奏时歇，恰好与男人的哭声，尤其还与女人的哭声相间。丧家男人，头戴白箍，走来走去，与客人闲谈。一边有金玉叮咚之声，那边正是女眷聚集，虽是低声交谈，却声音甚大。女客尖锐的目光不断注视大庭中央灵柩前行礼吊祭的客人，对他议论批评，说出他的亲戚关系，彼此都可以得到多知多闻的益处。似乎在一个杭州这样的城市，只要是上流人，在大厅里闲谈的这群女人没有一个不认识的。

牡丹曾经在报上看见了金竹的追悼启事，也在一个朋友家看见一张金竹的传略。金家这件丧事在杭州众所周知，也办得很铺张，当地报上有两天都作特别报道。普通料理一个大丧事要需数月，但是金家在凤凰山上早有祖墓，吊祭只在十一月二十六日和二十七日两天举行，以便亲友相识来祭奠，二十八日出殡。

牡丹在丧礼举行之前，早已注意了十几天。她若不参加她情郎最后的典礼，那怎么可以？

她进入金家，见处处挤满了客人。看见了棺材，前面摆着亡者的相片，她的心猛跳。她走上前去，行了三鞠躬礼，站了一分钟，样子若呆若痴，恍恍惚惚。她忽然掏出一块手绢想堵住哭声，但是越想法子压制，她的哭泣声越大。她的两膝摇摆不定，她跌倒在棺材一旁，一个胳膊抱着棺材，泪人儿一般瘫倒了。她再不能控制自己，极大的悲伤痛苦之下，她也不在乎一切。在谁也还没弄清楚出了什么事之前，她那疯狂般的哭泣已经震动了整个灵堂。

所有的客人立刻鸦雀无声。她的哭，不是丧礼时那种照例形式的哭。她的哭简直是肝肠寸断，透不上气来的哭，对周围的人完全不管不顾，倾泻无余，一发而不可收拾地痛哭。她的头不断撞击棺材，一边哭一边断断续续地说话，幸而没人听得清楚说的是什么。

每个人都问："那个女人是谁？"没有人知道。

金竹的太太站着发僵，像个泥胎木偶。最初原是迷惑不解，进而起了疑心，死盯着这个从未见过，丈夫生前也从未提过的年轻美丽的女人。她猜想一定是那个和丈夫姘着的上海婊子。她向别人打听。没有人能说她是谁，因为她的脸是遮住的。这个情妇居然厚着脸皮在大庭广众下抚棺痛哭——在她丈夫的棺材旁边！她大怒。

她的眼睛冒火，走到坐在地上抱着棺材还在痛哭不已的女人身边。

她逼问："你是谁？"

牡丹抬头一看，不知道说什么好。泪水模糊的眼睛，看见一个女人的白粉脸向下望着，向她怒吼。还没等牡丹来得及说什么，那个女人就狠狠地打了她一个嘴巴，她立刻觉得疼痛。牡丹抬起手来，挡住了另一巴掌。

金竹的太太尖声喊叫："你好大胆子！给我滚出去！"男人女人都围过来，都问发生了什么事。牡丹挣扎起来想跑，但是金竹的太太抓住了她的领子，这种女性原始的愤怒是对温柔淑女外貌的讽刺。一个男亲戚试图把她俩拉开，用力去拉才使做太太的松开了手。金竹的太太一边吼叫一边急速地喘着气，用苏州话骂出一连串脏话："你个杂种！你个烂婊子！勾引人家汉子的狐狸精！你要下十八层地狱！留神小鬼会把你的臊屄撕两半儿……"苏州人惯于用脏话骂人。若不是有个男人匆匆忙忙把这位吊祭的女客护送到院子里去，金竹的太太真会把她的头发全揪下来。金竹的太太用脚在牡丹跪的地方蹀，用唾沫啐，又向牡丹抱的棺材那一部分啐。牡丹用胳膊抱着头，急急忙忙跑到街上去了。

吊祭的典礼中止了大约二十分钟。做太太的不肯继续在场陪祭，旁人劝也白费，只好由别人代替她跪在灵柩一端。外人看出来，由那时候起，做太太的便不再哭她的亡夫，那天下午一直没有再露面。

第二十章

那天牡丹在灵柩前引发了一件丑闻，闹得人人谈论，满城风雨。她所做的是《杭州县志》上前所未有的。男人们谈起来津津有味，当做粉色的笑话，一般男人都愿意自己死后棺材旁边有那么一个漂亮的女人哭；有地位的太太辈分的，都认为受到了玷污而愤怒激昂，做妻子的都对丈夫再多看紧两眼；也有少数年轻女人和未婚的小姐很敬佩牡丹的勇气。倘若牡丹能抑制自己，她本可以走进那灵堂的人群中，鞠躬行礼，然后从容离去，根本不会有人认出来。而实际上，她现在为自己，为死去的情人，为情人的家属，都制造了丑闻。

这件事给人提供了有趣的谈笑之资。那天去吊祭得早的人深悔没有多停一会儿，好赶上看两个女人在男人棺材前面猫叫春般的好戏。去得晚后来才听说的客人，悔恨为什么不早到半点钟。那天去吊祭的客人，可以说是杭州上流社会的代表人物。这个笑话，由人们口头相传，由这一家至另一家，由这一家茶馆传到另一家茶馆，渐渐歪曲失真，渐渐加枝添叶，结果，大家都信以为真。后来，渐渐传出来，人人都知道她每天暗中到医院去探病，原来就是金竹正被人称做“模范丈夫”那一段日子里的情妇。后来更进一步，人人都知道她就是梁家有名的梁三妹，还有，她守寡之后，难守空房，三个月后就离开丈夫家。她和孟嘉的那一段幸而无人知晓，她们姐妹到北京去倒没什么可非难的。

金竹的太太十分懊恼，丧礼后就匆匆回到了苏州老家，觉得丢尽了脸。倘若她丈夫暗中有个情妇而审慎处理——只要没人谈论，她倒不十分在乎。

至于牡丹，她深悔自己孟浪做出了这件事，但也有几分私心快慰。她心里想，既然知道有这个吊祭的典礼，自己怎么能不去？既然去了，自己又怎么能不触景伤情而哭得一发不可收拾？

第二天早晨，父亲气得暴跳如雷："你看，你做的好事！三天以后，全城都会传遍。去到人家的丈夫灵前哭！你看错了棺材！真是丑事！而你居然会做得出……你知道不知道，你给我们家，给你自己，给我招来的是什么？"

牡丹只是默默无言，呆呆地望着。

"难道你不为你父亲想一想吗？由小孩子时候起，你就喜怒无常，放纵任性，什么事不如意就不行。你为什么偏偏找个有妇之夫呢？"

"他爱我，我也爱他。他结婚也是不得已。他告诉我，他爱的是我，不是他太太。"

"那么他结婚之后，你还和他来往！我真为你感到丢脸……你何必要卖弄风情……"

牡丹觉得快要憋死了，她父亲永远不能了解她。她把门砰的一摔，走出屋去，一个人去静一下。到了外面，她深深吸了一口气，才松快一点儿。她对眼前的一切都视而不见，穿过第二条街拥挤的市场，在狭窄的小巷里拐了几个弯，来到了湖滨。这是城里贫穷的地区，是个渔人的码头，一些折断的吱喳响的木板通到水里，水里漂浮着蔬菜果皮等脏东西。一只乱跑着寻找食物的狗在水边嗅来嗅去，一无所得。牡丹顺着堤岸，经过一个三等饭店，她知道里面有些妓女，按月租住在里头。饭店墙上的白灰已然剥落，显出一片一片不规则的斑痕，就像地图上的岛屿一样，门口有个退色的招牌，上面写着"望山楼"三个大字，用的是杭州望山门那个名字。再往前是些廉价的饭馆和茶馆，她找了一家走进去。那个时候还没有什么顾客，只有那些茶房正在洗刷桌子。

牡丹觉得太烦闷，又踱了出来往南走去，顺着堤岸，一直到钱王庙。前面那片红色土地的院子种着些柏树，因为不许打猎，是鸟儿的避难所。走过这一片树林之后，她坐在靠近岸边的一个凳子上。

那是一个月来她第一次看到西湖，就展卧在她眼前——真是一片沉静，天空中堆满浓厚深灰的云，远处最高的山峰都隐而不见了。水上只有两三条小船。往白堤那边望，望不见个人影，一排小小的游船顺着湖岸停在那儿。

在感情上的重压终于破灭之后，现在她一个人孤零零地坐在湖边，感到无限凄凉寂寞。她觉得曲终人散，一切成空。心情的空洞孤寂正如眼前的一带秋景，生活好像已经过完了。没有人了解她，没有别人，只有白薇。万事都仿佛枯燥无味，不重要，没意义。

日子一天天过去，她依然处在那种空虚状态之中，沉浸在回忆里，一想到失去的情人，就觉得阵阵心痛。她不屑于再向人抗辩，她父亲也就常提到她过去的愚蠢行动，说她成为自己同事暗中笑谈的话柄，用这样的话刺痛她。

这时候，家里还有更进一步使人激动的事。在牡丹这件逸出常轨的举动之前，素馨和孟嘉已经写信来请求父亲允许两人结婚。婚礼在北京举行，婚礼之后，他们大概要南下看望父母，理当如此，时间在春天或夏天。这使父母的心情好了许多，他们也高兴婚礼在北京举行。大家对梁家大女儿的闲话已经热闹至极点，二女儿和堂兄的婚事还会引人嚼舌头根子。从法律上说，素馨不姓梁了，但是社会上，谁不知道她是梁家的女儿呢？

牡丹也高兴他们不立刻南来。因为在她和孟嘉事情之后，现在总觉得有点儿尴尬不自然。在她心目中，孟嘉是个和善的老年人，她曾一度迷恋过。当初孟嘉这个名字就像一个符咒，代表一切的善，一切的美，一切的奇妙，而现在只是一个空虚无力的回音，是她自己青春热情的讽刺。事情已然过去，她自己不愿再过问。她已经忘记了孟嘉，相反的是，从北京来的信只唤起她对天桥、什刹海等平民娱乐场所那些日子的记忆。杭州没有那样的地方。杭州诗情画意，幽静美丽，但是牡丹年轻的心未免嫌太清静了。在这次的来信里，素馨和孟嘉都没有提到牡丹的名字。在孟嘉，是有意如此，因为挑起昔日的爱情火焰毫无必要。

本地的报当然登载了这项消息，提到灵堂吊祭中间出的插曲只是轻描淡写，牡丹并不知道自己已经成为街头巷尾茶楼酒肆闲话中的名人。她常常一个人溜到茶馆去，在各行各界的男人群中，她觉得轻松下来，就和以前在北京那些日子一样。

一天下午，在一家茶馆里，走进一个上流打扮的男人，头上戴着红顶子的黑缎子帽盔，手里拿着一支长杆旱烟袋。他是个老主顾。他要了一壶茶，在附近理发馆里叫来一个理发匠，因为厌恶理发馆太狭窄，太憋闷，他愿在这儿刮刮脸。那嗓门高戴着眼镜的理发匠走进来，他五十岁年纪，光棍汉，脸上既浮着一层油亮，又浮着微笑。他因为言谈风趣，颇招来不少主顾。这样，他很容易能在报纸副刊上写个“每日谈”的专栏，客人剪短一次头发，就能顺便捡到几条新闻，几个故事，几件新近的笑谈，附带那理发匠自己公平有味的评论。不论别人遭遇什么挫折麻烦，他有超然物外不为所动的本领。由顾客一坐下来，到理完发他在客人肩膀上脖子上扑通扑通用手捶几下止，客人会把各式各样的闲话逸闻听个够——荒唐无稽，淫荡色情，应有尽有，谈者娓娓忘疲，听者津津有味。

牡丹坐在一个角落里，只听见那个伶牙俐齿的理发匠开始说：“您信不信？最近有一个小娘们儿哭错了地方，到别家太太的丈夫灵前去哭！就在陈家巷的金家。太太的眼泪哭干之后，忽然看见丈夫生前的情人抱着棺材哭得死去活来，才知道丈夫原来有这么个姘头，多亏在世的时候，还是人人皆知的模范丈夫呢！两个女人在一大堆吊祭的客人之前，就揪着头发打起来。听吧，那一片哭号叫骂！这是在咱们杭州最有声望的人家发生的。您知道我若是那个死人，该怎么办？”

“怎么办？”

“我要在棺材里头猛敲棺材板，喊一声：‘闭上嘴！’”

茶馆里的茶客哄然大笑。

牡丹脸红得到头发根上了。她扔下几个铜钱，匆匆忙忙离去了，希望没人曾经看见她。

另一天，她雇了一只小船在西湖闲荡，希望自己享受一会儿清静。那是冬至前几天，很多年轻人出来游玩。她告诉船夫划到里西湖去，自己在一把低矮的椅子上伸开腿，松快一下。船一边在水上漂浮，她一任意心思驰骋。到了断桥，别的船上有年轻人的声音。船靠近之后，她听见那几个年轻人正在谈论金家开吊时发生的意外插曲，时时有喧哗的笑声。有一个年轻人为那个突如其来的陌生少妇辩论，说真正的情人会那么做，理当那样做，并且见了棺材触景生情，实在是情不由己。她向那个船瞥了一眼，又闭上眼，装做正在打盹。船上别的人看法不同，责怪那个情妇的行为有辱家声。

牡丹和金竹的爱情故事含有性爱、热闹、惊险，大可编成上好的情歌。才过了十几天，一家茶馆里的说书的已经编成了一个连续故事，当然增加了不少点缀陪衬，成了演义情史，成了现代的活小说。由这个爱情小说再推进一步就变成现代的歌谣，由唱歌的瞎子配着三弦儿歌唱了。像通俗的《梁山伯与祝英台》歌谣一样，因为两个情人如此大胆热情，会使听的人觉得既有趣又热闹。

现在牡丹已经改变了习惯，喜欢待在家里，因为不管到哪里去，都觉得有人看她。她本来爱到湖滨公园去，看喝茶的客人，在日落时听说书的讲《三国演义》或是听《水浒传》。但是一看见别人窃窃私语，就疑心是说她，于是两颊通红，匆匆忙忙地溜走。她有时候挑海边或是运河地区普通人不常去的地方，那儿交通频繁，人人忙碌，没有闲情逸致注意她。

纵然如此，《红牡丹谣》却流行起来：

从前有个女娇娃
二十二岁好年华
不知她的名字不知她的姓
不知何处是她家
老天爷把她生来这个人间
要她爱人哪，还要人爱她
谁要她生来那么美
你要怪别人，可别怪她
她天生的脖子像那天鹅的颈

她的声音赛过黄莺
若说她娇娇滴滴人间少见
她本是天仙粉雕玉琢成
她的眼睛好像那西湖的水
她的微笑是阵春风
她的芳心可是忽冷又忽热
正像那四月的天气，一阵阴来一阵晴
不管她是人是鬼是魔障
这位人间仙子三心二意性不常
你若问她长得多么美
古今中外世无双
全城的男人哪个见她不下跪
贤妻良母骂她扰乱纲常
她那迷人的娇媚谁能抗
谁遇到她来谁遭殃
丈夫死时她才二十二
她眉开眼笑快乐无疆
她本是仙女的容颜女人的肉
她的芳名儿叫红杏出墙

这个歌谣没有编者的姓名，当然是个穷文人写的。里面分明提到这个无名女人是个寡妇，丈夫死后三个月就离开了婆家。为了加强力量，把她描写成个有克夫命的女人，这么写，很投合中等社会流行的偏见和根深蒂固的名教思想。可是，那天当时在灵堂上，有很多人看见那种情形很受感动，很同情那个悲惨可怜的情妇。纯粹是出于慈悲心，很多人心中可怜的不是那做太太的，而是那个情人。悲剧中陷入情网的女子永远引起人的同情，尤其是文人艺术家容易受感动。最刺激人想象的莫过于受到挫折的爱情事件，或非法的恋爱，或热情的畸恋。

西泠印社有不少非常多愁善感的诗人。很多文人学者认识金竹，金竹婚前和他的情人疯狂般相爱过一段这已经尽人皆知。这个诗社往往在午饭之后决定诗题，大家随即吟诗表现自己的诗才。诗的内容十之八九关于情人的忧愁、啼哭、悔恨，妻子疯狂般的忌妒，实际上无法写出风流哀艳的动人情思。他们作的这些诗在上流人中辗转传诵之快速，正如闲言碎语在女人口中流传一样。牡丹的名字忽然平步登天，文人雅士中无人不知无人不晓，但是越发使牡丹觉得局促不安。

很快在这种情形之下，牡丹没法在杭州住下去了。藏在家里，则受不了那位不了解自己的父亲的折磨，简直憋得喘不过气来，于是她想找个机会逃到一个无人知晓自己的地方，再碰一碰自己的命运。

白薇和丈夫若水来到杭州，住在亲戚家过年。白薇发现自己这位闺中挚友大有改变，看来安静而倦怠。她那悄然伤神，低沉的声音，缓慢的语句所显示出来的肃静壮严，全是白薇前所未见的。白薇和若水过着那种远离尘世的生活，还没听到金竹去世的消息，到了杭州才从牡丹嘴上听说。白薇和牡丹那么要好，听说之后，她也一样难过。牡丹把她装订成册的金竹那些信给白薇看，白薇的眼睛里也亮起了神秘的惊恐。她知道在那一小册子里埋藏着热情狂恋的梦，那个梦已经吸引了，改变了牡丹整个的人生，可是牡丹不能这样继续下去，不能终日愁苦、以泪洗面。

“我说，你不能整天这样藏在屋里。你得重新振作起来……你以后要怎么办呢？”

“我不知道，现在我这样也快乐。”

牡丹又说：“现在对我，什么也无所谓。你知道，开吊的那一天，我内心受一股重大的力量压迫，非去吊祭不可，非去送殡不可。妈妈拦阻我去，怕我不能克制再弄得丢人现眼。她真把我锁在屋子里。其实她是对的。我自己也没有信心。那一天，我觉得我自己不是活在人世，没有在人间。我想我已经死了，是身在别的地方，好像和他一同埋葬了。”白薇看见朋友脸上悲伤而甜蜜的微笑，实在觉得心疼。

她们谈了大概一个钟头，牡丹似乎更为镇静，渐渐恢复了常态。白薇找到牡丹的母亲，和她单独说话。牡丹的母亲一向不喜欢白薇，认为自己的女儿是受了她的坏影响。一看白薇走进她的房间，这个做伯母的颇感意外，不得不打个招呼，很生硬地表示欢迎之意。白薇看得出她脸上的紧张不安。

“梁伯母，我可以跟您说句话吗？我很担心。”

梁伯母抬起头来，知道她有话要说。

“请坐。老没见到你了，你觉得她怎么样？”

“她还好，当然还没有恢复正常。梁伯母，您当然也年轻过，您若知道金竹对她是多么重要就好了。我不知道您心里怎么想。她并不是那种水性杨花的女人。”

母亲偏帮着自己女儿说：“我了解她。”

白薇说：“我知道。您清楚，我也清楚，一个少女所做的一切，都不外乎找一个理想的男人。她是真爱金竹，没真爱过别的男人。您还记得金竹订婚时，她想自杀的事吧？她也许看来用情不专，其实不然。我是她最好的朋友，我知道。现在她不敢出去，怕见人。我知道有好多闲言碎语的，好像她做了什么违背道德吓死人的坏事。她也告诉了我那个歌谣的事。他们叫她‘红牡丹’，我知道这个名字不会消失的。”

梁伯母眼睛眯缝着，细心听着白薇说，然后说：“我相信你了解她。”她深吸了一口气，聚精会神地望着白薇，又说，“牡丹的事，我不能跟她父亲说，我想你了解。她告诉过你她到凤凰山的坟上去哭过吗？”

“她告诉过我。”

“我很担心，我怕她会疯了。不能叫她父亲知道。你想，一个年轻女人夜里一个人到山上去，什么事都会发生的。好在离这儿不算远。你要劝她别再去。她父亲听说晚饭后她又出去，大发了一顿脾气。你告诉我，我该怎么办？”

“她一定要离开这儿。过年之后，我要叫她到我那儿去住。得有个人和她说话，慢慢就好了。总得过些日子。梁伯母，您可不要太担心。她还年轻，她总会把这件事淡忘的。我知道。”

做母亲的很焦虑地望着白薇说：“我相信你。这孩子真让我费神。你听到素馨的事了吧？”

“听说了。这件事有点古怪，是不是？”

“牡丹怎么说的？”

“她大笑。您别见怪，我告诉您一个秘密吧。牡丹相信她堂兄现在还爱她呢。牡丹说素馨是在她堂兄受挫折之后，才跟她堂兄亲近的。”

母亲的眼光显出忧虑，说："牡丹现在不会再爱她大哥了。"好像央求白薇表示同意似的。

白薇说："不会了，她告诉我她已经不爱他了。"

"唉，这个孩子叫我操了多少心！你记得她以前多么活蹦乱跳。她对她的婚姻不满意，她回来，我也不怪她。后来她要到北京去，后来又变了卦。而现在……"

白薇说："那是因为她和别人不一样。有的事情她有她的想法，别人不那样想。她有一种感觉，别人没有。她与众不同，她说她天生就是那样。她应当找到个男人。"

"但是她不提那件事，她说自己很快乐。别人谈她的问题，她就生气。白薇，刚才你说，不管一个少女做什么事，她的本心总不外乎寻找一个理想的男人，这是当然。她怎么能找到个男人嫁出去呢？我心里始终没想别的事，可她总不能老是念念不忘那个旧情人啊？你能帮助她，叫她摆脱开现在这种心情，总得设法再过以后的日子才是。"

白薇回答说："我会，她天生就是那么热情。我觉得她总得也为自己设想才行。"

这一段简短的谈话改变了母亲对白薇的态度，好像中间一道壁垒化归无有了，代之而生的是一种新的友情。基本上，是两人之间存在一个共同知道的秘密，还有对牡丹真正深厚的关怀。

梁伯母说："这件事别跟她说。她若知道咱俩谈论她的问题，会生气的。"

第二十一章

新年已过。新年的拜年聚会之后，苏舅妈告诉梁太太，她发现牡丹突然长大了，两个眼睛已经有成人那种有思虑懂事的神气，不像以前那么绷着脸躲着人，而是大多时间静静的不说话，听着别人说，脸上显着听从忍让冷静超然的表情。在随后的半个月里，牡丹始终每天和白薇在一起，这对她恢复以前的精神饱满大有益处。有时去看两个人共同的朋友，有时到西湖去划船，到玉泉店去观赏和尚养在山泉里的两三尺长的大金色鲤鱼，有时徒步去逛九条溪和十八瀑。一天，一次到虎跑去喝茶，那儿的山泉天下出名。又一天一同去逛岳王墓，对保卫北宋抵抗金兵的英雄致以无限敬意。

将近上元灯节的时候，牡丹好像恢复得差不多了。在晚上，牡丹、白薇、若水一同出去逛灯，每家都制作些出奇制胜、争新斗巧的灯悬挂起来。富贵之家都沿着湖滨路搭了席棚，这个老风俗是由南宋建都在杭州时流传下来的。那天晚上，年轻的小姐夫人并不像平日那样避讳人，而是坐在棚里，或是各处走动，评论各种展览的花灯，任意观看。那些贵妇小姐头上戴着灯芯草做的花朵，在绯红色光亮照耀之下，更显得娇艳动人。一切普通的法令规矩暂时停止执行，城门彻夜不闭。展览花灯那一带地方挤满了青春男女。在湖岸空旷的一带，孩子们燃放爆竹烟火，飞入天空，火花如雨点般落下，没到水面时，已经自行焚烧净尽了。

那是他们回返桐庐前的最后一夜。他们观赏花灯之后，牡丹、白薇、若水又一同走到湖滨去，大家坐在石头台阶上，一边享受一刻清静，一边看悬灯的游船，在河面绿叶丛中漂浮的荷花缝隙里蜿蜒移动。

牡丹沉思着说："我想，我要离开杭州。"

若水问："上哪儿去？北京？"

"不是。"

"那到哪儿去呢？"

"我不知道。在这儿我待不下去，觉得太憋闷。要到个地方，在那儿没有人认得我，我可以我行我素，以本来面目过活，上海——香港。"

"但是怎么——怎么过——你怎么维持生活呢？"

牡丹很有精神，说："何必愁？总而言之，我非离开这儿不可。我什么事都可以做，做仆人，在厨房打杂……什么都没关系。"

若水说："那又叫我们为你担心了。"

"我不怕。我在乎什么？好，你们看吧！"

在堤岸上，五六个小烟火放上去，飞入天空，后面拖着光亮的尾巴，到天上一爆炸，放出黄色紫色一片星雨，湖面上一时照得通明。白薇，衬着背后黑色的湖面，看出牡丹雪白脸面的侧影，她的头挺直，两唇翘上微笑。白薇觉得牡丹又恢复了以前的样子，像以前一样精力充沛，无一刻安闲不动，淘气捣鬼。

若水喜欢逗趣牡丹，他知道牡丹也喜欢。他郑重其事地说："你可千万不要，做一个星期你就腻烦了。"

"做一个星期什么？"

"你自己刚才说什么事都可以做，做厨房打杂的，是不是？"

牡丹兴致勃勃地问："你不相信我？"

若水故意逗她："我不相信。你所需要的是找一个心爱的男人，对不对？"

"不错，找个男人，一个敬爱我就如同你敬爱白薇那样的男人。"

"你过去有一个那么敬爱你的男人。梁翰林就那么敬爱你呀，你却不要他。”

牡丹停下来，默然无语。若水触到了牡丹很怕碰的地方。牡丹知道那是一段并未完结的情，就像烟火射入半天空，并没有像扇子般展开艳丽的光彩。别人也许会把她和梁翰林的一段情史称之为不成功，不管怎么说，现在由素馨接着成功了。她有一段日子心中怀疑，十分难过，她还在北京和孟嘉一起住之时，到底孟嘉是否已然想到那个简明易办的改姓办法？牡丹说：“你知道人生最可悲的事吗？不是情人的死，而是爱情的死。连爱情都非变不可，多么可悲！”

白薇的脚踩在石台子上，摇摆那穿着长裤的两条腿时，她那镀金的两只拖鞋就闪动着两条光。这时她一只手放在若水的膝盖上。牡丹的记忆忽然回想到若干年前，那时她和白薇才十六七岁，船系在断桥柳荫下的湖堤上，她们初次遇到若水。后来白薇虽然结了婚，她俩之间的友情依然如故。白薇半月形的脸下临湖滨，她两条腿大大地叉开，即使在半黑暗的夜里，有教养的女人都不肯那样叉开，但白薇却那样，完全出乎自然，不愿造作，因为若水不但认可，而且因此更爱她，这就是稀有可羡的和谐相爱的明证。

“你结婚有几年了？”

白薇想了想回答：“四年零七个月了。”

“还是像新娘一样。”

“是啊，还是个新娘！”白薇低声温柔地说，向若水很快地瞟了一眼。她又轻拍了一下牡丹的大腿说：“好了，咱们回去吧。明天早晨还要赶早船回家呢。”

牡丹感到意外，也很痛苦，表示反对，说：“为什么？”

“咱们明天早晨要早起，赶七点钟的船。”

“但今天晚上是上元节，一年只有一个呀！我还不想回家。这么早就回去！”

牡丹脸上流露出激动，白薇就看出来她是真的还想流连不归。白薇想起来很久以前那些日子，那时候她和牡丹金竹半夜散了戏出来，她得陪着牡丹回家，虽然牡丹不肯，她还是把牡丹送回去。白薇又想起来她和牡丹一同住的夜晚，那时到玉仙去旅行，两人说话说了一夜，牡丹就有个夜猫子的天性，她需要那种刺激。上元夜更可纵情游逛，回家晚了自然不需要什么解释，尤其是她父母知道她和挚友白薇一齐出来的。

牡丹对白薇夫妇说："你俩先回吧。"若水用肘顶了白薇一下，在知道牡丹的确不需要他俩陪伴回家之后，夫妇臂挽着臂走开了。牡丹心想她若像白薇一样，有个若水那样的男人在身旁，早回家也未尝不可。倘若她自己远离开杭州城，自己一个人住，不是每夜都像上元夜一样吗？她所希求的就是这种完全的自由——这也是她要离开孟嘉的一个理由。她需要一个寡妇的自由，自己独立，对谁也没有什么当做的事。

白薇和若水走过灯光辉煌的广场，进入一条灰暗的小街之中，若水说："她那么不安——是不是有点儿怪？"白薇也在那样想，但是静静地听着。若水接着说："你现在有件事做，我也有点儿事做。那就是，我们若能给她找一个诗人或画家做她的丈夫，就等于帮了她父母一个大忙。她需要爱情。"

"你以为她之所以如此，是完全因为她看了些画吗？"

"不是。她本性如此，她就是那种气质。她在医院里的事太感动人了——她暗中在那位太太背后去探看情人，还在情人那么严峻拒绝她之后，情人睡眠时在一旁看守着。当然金竹对她的薄情负心始终没有原谅。你现在算是把她那一阵子迷惘给打破了——使她脱离了那白日梦的境界，我原先还担心她一直没办法清醒过来呢。现在她好了，但是这种改变未免太快了点儿。我敢说，今天晚上她极需要性爱——不管哪个男人，谁先到她就要谁，我看出来她那眼睛里水汪汪的情欲光亮。这是灯节的气氛使然，当然。但是来得太突然了。"

白薇说："是啊，我也想不通。"

若水闭着嘴笑了笑，后来又有几分慵倦得叹了口气。白薇拉紧他的胳膊，两人静悄悄地听着自己在石子儿路上的脚步声。

白薇问："你叹息什么？"

"为了牡丹。咱们在湖边坐着时，我看见黑暗中她眼睛闪亮。我看得出来。照她所说，她怎么能对孟嘉那样的人说不爱就不爱呢？是她认识了那个打拳的之后就不爱孟嘉了呢，还是她觉得不爱孟嘉才恋上那个打拳的呢？照她告诉你的话说，好像还有几个别的男人……”

白薇想为牡丹辩护，说：“男人们迷恋她，那不是她的过错，她长得那么美。”

“不错，美而滥。比好多女人美，也比好多没有她那么大勇气敢像她那么做的女人——滥。”

上元夜的花灯展览高潮已过，好多灯棚已经冷落无人，也黑暗不明。闲人和一群群姑娘还在广场上蹦蹦跳跳地玩耍，有时爆发出一阵清脆的笑声，使那片地方还有些热闹气氛，但走向外面黑暗去的人越来越多。在游船码头上有一个巨大的花灯，形状是个七尺高的宝塔，现在只点了一半灯火，因为大部分蜡烛已然熄灭，样子看起来蛮像街上一个化妆未完毕的女人，那么畸形古怪。在湖面上，灯光处处，荷花灯已经漂流到远处，散失到四方八面去了。遥望对岸，别墅中照射出来的灯光像水银般在水中闪耀。今天晚上，月亮隐避在片片的云彩之后，只把横亘在远山腰际迷迷蒙蒙的团团灰雾显露了出来。

大约三百码以外，白堤上一层层的楼阁上，“楼外楼”的明亮灯光照着附近一带乌黑的湖水，再往上，彩色的灯笼把光亮投射在西泠印社一片朦胧波动的薄雾上。牡丹突然想到孟嘉带她到西泠印社的那个下午，他的手握住她的手，那头一次激动的爱情表示。那一切已然过去，就犹如一个反复矛盾毫无结局，经不起理性分析的梦。隐约可闻的音乐歌唱回音刺破静静的黑夜。牡丹心想西泠印社里一定有诗人雅集，一定会有。在一股冲动之下，她决定往那方向走去。

她走到饭庄前面的光亮之中时，音乐的调子夹杂着笑声，飘浮在树顶之上。她抬头看，只见点亮的两条龙灯。两个龙头相对而望，头下是一个照亮的球灯，当然表示是“二龙戏珠”，两条龙身龙尾往下伸展，交抱着阳台的底部。有女人的歌声和丝弦的声音混在一起。通往诗社的石阶上有些假月亮，部分隐藏在枝叶之中。

门口阒寂无人。仗着上元灯节气氛中的勇气，牡丹走了进去。一对男女走下台阶到门口迎接她。她问了句：“我可以上去吗？”那个男人端详了一下她那年轻的身段，以为她是那些歌伎当中的一个，就回答：“当然，请进。”

花园里阴影下的亭台上，男女成双成对地散坐着，牡丹忽然觉得自己孤单得透不过气来。她坐在阳台下面的石头凳子上，听到上面男女欢乐的声音，看到下面西湖中心三潭印月遥远的灯光，那三潭印月正像云雾迷蒙中的仙岛，百无聊赖，毫无心思。

牡丹一个人坐了很久。她知道一个少女在夜里单独坐着必然会引人注意。过了一会儿，一对男女漫步走过，然后又回头望了望。那个男人抛下他的女伴，走过来怪不好意思地问她："对不起。请问您是不是红牡丹？请您原谅，也许我会认错。因为我那天也到金家吊祭，我就是从里面人群中把您送出去的。"

牡丹抬头看了看这个陌生的男人，脸上有些羞惭。她既没有生气，也没有再引对方说话，只是随便点了点头，就又把头低下。那个陌生的男人走去了。

又过了几分钟，有三四个男人走下来，像蜜蜂一样绕着她看，邀请她上去参加他们的活动。他们和气友好，使她觉得她的光临是对那些人的光荣。

诗社的大厅，各屋子里，都是穿着丝绸棉袍衣冠楚楚的男人，项上戴着晶光闪亮珠宝的女人。有的在屋里围着牌桌，有的在外面的阳台上露天而坐，隐蔽在五光十色令人陶醉的温柔灯光之中。翠绿嫣红的酒摆在桌子上，谈笑之声随时可闻。当然，并没有一位太太在座。

那三四个朋友请牡丹坐在他们的桌子上。牡丹很喜欢那几个人的友善洒脱，也以四周有爱慕自己的男人环坐为荣。不久，又有几个男人坐过来，于是立刻有话传过去，说那个桌子上有"红牡丹"。因为"红牡丹"已是名人，那些歌伎都以注意好奇的眼光往这边望。大家饮酒相敬，牡丹假装喝酒以示对主人热诚的敬意。大家诙谐谑笑。有的歌伎在她们的男友后面静静地坐着，有的倚在男友的肩上，玉臂抱着男友的脖子，有的是由苏州扬州外地来的，虽然来到杭州，还是说那吴侬软语。

牡丹注意到一个出色的年轻男人，不过三十四五岁，坐在桌子的对面。他的面庞确是与众不同。嘴唇上时时浮动着欢乐的微笑，肉皮儿雪白而细嫩，实际上，可以说根本没有胡子——他的上唇和下巴颏那样光滑，好像从来就不必刮脸。虽然他戴着厚眼镜，眼睛的闪亮还是使他脸上增加了愉快活泼的光彩。

他一个人静静地坐着，向牡丹凝视。坐在牡丹身旁的男人低声告诉牡丹，他就是出名的诗人安德年。牡丹一边幻想一边向安德年瞥了一眼，又把注意力转回到身旁的男人，却由眼角注视着安德年。噢，这就是那大名鼎鼎的诗人。孟嘉十分推崇他，就是带她来这里的那一天。牡丹还记得安德年那副五尺高的对联，说的是钱塘江和凤凰山。

桌子对面几个男人之中，有一个人，斜欠过身子高声叫她“红牡丹”。安德年听了之后，眨巴了一下眼睛，突然从椅子上一跳而起，喊了一声“好”！屋里每个人都回过头来，都咧着大嘴笑了一下。他的朋友对他这种放荡不羁早已习惯。牡丹还没注意，安德年早已站在她身旁。他拉了一把椅子，插入牡丹和原先那位男人之间，径自在那中间坐下。

他兴高采烈地喊出来：“好！你就是红牡丹！”他的笑完全像小孩子。牡丹脸红起来，怎么可以正对着小姐的脸大喊“好”！好像她是个得奖的赛马似的。但总为了点儿什么理由吧，牡丹并不生气。她开始微笑——这个人太有趣了。牡丹发现的第二件事是，这个男人拿起牡丹的酒喝了，随即把酒杯啷的一声放在桌子上，用力之大，竟把别人摆在桌子上的酒震得溅了出来。

有人大声喊：“德年，那是她的酒杯！”但他根本不理。牡丹注意到他那极白的尖手指头，若当做是女人的手指头也毫无愧色。

他又重复了一句：“那么，你就是红牡丹！”

牡丹还是微笑着扫了他一眼说：“我这位不速之客前来打扰，十分抱歉。”因为不知道对这位奇才高士怎么说才好。

“噢，这是上元节的晚上。我们大家都深以为荣。”

牡丹也兴高采烈地说：“如此雅集！如此良夜！”

“难得小姐高兴。说实话，小姐光临以前，我觉得真是无聊得烦死人。”

“噢？”

安德年的眼光十分庄重地落到牡丹身上，和牡丹说话时，他的声音也低，那么小心谨慎，好像正在移动娇嫩的花儿一般。牡丹在沉思默想之时，一半似清醒，又有些朦胧，似乎看到一个东西，心中正别有所思，对眼前景物超然忽视而凝神内敛，每逢她眼光这样时，真是美得令人骨软筋酥。安德年看见她手托香腮，那诱人的神秘微笑之后，似乎隐藏有万种风情，不觉神魂飘荡，意乱情迷。这时他的头脑里涌现了一朵蓓蕾初绽的牡丹，便顺口吟出了一首《西江月》：

花儿半开半闭
小停轻颤犹疑
唇间微笑如梦里
芳心谁属难知

安德年想着牡丹抚棺痛哭的情景，又打量她那藏有无限神秘深不可测的浅棕色眸子，那眸子会因唇间偶尔一阵清脆的笑声而晶光闪亮，明媚照人。

他对牡丹说："来！我带你到各处看看。"说着站起来，也把牡丹坐的椅子向后一推，牡丹就跟随他往外走。

"德年，你不能这样。别把这位小姐一个人带走。"

"你们不配和她说话。"

别人还在喊："德年！德年！"显然他很受大家爱戴。他在杭州城是公认的大诗人，其实他的散文也极富诗意。他生来这个世界，似乎就是对这个世界之美来发惊叹之声，他看这个世界至今仍然是用赤子之心。从来没人听见他说过别人一句坏话，因此，人人喜欢他。纵然名气很大，他却毫无骄矜傲慢之气。

牡丹跟随着他到屋里，他指给牡丹看当代人画写的立轴字画，其中也有他写的。还指给她看三国时代曹操建的铜雀台遗留下来的一块铜瓦。一间屋子里，有些人正围着一张桌子看下棋。穿过东边一个小台，又到了露天的地方，两人站了一会儿，看月光之下时明时暗的湖面。牡丹记得两个夏季之前，在一天傍晚，她同孟嘉站在此处，观望远处犹如一条银色带子的钱塘江。

安德年问牡丹："你也写诗吗？"

牡丹回答："德年，我谈不到正式写。"牡丹喜欢对男人称名不称姓，即便是新相识也是如此。她又说："只有在特别兴奋激动或是特别忧郁感伤的时候，我才写。”

他俩沿着围墙蜿蜒的小径往前走，地面一边向下倾斜，是果木花树茂生的坡地，地上安设有石头凳子，还有白蓝色的瓷鼓，也是做凳子供人坐的。阵阵微风吹过，树木就窸窣作响，但是杭州城并不冷，冬天也从来不下雪。

安德年问牡丹：“你是一个人吗？”

“是。”

“你需要早点回家吗？”

“家里只有我父母。但今天是上元节的晚上……你问这个干什么？”

“我问你是不是愿坐马车绕着湖逛逛，我的车就在下头。”

“那很好。”

牡丹很高兴得到这个邀请，尤其在今天晚上有人陪伴，可以说正中心怀，求之不得的。她有很多次经验，她很容易和男人交上朋友，这次尤其高兴。因为她知道安德年既是诗人又是画家，在社会上早有声望，她很喜欢人家对她恭敬。而且安德年长得又英俊，比孟嘉还高一点儿。男人陪伴时给她的舒服感，是白薇所不能给她的。带着几分冒险的感觉，她迈步跨进了马车。

他们往湖堤那边走，过了钱塘名妓苏小小墓，顺着路拐弯，直往通到西岸的车道走去。

“我听说你丈夫几年前死的。”

“是。”

“你现在没有男人——我意思是说，没有男人照顾你。”

“只有我父母。”

过了岳王庙之后，车转入里西湖沿岸的路线时，那关闭的车厢突然向左摇了一下，这冷不防的一歪使他俩猛然挤在一起。安德年赶紧道歉说：“对不起。”

安德年这种举动真让牡丹感到意外。学者是一种人，诗人应当是另一种——多愁善感，不拘礼俗，尤其钟情好色才是。在西泠印社的门前，牡丹原已准备当天晚上会获得一段异乎寻常而值得回忆的经验，因为她早已感到浑身一种狂热难抗的压力，花市灯如昼的风流之夜临时的幻觉，使她如腾云驾雾，使她忘怀了一切。结果，安德年虽是骚人墨客，却像学者儒生夫子一样规矩古板。

里西湖现在正在他们左边，一平如镜，顺着苏堤都是衰柳寒枝，只有车轮辚辚马蹄嘚嘚之声，震破了夜晚的沉寂。两个人有一会儿一直没说话，牡丹几乎感觉到安德年的忐忑不安。在安德年羞羞涩涩问她是不是完全自由，是不是当前自己一个人时，是上元夜的节日的魔力使他的声音颤抖？使他那么结结巴巴吗？牡丹觉得自己内在的紧张不安实在不容易用言语表达。突然间，她但愿打破那克制僵持，好摩挲安德年这个男人的身体，把他紧紧地抱住并且恣情狂放爽快解脱一番，好把那此前发生一切一切的忧愁悲伤借此深深地掩埋消灭。同时，有一种急速不安的感觉在朦胧中渐渐逼近，使她感觉到仿佛在漆黑的深夜，自己坐在一个陌生之地的悬崖峭壁边缘上。难道一直不断追寻的爱会终于在此出现？是，不是？为什么对方那么羞羞惭惭畏首畏尾？或者，也许像以前和金竹头一次幽会时，这位大诗人也把她安放在观音菩萨莲座上供着，认为她头上有荣光圈那样神圣，而忘记她是一个活生生血肉构成的妇人之身吗？他现在的沉默寡言和刚才在诗社时的热情洋溢，正形成明显尖锐的对比。

他颤抖地说："我很高兴把你带出来。有那些浓施脂粉的女人在那儿，你很不相宜。"

"为什么？"

"在灯光中看你的脸，我就知道——我万分相信——你不是那一等人。在那儿，那些男人只把你当做那一等女人，他们没有资格和你说话。"

"你以为我是何如人呢？"

"你与众不同。你了不起，了不起！"说到这儿，安德年又神采飞扬起来，但他的声音如在梦中说话，像自言自语。

"为什么？"

"我也不知道。我听说你在灵堂那件事。我是事前走的，没得当时在场。十分可惜。你所做的，算得上光荣。"

"你不以为我做错了事？"

"不。你伟大。比他们都伟大。他们没法了解你。你像《牡丹亭》里的杜丽娘，你是那一等人物。"

牡丹觉得有趣，嘻嘻而笑。和牡丹亭里的女主角相比，当然听了很舒服。《牡丹亭》这本戏写的是爱情克服死亡，是牡丹很爱看的书。她说："很多人认为杜丽娘很傻，太多情，太痴情。"

"不要信那种话。那个爱情故事，男女老幼无不爱看。"

他们又回苏堤时，安德年说要送她到涌金门，因为牡丹说过在那儿下车方便。

牡丹站在马车旁说："天哪！不知不觉已经一点半了。"

安德年说："把你写的诗文送给我点儿，我看一看，好不好？"

"好，我很高兴。"

"寄到诗社，不要寄到我家，写安德年收就可以。希望下次再见到你。"

"也许，明天我要到桐庐去。我回来时会告诉你。"

安德年一直站在马车旁，直到牡丹的身影消失在黑暗里。

第二十二章

在桐庐住的那半个月之内，牡丹一直不能忘记安德年。使牡丹最不能忘的是，他像一个多愁善感的诗人，但把别人称为下流的称为“伟大”，这就让牡丹拿他当朋友。安德年似乎正符合牡丹心目中那个男人的标准，就是，赞成她的行为而且了解她。她急于回杭州。这回不是她有心如此，不是她追求的，这次的恋爱是自行来到她面前的。虽然很富有“诗意”而嫌不够肉欲满足，但也使人意惹情牵。

若水对安德年也十分景仰。他是杭州本地人，自然会听到安德年的事情。安德年——谁人不知？哪个不晓？因为安德年既是个“人物”，又是个诗人，集赤子之心和文笔的多才于一身。

朋友们都爱说安德年的一个故事。那是安德年在日本东京读书时候，在一个阴沉的天气，几个朋友去看他。日本下女说主人出去散步了。他带了一把伞，因为看天气仿佛风雨欲来。这时外面大雨点已经吧嗒落在地上，朋友们决定等他回来。过了一会儿，安德年回来了，浑身上下的衣裳已湿透。他向朋友们叙述雨下得痛快淋漓之时，脸上眉飞色舞！他说电光闪闪雷声隆隆，后来雨止云散，出现了彩虹，朋友问他：“可你为什么浑身淋了个落汤鸡呢？你不是带着伞吗？”安德年回答：“是吗？”原来伞还在他胳膊下夹着呢。

若水说，安德年很喜欢漂亮的女人，因为他写几行诗赞美，颇有几个青楼歌伎立刻声价十倍。他对女人的狂喜就和对大自然的狂喜一样。因为他人品奇特，也就能和比他年岁大的学者像林琴南、严又陵等人交成朋友。虽然他的举止动作有些怪诞，但他并不矫揉造作，完全出乎自然，完全是诗人本色。

若水告诉牡丹，说安德年和一个女人同居，生了一个儿子。若水心想牡丹和安德年之间的这段情，在安德年那方面，恐怕只是一时的浪漫幻想；在牡丹这方面，也只是对金竹的情爱暂时地转移。听到白薇说了之后，他持如此看法。白薇把这件事告诉若水，那天在湖滨驱车夜游，牡丹和安德年之间只是纯洁的爱而已，若水不相信。白薇自己嫁了男人生活如意，很为牡丹难过，但是不知道怎么办好。分手之时，白薇对牡丹说："千万要小心，别再去找痛苦。"她心里确是替牡丹忧虑，但她知道自己这个闺中密友是热情似火，在寻求爱情时，不管对什么人什么事，是不管不顾的。

一天下午，牡丹在诗社遇到安德年。她回到杭州之后，曾写给安德年一封信，约定时间地点相见。第二次相见，心中把握不定，十分紧张，因为灯节晚上发生的事犹如梦中，现在彼此都要在青天白日之下相见，要把夜里相见的看个分明，的确是困难的一关。

安德年站起身去迎接牡丹，还是一副孩童般的稚气激动。脸上的神气和态度显得迟迟疑疑、羞羞惭惭。两人最初的问答只是头脑里鬼鬼祟祟跳动的结果，方向错乱，时间短暂，微笑得又不恰当。说出的话毫无意义，真能表情达意的只是那说话的腔调。

牡丹说："对不起，我来晚了点儿。"

"没什么，没什么。今天天气很好。"

"我来的时候有点儿风。"

"是啊，是有点儿风。"

"不过天还不错。"

两对着一眼，两人决定的天气意见一致都觉得很好笑。

"你说要把你的诗文给我带点儿来。"

"不知道能不能中您的意。"牡丹忽然觉得已经平静自然，话也就说得恰当了。她接着说："我求您的就是给我写点儿东西，我好配个镜框挂在墙上。我舅爷苏绥伯的客厅里就有您的一幅字。您答应给我写吧？”

“这是小事一桩。”

“噢，您真大方。”

两人在一间耳房里的矮茶几边坐下。安德年坐在一把矮安乐椅里，口中喷着蓝烟。牡丹坐在对面，坐得笔直，两片樱唇上挂着一丝微笑，但是有点儿紧张，很想要抽一支烟。

最后，她鼓起勇气，指着桌子上一包烟说：“我可以抽一支吗？”

“噢，对不起，我没想到。”

安德年赶快拿起烟盒，递给牡丹一支。给她点着说：“我不知道你也抽烟。”

“你不介意吧？”

德年轻松地笑了：“这有什么？我为什么介意？”他看着牡丹，足足地，慢慢地喷了一口。他说：“那天晚上我邀请您一同坐车游湖，希望您不要怪我无礼。”

牡丹微笑着说：“哪儿的话？一点儿也不。”这话真是出乎意料。难道德年把牡丹想成天上的仙女吗？牡丹心里想：“是下凡的。”

仆人端进茶来，还有一盘芝麻烧饼，德年告诉他再拿一包烟来。

几分钟以后，仆人拿来了一包烟放在桌子上。安德年看见仆人脸上露出一点儿别有含义的微笑。仆人走时，他向那往外走的背影狠狠地瞪了一眼。这么看，显然是把牡丹看做天上的仙女了。

牡丹心里想：“噢，不会啊。我怎么会？德年，你的诗那么雄劲，那么富有感情。为什么人却又那么害羞呢？”牡丹发现德年把诗看得那么郑重，而对自己的作品丝毫不敢自满，真感到意外。毫无疑问，他真是一位不食人间烟火的理想家，非常明显，他把牡丹当做那个哭错了棺材的女子而崇拜，可能是敬慕那种爱情的成分多，爱慕那情人的成分少。

德年说：“梁小姐，我很想看你写的诗。”又递给她一支烟。

“叫我牡丹好了。”

“那么，牡丹，你给我带来诗没有？”

牡丹从衣裳里掏出一个信封，紧张得脸发红，手哆嗦着给了德年。德年接过去，看见牡丹那一笔清秀的字，十分赞佩。

暮云遮山巅
风吹心胆寒
独坐黄昏望
情人独自眠
忆昔我来时
叶影照窗碎
叶落影亦空
伊人仍憔悴

德年接着看下一首，这一首是词：

当年圆圆脸
今日何憔悴
当年温和静如玉
今日爱情怒火一旦起
逐我去
不惜迢迢路
来听君笑语
我愿再来重见君
不惜千万里
今日爱情怒火一旦起
逐我去

德年欢呼赞美道："真不错。重复句很难。您是本乎自然，妙手得之。"

"噢，德年！我会得到您的夸奖！您要教我。"

"我打算教你。我相信您堂兄梁翰林教过你。"

"一点点。"牡丹不知为什么脸红起来，"我要您教我。"

"他是散文大家，正式文章和小品都好，他的散文比他的诗好。您和他住在一块儿，算是你的造化。你在不知不觉中，也跟他学了不少。

诗是很难的艺术，不能勉强应酬。诗思之来，瞬间即逝。一定要等诗思触人的那个时刻，你自己会飘浮到乌有之乡，就如作曲家夜里听到一个美的声音一样。当然并不容易，那种神妙的刹那是自己凭空而来的。作者必须想得美，感觉得美，生活得也美才行。你整个的人格和精神上崇高伟大微妙的一切要互相感应，必须要有这种训练。这是难事，也是苦练的修养。在费尽心血之后，你看看自己的作品，还觉得是二流货，平庸无奇。我对我的作品就有这种感觉。我觉得我写出的诗跟古人的诗可比的简直没有四五首。要发乎自然太难了。其余都是废物，不值半文钱，都是把别人说过一千遍的再改头换面重新说，还不如人家的好。"

"您客气。"

"不是客气。我说的是实话。"

"在杭州，您是大家公认的最好的诗人。"

安德年抬头看了看她，撅着嘴唇表示轻蔑。他说："我也愿意作如是想，但我不能。这儿别人说什么，不关重要。谁真懂？好多大家看做是诗的，其实都是些废字——不算真正作品。这也许就是为什么你堂兄刊印的他的诗只有那么少。那些诗有真情，音韵高古，可是普通人不懂，反倒说不好。"

牡丹说："孟嘉告诉我，诗是心声，基本是感情，真正的热情。"

"对，我同意。"他的两眼炯炯发光。他说："热情，或者说爱情，不管怎么称呼吧。作诗的人是在追求一个从来没人能解释的无形之物。爱之为物，其色彩千百，其深浅浓淡不一，其声调音韵无数，正如爱人之有三流九等。有时候，其轻微也不过如同与屠户的老婆私通一次而已。但真正的热情之少见如凤毛麟角，如圣人之不世出——好比卓文君之私奔司马相如，唐明皇之恋杨贵妃，钱娘之真魂出窍。当然，还有杜丽娘。真正的爱就是一个不可见的鸟所唱出来稀奇的，无形无迹飘动而来的歌声。一旦碰到泥土，便立刻死去。热情失去了自由，在俘获之下是不能活的。情人一旦成了眷属，那歌声便消失，变了颜色，变了调子。唯一能保持爱情之色彩与美丽的方法，便是死亡与别离。这就是何以爱情永远是悲惨的。"

牡丹想提出一个强词夺理的异议。她说："我相信真爱是处处都有的，并不是五百年才出现一次，只是没在诗歌中经过渲染罢了。屠户的老婆又怎么样？她也会有真爱的。”

“你说得也许对。即使天空中的彩虹，也并不见得像人想象的那么稀奇。但我刚说的是爱情的情义，是在想象中存在而转瞬即逝精神的真诚恳挚，是经过净滤后的爱的精华而在诗中表现出来的。卓文君随着情郎司马相如私奔之后，扇着泥火炉子，在酒馆里当女老板娘卖酒为生——她就表现出那神圣的爱的精华。但是后来，卓文君穿得雍容华贵，犹如宫廷中的嫔妃，不久就发现她那位情人去追求别的小姐，这是人都知道的。那最初神圣的狂热总是被现实的情况所吞噬，一般都是如此。”他微笑看着牡丹，“我并不轻视屠户老婆的爱情。那属于另一级。真正的爱情是伟大有力，无坚不摧的，会使一个人根本改变。我想很少人能具有那种爱情……可是，我认为您就是那很少人中的一个。”

安德年说完，用一种仔细打量，十分敬慕又热情似火的眼光望着牡丹，都让牡丹有点儿害怕。牡丹心想：“好一个了不起的大理想家，这就无怪乎那天晚上他从那一群歌伎中把自己带走了。到底他在牡丹身上看到什么了不起的优点呢？牡丹把一只手放在安德年的胳膊上，很温柔地说：“您若能使我再见您，能和您做朋友，那我太有福气了。”

“您知道，我也乐意。”安德年说着站起来，极力压制住自己的感情，把茶杯里的茶喝干，漱了漱口，吐在痰盂里，又给牡丹重新倒了一杯茶。他问牡丹：“您听腻烦了吧？”

“正好相反，再没有这么有味道的了。”

“这话我宁愿跟您说，不愿跟别人说。在杭州，有多少人能懂得我这个道理呢？”

牡丹撒娇说：“那我呢？”

“我想您会懂。在我的心目中，您是与众不同的。”

“我怕会让您失望。”

“您不会，我觉得出来。这就是我愿交您这个朋友的缘故。”

“您做什么事？”

“噢，我上班。在总督府的秘书处。人总得做事挣钱过日子。我有个太太，有一个很可爱的小儿子。我有个快乐的家，照你的说法，我也跟别的人一样。”

“为什么您说跟别的人一样？”

“我意思是说，我是个好丈夫，养家过日子，纳捐纳税，如此而已。”

牡丹重复他的话说：“如此而已。”

“不要误解我。我对我太太很好。她很了不起，一个男人所希望于一个女人的，她无不具备。我说过，还有个可爱的男孩子，十几岁了。”

“将来我但愿能见到他们。”

“当然会。”

安德年告诉了牡丹他有太太，并不存心欺骗她，她算放了心。

牡丹在和安德年会见之后，离开时，内心在怀疑之下又有几分激动。安德年之使她激动，另是一样。他比孟嘉身体还细，还年轻，说话有不平凡的青年气，言辞滔滔不绝，十分动听。由于他的态度和他的所作所为，她知道他对自己的敬爱，在心中对自己的想法，完全是理想上的。她在灵堂上那件意外的事，他认为是伟大爱情的升华表现，值得付诸歌咏，形诸笔墨。另一方面，他始终没把一只手放在她的身上，只是把与她相遇看做一个文学上的艳事而已。他要教她写诗与散文，不是普通男女的性爱关系，而是作家与崇拜他的读者的相对关系。他已经说清楚，他有个幸福的家庭，有太太，有儿子。

牡丹收到安德年的一封信，附有叠在内他写的一张立条儿，信是两张纸，一部分讨论文学，提到牡丹可能爱读的作者，另一部分叙述他自己的生活，热诚而正派。不过特别提到牡丹的是：“您之声音温柔悦耳，您之发式与面庞极为相配。”这封信仍使牡丹觉得可惊，她心里不由得出现了一个大问题。他那潦草的，看来似乎不重要而且有几分傻气的几行字背后，似乎隐藏着一种对牡丹的深厚感情。为什么他不叫牡丹去见他？牡丹给他写了一封短信作答，感谢他赐赠墨宝，并且说要裱好放在镜框中，挂在床一旁的墙上。牡丹又很隐秘地添上了一行后启：“上次见后，至今思念，复感寂寞无聊。我之所感，谅与君同。此种感觉，将何以名之？何其与我以前所感受者相异之甚耶？”

十天之后，牡丹又收到第二封信，仍无相邀会面之意。是他有意克制，以免在此艳遇中愈陷愈深吗？怕自己？还是怕他太太？信中的语气仍然不涉及个人，不涉及重要问题，还是一堆不相干的话，避免说出心中想说的话。在另一方面，他信里却说等待牡丹的回信，等得十分焦急，并寄了他给牡丹画的两张像，是“第一次相见的印象”，这个就比写在纸上的文字表现的意思更为清楚。牡丹深信德年对她含有强烈的爱，但是有所畏惧。这样就算了吗？就止于通信的恋爱？牡丹写信回去：

朋友：

德年，多谢多谢，寸衷预料，诚然不虚。读来信，如入梦中，从此不愿醒矣。既然如此，如能与君相处，则分秒皆可珍惜，分秒皆为无上之享受。

君盼我信，极为急切，闻之大喜，殊不知此与我盼君之信，其急切情状，正复相似。我二人之急切相同，思念亦复相同。

我手持君为我所画肖像，审视可爱之线条，两手颤动。实则每逢接君来信，两手皆颤动不止。

甚望来信将诸事见告。君之所想，君之所感，君之所爱。年华飞逝，相念为劳，何必克制自苦，避不相见？

然后，牡丹详叙自己的身世，自己的童年、婚姻、追求的理想、追求自己认为有意义的一切。

君如有事相告，有心腹事以告知己，切勿疑虑；我之对君，亦复如此。

安德年回信，约牡丹次日到运粮河畔一旅馆相见，将同往他处，共进晚餐，并作长谈。那封信——是一封长信——极为坦白，尽情吐露对自己之不满。对自己之为人，对自己之为一作家，皆不满意。并且说明此次强烈真挚的相爱已使他感到“美丽之艳顶，失望之深渊”，甚愿从此次新的爱情奇遇中获得新生。他说在人生已经有所“遭遇”。此次所遭遇之事“不可以言喻”，为“前此所未有”，并且已经改变了他的生活天地。这封信上，他那宝贵的克己功夫完全一扫而空。

虽然牡丹已经多多少少感觉到他的情感，这封信仍然使她震惊。这封信显示出来两人之间人为的隔阂已经完全打通了。两人矜持了那么久，那么小心谨慎，现在消除了那种隔阂的限制，何尝可以看做是无关紧要？

牡丹在心旌摇摇之下，去赴他的约会。在德年身上，牡丹终于找到一个对爱持有同样看法的男人，而且预示将来会有理想的生活，就如同白薇和若水，是甜蜜的一对，具有相同的看法。她深信她会爱他，而且需要他，可是也知道她又要去接近一个有妇之夫了。似乎这种关系才能对他们的爱情给予她所嗜好的那既苦且甜的滋味。从她与傅南涛的那段事情上，她得以知道，年轻人总是不太成熟的，而较为成熟的人自然已经结过婚。一个二十二岁的男人，像傅南涛，怎么会充分了解一个成年女人的爱情和苦恼呢？她之所需要的一切，安德年全能满足她——他英俊，富有青春的气息，同时又成熟，而他之崇拜她，正因为她自己惊世骇俗的非常之举。

安德年在运粮河岸上找的这家旅馆的好处，就是不容易有人认识他们，这种保密也正合乎牡丹的心意。茶房把牡丹从一条黑暗的通道领至安德年的房间时，那条通道更增加了牡丹心情的激动。

牡丹轻轻叩门，德年走来开门，那年轻狂喜的招呼使牡丹的心窍震动。两人含情脉脉地互看了一刹那。德年显然觉得怪难为情的，低低叫了一声“牡丹！”忽然间把牡丹拉近自己，接了长长而不肯分离的吻，两只胳膊紧紧地抱住她。牡丹把头垂在德年的肩上，享受德年身上的温暖，将自身最深的部分欣然贴近了他，她浑身上下一直颤抖。然后，她抬起头来，仍然紧抱着德年，在德年的脸上像雨点般轻吻个没完。

“德年，你没法想象你给了我多么大的快乐呀！”她感觉到德年的两只胳膊抱得她那么紧，还有德年的热嘴唇紧扣在自己嘴上所表现的饥渴。这次热情的泛滥完全把德年改变了——他再也不是那富有克己功夫非礼勿动的诗人了。

他对牡丹说：“别生气，原谅我。”他轻轻抚摩牡丹的头发，脸上显得神采焕发。

“原谅你什么？”

“我也不知道。你知道我对你多么着迷！”他脸上几乎像孩子般真纯天真。他把牡丹拉到一把椅子上，牡丹坐在他的腿上，两只胳膊还抱着他，自己心里觉得酥得要融化了。每逢在这种时候，她都有点儿说话不清楚。

“德年，我若叫你为我做点儿什么，你答应不答应？我若叫你特别爱我，永远不要忘记我，这算不算太过分？”

“在别的女人身上，我从来没觉得这么深切。你又何必说这种话？”

“因为我害怕。”

牡丹从安德年手中轻轻撤出来一只手，走到窗前去。

德年在后跟着她，用两只胳膊搂住她，使她转过脸来，又热情地吻她。牡丹的眼里泪珠亮晶晶地闪耀。

德年问她：“你怕什么？”

“我怕失去你。我很需要你。我已经到了山穷水尽的地步。刚才你吻我的时候，我知道我爱你。在你的爱里，我才能把我对他的爱忘记。”她又伸出胳膊搂住德年，拼命地吻他。忽而停住了吻，要求德年给她保证：“告诉我，你是不是很爱我？……你永远，永远不会忘记我？”德年吻她一下当做回答——这个吻那么温柔，那么热情，那么软，那么难舍难分，那么无可比拟，那么毕生难忘。

德年把牡丹柔软的身体搂在自己怀中，觉得身上舒服得颤动了一下。他欢喜若狂，眼神上都显露出来。他知道，自从第一次遇见她之后，他就一惊非小，不管多么抑制自己，也没法把她的印象扫除忘记。他今天来，是要发现牡丹之爱他是否正如他爱牡丹之深，而现在发现牡丹对他的爱是那么完整，那么断然无疑，涨满盈溢出来了。

德年把牡丹从窗前拉到床上，将一把椅子放在牡丹的对面。牡丹在床上把腿盘在身子下面，身后垫了一个枕头，让自己舒服一点儿。牡丹真是美得令人心荡神移，皮肤细嫩洁白，两片可爱的嘴唇微微地开启，默默无言地注视着德年。“老天爷生她来这个人间世，要她爱人，还要人爱她。”这时他心里想起《红牡丹谣》里那两句，觉得完全真实，而且一针见血。这时牡丹向后倚着，朦胧若梦的眼睛，在窗外射入的月光里，在那阴影斑驳之下，一直向他凝视。在那样的时刻，她的静默无声越发给她的美增加了神秘的魔力，她之一言不发，才是说出了千言万语。德年靠近她，把她的手握在自己手里，低声说：“牡丹，听我说。我很爱你，我怎么把我对你的感情用言语表达出来呢？我根本不敢一试。那封信我费了两三天的工夫才写出来。我不敢相信你会爱我。但我必须说，希望你不要生我的气。那天晚上在车里，车一震动，我们俩挤在一起的时候，记得吗？你不知道你给了我什么感觉？我一生，都在追寻一个理想。别人都说我算是一个名成业就的人，应当没有什么牢骚可发。我有许多朋友，有一个好的家庭，有一个好差事，但是，有时候我觉得我需求的是爱，一个伟大、使人振奋、使人销魂蚀骨的爱。我觉得空虚，我说这话，你能懂我的意思吗？你要知道，你是个非同等闲的小姐，不用否认。你知道不知道？你眼睛一望，你的嘴发出一声细语，就能把整个杭州城的颜色音调在我心目中改变过来。那天下午你坐的那个屋子，在我的心目中已经与以前大不相同了。这个你不知道，你改变了那间房子。我每次到诗社去，总觉得一个冲动支配我，非到那间屋子去，看看你那天坐的那把椅子不可。”

牡丹发出低低的嘻嘻笑声，德年还继续说：“你离开了，但是那间屋子也变了，我还觉得你仍然在那儿。我叫了两杯茶，仆人大笑。因为我只是一个人在那儿坐着。我们用那白蓝两色的茶杯，你用哪一个喝的我都记得，是因为我给你倒的茶，而且那个茶杯上面有一点儿磕伤。你别笑，告诉你，当然很难说明。那是一个奇迹。你嘴唇碰过的那个茶杯，就使人另有感觉，就有使人感到激动的力量。那个茶杯还放在那儿，我不再去动它，不再用它喝茶。只因为它曾经有接触你那芳唇的福气。还有，你那娇嫩的身体坐在那把椅子里的时候，我记得你脚放在茶几下面的地方。你看，我把这些个事情告诉你，是多么愚蠢。我是愚蠢，你说是不是？”

德年停了一下。牡丹的脸色郑重起来。德年又继续说，显得鼓舞而兴奋。他说：“我不敢爱你。我也不敢希望。可现在，我觉得好像到了一个前所未有的新境界。我以前做过些愚蠢事——我以前是够愚蠢的。现在还是笨，笨总比愚蠢好。”

牡丹两只胳膊慢慢搂抱住德年，而且发出哼哼的声音。她说：“噢，我亲爱的德年！”他俩那样静静地躺着，简直是进入了一个完全不同的境界。

牡丹说：“你想要……你要把我怎么样都可以。我是你的了。”她任凭德年摆布，让德年为所欲为。

这是牡丹所经验的令她满足的一次鱼水之欢。

事后，她感觉到一股新的幸福快乐的交会，不但淹没而且消除了她过去的痛苦，而且把她从对金竹的迷恋之中解救出来。

第二十三章

继续在同一个旅馆里幽会，在牡丹家里引起了很大的烦乱失常。牡丹对安德年越来越亲密，觉得越来越轻松舒畅，也越来越为他精神上的单纯和对各种事物的爱好所迷惑。她父亲还不知道她这件事，虽然曾经看见女儿床侧悬挂这位诗人画家书赠的一条立轴，但是因为他白天都出外上班，安德年的信到时，他当然看不见，现在女儿吃晚饭时常常不在家，开始引起他的烦恼，又引起他的惊惧。他每次和女儿说话，总难免刺激她。每次他的话几乎还没说完，牡丹就为自己辩护，言辞锋利，态度相当猛烈，说她已经长大成人，是已经出嫁的女儿，自己要怎么样自己知道。她的谎言说得很流畅，态度十分冷静，话来得很快。做父亲的对太太说："难道咱们这个孩子永远不知道怎样立身行事吗？"

现在她在家中的行动连母亲也烦恼了。她不是自己关在屋里一连几个钟头，就是出去，一副悠悠忽忽的样子。她容易激怒，忐忑不安，好像被什么鬼祟迷住了，非常像金竹结婚以前和她恋爱期间的样子。

母亲说："你跟那个男人闹恋爱，这瞒不了你妈。今天夜里你又要去见他，他可是个有妇之夫。又有什么结果呢？你要自己克制，不要这么乱来，这只能糟蹋你自己。"

牡丹的两眼冒火，说："妈，可是我爱他，他爱我。都是一样热烈，简直要发疯发狂，天地之间什么力量也分不开我们。他是我的，您听见没有？”她大声喊“我爱他”，声音那么尖，恐怕邻居都听到了。这时父亲没在家，她又说：“别想拦着我！要想拦，我就走。”

母亲深深叹了口气，一脸愁云惨雾，眼里流出泪。母亲一向喜爱这个孩子，什么事都惯着她。在牡丹和金竹恋爱的时候，她还为女儿隐瞒，这应当是她的不对。她为了这个孩子的幸福，一切牺牲在所不惜。她把衣襟拉起来，擦了擦眼泪，伤心地低着头，知道从此家中再没有宁静的日子了。自从姐妹俩到北京去之后，她就一直紧张担心。现在的眼泪，是从她那冷清孤独的心灵中冒出来的。因为要把女儿这次错误的冒险向丈夫隐瞒，她的灰心丧气就越发沉重地压在心头。

牡丹抱住母亲，想安慰她。她说：“妈，不要为我伤心。您看不出来我爱他之深，就像爱您一样吗？妈，咱们母女之间有什么别扭，那我怎么受得了？”

母亲抬起头来，轻轻叹了口气：“你要打算怎么办？你说过他有太太有孩子。”

“我也不知道。”

“你不知道！我可不愿意看到你吃苦受罪。妈都是为你着想。”

“这个我都没想到。我所知道的就是，跟他在一块儿我才真快乐。这真是怪。自从和他认识之后，我已经不再为金竹伤心。您应当高兴才是。”

“这若是真能使你快乐，我自然也高兴。可是，他怎么能娶你呢？我也年轻过，当年也做过错事，但我总学到点儿乖。要经一事，长一智才对。”因为力气不足，母亲话说到这儿就停住了。

牡丹说：“我要跟他商量商量，再告诉您。妈，可是您得替我瞒着父亲。”

“我会。你父亲若从你的眼光里都看不出来，那才是个大傻瓜呢。”

牡丹到厨房去，从茶壶里倒了一杯热茶，拿了一条毛巾，拧了拧，回到母亲这儿来。她用毛巾很孝顺地擦老母亲的眼和脸，一直不断地说话。她说：“您真是天下最好的母亲。”

“你是和那个男人真正相爱吧？”

“是。他迷我都快迷疯了。我知道，他正是我理想中的男人，我没法把我的爱说得清楚。他爱我爱得我好像在梦里一样。他这么爱我，我自己觉得身份也不同凡响了。他之需要我，正和我需要他一样。”说着嘻嘻地笑，“他把我比做卓文君呢。”

“是啊。可是司马相如没有结婚，也没有儿子。你们两个人之中，一定会有一个人吃苦。我为你担心。希望吃苦的不是你。”

“妈，不用发愁。我要什么，我很清楚。不过先别告诉父亲。”

旅馆的人现在知道那一对情人了。他们常看见对对的情人走进去，租个房间约一个钟头，然后离去。他们向情侣问候，像问候老主顾一样，但是永远不问别的话。安德年赏的小费很多。

在下一次幽会时，牡丹问他：“我们以后怎么办？不能老是这样。我不愿老这么鬼鬼祟祟的。”

“我也一直想这件事。”

他的脸色凝重起来，把牡丹的一只手握到自己手里。他问：“你会不会嫁给我？”

牡丹感到意外。

她问：“怎么个办法？你是说正经话？”

德年说：“当然是。我已经得到一个结论。当然办起来很痛苦，但我要那么做。我可以说，我很爱我太太和孩子，但是，那是另一件事。我打算和他们一刀两断。她可以要我的儿子，我要好好儿地照顾她生活。可是，我一定要你。在我生活里，你是最重要的，跟你在一起，我才真正感受到男女的幸福。我想，别人说这是爱。我要放弃一切，牺牲一切。我们可以到上海去住。告诉我，你会跟我去。”

牡丹一听，喊道：“噢，德年！”立刻在他脸上乱吻，“我要做你的太太。我会是天下最快乐的女人。”

“我也知道，你会是最受丈夫喜爱，最受丈夫敬重的太太。”

牡丹问：“什么时候？”

德年说：“噢，那还得有段日子。我已经想过。秘书处在春天要忙着办各种公文账目，端午节以前要都办好，我不能立刻扔下就走。我还要把房子和花园卖出去。恐怕要用三个月。当然会很难过。我想我太太不会愿意大家住在一起。”

“你还没告诉她吧？”

“当然没有。这都是我在心里盘算的。事情困难的是，她一直是个贤妻良母。不过我的主意已定。”

牡丹深陷入一阵沉默，过了一会儿才说：“你说你为了我要牺牲你的一切，是真的吗？……这使我觉得我负有重大的责任。当然，这也是我愿意的，嫁给你，但是一切要完全出自你的本心。你儿子怎么办？”

“这是个难题。我觉得应当把儿子给她，不然，对她会是个双重的打击，而且她没犯什么错误。我知道，儿子当然还会是我的儿子。我太太不会找男人再嫁的，她若再嫁，我就要争回这个儿子。不过不太容易那个样。”

这个消息使牡丹十分踌躇，德年居然把那些细节都想到了。所以牡丹说：“那就是说，咱们要私奔到上海去定居。你心里是不是这么想？你确定不会后悔吗？不会以为我们的爱是你的累赘吗？”

安德年让她不必多疑。牡丹有点儿颤抖，说：“我很怕。怕失去你。一定要等那么久吗？”

“不要孩子气，才两三个月的工夫。”

“也许会有事情让你变了心。我一辈子就是性急。你想想，我现在就一直盼望和你在一起，每一天，每一分钟，直到下次再相见。”

“要有耐性。再想办法，也许能想到办法咱们能早一点儿走。你要知道，我是一切连根拔呀。一切细节，我都要想到。”

牡丹回答说：“一切细节！”轻轻地笑了，有点儿奚落他的样子。

德年向牡丹喊了声：“牡丹！我有好消息告诉你！”她已经对德年惊呼的声音听惯了。若听德年的话，随时都会有奇妙的事情发生。

牡丹问：“什么事？”

安德年在床上一条腿蜷在身子下面，把牡丹拉近身边。他说：“我已经跟我太太说过，商量请一位小姐到我们家做小鹿鹿的好教师。那么，咱们就可以天天见面了……”

牡丹说：“你的意思不是……你不是要我去找个借口和你住，和你暗中私通吧？”牡丹觉得德年的办法很幼稚。

德年说：“你听我说。是这样，下午你可以回家，我只盼望能在吃午饭时看到你。这个主意很妙。我们家没给鹿鹿雇阿妈看着他。我说鹿鹿就是我儿子，他叫鹿鹿。我和我太太说了。你去之后，就照顾他。他才十岁，乖得很，在家我们叫他宝宝。这样也让我太太省省心。你早晨去，下午四五点钟回家。我太太觉得这个办法不错。我白天不在家，就是中午回去吃午饭。”

“我不干。”

“牡丹！我要求的就是中午能看到你。那么，我们天天可以见面。你不是也愿意天天见吗？”

“我当然很愿意，只是我觉得那么做不对。”

“总比在这肮脏的旅馆里见面好得多。我告诉你，我担保一定规规矩矩。我若每天能那么公开见到你，对我好处很大。我意思并不是借此我们好继续乱来。你能不能答应？这样办，到正式对她宣布离异的那一天为止，好不好？”

安德年常有些不切实际的想法，由于他的热情，却能把人说动而相信他。牡丹终于放弃了自己的判断，勉强答应，但是说好她必须真正当个家庭教师，在家时，两人都必须很正经，很规矩。因为想到每天可以看见德年，自然也心甘情愿。但是她心中有一种感觉，就是，他们两人好像天真无邪的孩子要玩一种冒险淘气的把戏一样。

牡丹上班做事的前一天，对德年说：“我也不知道心里怎么个想法。我知道咱们彼此需要，总比不见面好。可是我心里很不安，你这个办法行得通吗？”

“当然，我太太对我十分信任。”

“事情就更难了，你说是不是？我不愿意伤害别人，我对你太太并没有恶意。”

德年说：“你的良心上若有这种感觉，那么让我干脆告诉你，我这么安排，是出乎我的本心。我并不是一时冲动之下决定的，我心里明明白白。我不能把你放弃。我愿这样，我要这样。这是我的决定，不是你的。”

德年坐着马车去接牡丹时，牡丹穿的是朴素的蓝布印花上衣，下身是裤子。头发梳成辫子，没有化妆，样子真像个年轻的小姐。德年不由得好笑，但又佩服她的勇气。

德年对她小声说："你就叫姚小姐吧。鹿鹿急着见他的新家庭教师呢。你喜欢小孩子吧？"

"我喜欢。以前我在费家的时候，我唯一的快乐就是和我嫂子的孩子们玩。孩子们的一切都可爱——他们的笑，他们的眼泪，他们的淘气、忧愁、烦恼，他们的声音，他们天真自然的眼睛。他们一会儿笑了，一会儿又哭了。我最大的愿望就是做个母亲，生好多孩子。"

"那么，你一定喜欢我们鹿鹿。答应我，要好好的。"

"我答应。"

马车往保俶塔那个方向，走上一条宽路。他们在一个白围墙小黑门的院子前停下来。院子里粉红的桃花正含苞欲放，由墙外就可以看见。他们下车时，牡丹停了一下，观赏一百码以外西湖的风光。

德年说："来吧，姚小姐。"

牡丹看见一个小男孩正站在门道里，一个手指头放在嘴唇上，眼神很凝重。

德年说："鹿鹿，来见姚小姐。"

小孩子慢慢走上前来，咬着嘴唇，微笑了一下，脸色有点儿苍白。牡丹恨不得把他拉到身边抱在怀里，她向德年使了个眼色说："和他整天玩，真高兴啊！"她向鹿鹿伸出一只手说："来，跟我来。"鹿鹿让这位新来的教师和伴侣拉起他的手。

他们走了十几层台阶，就到了那栋房子，房子在斜坡上的花园中。安太太正在厨房里。

丈夫喊道："莉莎，孩子的老师来了。"

莉莎走出来，很注意地看了看这位年轻的小姐。丈夫介绍给太太，说是姚小姐。莉莎才三十出头，穿了一身黑，头发向后梳成一个馒头状，很光亮。

莉莎对牡丹说："对不起。我刚才在外面房后头，没看见你来。"她很快地向牡丹的婀娜身材扫了一眼说，"你这么漂亮，我相信你会和我们处得很愉快。鹿鹿，你喜欢姚小姐吧？"

鹿鹿点了点头，手还在牡丹手里握着。

牡丹说：“我们会成好朋友的。”

德年告辞，说要去上班。那个身体纤细的女主人引领牡丹往房子走去之时，和牡丹说话有点儿紧张，但是很斯文，牡丹不禁对她很同情。牡丹在厨房里看见了安家的厨子，是一个老婆子，一只眼睛有轻微白内障。由厨房出来时，安太太说：“我很高兴，你来了我就有个说话的人，先生一天都不在家。他怎么会找到了你！我知道，他喜欢漂亮的小姐，他是风流名士。他为人热心，很体谅人。你没什么可担心的。他中午回家吃饭，睡个午觉，再上班去。我相信你一定喜欢鹿鹿。他很招人疼。”

牡丹很快地说：“我想也是。”

太太又说：“他很喜欢静，也许他一个人很寂寞。他很少出去和别的孩子们玩。也许我太自私。我把他看做我的命，我的一切。我不知道他有什么毛病。这儿风景很美，空气很好，可他的脸那么苍白。你可以带他出去，在露天地里玩。”

牡丹一边听，心里怦怦地跳。安太太年轻，中等身材，穿得整整齐齐，但两个脸颊有点儿血色不好。牡丹看得出来，她生活孤独，为人谦逊，急于讨人喜欢。她不停地说话，似乎是掩饰不知什么地方的空虚。

安太太又接着说：“你看，我们有这么一个清静快乐的小家庭。我先生，你大概知道，很够得上是个诗人，写的字也还有名气。我不常出去，在家里待着也很满足。不像我娘家，有三个伯父，三个伯母，还有好多孩子，大家住在一起。他们都羡慕我有这个小家庭，自己过清静日子。”

一切事情都很顺利。中午德年回家吃午饭时，都按照和牡丹说好的那个样子，他谈笑风生，跟太太和牡丹闲聊天，说荒唐冒险的故事逗孩子。牡丹和鹿鹿在山坡上玩，回去给他洗澡，然后回家。有几天事情多，她待到晚一点儿，德年回来时，她还没走。德年装得很好，永远没使自己对牡丹的爱在表面上露出来。

牡丹的工作很愉快。她常带着孩子到附近的青草地去玩，但是心里常常想自己遇到的事情。牡丹很喜欢这个孩子，他的笑容那么美，他脸上的苍白反倒更惹人疼。牡丹常给他唱歌，讲故事。鹿鹿也那么喜欢她，她每天离开他回家时，都有点儿舍不得。一大一小，两人都不能分离了。

每天早晨，牡丹去安家时，就发现鹿鹿在小路上等着她。他站在一块岩石上，能够看见她从下面来。牡丹总是拥抱他，两人新的一天又开始了。

有时候安德年回家早，就带着他们坐马车出去转一转。牡丹觉得这一全家福恐怕几个月后就要保不住了。她觉得她属于这个家，也不属于。有时她满腹心事，在车上始终默默无言。

安德年会问她："你在我们家过不惯吗？"

牡丹很佩服德年假面具戴得那么好。她回答："不是过不惯，我是心里想事情呢。对不起。"

安太太就说："她真是我的好伴儿，鹿鹿又那么喜欢她。"

牡丹这时心里的滋味真不好受。事情这么悲惨，她实在受不了。安太太看见她那难过的样子，就把一只手放在她身上。牡丹开始抽噎，安太太的手就握得她越紧。

安太太心里很疼她，就说："别哭。若有什么得罪你的地方，告诉我。"

牡丹说："没有。安太太，您待我这么好。"

安太太说："我意思是，你太年轻，这不能怪你。所有像你这么大的小姐都要给自己找一个家。我真没料到你还没结婚。像你这么漂亮的女孩子，都挑剔得太厉害。"这时安太大转过脸去，把牡丹告诉她的那一连串谎话都告诉丈夫——好多青年男人想娶她，但她要等到找个理想的。

安太太又向牡丹说："找个差不多的，就嫁了吧。生几个孩子，有个自己的家。不要天天想爱情啊，理想啊。一旦自己有了家，有了孩子，丈夫的美呀丑呀就没有什么关系了。还等什么呀？"又转向丈夫说："我想，她也太讲究诗情画意了。"

丈夫也说："是啊，我想也是。究竟还是太年轻，也难怪。"

在约好的又一次幽会时，在一家旅馆里安德年问她："你觉得我的家庭怎么样？"

牡丹说："我已经有了一点儿体验。是不是所有的婚姻都像你的婚姻？"

"你的意思我不明白。"

"我已经用尽全力看你和你太太的生活，想证明我究竟算不算错。

她不惜费好大的工夫给你准备一顿味道极美的午饭。可那一天听她谈论婚姻的话，真叫人痛心。别人会说你有一个幸福的家，而且婚姻很美满。但是，她谈论婚姻时，好像把婚姻看做一笔稳稳当当的好生意。”

安德年说：“我告诉你，咱们的婚姻不会这个样子。不要失望。说实话，我已经厌倦这种婚姻生活了。”

那天在旅馆里，牡丹在床上默默无言躺了好久。她心烦意乱，头昏眼花。人生就是那么一团矛盾，为什么要和一个已婚的男人恋爱？他们很久没有接吻，没有拥抱，过去的怀念与渴望又一涌而至。她心里回想一下所爱过的男人——金竹、孟嘉、傅南涛，还有现在的安德年。牡丹哼哼唧唧地：“噢，德年，快吻我！”在两人相吻之时，她似乎才能忘记那些烦恼，心中再度燃起热情之火，暖热了她的全身。

她说：“不要离开我，我受不了，我很疲倦。德年，抱紧一点儿。”

后来，她又对德年说：“你们男人还坚强，我自己连一点儿意志力都没有。”

德年知道牡丹受不了那样紧张的压力，在人生中的欺骗迷惑之下，她会粉碎的，于是对她说：“我跟你说，等咱们在一起的时候，你就好了。也许一个月之后咱们就能走。我没有勇气当面告诉她，不过我可以告诉她我要到上海去，到了上海以后，再给她写一封信。叫我最伤心的，是失去这个孩子。”

纵然德年这样保证叫牡丹安心，这次会面却奇怪而痛苦，最后牡丹哭着睡着了。

第二十四章

半个月以后，鹿鹿生病，发高烧。最初，母亲以为他是感冒，因为过去一变天他就容易那样，现在脑门子一摸就烫手。牡丹急得跟他母亲一样。头一天她待到很晚，晚饭以后才回家。第二天，烧还没有退，她那一夜不肯回家。做母亲的一夜几乎没离床边。请来了医生，开的是发汗的药。烧依然如故，孩子两只眼睛茫然无神。屋子的窗户都关着，孩子静静地躺在床上，一点钟一点钟地拖，他的眼睛闭着，他不抱怨什么病痛，乖乖地吃药，知道吃了药能治病。但是他咳嗽越来越厉害，说呼吸时难过。

后来病危了，德年请假在家看着。屋子里都是药味。母亲坐在床边头昏眼花，不肯离开去歇息，夜里，也不肯去睡觉。屋里又搬进来一张床，她只躺在床上打个瞌睡。有时候，三个大人坐着，注视着孩子在困难之下呼吸喘气。医生一天来两次，也似乎和家里人一样忧虑。这场肺炎很快消耗了孩子的精力。他一觉一觉地睡，两觉之间睁开眼也难得五分钟，痛苦地咳嗽时，才会震醒。

在和孩子的父母一同看守了三个夜晚之后，牡丹才回家去。做父母的劝她回家好好睡一夜觉，多谢她帮助。第二天早晨，她醒得晚，等到了安家，发现病房的门关着。她轻轻地敲，自己推开了门。母亲正跪在亡故的儿子身旁，肝肠寸断地哭泣，父亲站在一旁束手无策，无可奈何。他向牡丹点了点头，简短地说孩子半个钟头以前过去了。安太太几乎瘫软了，胡乱趴在床上，两腿蹬在身子下头，胳膊还抱着她那唯一的儿子。

牡丹也趴在孩子的床边，眼泪滴满孩子的脸和那消瘦的手。过了一会儿，她才想起孩子的母亲，共同的伤心紧密地联结起两人的心灵。孩子的死似乎就是要她的命。最后，做丈夫的和牡丹合力抬起母亲瘦小的身体，扶她到床上去。

牡丹的眼睛慢慢地找到德年的目光。她用手捂着脸，跑到院子里去，坐在前面门台上，想痛快地呼吸一下，头靠着一根柱子，心内沉思。忽然间，她觉得她应当逃离这个地方，两条腿却瘫软不能行动。头脑里清清楚楚地出现了一个想法，她不能嫁给安德年，无论如何，不能让他抛弃他太太。

安德年出来，看见她一个人坐着。牡丹转身，抬头望了望。

牡丹问："她现在怎么样？"

德年阴沉着脸说："她睡着了。我们都受不了，她得很久才能淡忘下去。"

牡丹突然觉得身上有了力量，站了起来。她一边往台阶下走一边说："跟我来。"

在大门口停下，牡丹对他说："德年，我已经打定主意，你得让我走。你要和她一块儿过日子，要对她好。她需要你，比以前更需要你。"

"可是，牡丹！"

牡丹说："不用争辩，我不能那么做。让我走，我们现在就结束。"她回过头来，又有点依依不舍地望了望德年，就用坚定的步伐往小径上走去。安德年在后面望着，直到她在转弯处消失了踪影。

牡丹一直深居在家，连鹿鹿的丧礼都不敢去，知道很容易改变了心肠。鹿鹿之死，不仅是丧失了一个孩子，也失去了她能预见的怀抱中的幸福，断绝了她原来抓得牢牢不放的生命线。她分明感觉到她不能进行那项计划，因为必然要在这个紧要关头遗弃那亡儿可怜的母亲。她不能害死那个女人。她心里想："也许这是我生平做的唯一一件善事。"

安德年一定认为她的决定虽然使人痛苦，却含有道理，也一定会因此更佩服她。德年对原定的计划也失去了信心。儿子死后的悲伤，使他想到过去十余年的婚后生活里，太太是对他多么好。他对自己说，他是真爱他妻子，似乎已经能把对牡丹的迷恋看做另外一件事。随着儿子一死，他看出来自己做了件糊涂事，也使他看出来自己那样行为的必然后果。他心里明白，也不再设法和牡丹通信，他对牡丹的爱恋，一变而为深挚的敬慕。他并没有误解牡丹，牡丹之所行所为颇有英雄气。在这段痛苦熬炼之中，他表现的，不愧为一个伤心的父亲和尽本分的丈夫。在这段悲苦的日子，他无时不感到自己在做一个好丈夫之际，也正是遵从牡丹断然的决定，是牡丹让他这样做的。

牡丹现在可以说是传统上（但是并不对）所说的开花而不结果的"谎花"，这话的意思是，漂亮的女人不能做贤妻良母。她母亲看得出她有一种新的悲伤认命的神气。做母亲的原来是被迫同意，但并不赞成女儿和一个有妇之夫私奔而破坏别人的家庭，现在很高兴女儿已改变念头。牡丹对她母亲说："妈，我若没见他太太，也许会那么做。现在，我不肯。我不能害人家。"

父亲和母亲讨论牡丹的问题时说："我极关心的就是，她要安定下来。我在外头也受够了。你愿不愿总听你的同事们谈论你的女儿，说'她空床难独守！老天爷可怜可怜她吧！'她若不找个男人安定下来，会成个野婆娘的。"

牡丹自己的头脑里，一定也有了这种想法。她自己躺在床上，觉得仿佛从黑黝黝的空间往下掉，完全和四周失去了联系，也完全失去了方向。孩子和她那么亲密，死后引起她那样的悲痛，又和德年一刀两断，还有她过去和现在千千万万毫无结果的挣扎，她就在这样思来想去。她可能对安太太做出的那件事也是迫不得已，她已经决定，便不再更改。在她的想象中，分明看见安太太接到从上海的来信，在紧跟在儿子死去之后，就遭受丈夫遗弃的打击。在那种情势之下，她和德年若能感到快乐，那万万办不到，而且德年一定悔恨交加，甚至于会对她怀恨。可是，要和德年就此分手，自己又觉得心似刀割。明明那么需要他，偏偏要这么抑制自己的愿望，自己的愿望就偏偏落空！她在何年何月才能再找到一个如此理想的男人？情趣精神那么相投！她望着床对面墙上德年给她写的对联，茫然出神。

在过去十天里，虽然她几夜没合眼，一直因要放弃德年精神上备受煎熬，她那青春的容貌却未受损害，恰恰相反，一种深沉的痛苦神情更增添了她原来的美丽。她知道，只要她把小手指向后一钩，大部分男人们就会爬向她的石榴裙。她一心所向往的，就是嫁一个她自己所想望的那样理想的男人。现在她若自己出去，坐在酒馆里，男人们在谈论她，她也不在乎。她知道，她越是名声狼藉，男人就越爱她。在酒馆的气氛里，有些男人若愿意表示友好而向她说几句话，她会以看穿人生那样友好的眼光，和对方交谈几句，毫不介意。在她看来，所有的男人似乎都生的是鳕鱼眼睛，这使她觉得有趣。因为鳕鱼的眼睛都是一个样子，尽管有些不同，但都是软弱无能，令人失望。很少有男人能使她心情激动，但是她喜欢男人。她知道，倘若她愿意，不管在什么时候，只要她向一个男人微微一笑，或是瞟上一眼，就能使他成为自己魅力的“阶下囚”，她颇以能享受此等舒服的优越感为荣。

素馨可能今年夏天在婚后，以新娘的身份，随同丈夫回家探亲，这个消息颇使她心情不安。想到此事，她就觉得憋气。素馨每次写信来，必附带向姐姐问好。她始终没给素馨写回信，也不知道她父母或是苏舅妈是怎么在回信上告诉素馨她的情形。也许已经把她和安德年的恋爱告诉了素馨。若能嫁给这个大名鼎鼎的诗人，她当然会扬扬得意，但是他们能听到的是这段恋爱的结束。她还记得在和孟嘉的诀别信上说过那些不必要的刺激人的话，此生不愿再和他相见，以及永远从他的生活中消失踪影，却没料到孟嘉会成为她的妹夫。现在孟嘉对她心里是怎么个味道呢？她深信像孟嘉那样深厚的爱不会消失。她若是不在家，孟嘉和素馨回来时，一定觉得还舒服——尤其是素馨，因为她对姐姐和孟嘉太了解了。她绝不愿在妹妹的幸福上泼冷水。她心里想：“为了自己的亲妹妹，他们来时我最好躲开，这也许是我生平做的第二件好事。”

她很想躲开杭州和周围的一切，冲破有关金竹、德年、自己的家庭那记忆的罗网，好感觉到轻松自然。朦朦胧胧中，她虽然没有对自己明说，也觉得要给自己一点儿惩罚。她要把所有亲爱的一切抛弃而逃走，要完全孤独，要充分无牵无挂，充分自由。自己想象要住在一个遥远的孤岛，或是乱山深处，做一个农夫的妻子，心满意足地过活。那没有什么不对。她知道自己还有青春，还有健康，要享受一个平安宁静简单淳朴的生活。

现在牡丹又是旧病不改，梦想到的就要去做，既有愿望，随之要有断然的决定，付诸行动。要做点儿什么，而且要立即开始。她上哪儿去呢？上海，那个大都会，使她害怕。她有一种感觉，就是她越来越往冒险的深处。上海，那各种民族的麇集地，那豪富寻欢取乐的猎园，官僚、富商、失去地盘的军阀、黑社会的头子、“白鸽子”“酱猪肉”（亲密女郎和应召女郎的俗称）、情妇、赌徒、娼妓等的大旋涡。她向往的是甜蜜的爱，安宁平静，但是她所追求的仍然是超脱不俗，她认为最不关重要的是金钱。去上海？不，那绝不是宜于她的地方。虽然在别的情形之下，北京是蛮好，但是现在又不相宜。她对在北京居住的那些日子里愉快心醉的影子眷恋难忘。一想到北京，她就想到宽阔、阳光和蔚蓝的天空，以及那精神奕奕、笑口常开、悠闲自在的居民。全城都有那清洁爽快酣畅淋漓的北方刚劲味儿，虽然有千百年的文化，仍然出污泥而不染，历久而弥新。

可是，她要避免去北京。她忽然想到一个办法，就如同人人正有敏悟力时会想到一样，就是到高邮去，住在王老师夫妇家。她记得他们夫妇对她非常之好。王师母为人爽快，身体健壮，慷慨大方，完全像母亲一样，又十分可靠，在她丈夫的丧事期间，真想不到会帮那么大忙。又想起他们那又乖又规矩的孩子。她去了之后，也可以在王老师的学校里帮着教书，至少也可以在家帮着王师母做家事，不必拘泥于什么名义，她越想越觉得这个办法好。当然，她父母会反对她一个人到那么远去单独过活。他们一定不明白为什么她决定那么做，一定心里难过。难道她要完全和家、家里的人，和朋友离开吗？不错，那正是她根本的打算。她坚决认为她自己很明白。她若打算逃避这个使自己憋得透不过气来的环境，那只有这么一走。

她给白薇写了一封长信，告诉自己的决定：

在我人生途程中，今已至一危险关口。与安德年之事已使我看清一切。你知我一生之中，始终追求者为一理想，为一具有意义之事。我已有所改变，但亦可谓并未改变，我今日仍然在寻求之中。素馨即将南来，我近日生活情况下，颇感不安。若他二人幸福快乐——我想必然如此——我将无法忍受。若反乎是，我当然亦愿避开，因我对自己亦有所恐惧，或因其他——不必明言，谅蒙洞鉴……至于爱情一事，我已稍感厌倦。在金竹及上月之事以后，自信亦不堪多所负荷矣。但我并未弃绝希望。你与若水彼此之相爱，仍为我追求之理想，我亟盼如此幸福。自金竹去世，我似乎已然成熟。你每谓我飘空梦想——然耶？否耶？我今后绝不再与已婚之男子相恋。普天之下，即使远在天涯海角，在平实单纯环境之中，岂无单纯淳朴毫无纠纷之爱情？生活中岂无光风霁月之喜悦，而无陷阱无悲剧之灾殃苦难？

白薇，我仍在追寻中。高邮王老师夫妇即此等诚实可靠和蔼可亲之人，其子女亦极可喜。此亦即爱。白薇，我今日已渐趋平凡实际。家母谓我已改变，话或不虚。

挚友牡丹

第二十五章

牡丹表明离开杭州的决定，父亲听了，淡然置之。他那平实缺乏理解力的头脑已经被女儿过去一年中的所作所为惹得烦恼万分，在他心情平静之时，他会自己纳闷，为何生了这么个女儿？这个女儿引起那些丑闻闲话，像最近一件，总算悬崖勒马，急流勇退，未酿成更大的风波——这一切重压都使做父亲的头脑昏晕，莫辨东西。他由过去的经验，已经知道女儿的话比自己的话要传得快得多，劝阻她做什么也只是白费唇舌。而今，她似乎头脑清醒过来了。

牡丹自己说："我要重新做人。"他听见女儿这样说，浑身打了个冷战，不知道这究竟是暂时悔悟，还是一时头脑清醒，不过他也愿姑妄听之，容观后果。据牡丹叙述，王老师夫妇真是可敬可爱，女儿前去居住，自是有益无损。

白薇和若水特意前来送行。他们发现牡丹仍然和以前一样活泼漂亮，对和安德年的那段恋爱已经不再念念不忘。和白薇在一处，牡丹总是轻松愉快，话比白薇多。她最后对白薇说的话其中有："白薇，你要有一段日子看不见我了。下一次你见我的时候，大概会看见我穿着农妇的布衣裳，太阳晒黑的脸，粗糙的手，头发上有头皮，怀里奶着个婴儿。我为什么不嫁个男人，忠厚老实平平常常的男人生儿育女呢？"

她经常从高邮写信给白薇，给她父母。一天，她父亲接到王老师一封信吓了一大跳，因为信上说牡丹突然在从学校回家的路上失踪，怕是已遭匪徒绑架。并没有她要走的痕迹，因为她的屋子还像每天早晨离家时的那个样子。牡丹的家信上也没显出什么，她只说换了环境和工作之后很快乐。王老师以为她也许有仇人。她父母只记得一次她说过，她牵扯在那件她丈夫在内的走私纳贿案子里，还有高邮薛盐务使在北京正法的事。那是去年九月她离京南返之后不久。牡丹并没看到行刑，孟嘉曾经告诉过她。她曾经说有好多人牵连在内，可是并没详细说，也没说出什么人名字，只是偶尔提到这件事，好像是早已经过去，已经完了，对她也没有什么紧要。

父母焦虑万分。两地距离遥远，揣测也终归无用。父亲说他一直感觉要出什么事故，他认为牡丹不会照她说的那样安定下来教书。他女儿若能像别的女孩子过平安正常的日子，那才是奇迹。牡丹自己单独住在一个陌生的城镇，那么年轻貌美，天生丽质像水银一般地活动，什么事情不会发生呢？她就是太美了，像个色彩艳丽的蝴蝶，那迷人的颜色就是杀身之祸。一只颜色单调平淡的蝴蝶，遭受敌方杀害的机会自然少。这个道理，对牡丹更是一点儿不错，不管她穿什么衣裳，旧衣裳也好，新衣裳也罢，黑色的、红紫色的、紫罗兰色的，不管她的头发往上梳、往下梳，都掩不住国色天香。她懒洋洋地步行之时，胳膊在两边轻松自然地摆动，头挺得笔直，好像和天上神仙交谈一样，很容易被女人贩子一眼看中。她可够值钱的！把她幽禁一段日子，再卖做姨太太，绝不是普通的价钱。那黑社会绑匪开口要几千块钱准会到手，毫无困难，因为她是人间尤物，男人为她倾家荡产冒险送命也在所不惜。

王老师信里说警察一直在寻找各种线索，曾在湖里、运粮河里打捞尸体，恐怕她遭人谋害。但据警方说，那么年轻貌美的女人很可能是被人绑架。王老师说，若另有消息，当再奉告。

王老师的第二封信更令人失望。牡丹完全失踪了，一点儿线索没留下。王老师也有几分相信她遭人绑架，因为这种事情不是意料不到的。父母的恐惧证实了。这种对亲爱的女儿遭人拐卖为娼妓的恐惧，就像个魔鬼使人的头脑陷于迷乱，思想陷于瘫痪。这种命运比死还遭罪。心里是越想越怕，挥之不去，每一点钟都盼望有新消息到来。有时候父亲想到这横祸都是女儿咎由自取，但是自己保密，不说予别人，认为总是自己命运不好，垂老之年还遭此忧伤。他看见老妻终日默默无言，天天等消息，就和苏舅爷商量。苏舅爷立刻想到写信给孟嘉，告诉他现在的情形，请他返杭途中到高邮去一趟，看能否就地得到什么消息。

父亲认为家丑不可外扬，不愿给杭州同乡茶馆酒肆再添笑料。

怪的是，做母亲的颇为乐观。她告诉丈夫："我知道，牡丹会回来的。"在内心里，她认为这又是牡丹的惊人之笔——又是一次逃亡。知女莫如母，十之八九，她又物色到一个男人一同私奔了。她会做出那种事来，而且她说过要逃避身边的一切人等。她不能忘记女儿曾经很勇敢地和安德年计划一次私奔。她的失踪，不见得和安德年没关系。

父亲问："你怎么会想到牡丹平安归来呢？"

"我到保俶塔去求过签，很吉祥。"

"你不相信她被黑社会匪徒绑走卖了吗？"

"我不信。他们绑孩子，绑年轻的姑娘。一个嫁过丈夫的女人不会上那个套，除非心甘情愿。牡丹不会，她能照顾自己。绑匪若是男人，那牡丹会指使得他们团团转。"

"你不懂那青红帮匪徒的情形。他们绑架是为了报仇，为了勒索钱，什么都做。"

"那么你也不了解你的女儿。她若失踪，是她自愿失踪的。"

父亲烦恼地叹了口气："她就老是这个样子，她不想想咱们，反倒让咱们发愁焦虑，猜东猜西。"父亲一边说一边摇头："她若一回来，还会说，'谁让你们着急了？我自己还不能照顾自己？'"

母亲说："青红帮，我当然不懂。她也许和一时迷住她的年轻英俊的男人跑了。我不断想到安德年，从上元节以后，他们老在旅馆里见……他们也计划过私奔……"

她渐渐吐露些详情细节，丈夫的脸上也就越发愁闷。他实在忍无可忍，暴跳如雷，向太太大声吼叫："你完全知道这些事，都是你鼓动的她！你向来不为我想一想。你说！你也不想一想咱们家的名声。我是一家之主，谁都把事情瞒着我。你想想，她若和一个有妇之夫私奔，这件丑事还得了！你这个糊涂老东西！”

做母亲的也气炸了。她说：“现在你又该怪我了。你为什么不劝她跟你说话？你对她关心吗？你只是想把她嫁出去，从你手上摆脱掉。你，你的德行！”

父亲沙哑深沉地笑了笑说：“可别提德行这个词儿，我脸上也难看。女人早已不讲究什么德行了。我实在不太相信她是我的孩子。”

他太太一辈子也没听见这么污辱她的话，手捂着脸哭了起来。她觉得自己精疲力竭了，哭着说：“我只求我的孩子回来。”父亲迈着大步，走出门去。

夫妻间这样拌嘴毫无道理——什么用处也没有，双方谁也烦恼，都没有好气。第二天，太太告诉丈夫，去直接或间接打听安德年是否在杭州，但是又冷静地想，不见得是纯出乎拐卖为娼，可能是为了报仇——也许是盐商；也许是费家的人，也许是金家的人——一定是因牡丹的行为使人家丢了脸，这次也使牡丹丢人现眼。不外乎这几种情形。

孟嘉因公远行归来的前一天，素馨接到父母的信。好在她和孟嘉已经准备南返。自从结婚之后，素馨就一直急着回家想看看父母，因为她曾经听到很多关于姐姐的谣传，又不知道家里是怎么个情形。再者，自己已经怀孕，早儿点走，免得在船上不方便。但是孟嘉五月里因公去了汉口，所以返杭之行自然就耽误了。

她接到了信很着急，上一次的信是牡丹和安德年还没分手之前收到的。对于姐姐为什么突然在高邮出现，她大惑不解。孟嘉曾经告诉她，他一回到北京便和她立即南下，并且告诉她，不管买什么礼品带回去送亲友，都要在他返京以前办妥当。这些事素馨办了。素馨这次回去，是完全要以幸福得意的新娘身份回家。爱情十全十美，丈夫光荣体面，自从婚后她对丈夫更加敬爱。做个翰林夫人的光荣，毕竟是许多女人求之不得的，现在要见到父母的喜悦却忽然被姐姐的消息破坏了，所以她加倍焦躁。

孟嘉一到家，她立刻说：“牡丹失踪了，咱们得立刻动身。爸爸妈妈要咱们在高邮停一下，在那儿打听打听。”

孟嘉急问：“是真的吗？”倒吸了一口气，眼睛吓得黯然无光。他追问："为什么会在高邮呢？"

素馨说："这是那封信。"把信交给了丈夫。

孟嘉很快地看了那封信，眼睛严肃凝重，又显出茫然不解的神情。他问："可是，她为什么在高邮呢？"显得非常关怀。他把那封信在手里掂着，然后遮上脸，发出低沉的烦恼声："她在那儿干什么呢？"

素馨说："我不知道，信上也没有说。信上说，那个跟她在一起的老师推断，可能是因仇绑架。"

素馨看见孟嘉一下子很沉重地坐在椅子里，点上一根香烟，很紧张急促地喷着。他向远处凝视，一边用手背慢慢地、稳稳地擦自己的下巴颏。他又站起来，在屋里往返地走，又顺手从书桌上拿起一个镇尺在桌子上轻敲，样子茫然若失。

素馨问："你心里想什么？"

孟嘉身子转向书桌前的椅子，把镇尺扔在书桌上。他说："我不相信牡丹会那么蠢，别的地方不去，偏偏到高邮去，不管她在那儿干什么。高邮是走私贩子青红帮的老窝，她不应当这么无知。你知道，盐务司的薛盐务使是去年秋天出斩的。你记得吧？好多人牵连进去。那些人谁都会记得她，都愿看她掉进他们的圈套。她完全是自己找麻烦。"

"你以为是绑架，是吗？那她会遇到什么事呢？"

"天知道。"他停了一下，心中若有所思。他点上另一根烟，喷了几口，一边说："为什么她要这样呢？"一边用力把烟头弄烂，分明在激动。然后沉思着说："她总是那么冲动，谁也猜不透她下一步会干什么。"

素馨说："咱们能不能及早想个办法救她呢？"孟嘉刚听说这个坏消息一时的惊恐之后，现在脸上显出难过和关怀，素馨看得出来。

他说："若仅仅是个绑架案子，那倒可以想办法。我意思指的是，绑架女人出卖。这种事总是青红帮干的。他们有严密的组织，得从上面用压力。若是扬州的盐商干的——那就麻烦多了。我得先弄清楚。我现在出去——午饭没什么要紧。"

他立刻站起来往外走。

素馨在后面追问："你上哪儿去？"

"到都察院去，一个钟头左右以后回来。"

孟嘉回来，早已过了中午。素馨已经吃完午饭，坐在饭桌对面听孟嘉说话。

孟嘉说："我已经把有关私盐贩子的公文仔细研究了一遍，已经查到所有牵连在内的人名字。高邮盐务司的职员都换了，我想原来薛盐务使全家一定早已搬开高邮。这件事也许和他们无关，即使有关系，也难不住我。我们要弄清楚。但是扬州有势力的盐商，情形就又不同了。他们有个网状组织，和海上的私盐贩子都有关系，包括各港口和各岛屿……今天下午有个人要来看我，他是那件私盐案子调查期间都察院派驻高邮的。关于高邮的情形，可以从他口中得到点儿消息，他叫李卓。"

四点左右，李卓来了。他年纪大约四十岁，沉默寡言，故做沉稳状，永远不提高声音。他这个人知道很多秘密，自己有决断，多一句话也不说。都察院所以派他到高邮办那件案子，并不只因为他过去官绩好，也因为他是扬州人。他态度极其谦虚，说但愿能有所帮助。孟嘉向他叙述现在这件事大概经过时，他沉静而用心细听。孟嘉说完，问他的看法。

李卓低下头，一边沉思，一边用手摸索下巴颏，然后说："怎么个做法，这很清楚。要怎么办，主要看幕后是什么人。我不以为，"然后以斩钉截铁的语气，"是青红帮干的。他们的总机关离扬州有三里地。您不要想错，他们不做这类事。他们的首领是个慈善家——青红帮不是个牟利的组织，未尝不能这么说。他若知道有人受了冤屈，才杀人劫狱。当然，他们也和一些贩夫走卒贱民脱不了干系，也有些人专做偷鸡摸狗的偷窃，或是向粗心大意的旅客扒窃财物。他们的头子另有一个说法，他的理由是，他们总得吃饭啊。但是他们组织很严，必须严守帮规，不然会受很严厉的制裁。他们不绑架女人，这是违背帮规的。我可以把他们的头子的姓名住址给您。他叫俞漱泉，大家叫他'俞大哥'。他住在扬州城外一所很漂亮的花园宅子里。您若是不以官员的身份，而以朋友的身份去看他，他会觉得非常体面。这件事要见的就是他。您会觉得他极慷慨，极客气，很讲道义，愿帮助人，或是给人出主意、想办法。"

"若是这和青红帮没有关系，那要怎么办好呢？"。

李卓咬了咬嘴唇，微笑着将眼睛很快地扫了一下，说："您记得杨树理——那个被罚了十五万大洋的百万富翁吗？他逃脱了罪刑，花钱买了两个替身，我想那两个替身每家得了五千块钱，若是出了差错，每个人是一万。"他又沙哑地笑了笑说，"我想是这样。您知道，他知道令堂妹手里有那项文件。他是个酒色之徒，常霸占良民的妻女，玩腻了就甩，这就是为什么我想到他。他可以对自己说：'我花了十五万块钱，为什么不玩玩那个小娘儿们？'……我告诉您，他会的，只要他知道令堂妹在他的地盘上，并且孤寡可欺。"

"那怎么办呢？"

"容俞潄泉几天的工夫，他会全弄清楚的。令妹是新近才丢的吧？"

"大概一个月以前了。"

"那么，俞潄泉会打听得出来的。您要给他几天的工夫。若是杨树理干的，他会告诉您的，不过我不敢确定他会帮助您。这其间的关系太微妙，太复杂，恐怕俞大哥不愿管。"

"要用温和的手段对付杨树理——您是不是这个意思？"

李卓慢慢伸手去拿一根烟，似乎觉得这种情形很有意思。他说："不是。他是怕硬的。您若动厉害的，会吓破他的胆子。您若叫人告诉他都察院要重审他的案子，他会跪在地下求饶。您这么说就可以了。您听见别人这么说的，当然不负责任。对付他，您能用多大势力，就用多大势力。要最大的势力，我敢担保，他会用轿抬着令妹送回家的。"

孟嘉多谢他指教。李卓辞去之前，答应回家找几个有用的住址，以便孟嘉去打听消息。

素馨一直在书房门后听着。等把客人送走之后，孟嘉回来，看见素馨满脸焦虑地等着。

她简短地问了一句："有点儿指望吗？"

孟嘉说："有。"然后又以烦恼的声音慢吞吞地说，"我还是不明白为什么牡丹偏要到高邮去，她应当不那么笨才对。"

"她总是顾前不顾后。"

"我知道，我知道。"

"咱们什么时候动身？我得立刻给妈回信，告诉她好放心。"

"还得用一两天再找点儿重要资料。不管怎么样，明天走不成，最早也得后天。”他想着刚才这位佥都御史的话，弹着手指头说，“最大的势力。你给你妈写信，说咱们后天动身，一切事都要安排好。说我们一定尽力……噢，牡丹！”他几乎要烦恼得喊叫出来。

孟嘉和素馨都把牡丹看做最近的亲戚。孟嘉仍然把她看做是个最为与众不同的小姐。孟嘉知道她热情似火，好恶无常，任性冲动，做事行动都不可以常理预测，在追寻情人时又混乱失常。孟嘉深知她喜爱年轻漂亮的男人，尤其是健壮的年轻男人。她之抛弃自己，是因为自己的年岁，这话，牡丹固然坚不承认。孟嘉从牡丹的想法上看，也自己承认他本人愿和少女睡，而不愿和年岁大的女人睡。在这一点上，素馨反驳他，他和姐姐都把热情和爱情弄混了。素馨对孟嘉了解得很透彻，所以不屑于忌妒，因而能提到牡丹时说几句玩笑话。到现在她比孟嘉还更替牡丹着急。孟嘉气恼的，是牡丹老不改她那喜恶无常、好奇任性的脾气。

素馨说：“不要生她的气。咱们要赶紧，不能耽误时间。”

“我并不生气。咱们当然要拼命想办法，只要她不鲁莽乱来，身体还能保持健康，我有把握能从那个百万富翁手里救出她来。”

“照你这个说法，好像就是那个百万富翁干的。”

“咱们还不知道，但是李卓颇有那个想法。他知道那个地方，也知道那个姓杨的。我要给总督奕王爷写封信。”

“你说的是杭州的总督奕王爷？”

“正是。我想就照御史李卓的话办。明天我要请中堂张大人给驻南京的江苏巡抚大人写一封信，我再给总督奕王爷写信。倘若姓杨的需要用官家的势力压，那就够他受的，这是最大的势力。”

那天傍晚，孟嘉坐在书桌前面，给奕王爷写信。信里的语气很亲近，算是半官半私。又请王爷鼎力相助，并请他给南京的巡抚大人写信。要用最大的势力。他说被绑架的女人是他亲堂妹，若无不当，也可以说被绑架的就是奕王爷的干女儿。这样更有用。

第二天早晨，苏姨丈来了第二封信，说得更详细真实。苏姨丈也认为，按照牡丹她父亲的要求，孟嘉要在高邮停一下，此外，信上又说安德年还在杭州，和牡丹的失踪大概毫无关系。信上又说，牡丹曾和那位诗人计划私奔过，但是恋爱已然结束，这也许能表示她突然失踪的动机。牡丹曾经非常不安，也曾告诉父母要离开杭州，要“重新做人”。他相信这些话可靠。就是她要到高邮去和王老师夫妇住在一起的缘故，在高邮，她就在王老师那个私立学校教书。概括来说，这封信让别人觉得牡丹的行为确比以前好了许多，也减少了孟嘉对她的烦恼。

素馨说：“我不懂她既要离开杭州，为什么不到咱们这儿来？”

孟嘉说：“你知道为什么？”

“我不知道。”

“她的面子。咱们若是碰到了她，她该怎么办？”

素馨说：“那就来和咱们一块儿住啊。”

孟嘉撅着嘴，向太太瞟了一眼，佩服她对人的信而不疑和思想单纯。素馨看出来丈夫脸上的迟疑。

素馨以逗他的笑容问他：“你不怕她吧？”

“不怕。不过她不来，总还单纯省事，是不是？她这个人太不可测。”

素馨没再说话，不愿意再刺激他。

孟嘉又说：“素馨，你不用发愁。我以前一度很爱你姐姐——爱得要命，不久发现她头脑并不清楚。现在我那个爱劲儿当然早过去了，以前我不了解她，现在了解了。你提到把她带到北京来，你知道我和你的爱情是与一般不同的，什么也不会使咱们疏远，这是我要说的第一件事。第二件是，倘若咱们要为她负责任，就要尽早给她找个男人，好使她别再闹事。苏姨丈的话若是实话，她的恋爱也蛮够了。她若以为还不够，在这儿也会像在杭州一样闹出那么多丑事来的。”

素馨发觉孟嘉的声调里还有些恨意。那他当初一定很爱她，也因她而受了不少痛苦！

“我姐姐并不像你想的那么坏，你不了解她。”

孟嘉又说：“不了解？我告诉你咱们怎么样才算帮她的大忙。物色一个英俊细白钢筋铁骨的年轻男人，把牡丹的眼睛箍起来，送她上轿嫁过去。当然要年轻英俊的男人，第二年准会有一个小宝宝，一切麻烦自然没有了。”

“你简直乱说！”

“你不相信这就是她的愿望？”

“你说的话当然也有几分道理。不过，话何必这么说？你若不愿带她来和咱们一起住，就不带她来，好不好？”

孟嘉这才缓和下来，素馨一句含有爱情的话总会有这种效力。孟嘉让素馨坐在他的书桌子上，吻了她一下。

素馨问他：“你对她很不耐烦，是不是？”

“当然，你若想带她来，那就带来。我只是说咱们有责任帮她物色个年轻男人。”

素馨低下头向孟嘉很甜蜜地吻了一下，说：“这还好。我知道你总会尽力帮助她的。”

孟嘉说：“你知道，我应当很感谢你姐姐。”说着一边细看，一边慢慢摸索素馨的手。

素馨低声笑问他：“为什么？”

“没有她，咱俩怎么能相见呢？”

素馨又吻他，总是那么甜蜜，但是并不像牡丹吻他时那么狂热。她从桌子上跳下来，说：“该睡觉了，明天还有很多事情要办。”

可以说，他俩的婚姻是够理想的，就好像白薇和若水一样。当然这婚姻之中离不开性爱。不过他俩的性爱极其自然，那种爱表现在彼此向对方说的一句话上，在彼此手的摩触上，在语言的腔调上，在思想观念的讨论上，甚至在彼此各方面的歧异上。牡丹所失之交臂的，太多太多了。

第二十六章

高邮的天气热得要命。孟嘉他们刚才把行李留在扬州的骑鹤宾馆，那是在一片大花园里的豪华旅馆。实在是没法睡，一则因为天热，二则因为夜里大半时间都有丝竹管弦的音乐声由花园传来。孟嘉夫妇并没惊动亲友，两人是坐船南来的，因为孟嘉和妻子商量好，坐船比坐轿或坐车还舒服。素馨想要和王老师夫妇谈一下，并且亲自看一看牡丹住的地方。她再没有像现在这么体会到如此爱自己的姐姐！她一方面想到极其可怕的情况，一方面又希望他们到达时能看见牡丹已经平安归来，心情就在这两种感觉中间摇来摆去。她有好几次问孟嘉："我们若发现牡丹今天在王老师家，该怎么办？"

"我但愿如此，可是不敢那么想。"

"若是找到她，咱们说什么话呢？她真可能是自动失踪的而又已经回来了。"

"有可能，但不太会。等一下就知道了。"

他们坐的是快船，一点钟走三里多，船轻而浅，由四个健壮的汉子划着。孟嘉曾经告诉他们，日落以前若能到会多加赏钱，快船果然走得快，把别的船逐一甩过去。快速前进之时，在拥挤的水道上好像随时要撞上别的船。每逢船桨哗啦一声打起水来，船夫的脚一踏船，船就震动一下。船夫只穿着一条短裤，精光着身子，在太阳里闪亮。每逢素馨看见前面有船一直向他们冲来时，就心跳得厉害，但是每次船夫都使船仅仅摩擦而过，平安无事。

在刚巧躲过了一条舢板之时，素馨就嚷："小心点儿！"

一个年轻船夫说："别怕！您不是要日落以前赶到吗？"那几个年轻小伙子又笑又叫，满嘴乱说脏话，简直是彼此争强，赌胜赛力气。

孟嘉显得郁郁不乐，深有所思，一路航程之中没说什么话。想到又要见牡丹，自然唤醒他俩当初的离别。他的心思又回念到他和牡丹在太湖船上初次相遇的那几天，那时候，他所见到的一切忽然都情景不同，但是在和牡丹这场交战之中，他败下了阵来。那次恋爱的失败留下永不会消失的回音，在他的脑际继续震动。生活再无法像以前一样。现在，他一看见那赤背的船夫，就想到傅南涛那个打拳的，该是多么打动牡丹的心呢？素馨看见他两只眼里那茫然的神情。每逢他那个样子，素馨总是不去干扰他。

他们坐的船真是一去如飞，在平静的水流上撞起了箭头似的波浪。桨每溅一次水，他们的身子就猛然向后一仰。转眼就把扬州抛在大后面，到了枫桥，运粮河在此与一条巨大的水流相遇。两岸的风景一掠而过，青翠的山峦，树木丛生的岛屿把不同的水流汇集起来，错杂变化，清新爽目，与以前大不相同。溪流之上，木桥横波，岸上的高杆顶端黑旗飘扬，正是远村之中酒楼旅馆的市招。这一带富庶而地形诸多变化的乡野，正给私枭提供了理想的藏身巢穴和逃避水上捕快绝好的道路。

闪亮的白色天空高悬如盖，把一带湖水变成一片厚实的强烈闪光。孟嘉为素馨打着一把旱伞。有时山风吹来，一阵清凉，驱走白昼的炎热。船规律的摇动使素馨打盹睡去。前天夜里他们没睡好，今天早晨又起得早。素馨坐得笔直，两手放在怀里，下巴颏放在胸膛上，恰像个小孩子。孟嘉看见妻子即便在睡觉时还是那么宁静安详、规规矩矩，实觉有趣。

有旁边那一片光亮的水衬托着，妻子脸面的侧影看来明显清楚，蛮像姐姐的脸盘，他不由得感到惊奇——都是同样的鹅蛋脸，尖尖的鼻子，同样端正秀气的嘴唇和下巴，头同样向前如弓状，即便脖子的后面也是一样丰满。他忽然觉得素馨是比牡丹更年轻，更甜蜜的构型，是把刚猛的性格，任性冲动的气质肃静之后的牡丹。多么相像！又多么不同！现在在睡眠时，素馨仍然把两手放在怀里，她那乳白杏黄的上衣规规矩矩地扣着，一直上到脖子，坐下时，裙子都细心整理好。素馨把自己看做是“翰林夫人”，也希望让人看来恰如其分，她绝不愿累及丈夫的体面荣誉。在家时，孟嘉也从未看见她懈怠松软地跪在床上，从来不把两条腿大叉开像牡丹那种挑逗人的样子。在多闻多见之后，她比牡丹头脑更为清楚，而且脾气永远温柔。她说话总是圆通机智，不会措辞不当。在结婚典礼时，人人说她沉稳端庄，心想无怪乎这位坚持独身不娶的单身汉对她那么倾心。现在，虽然她在小睡，还是浑身上下无一分不像翰林夫人。她生活上似乎只有一个目标，那就是使丈夫快乐，并以有如此一个丈夫为荣耀。

素馨和牡丹脸部的侧影之相似，确不寻常。素馨今日之能嫁与孟嘉，牡丹原来也可办到。其实现在素馨也蛮像牡丹，只是加上了忠实贞节。素馨是否真的睡着，孟嘉也不知道。他用手轻摩了她的背部一下，她微笑着睁开了眼睛，发现孟嘉正向她凝神注视。

素馨问：“你心里想什么呢？”

孟嘉回答说：“只是看你，我心想从侧面看，你好像你姐姐。”

“噢，牡丹！你想她现在在哪儿？”

“咱们现在没法知道，见了俞大哥之后就知道了。她失踪恐怕已经三十几天。今天若发现她已经回来，那才怪呢。她若还没回来，那一定真遇到了麻烦。所以时间对这件事特别重要。”

真是出乎意料，下午刚过了一半，他们就到了高邮。他们告诉船夫要等着，因为明天还要回扬州。孟嘉夫妇立即去找王老师。

王老师家是一栋石灰泥砌抹的很结实的老房子，这所房子已经传了好几代。后面是矮丛树篱笆，围绕着一片地形不整齐的园子，王氏夫妇就在那儿种菜。最上一层楼的小窗子面临一片麦田，麦子快成熟了。王师母刚做完家事正在扇扇子，多肉的身体坐在一把椅子上，背着厨房门，若有点儿风动，能在此凉快凉快。她的夏布上衣只是半扣着，心里正在想好热的天。她偶尔擦一下脑门子上的汗。两个女儿都已出嫁，她自己管家。还有两个小点儿的孩子，一男一女，都在上学，最小的八岁，正在家陪着母亲。阿宝忽然跑进去，扯着嗓子喊：“牡丹姐姐回来了！”

王师母一下子跳起来，摇摇摆摆地走到门口，发现一对穿着高雅的男女在门外站着。小男孩咧着大嘴露齿而笑，叫“牡丹姐姐”，就要过去拉那位少妇的手。

素馨说：“我不是牡丹，我是她妹妹。”

那个男孩子慢慢把手放下来，说：“可是，你看来很像她，我以为你结了婚回来了呢。”

孟嘉打量了一下这位中年妇人，立刻说明自己的身份。

王师母不胜惊异，立刻说衣着不整，非常失礼。她说：“请进，今天很热。”转身对孩子说：“快跑到学校去，让你父亲回家来，说牡丹姐姐的妹妹和翰林从北京来了。”

王师母端了脸盆和毛巾给客人洗脸。他们刚刚寒暄已毕，王老师就迈着迅速而不稳定的脚步从院里走进屋来，走得有点儿喘。他向客人问好，有几分急促不安。客人站起来，宾主鞠躬为礼。

孟嘉说：“这么打扰您，实在不安，都是为了鄙亲。谢谢您费心照顾她！”

王老师说：“真是做梦也不敢想您大驾光临，”似乎还有点儿没平静下来，“我常常听牡丹提到您，您的大作我也拜读过几本。”

大家坐定，孟嘉说明此来是打听事情发生的情形。

王老师说得很慢，是有意语气严肃，好适于这件事情的严重。他说：“事情发生在五月二十八日，她没在经常回家的时候到家，我们等了整个傍晚。由学校走回来只要一刻钟的工夫。她屋里还像平常一样，她并没说要到什么地方去。第二天，我们听说有人看见她在运粮河边。她是从城镇的近郊来的，街道在那儿就到了尽头，只有几只零零落落的小铺子坐落在距离河岸不远的地方。后来我们听说是街上出了事，一群人围着看，两个男人因为看拉洋片打起架来。有人看见她被一个挑水的撞倒，衣裳弄湿了，躺在地上，一个年轻人迈步过去，把她扶起来。别人看见她被那个男人扶着走了。由我们看来，整个事情好像是由那个年轻男人事先安排的，此后就没人看见她。我们向地方治安当局报了案，但是他们找不到什么线索。已经一个多月了，我已经给杭州写了好几封信。"

这件事很让王师母伤心。她很难过地说："她是那么乖乖的好姑娘，就和我的亲女儿一样。她总是准时回家来，从来没跟年轻男人出去过。她和我们住在一起，和在家一个样，竟发生了这种事。我觉得很对不起她父母。"

素馨很体贴地说："您千万不要这样。家严家慈写信告诉我，您对家姐太好了，我要替父母向您道谢。我们一听到这消息，尽快赶来了。"

孟嘉说："您知道去年贩卖私盐的案子吧。以前那个监务司的薛监务使的家，还在高邮吗？"

"不在。监务司的职员全都换了，事后他的家人都回安徽去了。"

"您以为牡丹在这儿有仇人吗？"

"她怎么会有仇人呢？由学校回来之后，她几乎一直不出去，也不认识什么人。"

"您听说有什么人当时牵连在那个案子里吗？"

"监务司的职员里有些人是被逮捕审问过，另外还有几个妓女。牡丹她丈夫当然牵连在内，我听说。我想她和这件事没有关系，她的遭遇真是令人百思不解。"

"最近发生过很多绑架的案子吗？"

"没有，近几年来也没发生过。"

素馨追问她最怕的一个问题："我意思是，绑架良家妇女卖入娼寮的事。"

"没有，人家为什么做这个？在荒年，有好多父母卖自己的女儿做娼妓，还要把她们养大，还要教给她们那些弹唱等的本领，单在扬州有这种市场。"

素馨松了心，叹了口气，两只胳膊也松垂下来。

那天晚上，孟嘉请他们到外面馆子里吃饭。孟嘉夫妇获得了全部想得到的消息，向王老师夫妇致以诚挚的谢意，说第二天早晨要回扬州，就告辞分手。

孟嘉寻找着牡丹，越找得接近，心情就越紧张。在高邮他很平静，但是见了青红帮的首领俞大哥，好像运气要好一些。第一次会面是在扬州城外那个大花园中进行礼貌的拜访，很少人能有机会见到这位传奇的大人物。孟嘉发现这个人随便而直爽，六十五岁年纪，穿着小褂，正在堆满文件的桌子上做事，嘴里有两个金牙闪闪发光。他很习惯于交际应酬上的礼貌言谈。他的客厅里挂着好多名家的字画，前面花园里立着一块白石板，是他六十一岁生日时为纪念他的德高望重，许多有地位的商界名人和社会士绅敬送的，由此立刻可以明白，他的名字总是见于呼吁慈善救济等公益事业上。这些青红帮的人物并不一定合乎《水浒传》梁山泊传下来的那种“忠义”标准，但他们并没完全忘记那些道理。善良无辜的老百姓遭受不白之冤，这些江湖人物就起而相助。他们有着严格的荣誉法规（如劫富济贫）和有效的传递消息的秘密组织，往往使政府官吏不能不借重他们。

俞大哥一向注重礼貌，他去回拜梁翰林。翰林官级之尊贵，是尽人皆知的，所以孟嘉之前去拜会他，俞大哥觉得十分光彩。他曾经说几天之后就可以得到必要的消息，现在他来，不仅是有重要的消息，也有宝贵的意见，对事情自然大有帮助。

他走进客栈，在柜台上打听梁翰林，是那种贵族的温和高雅态度。可以说是行礼如仪，鞠躬如也——很难令人相信这个文质彬彬的老翁就是手握帮会中每个人生死大权的人，他那个帮会的势力囊括自山东到上海一带，他的话就是法律，言出必行，号令如山。

孟嘉请他进入私人专用客厅，把门都关上。清茶一杯在手，那江湖前辈以直截了当的声调说话，并不拐弯抹角。他说：“我已经让弟兄们去调查，相信我手下没有一个人会与令堂妹的失踪有关系。在另一方面，根据报告，我想是有人要绑架她。去年都察院派人来调查私监案子时，我手下的弟兄在客栈和下处都帮过忙，所以我知道那件事。我知道令堂妹就是以前费庭炎的太太，并且薛盐务使知道费庭炎死的时候，他的日记落在都察院手里。姓薛的亲自把那本日记和别的东西寄给费太太，所以结论不问可知。”

俞大哥把所有被捕的和判了各种轻重刑罚的名单拿给梁翰林看。梁翰林由上往下看名单上的名字，俞大哥的眼光也跟随着走。

俞大哥问：“这个名单能提醒您想到什么？”

梁翰林很谦虚地说：“我还是听听您这内行人的高见吧。”这位老大似乎已经费了不小的力气作了一次彻底的调查。

“我的手下还在追查。我告诉他们，这个案子和我的一个好朋友有关系。”

孟嘉微微欠身离座，对这种亲近态度表示谢意。

俞大哥继续说：“我不知道令堂妹为什么事要回高邮去。由她到高邮至她失踪，从各方面的报告上看，她根本没跟什么坏人交往过。我刚才说过，弟兄们还正调查到底是谁做的。我不相信会是盐务使，因为他离出事地点太远。我对这件事特别注意，不单是因为您不耻下问给我这个脸面，而这也正是按照‘忠义’字我们弟兄们应当管的，因为这是滥用金钱势力为非作歹。从另一方面说，我必须对您十分坦白，说实话，我左右为难。事实是，运盐的私枭和我们弟兄们在彼此的地盘上有一种默契。也许您知道，我们在运粮河和长江上活动，由汉口往下。他们是在沿海一带活动。我们双方互不侵犯，我们也不和他们敌对。我若知道这件事是他们的人做的，那我就不能明着帮助您。我愿和他们共同遵守协议。我知道您可以用别的方法把令妹救出来，我们弟兄有什么消息都可以完全提供给您。”

俞漱泉话说得清楚而恳切，令人觉得别人说的话他也会字字记在心中。大家都知道他对人是一诺千金。情形似乎乐观，孟嘉立刻对他的鼎力相助表示感激。第一步是找到牡丹的下落，然后才知道如何着手。

俞漱泉向梁翰林凝神注视：“您得帮我个忙。”

梁翰林感到意外，大笑着说：“这话怎么说的？您现在正大力帮助我呢。”

俞漱泉说：“我知道我能够对您推心置腹。我若能和您共机密，您一个字也不会泄露给别人时，我再跟您说。”

“您相信我吧。”孟嘉话说得很简单，态度郑重。

俞漱泉向屋子四周打量了一下，把自己的椅子又拉近了点儿，用越来越低的声音说：“我要让您做一件事。您要对当地的道台作一次礼貌上的拜访，顺便扬风说都察院要重新审问去年扬州的私盐案子。”

梁翰林想起来李卓也同样告诉他这个步骤。他问：“为什么要这样？”

“没什么，要叫他听懂您有权使这个案子重新审。当然您不要显得是公然威胁。只说是风闻——并且，您认为非常可能。您刚从北京来，听来自然像真有其事，您只是当内幕新闻来说。”

“为什么一定去看那个道台呢？”

“他是那个百万富翁姓杨的盐商的朋友。您记得，杨树理受了一笔重罚，找他那盐行里几个小职员替他顶的罪。毫无疑问，一年之后，他要再去贿赂，好把那两个可怜的家伙释放出来，或是减刑。我知道这个姓杨的并不是不喜欢玩女人。他弄去了女人，藏在他那三个别墅里。我们并不干涉这些事，因为我们这个组织并不和他作对。可是，我跟您说过，我们这个帮会可不赞成这种事。在这种情形之下，我很有理由相信，他在这件事情里有一腿。”

孟嘉还是有点儿茫然，又问：“告诉那道台有什么用啊？”

“是要使这种谣传进入姓杨的耳朵里。姓杨的和地方官很亲近，不这样不行。也许道台会找去他，以一个朋友的关系告诉他这个消息。您就要和尊夫人回杭州，是不是？”

梁翰林说：“是啊。”对他秘密消息的精确颇为吃惊。

俞漱泉又说：“要叫对方觉得您的话是无心说的才好。因为你经过扬州，顺便礼貌上拜会一下，偶尔提说您正在寻找您那失踪的堂妹，求他指教。因为高邮在他的治下，所以您求他帮助，自然他十分感激。我想您在这儿要待几天吧？”

“那要看情形需要而定了。”

俞漱泉又说：“您若不经意地提到去年的案子，说您闻听都察院要这么做，道台若不自己把话传过去，他的师爷也会把话传给姓杨的。”

“那然后呢？”

“这也是我要问您的。您知道姓杨的胆小如鼠，有钱的人都是那样。您要逗弄他，刺激他，看他怎么做。令堂妹如果在他那儿，他一定有所行动，然后咱们就知道了。夏天，他住在靠近屏山的花园里。过了二十四桥，有一片大花园子，里头还有一个内花园，他就住在那里头，四周围有高墙，没人进得去。这就是为什么我让您吓吓他。”

“现在我懂了。”

“您还得听我的消息。不要去看我，有什么消息，我会叫人送来。第一件事是要弄清楚令堂妹现在何处。”

在俞漱泉的脸上，孟嘉看得出他是个有勇气有决断而精力充沛的人。对这个斯文儒雅的人，孟嘉感到万分钦佩。

孟嘉把俞大哥送到门口，作揖道别之后，回到屋里。素馨正在等着他。

素馨很焦急地问："有什么消息没有？"

孟嘉兴奋而紧张。

他说："姓俞的说是那个盐商干的。派人到北京和咱们说话的那个人——你还记得吧？"

"我记得。牡丹在哪儿？"

孟嘉几乎没听见素馨的问话。

素馨又重复了一句："牡丹在哪儿呢？"

"现在还不知道，正等姓俞的消息。这个人了不起。"孟嘉想到牡丹被扣在那个流氓家里，不觉面带愁容。他只希望牡丹平安，不要受害，他觉察到有事情就要发生。两人断断续续的问答之下，孟嘉告诉了素馨俞漱泉的行动计划，还有必须去拜访那位道台的事。

他说："我想这件事我一定要做，因为一旦知道了牡丹的下落，也是要请地方当局帮助。我恐怕还要去拜访驻南京的那巡抚，此外只有静静地等了。"

"那么我们就等。"素馨看着丈夫坐在那儿满腹心事，就走过去站在丈夫后面，两手放在他的肩膀上。孟嘉抓住妻子的手，用力攥紧。妻子安慰他："我跟你一样发愁，我想事情不久就会明白的。其实现在该轮到姓杨的发愁了，我相信巡抚也会帮忙的。"

孟嘉说："也许你说得对。"说着，把妻子拉过去坐在他的怀里。然后说："咱们等候消息时，不妨去逛二十四桥。二十四桥，都说壮丽可观——在那蜿蜒如带的河岸上，一里远近的地带全是大片富丽堂皇的别墅花园，听说真是神仙世界一般。"

素馨嫣然一笑说："你今天下午去看那位道台，咱们明天去逛二十四桥。"

孟嘉说："素馨，你真是我的宝贝。"热情地吻了她一下，说，"现在起来，我有事情要做。"

第二十七章

“大人，我们看见您的堂妹了。”门一关上，那个男人低声说。他拿着俞漱泉的名片到客栈来见梁翰林。此人细高身材，左腮颊上有个疤痕，辫子盘在头顶，头上缠着块黑头巾。

孟嘉拉过一把椅子来让他坐下，立刻急问：“人在哪儿？”

那个人向四周看了看，话回答得很慢。他说：“大哥叫我来送个信儿，她现在在长江口上一个小岛上。我们的人刚追踪她回来。我们派了三个人去监视姓杨的住所，昨天早晨，我们的一个弟兄看见他家门口摆着一顶遮蔽很严的轿子，就在他那屏山别墅的大门前。我们弟兄们看见架出一个女人来，推到轿子里，那一定令堂妹。”

“她挣扎了没有？”

“没有，她一直低着头进了轿子。轿子的帘子都放了下来，我们弟兄们在后头跟着。一定有人对她说了什么话，也许说把她给您送回来呢。我们弟兄们看见她被带到船上。在沙滩上，她挣扎要逃，立刻有人堵住她的嘴，推到船上去。”

孟嘉很焦虑地瞅着那个人，问：“那几个人要干什么呢？”

“那很清楚，姓杨的一听到您来到扬州找令堂妹，一定害怕了，他知道您有势力。将来等查出令堂妹的踪迹，他好有得推脱，好不吃亏。”

“那个岛在哪儿？”

“在青江下面，是那些渔人打鱼的好多小岛里的一个。我们弟兄们坐着小船在后面盯着，有四个粗壮汉子把她弄到岸上去。”

“你等一下好吗？我要内子也来听一下，她是那个女人的妹妹。”

素馨进来之后，孟嘉向那来人引见，然后素馨在一旁屏息静听。

她问：“俞大哥以为怎么样？”

“大哥说，那是私盐枭那一帮干的，他们和海贼有勾结。咱们就让她待在那儿，别把他们惊动跑了。顺潮而下要走半天，往上要一整天。那是一个荒凉无人的原始小岛，一片平沙，是由江口那个小洲生出来的。如果不把他们吓跑逃到海上，用不了三四十人就可出其不意围住那个小岛。大哥说您会知道下一步怎么办。”

那个人传递完了消息，立起身要走。临走又说：“事情若还有什么变化，我会再来告诉您。”

孟嘉说：“你相信咱们一定找得着她吗？”

“我们留有三个弟兄一直在那儿看着。情形一有变化，我们立刻会知道。”

“告诉贵上司我万分感激。他的费心帮助，我永远难忘。”孟嘉说完把那个人送到门口。

孟嘉深深喘了口气说：“终于有了头绪！”

素馨赶紧跟着问：“那么咱们下一步怎么办？”

孟嘉拿了一根烟点着，深深往里吸。他听到牡丹在绑匪手里挣扎和眼下的受罪情形，脸上都失去了血色。他慢慢地踱向窗子，停了一下，然后慢慢把烟弄灭，转过身来情绪很紧张地说：“咱们要立刻到南京见巡抚大人，机不可失。绑匪若再把她转运到别的地方，那要一整个舰队顺着中国全海岸去找了。”

孟嘉坐下给俞漱泉写了一封信，谢他热心帮助，又请他派一个人来同他一齐去看江苏巡抚。他需要一个人把实情和那个小岛精确位置向巡抚当面陈明。他派人送信去，那个人立刻来了。

素馨很焦虑地望着孟嘉。孟嘉告诉她：“你也要去，你一个人在这儿我不放心。”

“当然我要去，这是我姐姐的事。”

“巡抚大人大概会留咱们住在他府上。我一接到俞漱泉的消息，咱们就动身。”

东西装放完毕，素馨在梳妆台前待了很久，把头发往上梳，这样和戴的首饰配得好看。因她的手发颤，头发一直梳了好几次。她穿上一件灰蓝的衣裳，上面精绣着细美的素馨花，立在镜子前仔细端详。

孟嘉说：“穿上这身衣裳，看来真是出色。”

素馨说：“我很喜欢这件衣裳。我是戴珠子呢，还是戴那套珊瑚？”

“哪样都可以。”

她打开珠宝首饰匣子，挑出一条珊瑚项链，一对有珊瑚坠头的耳环，半转过头来往镜子里看。

“告诉我，这一件怎么样？”

“你本人太漂亮，装饰品自然就不太重要了。好了，快点儿，俞漱泉的弟兄随时会来。”

“因为你说巡抚大人大概会请咱们住在他的公馆里。”

素馨永远是那样。每逢宫廷中有集会，她总要把自己打扮得叫人一看就显眼出众才行——自己觉得如此，也要让别人觉得如此，叫人知道赢得一位名作家兼单身汉情爱的，就是她这位小姐。

巡抚大人的公馆在南京城的北部，离蛮有名气的鸡鸣寺不远。巡抚大人陈道南五十来岁年纪，孟嘉没看见他已有数年，因为陈道南总是在南方和西南做官。但他们是同年科举中的进士，在文官之间年兄年弟的关系很重要，这种友情是一生不变的，犹如曾经共同患难又共同克难致胜的伴侣一样。他们的名片递进去之后，巡抚获知梁翰林偕同夫人来访，立刻吩咐请进内院客厅坐。

寒暄既毕，孟嘉取出中堂张大人的信。巡抚大人毕恭毕敬看那封信，接到那么高官大人物的信，总是一件光荣体面的事。

他说：“中堂大人还记得在下，真是既感且愧。但是孟嘉兄，这根本不必麻烦中堂大人。您知道，您有什么需要小弟效劳之处，只要一句话，小弟无不尽力。信里所说的是什么事啊？”

孟嘉说：“是我大姨子的事。”孟嘉简单叙述情形的经过，并请巡抚大人传跟随孟嘉前来的那位姓顾的进来。姓顾的进来之后，跪地叩头，大人叫他起来才立起身。大人问了些必要的问题，对一个秘书说："请这位义士住在衙门里，我还有事求他帮助。"

姓顾的告退之后，巡抚大人说："你去找俞大哥，这一手非常高明。现在事情简单了，我要命海军方面按需要的人数派来，五六十人坐两只船去就可以了，一定不能让罪犯逃脱。"他找来秘书，吩咐他把南京的海军负责人传来，然后转过身去对素馨说：

"夫人务必赏光来舍下住，我好有机会和孟嘉兄盘桓几天。"话说得很真诚。并且很巧妙地恭维她说，"请夫人接受我一点微薄的礼，是听见我这位名翰林孟嘉兄终于成家的时候，我打算送去的。现在见到夫人，那就无怪乎孟嘉兄断然结束他独身的日子了。今天晚上我要补行庆贺一番。"

素馨态度很从容地说："您太客气。我还怕给您添麻烦呢，我们的事情全要仰仗您费心。"

"孟嘉兄已经找到令姐的下落。麻烦的是他做的这一步，我们要做的并不太费事。等海军军官来了，我要吩咐他严密防守长江上面和出口一带，就是青江和江阴。您不必焦虑，歹人从水路跑是办不到的。"

素馨面带忧容望着孟嘉说："你想不会有枪战吧？"

巡抚大人说："不用愁，不用愁，我们会小心照顾令姐。据姓顾的说，那个小岛上只有六家渔户。没有必要，是不会开枪的。"

那天晚上的宴席上，巡抚夫人和两个姨太太都出现了。在大家互相敬酒谈笑风生之时，孟嘉和素馨算暂时把牡丹忘记。海军军官已经找来，接受了巡抚大人的指示。所有必要的措施都已完成，并已传出命令要严密注意青江和江阴之间的交通，位于高桥的海军哨站要随时和南京联系。

孟嘉和素馨坐的是主席，这样使素馨觉得地位非常重要。巡抚夫人不断和素馨说话，素馨说话之时，所有几位贵妇都倾耳细听。素馨以前还不知道丈夫的名气多么大，等听到巡抚夫人恭维丈夫的著作才知道。不知为什么缘故，"翰林"这个名词在中国人听起来，特别有让人尊敬的魔力。由于这个名称暗示高度的文学成就，是一切学者梦寐以求而极少数人才能获得的，所以"翰林"一词，比尚书、大臣、巡抚、总督等大员都好听。

大家谈笑甚欢之时，府中的总管传进紧急的消息，杭州两江总督府派人来到，来人正在前面客厅等候接见。巡抚看了名片，就递给孟嘉。

孟嘉舐了舐嘴唇，抬头看看素馨说："来人是两江总督衙门的秘书安德年。"

素馨勉强咽下去要喘的一口气，只觉得一股热血冲到脸上。

她问："他来这儿干什么？"

巡抚夫人问："您认得他吗？"

"不认识。只是听说过这个人。"

巡抚吩咐总管去说，如有急事，他等一下就出去见。总管回答说："他说事情很紧急，带了总督大人的一封信来。"

巡抚说："那一定很重要，把他请到里面客厅坐。"

巡抚离席去见来使，过了一会儿返回，说安德年带来奕王爷的一封信。

巡抚大人对翰林夫人说："是关于令姐的事，我不知道令姐是总督大人的干女儿。"

孟嘉微笑着回答说："她是。有一次在杭州，敝同宗请我吃饭，在席上，奕王爷很喜欢她，说认她做义女。"

素馨自然吃惊，但仍然保持镇定，一点儿也不显露出来，丈夫以前并没告诉过她这件事。这是孟嘉在给王爷的信上偶尔提起的，借以希求当局施以"最大的压力"。奕王爷竟把他的话当真，他非常感激。

素馨很想看看那个差一点成了她姐夫的男人，因而说："干吗不请他过来呢？"

"他说他已经吃过饭，愿在那儿等一等。我相信他愿私下讨论这件事。"

这顿丰富的筵席菜一道一道上，后来孟嘉请主人吩咐不要再上菜，要点儿粥喝，这才结束。

饭后，素馨和孟嘉跟巡抚大人到客厅去见安德年。安德年衣冠整齐，穿的是米黄色绸子大衫，黑绸马褂，比孟嘉稍高。巡抚大人向他介绍孟嘉时，安德年端肃作揖行礼，同时向素馨的方向快速瞥了一眼。素馨应当能看得出他脸上的焦虑。

孟嘉对他说："这是拙荆。"

素馨走上前来，彼此鞠躬为礼。素馨立刻觉得安德年人确是可喜。虽然他奉命来办的这件事非常严重，他还是神采奕奕，在巡抚大人之前十分从容自然。

安德年没料到在巡抚公馆遇到素馨，所以见到长得这么秀美而酷似牡丹的一位少妇，自然眉目间难以掩饰惊异的神态。

大家在铺有朱红垫子的豪华红木椅子上落座之后，安德年以沉着严肃但带有感伤的语气向巡抚大人说："总督大人认为这件事甚为重要，所以差在下亲自前来，敬求大人鼎力赐助，密切配合。"

这位江苏巡抚大人回答："梁翰林已经比我们先走了一步，我们已经有了总督大人干女儿的下落。"

安德年虽然极力想保持镇静，但还是不由得提高了声音："她现在何处？"他从巡抚看到孟嘉，把手里的茶杯放在桌子上。素馨抑制住微笑。

巡抚大人略叙了一下进行中的情形，说："海军部门正在负责办这件事。你若是先到巡抚衙门去，他们一定会告诉你。"

安德年聚精会神地听完巡抚大人的叙述，才放了心。他抱着交插的双膝，以平常自然的语气说："在下原来不知道这种情形。总督大人吩咐在下先求大人指教协助，再商议如何进行。若是海军方面已然负责办理，在下直接去和他们接头就行了。当然还要来求大人协助。"

"当然，鄙处一切力量完全可由贵方差遣。你现在住在何处？"

"还没有决定。是一来叩见府上的，没料到打扰大人用膳。"

安德年几乎觉得有点儿开罪于人。他曾经劝动总督大人派他以总督的代表来办此事，以十万火急的心情请求追查牡丹的下落，但愿能立刻找到她和她再度相见。自从那天早晨儿子死亡，牡丹又要求他让她离去，他就一直在折磨煎熬之中。他也克制自己，不和牡丹相见，不给牡丹写信。他的头脑之中装满了牡丹的容貌、牡丹的姿态、牡丹的话语，还有牡丹的热情拥抱。牡丹的形象不分昼夜地折磨他。他傍晚在家静坐，一言不发，太太以为他完全为丧子忧伤。而今上司给他这个机会，得以奉命办事，事实上正合私意。担当这项使命，对他实在算是一件私事，所以遇见素馨和孟嘉，让他俩看见，心中觉得怪不好意思。他的眼睛不断在孟嘉和素馨之间来回转动。三个人都暗有所思，但既不能也不愿表露出来。有一两次，他发现素馨正以疑问的神情望着他，似乎是已经识破他的本意。他心里纳闷，不知道他们对他和牡丹的事了解多少。自己若力求不露个人的感情而和他们讨论搭救牡丹的事，到底能说什么话，到什么深度？他的一个愿望是找到并且能看到牡丹，要自己一个人。

第二十八章

夜里，万籁俱寂，两岸的灯光全已熄灭。半月如规，高悬在天空，时时被片片洁白的浮云掩蔽。块块移动的黑影在岛上匍匐爬进，一时把白色的沿岸遮蔽住，然后又露了出来。孟嘉和德年站在一艘两千五百吨驱逐舰的船头上，往远处窥探，这时，半夜的强风横扫过长江水面。“龙华”号是当时中国幼年海军里的小型驱逐舰，驻防在南京和江阴之间，那天下午由南京下驶，停泊在高桥以上，离玉春岛有一里半远。那天下午，他俩曾用沙舰长的望远镜观察那个小岛，把几家渔夫的房子和长长的一带树木看得清清楚楚。

沙舰长认为滔滔的江水和昏暗的月色特别有利于夜晚行动。他认为，当夜的任务只是很小的军事行动，一下午不断以饮料供给客人，并不时谈笑风生。岛上的灯光两个钟头以前即已熄灭，他要他的四十五个水兵在半夜之后才开始行动，那时候，潮水高涨，登陆和撤离都容易。

行动的时间终于到了。孟嘉和德年倚在栏杆上，很紧张地站着，有时说一两句话。船上穿便装的只有他两人，长衫下摆在风里飘动，发出声响。安德年原打算随着小舟下去，极盼望在找到牡丹之时，他是在那儿的第一个人。

孟嘉说：“我也下去吧。”

德年说："你真要去吗？其实你不必。你可以等我们把她带到船上来，不更轻松吗？"他的语气显然是不愿孟嘉去。

孟嘉坚持说："我一定要去。她看见人群里有我，她安心。"

"我想，若是有枪战发生，咱们会妨碍他们行动。我们文人去一个就行了。"

孟嘉很轻松地一笑说："我是经过激烈战争的。"

安德年说："那当然。"

"我想完全用不着开枪。"

"也许放一两枪把他们惊醒。我刚才和沙舰长谈了一会儿，主要是防止海贼再把她掳走。"

孟嘉认为不会有流血抵抗的危险。他说："全岛上的壮丁也不过十来个人。他们在睡眠中我们就进去了，而且我们人多。可是，你认得出她来吗？"

"我相信能够认得出。"

两人僵着静默了一会儿。

孟嘉说："噢，是的。我记得几个月以前，她在府上做过一段事。"

"是啊。"

两人又僵了一会儿，安德年但愿孟嘉不再多问。

"在黑暗里你能听得出她的声音吗？"

"噢，能，很容易。"

孟嘉又说："当然。我只是要弄清楚你别在黑暗里错把海贼的女儿抢回来。"

"噢，不会，你放心。那么你也来吧。咱们要派几个人把守着村子的出口和那几只小船，提防他们逃走。我劝你还是站远一点儿，等我把她平平安安地带到你身边。"安德年说完，看了看表，"咱们去吧。"在黑暗的夜里，海军张上尉下令从这艘驱逐舰上放下三只小船。水兵提着灯笼，带着刺刀、手枪。大家鸦雀无声地在小船上坐好，孟嘉和安德年和张上尉坐一起。小船在朦胧的光亮中往前进。江浪滔滔，夏夜漆黑，近处才能看清楚彼此的脸。

在上岸的地方，带手枪的人看守船只，其余的人静静地往沙滩上走。

所有的灯笼已经熄灭。一部分人去找私枭的船，另外一批主要的人偷偷穿过田地，向前面半里之外的村子走去。已经下达命令，不在村子周围暴露位置，不许私乱开枪，看见开枪的暗号儿才许射击。在半夜的空气中，江里浮标发出低低的响声，高出波涛不停的冲击声，微微可闻。

张上尉领着弟兄们绕着村子，走到南面，停住观察地形。海贼的房子聚集在一处，相离甚近，并无围墙院落，外表看来，完全像渔村一般光景。一条白沙宽路通到码头，后面白茫茫江水衬托之下，几个桅樯隐约可见。最好的机会就是派人围着入口，静悄悄地等着上尉发出暗号，这样埋伏突袭最为理想。另有几个人派到东面，那儿地势略高，有两三家房子。

指挥官命令是："不得乱开枪。我们的目的是寻找被绑架的女人，她叫梁牡丹。各就各位，不下令不许动。在门口的要随时准备，以防他们冲出来。要把年轻的姑娘聚在一处，现在开始行动！"

枪声一响，牡丹突然醒来。她呆了一下，才想清楚外面出了事情。她偷偷下了床，到窗棂前往外看。自村子中部传来不甚清楚的喊叫声。她看见几个黑影在各处跑，枪声越来越多。

过了几分钟，她听见隔壁屋子开了门，随后是沉重的跌落声，似乎有人摔倒，随后是沉重的脚步声。

她听见隔壁屋里一个粗暴的声音说："别动！我们找梁牡丹小姐。你们绑架的女人藏在什么地方？"

牡丹冲了出去，看见一个穿制服的水兵。在他手持的灯笼光亮映照下，他的脸色赤红。他过来把牡丹抓住："跟我走，别怕。你是梁牡丹吧？"牡丹任由他抓住，拉出去。

牡丹没有时间想，也想不通出了什么事。由于过去几天的情形，她已经被吓怕了，所以浑身颤抖地哭起来。她模模糊糊地听见水兵说，他们是海军，前来救她。

下面一声口哨，好多人由黑暗中露出来。

拉着她的那个水手说："在这儿，在这儿！我们找到她了。"他用胳膊搀住了牡丹。

月亮穿云而出，牡丹看见很多男人在各个方向乱跑。

水手问她："你能走吗？"

"我能走。"

她听见下面一个干涩的叫声："牡丹！"听来怪耳熟。一个人向她飞快跑过来。

那声音又传过来："牡丹！"

她回答一声："我在这儿。"

刹那间，来的那个人正是她再也想不到的。

"德年！是你？"

她的腿软了，全身无力，跌倒在德年的怀里，热泪由脸上流下来。竟会是安德年！

德年说："你现在平安无事了。你堂兄梁翰林也在这儿。"

"会是你？真会是你吗？"她简直不能相信自己的眼睛，竟让安德年那粗壮的胳膊抱着她往前走。

他们到了村子中间，搭救她的行动就要结束了。院子里灯笼的光线横七竖八地交错着。两个人受了伤倒在地上，三四个人手上铐着手铐。一群女人小孩在远处站着，吓得颤抖不已。水兵们完成了任务，都慢慢走回来。

现在牡丹知道已经遇救，而今在朋友之中了。她脸转向安德年，过去数月的相思在心中潮水般一涌而起。她紧紧地揪住他的胳膊，贴近他的怀抱，在他脸上乱吻。她没看见孟嘉，其实孟嘉站得离她很近，静悄悄没说一句话。安德年看见了孟嘉，说："你看，你堂兄梁翰林在这儿。"

牡丹转过身去，孟嘉正在默默地看着她，一直在看着她。

牡丹喊了声："噢，大哥！"松开德年，出乎孟嘉意外，她竟一下子扑到孟嘉的怀里，不由得抽抽噎噎地哭泣起来。孟嘉体内五脏六腑都震动了，但胳膊只松松地搂着她。孟嘉当时极为尴尬，也提醒自己牡丹已经不再爱他了，现在虽然是已经找到了她，其实是早已失去了她，为什么在众人注视下投到自己怀里来呢？她缓缓抬起头来注视他。当时朦胧的光亮仅足以让他看见牡丹雪白的鹅蛋脸，在她那两眼深处，孟嘉相信他看见了一股悔恨的神情。她又低下头，哭得非常可怜。牡丹的热泪沾湿了他的绸子大衫。他只觉得心思一阵纷乱矛盾，起伏不已。他很温柔地扶起来牡丹的头，以颤动的声音对她说："牡丹，别哭了。我们一直在找你，素馨在南京等着你呢。"

她抬起头问：“我们是在哪儿？”

“离南京不远。”

孟嘉转过身子说：“这位是张上尉，你应当向他道谢。”

牡丹看见那位高大英俊的军官，他雪白的牙齿在黑暗中闪亮。

那位军官说：“能找到小姐真高兴，全国的海军都为您效劳呢。”他的声音粗壮，以爱的神情望着她。

牡丹说谢谢他们搭救。

张上尉喊一声：“大家都好了吧？”他吩咐一个人鸣哨一声，在码头上聚齐，准备回航。他转身看了看牡丹穿着白睡衣的女性身段，笑着说：“你能走吗？你知道，我们弟兄们都愿背着你走。我们忘记带一顶轿子来。”

“我能走，谢谢。”

大家开始登船回去。几个俘虏之中有一个伤了腿，很痛苦地瘸着走。他们的妻子都号啕大哭，看着丈夫被海军带走。灯笼红黄的光处处闪亮，小路上移动的人影横斜错乱。张上尉走在前头，时时把他的灯笼摆动过来，给牡丹照路。

安德年在牡丹右边走，梁孟嘉在她左边走。她一时无法镇定下来，所以既不知想什么，也不知道说什么。她觉得靠近堂兄多问问家里的情形还比较相宜，可孟嘉分明是不言不语，而搀扶着她胳膊的是安德年。难道孟嘉知道她和安德年之间的恋爱吗？知道多少呢？她也不太介意。她越来越倚向安德年。德年告诉她他们坐的是一艘驱逐舰，正在开往南京。

她问德年：“你太太怎么样？”

“她在家，伤心流泪，想孩子。也够她受的。我只有尽力而为。你出了事之后，我不得不离开家。她听说你失踪了，吓得不得了。”

牡丹心中觉得歉然，又尽量去和堂兄说话。她胳膊离开安德年，问孟嘉：“素馨好吗？”

“很好。她现在住在南京巡抚公馆。”孟嘉发觉又和牡丹说话，自己都有点儿害怕。

“我听说妹妹要和你回南方来，你见了我爸爸妈妈没有？”

“还没有。现在我们就和你回杭州。”孟嘉见到她时显得懒得说话，缺乏亲热，这使牡丹觉得自己做错了事。

乘此小船去上那艘驱逐舰，牡丹坐在孟嘉身旁，德年则坐得远一点儿，正和一位军官说话。牡丹的手轻轻的而又有几分胆怯触到孟嘉的背部。孟嘉不动，也不用眼看她一眼，但是牡丹碰到孟嘉，则感觉到一点儿微微颤动。孟嘉并没有看她，牙关紧紧地咬着。他把两条腿伸伸蹬蹬，颇不安定。

俘获的海贼一个一个地被猛推上梯子，走上那艘驱逐舰。张上尉和安德年在前面走，孟嘉搀着牡丹上去。舰长是福州人，请他们去军官室里吃茶点。

"我等会儿再陪诸位。我要去看看犯人的名字。"

张上尉把他们领到军官餐厅，把帽扔下，说："请坐。要茶还是咖啡？我们都有。"

孟嘉说："当然是咖啡。"到了明亮的屋里，孟嘉才轻松下来。他说："我有一次乘英国的炮艇，他们给我倒茶，我说我愿喝咖啡，他们不明白。他们忘记我们在家天天喝茶。再说，咖啡也洋气。"

牡丹又听到孟嘉以前的声音，看见他说话的神气，眼睛亮了起来。不错，他就是她的堂兄，梁翰林，他说的话都发人深思。当年北京的日子又出现于脑际。现在孟嘉对她正目而视，眼睛里头显露着寻求探询的神气，她不由得忸怩不安，转过头去。孟嘉看出她眼里有烦恼的神情。她脸上显得血色不好，眼下也有黑斑，过去几个月给她多少煎熬折磨呀！他安慰她说："但愿今天晚上你没有太受惊！"

"最初我很怕，那时候睡梦中听到一声枪响，当时不知道随后会出什么事。"

在船舱中强烈的光亮里，牡丹的眼睛紧闭着，有一种模糊疲倦的感觉，好像自己还在做梦。一个钟头以前，她还置身于荒岛，在海贼手中，睡在一张薄席子上，忽而又发现自己置身于一个现代文明的大船上，和两个情郎在一处。

舰长进来说："罪犯们已经问过话，他们的名字也登记下来，姓杨的已经死了。我们要开回南京。"他说起话来，有达成任务之后的快乐。然后转向那位漂亮的被绑架人说："但愿您不要太烦恼，我听说您是奕王爷的干女儿。"

牡丹呆板地点了点头。既然在梦里，有什么情形发生就任其发生，逆来顺受吧。她那满腹狐疑的眼光正遇到安德年的眼光。

孟嘉心为了对牡丹有益处，就立刻代为回答：“她是奕王爷的干女儿。”

牡丹深觉自己蓬头垢面，衣着不整，就问沙舰长：“我可以洗洗脸吗？”

“当然可以，请随我来。”沙舰长领着牡丹到自己屋里，指给她毛巾等物。

牡丹问：“您有梳子吗？”

“噢，有。”他给了牡丹一件海军军服上衣，说，“小姐若觉得冷，就披上这一件衣裳。”然后自己走出来，将门关上。

在过去四五天里，牡丹始终没见过一面镜子。她匆匆忙忙洗脸梳头发，向镜子里头端详自己，伤感而沉思，想把一团乱麻似的思想整理清楚。

她深觉自己实在很骄傲，因为两位先前的情郎都是为了搭救她而来。孟嘉已然婚配，他改变了吗？他那么沉默，那么疏远冷淡。安德年比以前消瘦了，自从上次相别，一定体重减轻了不少。

牡丹又出来和大家坐着，觉得自己比刚才精神了许多。

舰长正和大家谈论岛上打仗的事。他抬头望了望牡丹，说：“你尽可在我屋里休息休息，我可以待在船桥上。”他看了看墙上的钟说，“已经三点多，不到两个钟头天就亮了。”

舰长起身走离开之后，三个人又说了一会儿话。

牡丹说：“我是奕王爷的干女儿，到底是怎么回事？”

两个人争着要回答。孟嘉说：“我写信给奕王爷，提出这个关系，好让巡抚大人立即采取行动。”

安德年又补充说：“奕王爷要我给致巡抚大人的信起个稿。他说我若认为这个关系加进去会有益处，就加进去，我就加进去了。”

牡丹又问：“你怎么找着我的？”

孟嘉告诉了她，又补充说：“谢谢老天爷，现在一切总算已经过去，你也平安回来了。我要请巡抚衙门立刻给你父亲打个电报，你真弄得我们急死了。”

牡丹问：“巡抚衙门？”

孟嘉说："中堂张大人给南京巡抚写了一封信，两江总督奕王爷又派安先生来找你，海军方面又奉命来救你，你真让大家担够了心。"

牡丹感觉到有责备她的意思。赶快自己辩解说："那个畜生绑架我，也不是我的错啊。"

"牡丹，我不是那个意思。"

安德年说："我想咱们都需要歇息一下。"说着，站了起来。

这两位男友送牡丹到舰长的屋子去，知道她不缺什么东西了，对她说了声"明天见"。两人走开时，彼此相向望了望。

安德年说："令堂妹可真了不起！'"

孟嘉回答："是啊，是了不起。"

他俩各回自己的船舱时，听见下面引擎轰轰的声音，觉得长板铺成的地板在浑厚钝软地震动，船在向前移动。

孟嘉随手关上了舱门，今夜的事情颇使他狼狈不安。在过去一年之中，他已经学会把牡丹想做遥远过去的事，但这个遥远的事中含有隐痛，就像一个扭曲失真的影像，如同他在素馨身上获得的真爱的一个褶皱的影子。今天晚上，那个褶皱的影子却猛烈干扰他，也许是她那两颊苍白无血色和眼睛里头烦恼的神情所引起的。她已经不像一个天真无邪傻里傻气的女孩，而像一个悲伤成熟的妇人，更风情万种。再有，她在安德年怀里紧紧拥抱的样子，颇使孟嘉吃惊。他只有一次从素馨接到的家信里，知道提到过安德年。仅仅听到她的声音，他的心就猛然抽动。一整夜，他都在努力克制自己。他对牡丹本人的大胆厚颜和任性反复所形成的想法已经烟消云散，他觉得旧日情感又隆隆作响，就如洪波巨浪一样。这算又一次，他对牡丹的爱竟然不容分辨。他觉得软弱无力，决定去睡觉。在沉静的黑夜里，他又伸开两只胳膊想去搂抱她，搂抱的却是黑暗阴郁的空虚。

牡丹不能入睡。她所喜爱的那种淋浴使她觉得清新爽快。她爬上舰长的床时，觉得清洁的床单舒服清爽，自己硬是清醒得不能成寐。她被绑架拘押的可怕日子算是过去了。她的头因夜里突然发生的事而晕旋，还因怕见素馨而不安。她又想到孟嘉，不管别的，总算前来搭救她。尤其是德年。旧日熟悉的爱情热泪，如泉水般从她脸上流下来。

她从床上起来，由小窗口向外窥探。在半黑暗中别无所见，只有岸上迷蒙不清的影子移动，还有明亮的水在下面滚动，嗖嗖作响。

她轻轻走出舱去。一个暗小的光亮照着通往船后面的通道。她打开门，闻一闻海上带有几分刺鼻盐味的空气。半月如规，已落向地平线，现在呈污浊的黄褐色。在东方，有一颗明亮的孤星，射出的金光闪烁不定。这颗空中飞舞的火星吸引住她的视线。在甲板另一头，她能看见一个黑影，好像是一个人凭栏而立，而且正在抽烟。不管他是谁，她又走下扶梯，抓住白栏杆，走向那个黑影。那人听见她的脚步声，转过身来。

“牡丹！”她听到低小的声音。那黑影走过来，是安德年。

“我以为你睡着了。”他说完拉住牡丹的手，很快把她紧紧搂在怀里。

“我睡不着。”

“我也睡不着。”

牡丹问他：“你在这儿干什么？”

“想你——应当说，想我俩的事。”

他们的嘴唇很快相遇，但立即又离开。

牡丹说：“德年，我很爱你。”她的眼睛闪亮。

在星光照耀的半黑暗之中，他们默默望着对方。德年一只胳膊搂着她，他们走近栏杆，往外向海望去。德年搂得她很紧，牡丹自己的身子用力靠近他，好像在寻求什么，盼望自己能完全属于他。牡丹不去看德年，反倒向下看，注视下面前后相续波浪的粼光闪动。

牡丹终于问了一句：“你怎么会奉命来办这件事？”

“我自己请求的。奕王爷一找我到衙门，我就听说你出了事。这消息让我一时吓呆了，我没想到你会到高邮去。后来我去见你父母，才知道点儿详细情形。奕王爷把我叫去，拿你堂兄的信给我看。我说王爷若立即采取行动，最好派个人去，我就自请来办。我还告诉王爷，由于丧子之痛，我也愿离开当地一些日子。我求王爷派我来，我知道我非来不可。即使王爷不准，我也要请假，前来找你……王爷似乎对你很看得重。我也略微向王爷说了你几句。他问我是否认得你，我不得不告诉他……”

“你跟王爷说我什么了？”

“我也忘记说什么了，就是我对你的观感。我的声音也许露出了激动不安。总而言之，王爷笑了笑，答应派我来。现在我太激动了。”他的声音颤抖。他实在一时词不达意，呼吸紧促。停了一下，他才说：“你决定我俩必得分手时，你不知道我心里那股滋味……很难，很难……”

“你不认为我们应当分手吗？”

德年很感伤地说：“应当。”

随后是一段令人痛苦难忍的沉默，然后德年说：“实在受不了，我不能吃，不能睡。有时候我心想根本不认识你就好了，但是偏偏认识了你，又要失去你……”

等德年又点了支烟，牡丹一看他的脸，不觉大惊，原来自从他们分手后，德年已经老了许多。他两颊憔悴，眼下有了皱纹，以前本是没有的。这真使牡丹心如刀割，好半天说不出话来。最后她说：“你变了，德年——我指的是你的脸。”

“你知道是为了什么。是你离开我之后，我受的煎熬。我生活在煎熬的地狱里。”他又说话，好像自言自语，“牡丹，卿本当代无两一红颜。”

牡丹低声微笑：“大部分人看来，我一定是一个邪恶放荡的女人。”

安德年说：“不错，大多数人会这么想。曲高和寡。”

“我父亲说我是疯子，甚至孟嘉……”她突然停住。

“孟嘉怎么？我知道你过去爱过他。”

牡丹说：“我不知道该怎么说。现在大不同了，也许他恨我。我们在小船上的时候，我就感觉得到。我知道，他现在还爱我，不过那是他自己单方面的事。也许我伤害他太深了。我离开他时，他一定够受的。”

她又转过脸对德年说：“只有你了解我。就为这一点，我要永远爱你。”有悔恨的腔调。

“我们以后怎么办？”

牡丹走近他说：“人生本来就苦，咱们别再让它苦上加苦吧。”

两人沉默下去。最后，德年说：“我知道你的意思，不得不如此，只好如此。也许我们之间如此最好。”说完了就苦笑，“我的肉体属于我的妻子，我的灵魂则属于你。咱们就这样吧。这样之下，是不会再有改变的。你知道人生最大的悲剧是什么？”

“告诉我。”

“人生最大的悲剧是，伟大的爱遭受毁灭。天哪！你若有一天变了心肠，不再爱我，千万别让我知道，因为我会受不了。”他轻轻摸动牡丹的头发，又说：“我知道，倘若咱俩私奔，一定会彼此更了解对方，也许我们那爱情的神秘会被灰暗日子里的严霜毁灭。也许你会发现我不过是个平凡的人，有时候粗暴，有时候抑郁不乐；也许我的头发梳得不合你的意；也许是些鸡毛蒜皮的小事情会改变你对我的感情——也许是一个溃烂牙根，脑门子上一条新的皱纹，腮颊上的消瘦，等等。若是照我们所说的那样办，就不会有什么毁灭你对我的爱了。”

这真是牡丹生平听到的最使人伤心的话。

最可悲的是，德年所说的话偏偏正是真理实情，丝毫不假。牡丹记得孟嘉发现她对他的热情冷下来之时，孟嘉对她说的话。孟嘉说那就犹如看见一个淘气的孩子，因为顽皮而把一个玉碗在地下摔碎，然后高高兴兴地走了。是一样的感觉。

牡丹问：“你是说，咱俩就不要再见面了？”

“你心里不是这么想吗？”

牡丹说：“是啊。回到你太太身边去，心里想念我。”然后把脸转向他，在一个亲爱的动作之下，两人的腮颊摩擦而过，咽喉里憋闷得喘不上气来。他们的嘴唇相遇，是温柔、迅速、短暂、互相咬唇的一吻。

最后，德年说：“命里若会再相见，我们自然会相见。若不然，这就是我一生里最伤心的一夜。”

牡丹说：“也是我的。”在无可奈何之下，她的声音微微地颤抖。

德年问她：“那以后你要怎么办？”

牡丹说：“德年，让我告诉你。我要保持这份爱情。听完你所说的话，我能够忍受了。回到你太太身边去，不要破坏我生平所做的一件善事的记忆。我不会静静地等待命运。过去我等金竹，所付的代价太高了。你刚才说的话提醒了我，我可以随便嫁个男人。我的身体为他所有，我的心灵另在别处。虽然我如同住在牢狱之中，我仍然可以感觉到自由。”

“你要嫁给谁？”

“现在这倒无关紧要。”

第二十九章

大概早晨六点钟，孟嘉在扰攘不安的睡眠中做了些离奇古怪的乱梦之后，算睡醒了。他要回想那些细节，最初实在不能。他只能记得和牡丹在一个可怕的冒险中那种快乐的感觉。每逢他梦见牡丹，那种独特无可比拟的感觉就整天难忘，使那一天的日子特别富足。他朦朦胧胧记得，有一个极长极巨大的东西，绵延起来，没结没完，还有一个极小的东西。那是不是几粒谷子？不错，现在他记得清清楚楚，曾经找到撒在地上的几粒谷子。他们俩都很高兴能找到那几粒谷子。牡丹拾起那几粒谷子，就突然渺无踪迹，他大惊醒来。

他用心想，开始想起那个梦，一步一步往后追，一个意象一个意象往后追。他们曾经在一只小渔船上溯急流激湍而上，地势是深长崎岖的峡谷，往前瞻望，似乎看不见开始之处。在高耸的两岸之上，听见虎狼咆哮之声。等出了此一峡谷，到了山野一带平旷的草原上。小舟的底部发出隆隆之声，随着溪流越来越窄，船底和溪底的石卵相摩擦。岸边巨大的圆石头都呈势将跌落之状，而猿猴在深山之中啼叫。突然间，前面堵塞，不能再往前进，于是两人弃舟上岸，携手前行。整个气氛令人胆战心惊。但闻空中怪鸟异兽乱啼乱叫，前面已然无路。这时突然看见一个人，脸色深褐，在他俩面前半裸而立，手持一棵谷穗。那个人把此谷穗递给牡丹，说：“留得青山在，不怕没柴烧。”牡丹低头去拾地上的谷子，又突然不见了。

梦很有趣，大概是因夜晚在渔岛上的紧张惊恐而来。但是，几粒谷子有何含义？孟嘉并不相信解梦一事。忽然想起一个寺院里神的预言。事情是这样。他刚接到牡丹失踪的消息之后，大受震惊，又恐惧又疼痛，非常担心牡丹的安全，在起程南下以前，他曾经到一个佛庙里跪地祷告。他在无法可想狐疑不定的刹那，转向了神明。他跪在地上，默默地祷告，面对着那主宰人生的巨大力量，恳求对不可知的神秘有所指引。他一直祷告到两个肩膀振动。他极想知道，就喊：“为什么？为什么？老天爷，为什么？”然后他点上一炷香，扔下那对杯筊，抽了一根签，找到四行诗：

小舟急泛峡谷里，
成群虎狼啸野林。
山重水复疑无路，
柳暗花明又一村。

当然，他梦里的谷子必是与这个农村有关。那神签的诗句似乎已然忘记，现在却在梦里出现。

他由船舱的窗口往外望，天已破晓。岸上整个村庄，一行一行树木，都缓缓地向后退去。他听见军官餐厅里杯盘的响声，决定起床。

带着一种曾经接近牡丹的模模糊糊的愉快感觉，他穿好衣裳，走进军官餐厅。他盼望今天早晨能见到牡丹，和她畅谈一番。昨夜和她零星说了几句话，太不够痛快。也许在两人长久离别之后第一次看见她时，她正在安德年的怀里，因而自己震惊激动，彻夜不快。现在旧日欢恋的感觉还在，反倒把牡丹引起的痛苦忘得一干二净。甚至在昨夜短短的相见之下，牡丹依旧是那样冷热无常，似乎只增加他要见她的愿望，那只因为牡丹就是牡丹，不是别人。她就是那个“非比寻常，非比寻常，非比寻常”的牡丹！

他走进军官餐厅时，另有一位孤独的军官正吃早餐，一旁站着一个仆人伺候。孟嘉一边细啜自己的咖啡，顺便问那个军官什么时间可以到南京。

“我想十点或十点半吧。”

他的眼睛往舰长的卧室那边看，他想，牡丹一定还在里面睡着。

孟嘉问那个仆人：“你还没看见她起来吧？”

“没有。”

他恨不得立刻就见到她。他稍微犹疑了一下，走过去敲门。听不见回答。他又大声敲，还是没人回答。他轻轻扭动把手，推开一条细缝，往里一看，空无一人。他把门大开，牡丹真不在舱内。他知道牡丹最是作息无常。她可能在哪儿？他关上门，回到餐厅，坐着沉思。

那个军官过一会儿吃完走了。片刻后，他听见一个小姐的脚步声从通道上走来。他心想，仿佛在想象中刚才曾经听见安德年的船舱里有她的声音。果然是真的，墙上的钟指到六点十分。

他轻轻地叫了声：“牡丹！”

牡丹走进来，出乎意料看见孟嘉在这儿。她身披着舰长借给她穿的那件海军外衣，非常动人，但是由于过去那些日子的生活，脸上仍然十分消瘦。

她勉强辩解说：“我起来一个钟头了。”

“来，喝一杯咖啡吧。很好很热。”

她有点儿吃惊说：“这么早就有咖啡？”然后阴郁地微笑了一下。她向孟嘉急扫了一眼，心中忐忑不安地纳闷，不知他是否看见她从安德年的屋里出来。

仆人倒来咖啡，牡丹一点儿一点儿地喝，等着孟嘉先开口说话。她凭女人敏锐的感觉，立刻看出来当前的情形尽在不言中。在和安德年作了她一生极重要的一项决定，向安德年说了一声“再见”之后，现在她精神洋溢，觉得自己特别高贵，同时那牺牲的痛苦仍然使她头脑处在冲突矛盾之中。现在孟嘉本人就在面前，是她毅然决定与之断绝关系的孟嘉，竟是自己亲妹妹丈夫的孟嘉。

在男人面前，牡丹从来没有紧张慌乱过，她心中平安无虑，永远从容镇静。她向后靠着，昂然挺着头，在桌子下面伸开两条腿。

孟嘉说："我听说我们到南京的时候大概要十点钟。牡丹，你变了。"

"我变了吗？"想起在诀别信里说的话，她很想找个机会解释一下。她在等待一个适当的情形，但现在她所能说的只是："我想我是。你没办法想象我这一年来的经过，我想，我看来很可怕——老多了。"

孟嘉说："不是，我的话不是这个意思。我意思是，你成熟了，并不是变老了。我不知道怎么说。你改变了，可是又没有改变。由你眼睛里表示的痛苦，可以知道你很受了些罪。"

两人的眼光碰在一起。她一听孟嘉的声音没有凄苦，没有怨恨，才抑制住刹那间的不舒服。两人还能像故交重逢那样交谈。她觉得孟嘉还是那个老样子——温文儒雅，聪明解事，注视她时，还是以前那个神气。她的确觉得像面对自己的家人。

孟嘉向旁边的仆人斜扫了一眼，说："我想告诉你咱们家里的情形，还有素馨，你父母的情形。咱们到别处坐一坐吧。到你屋去，还是到我屋去？"

"随你的意思。到你屋去吧。"

两人站了起来。他知道牡丹是天下最不在乎礼仪的。

回到舱里，孟嘉拉了一把椅子给她，他自己则坐在床上。

牡丹说："我离开你，你不恨我吗？"她一直快人快语。

孟嘉立刻抬头看了她一眼，说："不。我只是有几分意外。我觉得丧魂失魄，一直病了几个月，好像从我身上撕下去了什么似的。我一直没法恢复以前的老样子。但是并不怀恨——现在也不。我已经想办法适应了，这得归功于素馨。"

"你很爱她吧？"

"很爱她。"

"我就是要听这句话。"

"你究竟是情非得已。至少你对我很诚实，肯告诉我。你就是这种人。"

"哪种人？"

"容易冲动、任性、不常性。"

他俩彼此相知甚深，那么亲密，自然可以坦白相向，就犹如已离婚的夫妇现在又重归于好，没有说谎的必要。

孟嘉叹了一口气，好像是对自己说话："还记得当年在船上相遇的时候吗？"随后在沉思中嘻嘻地笑了。

牡丹想到从前在与金竹恋爱上所受的折磨，那类似爱情的旧日温情又重新在她胸口涌现，因而想到孟嘉也必然受够了折磨。于是觉得一阵懊悔怜悯之情，不可抑制。她从椅子上站起来，伸出友情的手，向孟嘉说："务请饶恕，我实在是不对……"说着竟泪眼模糊了。

孟嘉猛用一下子力量，才把自己抑制住。他用力握住牡丹的手。牡丹以怜悯之情向下望着他。

牡丹说："你会不会饶恕我？"

孟嘉压制了如此之久的渴望和相思爆发了出来。他把牡丹拉近自己，疯狂般地吻她，仿佛要把一生的愿望埋葬在这一吻之下似的。

孟嘉痛苦呻吟了一句："我多么爱你！"

牡丹在痛苦之下闭着眼睛，然后摆脱开孟嘉："以后再别这样了。"

孟嘉说："我知道。我实在是情不由己。以后再不会了。"

牡丹把脸躲开，说："我这样对不起素馨。"

孟嘉默默无言。

牡丹问："以前我们在一起的时候，你为什么不要我改姓苏呢？"

"后来我才想起来，你也没想起来。"

牡丹又问："你后悔不？"

孟嘉反问一句："你呢？"

在这个问题上，两人都沉默下去。

孟嘉又问："当时若是想到，你愿意不？"

牡丹点了点头。

于是，两人的情形又像回到了以前。牡丹对孟嘉正目而视，说："我想是命该如此。你若问我为什么当时那个样子离你而去，我不能告诉你。"孟嘉的手正摩挲牡丹脑门上的头发。

牡丹说："我知道这个世界上，你爱我比什么都厉害，我们若是想到过继的办法，那不就正式结婚了吗？现在太晚了。我要把一切一切都告诉你。现在有个安德年。"

"你爱他吗？"

“是。我爱他，我不说谎。我要把一切都告诉你，因为你能明白。半点钟以前我才跟他分手。”

“那么？”

“我们同意彼此分手。”这句话从她的嘴唇上慢慢落下，就犹如粘连的蜜糖慢慢流下来一样。

“你很爱他？”

“他也是个有妇之夫，和你现在一样。为什么人生非这么复杂麻烦不可？”她接着说下去，自言自语，“我恨杭州。我觉得我现在要回北京去，恐怕只有到北京去才好。你以为怎么样？我会对得起我妹妹，你能相信我吗？”

她仰身躺在床上，用手捂着脸。

孟嘉说：“你不要让我为难。”说着拉开她的手，把她脸上的泪珠吻掉。又微笑着把她拉起来，说：“真的，那我受的罪就比你大多了。我能不能对你万分的坦白？”

“说吧。”

孟嘉说：“那会非常之难。我不愿做一点儿对不起素馨的事。”

牡丹说：“那谁愿意？”声音里显得不耐烦。

孟嘉说：“她是你妹妹，我爱她。用不着告诉你有多么爱她，你我都爱她。”

“当然。难道你不信任我吗？”牡丹总是立刻反驳对方，回答得像自己永远是对的那种口气。

孟嘉说：“干吗这样？我是说我自己。咱们再万分坦白一次，以后不再说。刚才一小会儿以前，你正坐在那椅子上的时候，你知道我心里怎么个感觉？”

牡丹等着他往下说。

孟嘉说：“我若说一度惋惜没有娶到你，你可别怪我。那时候你在那儿坐着——只有你，就是我过去一向那样想看你的那个样子——同样的眼睛，同样的手，同样的把腿伸开。什么声音也不能代替你的声音，什么也不能代替你走道的样子。你就是你，没有别的可比，牡丹。过去我和你不在一起的时候，我曾经想过你那种冲动喜怒无常，你的愿望，你那狂野的热情，我也曾把你妹妹比做你这本书的删洁本。把你想做‘负号’的牡丹。现在我把你想做‘正号’的素馨了。我所要的正是你所多的那一部分，就是你实际的自然本色，不必再减去什么。我要表明的意思，你能不能懂？我现在不愿再看见你由实际上再减去什么。你的本身正是牡丹，牡丹就是这个样子。素馨不是你牡丹。我老是说你异乎寻常，说你独一无二，你也许听腻了。普天之下，只有一个牡丹，不能有两个。这就是为什么我说难，曾经沧海难为水，除却巫山不是云。"

牡丹听着这些话，如饮甘露琼浆。她摇摇头说："算了，算了，不要那么说。不然我可永远不到北京去了。你若能自己克制，我一定也会自己克制。"她突然离远一点儿，说，"我给你我的日记，你看了没有？"

"当然看了。"

"大哥，你看，我什么事都没瞒你。你若看了我的日记，而对我照旧那个看法，那你就是真了解我，真爱我。"

"那么你一定要到北京去。素馨也要你去，我了解她。你妹妹还不能说是绝顶聪明懂事，所以将来不管在她身前身后，我们都不能轻轻说出一句相爱的话。我俩要把这种情感深深地埋起来。同意吗？"

"同意。"

"那么我看见你嫁给别人心里才痛快。"

"你总是这么说。"

"本来就是这么想。"

牡丹望着孟嘉，陷入沉思，然后说："很久以前素馨对我说过。她说我不应当和你那么要好，因为跟你好，我就永远不愿再嫁给别人。"

"不错。我记得在你的日记上看见过。我真不知道将来谁是那有福之人？"

牡丹懒洋洋地把头向后一仰，叹了口气。她说："过去完全像个梦。我的结婚——庭炎的死——我扶柩归里时在船上遇到你——我俩在桐庐的夜晚——傅南涛，还有以后那些事。然后，金竹的死——好在这件事已成过去。还有安德年儿子的死……可怕的那几天的日子，最近几十天丢脸的……"她眼里充满了泪。

"好了，不要提了。都忘了吧。"

“整个就是一场梦，尤其是昨天晚上，看见你和德年。我相信我们的梦还没有完。”

孟嘉告诉牡丹这天早晨他做的梦，最后说：“你相信梦就是预示将来吗？我不知道我的梦是什么意思。你看，那个梦和我抽的签很配合。”

“大哥，我从来没听说你会进庙里去。”

“你看，一听说你失踪了，也许落到了歹人手里，我又惊又怕，非到庙里求神祷告不可。那时候，我才突然间明白你对我是多么重要。我过去原来并不真知道我是多么爱你。我极力压制着这种感觉，这会很伤我的体面。当时我听见你出了岔子，我才知道你原来一直在我心里，你根本没有离开我的心，你在我心灵的深处。我要的，我需求的，只有你，没有别的。我万分恐惧，束手无策，在无可奈何之下，完全违反了我平时的信念，去求神了。真的，我跪在佛爷前头哭，直到我的两个肩膀发颤。然后我抽了个签。写的是：

小舟急泛峡谷里，
成群虎狼啸野林。
山重水复疑无路，
柳暗花明又一村。

这最后两行是什么意思呢？”

牡丹说：“前几行似乎和我过去一个月的遭遇相合——虎，狼，鱼船。你是真去求佛保佑了？”

“我真去了。我为你担惊受怕，祷告到心都快裂了。”

牡丹说：“噢，大哥！”她凑近孟嘉的脸。她闭上眼睛，疯狂地吻孟嘉，一边不断地说：“答应我——只再一次——”

素馨回到家时，真是幸福快乐，灿若朝霞。她容光焕发，穿着讲究，十分高雅，这样丈夫才有面子。她的女朋友们来看她，说她是天下最幸福的小姐，她听了也相信是实话。父母都引以为荣，她还是像平日那样斯文沉静，告诉父母不要说什么，免得姐姐不好意思，或会有自己是多余的想法。他们住在苏姨丈家，因为苏家房子还宽绰，有多余的屋子，牡丹住在家里。素馨尽量待在自己家里，因为她回杭州的用意就是回家探望。她有好多事情要告诉他们——关于北京的情形，回家路上的情形，到高邮去的情形。她和一般得意扬扬的年轻妻子一样，眼睛闪亮，面上带着微笑说："孟嘉睡沉的时候很爱打呼噜！"她说丈夫起床早，做事到很晚才睡。自己有一个丈夫谈论谈论，真不错！

新婚夫妇要接受很多家宴请，有私人的，也有官方的，也要送许多礼品。她接到的礼品之贵重，使她一直不断地诧异她丈夫不管在哪儿都那么受人高看敬重。

那些宴会之中，一个便是奕王爷为庆祝牡丹平安脱险而设的。孟嘉打算设宴向王爷道谢，但是王爷坚持不肯接受，说他是行心之所安，并不是帮忙。他已经做了一件善事之后，还想做第二件。他一直想要和梁翰林深交，也真心愿意看见牡丹当面正式认他做义父。牡丹的全家，当然包括她父母在内，都被邀请到王爷的公馆赴宴，宴席设在西湖边上的别墅里。牡丹的父亲分明表示不肯相信会有此事，也不能理解他两个女儿突然地时来运转。他过去那么些年，一直做个老实本分的钱庄职员，但是现在由于两个女儿的关系，觉得命运对自己要了那么多花样。他穿上自己最讲究的一件长衫，十分兴奋，又有几分怪不好意思，怪不应该，他在镜子前站直，叫素馨看看。

他问素馨："你看怎么样？"

素馨打量了一下，觉得父亲样子很体面，自己脸上也光彩。父亲穿的是藏青的绸子长衫，这件衣裳非有重大典礼是不穿的。只是现在因为他发了福，穿起来稍微显得有点儿紧。

素馨说："您看来很好。再套一件马褂就好了。"

"是个正式宴会吗？"

"不是，是家庭请客。"

"那就不要穿马褂了。"

素馨说："还是穿上吧，表示对人家尊敬。"

做母亲的说："难得总督大人请次客！"

父亲虽然不愿穿，还是在劝请之下勉强穿上了。那件马褂的肘部有一点儿磨损，他开始出汗。素馨极愿意让父亲给自己增光。那时孟嘉正站在一旁，素馨就对他说："你有一件马褂，父亲穿上会合身。"

父亲脱下自己那件马褂说："别让我穿，怪滑稽可笑的。我就是我。"他又问孟嘉："你看我怎么样？"

孟嘉是最不相信"人靠衣装，佛靠金装"这句话的人。他很幽默地回答："不用太认真，完全是家宴。为什么牡丹还没好？"

牡丹从另一间屋里喊了声："我就好了。"

素馨走进去看。牡丹那件紫罗兰色上衣，有白色的宽贴边穿着非常合身，甚至她那微微下垂的浑满双肩，更增添了线条的优美。牡丹知道安德年一定也会在座。两位小姐，也和别的少妇一样，都要打扮得显着比平常在家时更高雅。

牡丹问素馨："你看我怎么样？"

素馨倒吸了一口气说："美极了。"她常常爱慕姐姐的五官秀美而自愧不如，觉得姐姐两只眼睛梦境般朦胧恍惚的神气，特别使男人意乱情迷，神魂颠倒。

姐妹走出屋去。素馨穿着她所偏爱的灰蓝色衣裳，上面绣着极其精美的白色素馨花。孟嘉一见也倒吸了一口气。牡丹，穿着紫罗兰色的衣裳，非常像素馨——但是加上几分不可思议的完美风味之后的素馨。孟嘉心里这么想，觉得实在有点儿罪过。

他说："你俩真是一对漂亮的姊妹花。"牡丹向他很快地扫了一眼，觉察到孟嘉这样分明的爱慕，不由得感觉到满足和快乐。

筵席上，大家纷纷敬酒。首先是王爷让牡丹敬酒，正式认她这个干女儿。安德年显得极其忐忑不安。总督夫人仔细地打量这两位小姐——尤其是牡丹——想亲自会见这位闹翻金家吊祭大典的小姐，可是真有趣味。为了向中国海军和安德年达成搭救牡丹的任务表示谢意，于是先后向双方分别敬酒。

安德年又以他习惯性的幽默态度说："我实在不敢居功。"但他的快乐兴奋无法掩饰。他几乎是大喊："梁大哥完成了所有基本的联系准备，并且查出了梁小姐的下落，该向梁大哥敬酒。"

安德年的眼睛向牡丹那边闪烁。素馨特别觉得有趣，因为她从姐姐口中知道了牡丹和安德年的一切。于是她碰碰牡丹说："姐姐，你应当向王爷和安先生敬酒。”

牡丹只好照办，站起来敬酒说：“我要谢谢总督大人和安先生。”她认真望着王爷，又向情郎无限伤心地一瞥，干了一杯。

牡丹穿着那紫罗兰色的衣裳，那天晚上，特别显出一种凄苦之美。

回家之后，她哭了一夜。在筵席上看见安德年，越发难以割舍，然后想到德年死去的儿子和痛苦憔悴的太太，她觉得再不能伤害那丧子的母亲。

牡丹觉得疲倦，仿佛自己在放满色子的桌子上赌博。不知是在什么不可见的地点，命运的手偏偏与她作对。她想到所有本来可能发现的事——倘若金竹还没有死；倘若孟嘉娶了她，而不是娶了素馨；倘若鹿鹿还活着，倘若她能嫁给安德年，那个她认为最近乎她理想的男人，一个能完全了解她的男人——也是她最难忘记的男人。牡丹一向是个达观的人，现在却觉得比以前伤心，也更听天由命。她内心觉得万分空虚。也许等她回到了北京，孟嘉和素馨会帮助她安排她的婚事。可是在哪儿能找到一个像安德年那么有风趣，那么相貌堂堂的男人呢？她有一种迷离失落之感。难道她本人有什么不对吗？

第三十章

什刹海畔的柳树开始枯黄，紫禁城后面煤山上的枫树正在争红斗紫，孟嘉和素馨回到了北京。素馨的身孕已经看得出来了，在很多宴会之后，她觉得很劳累。

由于素馨极力敦促，姐姐牡丹已经和她一起回来，现在住在妹妹家中。她知道有一条界限绝决不可以超越，那也是她和孟嘉商量同意的。对于这件事，她也感觉到快乐，知道孟嘉依然爱她很深，因此也满足。这就够了。因为孟嘉和她都以体面良心为重，两人之间的协定都能严格遵守。由于孟嘉人品严正，她倒越来越敬爱他，旧日的热情又恢复了几分。

那种关系要怎么描写呢？敬爱要止于何处？而情爱又始于何处呢？没有人知道，而牡丹却觉得甜蜜而愉快，对情爱一般传统的解释，不再接受。他们俩再不曾接吻，也不曾再有过肌肤之亲；始终保持着彼此内心的了解，相互的敬爱，友情交好的气息深藏在彼此内心。再说妹妹素馨。倘若素馨疑心重，心狠毒，或是人下作，他俩一定会被迫陷入销魂蚀骨的热情旋涡。可是，素馨的头脑稳健冷静，从不糊涂莽撞，知道他俩原是情侣，于是完全以那种对社会人情应酬的从容自然对待他俩。她，由于平静沉稳，由于知道持盈保泰的谦虚自重，赢得了所有亲友的爱慕。如果情形需要，她也会坚定不移，但是她并不杞人忧天。因为她完全对人信而不疑，反倒加强丈夫对她的亲爱。

孟嘉和素馨住在东院，牡丹住在正院，但是有好多次孟嘉和牡丹两人单独在一起。素馨已经怀孕数月，很不想外出。她有时候和孟嘉一起乘坐马车出去逛街；有时候催着他俩一起去，自己留在家里。这时候，孟嘉感到的痛苦之深远胜于牡丹。曾经有多少次他的心怦怦乱跳，他的嘴唇渴望向牡丹送上一吻。牡丹总是说："不，我不爱你。"

这句话已经成了他们的游戏。每逢牡丹坐得离孟嘉很近，两人的腿碰到了，牡丹很热情时，孟嘉就说："不，我不爱你。"于是两人相视而微笑，这时两人的眼睛，两人的微笑，全把口头说的话推翻了。牡丹最放任的动作就是用手摸一摸孟嘉的胳膊，默默无言地按一下他的手。纵然有"勿超越界限"的苦恼折磨，他俩都感觉到来自默契的力量。所以，在家时，两人的眼光一遇到，不流露什么感情已经不再是什么难事，因为他们已经获得一种超越理解的宁静，还有一种男女所未曾体验过的极为美妙的关系。

次年二月半，素馨的母亲自杭州来到北京。北京这儿一直等她来，但直到新年过完她才能脱身离家。再过二十天左右，素馨就要生产。她母亲现在不愿出去到城里游玩，只愿在家照顾素馨生头胎的孩子。现在准备迎接这个婴儿的来临，全家平常安安静静，现在则热闹起来。要预备多雇个女仆照看孩子，在漫漫长夜，母亲和女儿也有说不完的话。

最后，女人喋喋不休的闲谈之中，出现了新生男婴健康的啼哭声。牡丹也和母亲和妹妹一样激动，她立刻爱上那新生的婴儿，内在潜伏的母性都显露出来。这是她第一个姨甥，她看着婴儿的眼睛，抚摩婴儿的小脸蛋，哼哼着哄小孩，就犹如孩子是她自己的一样。有几个星期，她没有去作孤独的散步，那本来是她认为对她很重要的。孟嘉不和小孩子争，他现在的地位只是在三个女人意识的边缘上而已，倘若他对照料婴儿提供什么意见，担保是被笑为不值一听，立刻被她们堵上嘴，不由觉得自己是女人专长范围内的外行了。

母亲看见牡丹那么喜爱这个婴儿，就对牡丹说："你怎么样，我还等着呢。"

这还是那很老很老的问题，重重地压在母亲的心上。牡丹没有说什么，深切的愿望却在心坎上翻腾。

牡丹说："妈，我当然也愿要一个自己的家，还不是和别的女人一样？"

一天，姐妹两人都在素馨屋里。素馨躺在床上，母亲对她说："孟嘉在北京一定认得许多不错的读书人。"

"也得容点儿时间，咱们对孟嘉说。"

牡丹一边把孩子在胳膊上颠着一边说："妈，您不用发愁。我会找到个男人的。"

牡丹话说得那么自然那么大胆，母亲和素馨不由得微微一笑。

孟嘉正好走进来。

孟嘉一看一家这么高兴，就问："你们笑什么？"

素馨回答："妈正说咱们应当给姐姐找个男人。"

"当然。我不知道将来谁是那个有福之人。"

"我要好好想一想。"

牡丹兴高采烈地说："你可不要管，我会找个男人嫁出去。"她一直抱着孩子，一边用一个手指头摸孩子的小脸蛋，一边舌头在嘴里发出轻轻的咔咔声音。她又说："不用愁，我自己会找得到。"

孟嘉觉得很有趣。他说："你说找个男人好像买双鞋那么容易。"

牡丹不断对小孩儿发出咕咕的声音。她用的是最原始的表示母爱的世界语言，这种语言始终没人能写出来，而且写成什么样子也不合适。

"你心里是不是已经有了一个男人？"

"不是，我心里倒有一个孩子——我的孩子哟。"

素馨说："姐姐疯了。"

孟嘉说他要到汉口去一趟，中堂张大人要他去看看汉冶萍铁工厂，那是张大人自己的工业计划。他要去至少一个月，也许两个月。素馨有姐姐和母亲做伴，他很放心。

牡丹向他看了一眼，很富有意义的一眼，他一时不明白是什么意思。

那天晚上素馨问他："那是怎么回事？为什么牡丹那样对你说话？"

"谁知道？也许她已经找到意中人了。"

孟嘉看着妻子给孩子喂奶，陷入沉思。他从床边站起来，向窗子走过去，站了一会儿，听着外头黑暗的花园里干枯的树叶窸窣作响。

素馨扣好大襟上的扣子，说：“到这儿来。你想，是不是姐姐又要露一下惊人之举呀？”

孟嘉摇摇头，显得别有看法，他微笑说：“也未可知。”

“你怎么个想法？”

孟嘉说：“听她说找到个男人像吃豆子那么容易，我真有点儿心中不安。我有一个想法……”他停住话，去点一根烟，然后说：“我想她像只翅膀飞累的鹌鹑，很可能谁先来埋伏，谁就会把她捉住。”

“我不相信。”

孟嘉又说：“她这个人最不可预测。她有好几次受到打击，都很厉害。她从来没提过她在扬州的经过，我也从来没问过她。”

“一点儿也不错。她不愿提那一段——自然也是，我也不肯问她。但是，她现在打什么主意呢？”

孟嘉说：“只有老天爷知道，就像我说的，她很像一只鹌鹑。在她和孩子玩的时候，我就从她身上都看出来了。我有一种预感，那就是，她只是要找到一个她喜欢的男人，而她喜欢一个男人并不难。你知道，她对男人有她的想法，就像那个打拳的。”

素馨说：“我现在还是不懂她为什么扔了你而硬是要那个打拳的。”

“事情就是那个样子。现在若说她又找到那个人而且和他见面了，我也不以为奇。”

“但是，那个人杀了太太！恐怕还坐监。”

孟嘉说：“那是件意外，他并没真正动手杀死她。法官相信他的话，只判了他一年半的监禁。牡丹走了以后，我找人查过。现在他也许由监狱出来了。你要这样看，那个人的身体健壮，一定很让牡丹喜爱。所以牡丹若是喜欢他，嫁给他，生儿育女，有什么不对？”

“可这是终身大事呀！”

“嫁给一个年轻、健康、强壮、浑身肌肉结实的男人，只要真喜欢他，而这个男人又能做个好丈夫，那也不算错。总之，咱们对那个人所知不多，还没办法判断。”

“我可不可以问问她？”

“不必。到时候她会跟你说的。”过了一会儿，孟嘉又说，“当然，这是我的猜测而已。”

孟嘉过了几天离开。牡丹这时心情特别平静。她急于结婚，要有个家，孟嘉所想大致不差。她全部的感情都用完了，现在想安顿下来，就像翅膀飞累的鸟儿一样。她只要找到一个男人。她喜欢他，愿意嫁他，而那个男人又同样足可以满足她这个女人的需要，能养活她，又爱她，就可以了。她从对男人的经验里，已经学到了不少，现在她很清楚她的需要是什么。那个男人要老实直爽，要年轻力壮，也还够得上聪明伶俐。她从没有发现有男人不喜欢她。事情难在要找的那个男人必须仪表好，身体健壮，人品可靠，收入可以过日子——就和父母为女儿物色女婿的条件大致相似，也就是安德年太太说的那种做生意的实际看法。最重要的是，她需要一个年轻的男人，一个强壮的男人，做她儿女的父亲。她的所望不多。

现在是三月底，西山上的雪在融化。在很多胡同里，庭院中伸到墙外的乌黑桃树枝上，细小粉红的桃花正在向外偷窥。西直门外，有成丛的桃树，在春天潮湿的土地上处处可见，树的根底还有大块积雪凝聚。在东四牌楼和东安市场，很多洋车夫已经脱下了老羊皮皮袄，经过一整冬，上面沾满了肮脏的灰尘。虽然天气还是阵阵轻寒，但富有之家的男女出门时，已经穿上新制的春装。街上偶尔可以看见有人坐着洋车经过时带着成捆的桃花枝子，这是由西山带来了春的消息。

牡丹还是常常自己一个人去散步。她喜欢出去看这些愉快的景象，听孩子们在街上玩耍时的喊叫声，呼吸北京城快乐嘈杂中太阳晒干的空气。她心里什么也没想，也没有在寻找什么人。天是水晶般的碧蓝，居民住宅和胡同里长而低的墙是鲜明的米黄色，与深灰色的屋顶形成鲜明的对比。这些纯正的颜色只有在清洁干爽的空气中才够明显。顺着哈德门大街，牡丹有时看见一个骆驼队由哈德门的门洞中穿过，背上驮着由门头沟运来的煤。

现在牡丹只需要有人陪伴才快乐。孟嘉离京在外，她可以自己用那辆马车。素馨一心照顾孩子，女仆也是一天二十四小时忙得离不开，素馨她妈也是如此。牡丹有时坐着马车到西直门外散散心，或是到前门外天桥去看看，那时还没有多少游人，一片冷清的光景。若想劝动素馨把孩子包好一同坐车出去，那是万万办不到的。带孩子坐马车出去那种种的麻烦和出去一趟的益处比起来，实在是乐不抵苦。十之八九是一路上母亲不转眼地看着孩子，来不及欣赏野外的自然风光。

牡丹单独去东四牌楼散步的时候更多了，在那儿她可以重新感受酒馆中往事的回忆。牡丹的一个特点是不耐烦注意细节，她记不住傅南涛的监禁到底多么长，因此以为他一定还在狱中。她喜欢出去到酒馆里，叫一壶茶，坐在那儿东瞧西望。

柜台上那个女人还认识她，她离开柜台，下来和牡丹说话。

“我们好久没看见您了。”

牡丹抬头看了看，微笑了一下。

“我到南方去了，刚刚回来。”

那个女人说：“您还记得您那位朋友吧？”牡丹的眼睛亮起来，“他现在出狱了。他来了三四次，打听您呢。”

“他什么时候出来的？”

“已经快一个月了。”

“他看来怎么样？还好吗？”

那个女人狡猾地笑了笑说：“他还好。只是我说您有一年没露面，他显得灰心丧气。您等着吧，他还会到这边来。”

牡丹的脸不由得红起来。她问：“他都是什么时候来？”

“有时候在早晨，有时就在现在这时候。他总是叫四两花雕，跟谁也不说话，不断往街上望，就像您这样。”

牡丹：“下次他来，告诉他我已经回来了。告诉他在这儿一定找得到我。我会每天这时候来。”

“他也一定会来的。”

她们又闲谈了些别的事情，那个女人又回到柜台上。牡丹这时激动起来。她心想傅南涛坐了一年半的监，不知现在什么样子。她简直望眼欲穿，随时盼望他会进来。到吃午饭的时候，她忽然想起来必须回家，勉勉强强站了起来，离开了酒馆。

她还没走到一百步远，正在进总布胡同口，听见有人叫：“牡丹！

牡丹！”她转身一看，傅南涛正在人行道上飞般地跑来，一边跑一边躲车辆。牡丹站定，等着他向她这边跑。她心想：“噢，会是他！”浑身觉得非常舒服，简直乐不可支，等着他躲过了车辆，一边向他疯狂挥手。

他跑到了，停下，亮晶晶的眼睛盯着牡丹一刹那，好像弄清楚不是在做梦。他的白牙闪着光亮。他立刻攥住牡丹的两只手。

“你刚走我就到了。柜台上那个女人告诉我的。”他结结巴巴，牡丹觉得他的两手还在发颤。

牡丹说：“南涛，南涛，我又见到你，真高兴！”

“是吗？”

牡丹端详了他一下。在上下打量他时，甚至一时显出几分冷淡。等恢复了正常，牡丹说：“当然我盼望你会来。”

南涛说：“那咱们再回到酒馆去吧。”

牡丹说：“我现在得回家去，她们一定在等我呢。我明天再出来看你，我们待一整天好不好？”

“那么我跟你走一段。”

牡丹让他陪着走进总布胡同，一边走一边听他说话。这算两人又再度遇着那样有节奏有弹性的矫健脚步并肩而行，这种脚步牡丹如今还是记得那么清楚。南涛用力拉住牡丹的胳膊，身子贴得她那么紧，一边走，时时膝盖碰膝盖。牡丹觉得这个男人会有力量把她抱起来飞跑。

牡丹问：“你在监狱的时候想我不？”

“我只想你，别的什么都不想。现在自由了，没人能管我了。”

“没人？真的吗？”

“没人。”

他们已经转进小雅宝胡同，一条又长又窄的巷子，这时只有他俩。他站住，望了牡丹一会儿，然后用力把她抱住，把脸低下贴近她的脸，但是牡丹，虽然自己也越来越激动，还是抑制住，对他说：“不要对我这样冒冒失失的，我好久没看见你了。”

南涛把手松开，放了牡丹的手，牡丹向后倒退了一步。他俩的眼光碰到一处，又很自然地向前走。

南涛问她：“我希望你还没有订婚，没有吧？”

“没有。”

牡丹再度觉得南涛的一只胳膊用力压住她，她只能一半往前走，一半拖拉着脚步。牡丹心里想，南涛就是那个淳朴自然的老实人。她不承认自己爱他，但他使牡丹觉得温暖，觉得得到了保护。她又想起他俩过去曾经在一起这样度过的快乐时光。

离牡丹家只有几栋房子的时候，他俩进入一条宽大横街。牡丹看见一条阳沟，立刻想起南涛曾经有一次照她的话跳下去。牡丹那淘气顽皮的想法又来了，又想试一试南涛。

她说：“南涛，你真是很爱我吗？”

南涛说：“你知道我是真爱你。”

“那么，我叫你做什么你都听我的话？”

“当然！”

牡丹指着那条阳沟说：“跳！”

南涛立刻跳下沟去，自己又高兴，姿势又轻灵矫健，又很卖弄的样子。

他站在沟里说：“你看！”

牡丹大笑，幸而那条阳沟是干的。南涛一只手按在地上，由沟里轻轻一跳而起。

他抱住牡丹问：“怎么样？嫁不嫁我？”

牡丹说：“我不知道。你看，后头有人。”南涛一回头，牡丹跑走了。

第三十一章

第二天，牡丹出去得很早，她告诉母亲和妹妹，和一个男人有约会。素馨注意看她，她穿了一件旧印花布上衣和裤子，故意地开玩笑把头发改梳成辫子。

素馨问："他是谁？"

牡丹说："不能告诉你——我就出去。我也许回来很晚。"

母亲很不放心，问她："你什么时候回来？"

牡丹说："我不知道，是不知道。我若回来，自然就回来了。若不回来，不用等我吃晚饭。这话还不清楚吗？"

素馨带有几分讽刺地说："很清楚了，我的姐姐。"

母亲还是以狐疑而湿润的眼睛望着。牡丹说："妈，难道我什么事都要说个一清二白？难道我没有自由吗？"

母亲说："谁也没说不许你有自由。"在上等社会的家庭里，未婚的女儿若不经母亲知道到何处去，是不许出去的。但牡丹是个寡妇。

牡丹又说："好吧，妈。我去见的是个男人，不是个小姐。"

母亲说："我也并没说什么。可是，孩子，你可别再莽撞。孟嘉不久就回来。"

"妈，我自己也还没拿定主意。"

牡丹快步走向前院出去了。

素馨说："这就怪了，她昨天晚上回来时，我看见她脸上发红。吃晚饭的时候，她一直自己笑，她倒想遮掩。可她今天这么个打扮去见个男人！我相信她现在有所行动，一定。"

母亲说："这一次我不能让她乱跑，不然会再遇到麻烦。你我和孟嘉一定要照顾她。她若喜欢那个男人，我们在她父亲知道以前，先要相一相，然后才能答应。"

素馨说："孟嘉走以前说，她也许再和傅南涛见面。"

因为她母亲从来没听说傅南涛这个名字，所以问："傅南涛是谁？你见过他吗？他长得怎么样？"

素馨说："我从来没见过。实际上，直到看见姐姐的日记，我才知道这个名字。我知道的就是，姐姐厌烦了孟嘉之后，就老出去见这个人。姓傅的是毽子会的会员，还是个打拳的。"

"打拳的？这是开什么玩笑？"

素馨又说："我不知道。他后来坐了监，孟嘉料想他已经出狱了。"

"为什么坐监呢？"母亲脸上显得很害怕。

"因为杀了他太太，我听说，是个意外。我们原先也没留意，后来孟嘉从报上看见，说他受审之后，判了一年半的徒刑。他并没存心要杀人，因为两人揪打，女人自己撞在铁床的尖柱子上了。"

"她从来没跟我说过。"

"她不会说的。"

母亲越来越焦虑。

母亲又问："那个人的家庭情形怎么样？"

"我们一丁点儿也不知道。"

在东四牌楼，傅南涛雇了一辆马车正在等着。他和牡丹是同时看见彼此的，当即喊着打招呼。傅南涛的脸上喜气洋洋的。

两年前，他们常在酒馆里、戏院里相见，有时候在露天的地方。现在傅南涛提议坐马车到玉河去玩。

牡丹很爽快地说："随便你。"

她进了马车，两人坐好之后，她向南涛打量了一下，因为她的确不太了解这个男人。她过去不曾，而现在也不能像爱安德年和孟嘉那样爱他。但是他有那么诚实爽快的外貌，而牡丹又爱他那雪白的牙，年轻率直的笑容，还有那肌肉结实的体格。牡丹的确很喜欢他，因为牡丹记得他们过去一块儿玩耍得很开心。他踢毽子踢得很美，他能练斯文优美的太极拳。他总是使人快乐，有兴致。他能喝酒，能打牌，甚至也能像玩牌高手那些耍花样。有一天，牡丹问他："有什么你不能做的吗？"他曾经回答："有两件事，我一不抽大烟，二不赌钱。这不是我干的。噢，还有。"他想了一下又说，"我不能读书写文章——就是说，在这一方面我不怎么高明。我能看墙壁上的海报和房地契，还会自己签名。我没好好儿地上过学，但我是个正直诚实的人。"

牡丹曾经大笑，因为他说得太对了。她记得他很方正，又有点儿守财奴气。这是由付账后他细算找回零钱时看出来的，他对钱数很认真。他绝不肯上当吃亏，但也绝不占人家便宜。有一次，他发现酒馆结账时给他算多了，就大发雷霆，找到柜台，手拍着桌子要把钱数改过来。可在另一方面，人家找零钱时多付了他五个铜钱，他也一定要退还人家。牡丹今天打算再多了解他一点儿。

南涛告诉牡丹说："今天咱们到玉河去玩，我知道有一个地方，像个游泳池，又美又清静（牡丹知道他喜爱空旷地方和野外的空气，这和学者文人大不相同）。"后来他又说："在回来的时候，我们顺便去看看我的房子和地。"

"你还有房子有地？"牡丹这样问，对他越来越感兴趣。

"是啊，我是个庄稼人，我的田地靠近海淀。"

"我看你老是在城里头。"

"城里我有一个铺子，卖米卖煤球，卖劈柴木炭，在西直门里。"

"谁住在田庄上？你坐监时谁给你照顾呢？"

"我有个外甥，还雇有长工。我们养鸡、鸭、鹅，还有六七只羊。我要你看看我那片地。"

"只有你外甥，此外就没有别人了吗？"

"对。我太太既然不在了，我也不常回去。"

南涛把他的一只大手放在牡丹的大腿上摩挲。

牡丹现在真是要估计一下这个男人，于是又问：“你坐监的时候真想我吗？”

“除你之外，我什么也不想。我想到出来之后找不到你就害怕，我连你的住址都没有。”

牡丹身子往后一靠，任凭头随着马车的隆隆声音左右摇动。这时心里不断地想。她觉得南涛的一只手偷偷在她的背后摩挲，她轻轻动了一下。她自己也感到意外，竟有一种悲伤之感。南涛要去吻她，她很不安地躲了一躲，说：“不！”

她怎么能知道自己真正爱这么个男人呢？但是说也怪，她喜欢他，过去也一直喜欢他。这种矛盾的想法一直在心头扰攘不休，直到他们的马车出了西直门的城圈子。城圈子就是城门外另一层高城墙把那城门围绕起来的一片空地，原来是做围困敌人之用的。西直门外的大路通到颐和园，又宽阔又整齐，两旁是杨柳夹道。马车开过了洋车和骑驴的人，不久就穿过海淀的街道，海淀是西直门外两里地远的一个生意繁荣的郊区小市镇，南涛指着远处一片地说：“就在那儿！我的地就在那儿——离村子不远。走吧，去看看。”他说着就拉住牡丹的手，“咱们坐到前头去。”

牡丹说：“什么？”因为南涛的言谈举动老是使牡丹感到新奇意外。

南涛说：“这一带乡间很美，让我来赶车。车夫若愿意，他就坐在车里头。在里头太憋闷。”

牡丹懒洋洋地笑。这个男人倒是老能逗得她欢笑。

南涛在那有车篷的车里头敲马车的窗子。

他喊：“嘿，停一下。”

车夫向下一看，看见南涛由车窗里露出的脸。

南涛说：“把车停一停。”

车夫照办，南涛说：“你下来，我来赶车。我和姑娘坐在上头去。”

“你能赶吗？”

“你看吧。”

南涛和牡丹坐在赶车的座位上，南涛把马缰绳接到手里，舌头咔咔响了一声，慢慢催马前进。牡丹觉得微风拂面。

牡丹说："由这儿看，风光又大为不同。"

"当然，这就好像骑马一样，是由高往下看，感觉很舒服。你骑不骑马？"

"当然不。"

南涛很内行地把马缰绳一拉，马立刻慢跑起来。等他把鞭子清脆地打了两声，那匹马果然遵照记号快跑起来。大道上的远景迅速变化，偶尔有杨柳长长的垂丝轻轻拂在他们的脸上。

过了海淀半里地，他们看见一段石头铺的长长的路。南涛用北方人赶车的声音："嗒！嘚儿！呜喝！"马跑得更快了。南涛自己乐不可支。

南涛说："扶住栏杆。"他大笑，又说："你的左胳膊搂着我。你不嫌太快吧？"

牡丹说："不。你很会赶车。"

南涛的笑脸发着光亮，眼睛看着道路。前面有一个农夫拉着一车东西。他一边说着话，一边很熟练地把车微微一转开过去。他说："你想，一个月以前我还坐监，而现在和你坐着马车在野外跑！"

不久后，他们离开了大路，穿过一片田野。他指着三百尺以外一带树荫遮盖的地方说："就在那儿，那儿有几只小船出租。我很爱这个地方。"

这时候牡丹不再想自己的心事，也和南涛一样兴奋起来，风光一变，十分快乐。

沿岸有一段六尺高的长树篱，挡住那平静的小溪。

南涛说："过去西太后老佛爷常到这儿来，所以这个地方才这么隐秘，现在她有了新盖的颐和园，这个地方就公开了。但是知道的人很少。"

他们下了马车，到了小溪岸上。他们右边是一个很长的船码头，油漆已经退色而渐渐糟朽。十二只小船拴在码头上，油漆已经剥落。

牡丹问那个唯一看守船的人："水里有鱼没有？"

"不多，只是小鱼。"

牡丹说："我爱钓鱼。"

这是年初，还没有别的游人。

他们租了一只船，荡桨划了出去。南涛拿着桨，牡丹坐在他对面，辫子垂在肩膀前头。小船慢慢向前滑动。牡丹拿出一根烟，开始抽烟。

偶尔从树叶中飞出一只白鹭，拍动了白翅膀，映衬着碧蓝的天空，悠然飞去。水鸟儿钻进水里去觅食，不停的急促叫声振动幽静的空气。牡丹觉得快乐极了。

牡丹喷出团团的烟，说："这太美了。"

南涛说："我要让你看看乡间生活的样子。"

"咱们若能在这儿钓鱼，多么好！"

"真糟糕，我原先没想到。若知道就带鱼竿来了。这儿只有小鲈鱼，五六寸长。"

牡丹很愉快地说："没关系。在这儿这么过一下午真好，钓钓不到鱼倒没有什么。带着一本书、一包香烟、一个泥壶火炉子好沏茶，真是美不可言。"

"带书对我没用。即使我有书，我的眼睛也只忙着看你，哪能看书呢？我不知道书里都说些什么。我想，只是说啊说啊的。你看看这一片乡间，为什么做文章的人不放下笔来这儿生活呢？"

牡丹并没听他说话，她正用一个手指头在水上划，低着头看波纹往船上打。偶尔向傅南涛瞟一眼，发觉他正向后看她，流露着渴慕喜爱。她的心里呆呆的，不是爱情充溢怦怦地跳，而是痒痒地蠕动，倒也舒服。

南涛问："牡丹，告诉我，你爱我不爱？你若说你爱我，那我成了天下最快乐的人了。"

"我不知道。"

"你能不能爱我一点儿？只要一点点。今天下午我带你去看我的房子。你若爱我，我们以后就能天天这么一块儿过日子。"

牡丹说："我若不喜欢你，就不会跟你出来。你现在是不是向我求婚呢？"

"那还有什么别的？"他的手一松，船桨随水漂走了。他说："昨晚上我躺在床上，想啊，想啊。我并不是念书的人，你呢——我想你的家庭一定很高贵。我能不能抱这个希望？"

牡丹不敢立刻决定。她说："我喜欢你——很喜欢。但是，你得给我一段时间想想。"

"我知道，你要得到父母许可才行。你父母还都在吧？"

"是啊。我还有一个妹夫，在北京我们家，他是一家之主。"

"你妹夫是谁？"

"我妹妹的丈夫，他就是梁翰林。我得和他商量。"

翰林这个名称是处处响亮，甚至市井的普通人，不会念书不能写字的人听见了都肃然起敬。

"什么？你说翰林？"

"是啊，梁翰林……怎么了？"

发现这种情形，南涛几乎吓呆了，一直几分钟没说话。

傅南涛显得蛮能干的样子，他用一只桨把船划向岸去，岸边的菅茅长有一尺高。南涛说："我知道这儿有一个很美的地方。"他慢慢把船靠近岸边，说，"来。"就伸出一只手，一句话也没说把牡丹抱起来，走了十几步，才把她放在一片草地上。他好像对这个地方知道得很清楚，是在一片树林中，四周矮树丛生。南涛那健壮的肉体显得红而润，他开始脱去上衣和贴身的小褂。

牡丹感觉到落入了圈套，可是看见南涛圆挺的胸膛、宽阔的肩膀和棕色的皮肤在太阳光里发出光亮，又不由得着迷。南涛走过来，坐在牡丹身旁的草地上。

牡丹低声问他："你不觉得冷吗？"

南涛兴致勃勃地说："不冷，一点儿也不。"

牡丹一个手指头以爱慕的心情在南涛的胸膛和胳膊上一划，内心有点儿软弱昏晕。南涛的眼睛望着她，扬扬得意地大笑着，把胳膊上的肌肉绷起来，就好像一只雄孔雀本能般地炫耀美丽的羽毛一样。他的脸英俊而结实。

"你要不要看我给你打一趟太极拳？"

实际上，太极拳是一种柔软体操，基本是缓慢而圆的动作，在调谐匀整的节奏中控制着呼吸。他的手、腕子、胳膊随时保持轻松，他低头、蹲下、立直、再扭转，腿也做同样优美轻松的动作，与上身极慢的动作相配合，和猫的弯曲优美动作极相似。在太阳光里，牡丹细看着他扭转身子，成为谐和跳动的回旋动作。头、颈、肩、腿，随时都保持谐和一致，并不猛烈冲打，只是缓慢地渐渐伸出胳膊，并不是猛踢，而是缓慢，很难地平衡着，渐渐提起一条腿来。其美观之处完全来自慢动作的优雅和轻松，若叫做“猫舞”也未尝不可。

南涛突然停止，丝毫不喘气。他问牡丹：“怎么样？”

牡丹微笑着说：“太好了。”

南涛说：“这是最好的运动，每天早晨六点钟我就练太极拳。一定要在早晨，在空旷的地方练，好吸收新鲜空气。”

南涛又躺下去，把牡丹拉到身边，牡丹就把头枕在南涛健壮的胸膛上。南涛的手在牡丹身上到处摸，在背上摸，在肩膀上摸，上上下下地摸着挑逗她，胳肢她，又使她感到舒服。他听到牡丹加速喘息。

牡丹抬起头来向着他，看见他那闪亮雪白的牙，暗暗打定了主意嫁给他。

头脑不能解决的事，身体凭着本能简简单单地就解决了。由原始丛林时代到今天，调情和交配在基本形式上并没有什么改变。牡丹现在可能会像一个古代的老诗人，也唱出了这样的文句：“他的脸儿赛朝阳，他的腰肢力量强，我要为他生儿女，我的脸上有荣光。”

事后，她嫣然一笑说：“南涛，刚才你还真有本事啊。”

南涛回答：“你也不弱。”

牡丹把南涛贴身的小褂给他盖上，免得他着凉。

南涛说：“我不用。”

两人吃了一顿野餐，用树枝干叶点火烧水沏的茶，饭后，他们离开此地。牡丹对这个老实忠厚有趣的青年人很满意，在回城的路途中，一直沉思不已，几乎没看什么风景。

他们到了南涛的田园。她看见的一切，无不令她高兴，那住宅尤其引起她的兴趣。一共是五间屋子，坐落在一亩半的田地上。嘎嘎乱叫的鹅鸭各处跑，几只黑羊正在篱笆下吃草，是用长绳子拴在一根桩子上，这样就不至于吃了菜园子的青菜。南涛说以前这是一个太监的房子，那人在附近一位王爷家伺候了一辈子，现在退休了。房子是普通农家的房子，一间耳房敞开着，是储存干草柴火的地方。这里多年没有粉刷，由于日晒雨打，没经油漆的木头部分已经成为干枯的灰棕色。

那天下午接近黄昏的时候，他们才回城。

第三十二章

这样结伴郊游随后又继续了几天，后来牡丹喉咙疼，发烧病倒躺在床上，不能外出。她仍然让素馨和她妈蒙在鼓里。等追问她到底是跟什么男人出去，她总是回答："别急，我还没拿定主意呢。"因为她心里想，妹妹和妈妈若知道她要嫁给一个不识字的庄稼汉，会耻笑她，让素馨和她那翰林丈夫有个不识字的姐夫，会让他们觉得丢人。她到底怎么样说明呢？这种婚事不合乎门当户对的道理。她想先对堂兄说这件事。

孟嘉回来时，牡丹还卧病在床。他刚刚安定下来，素馨就对他微笑说："牡丹现在又有活动了。"

孟嘉立刻抬起头来。

"她最近一直出去。"

"跟谁？"

"她不肯说。我疑心是傅南涛。"

孟嘉差点儿跳起来，然后断断续续笑了好几次。他说："我早就料到了！我够聪明吧！你怎么知道的？"

"就从她出去时穿衣裳打扮看出来的。她穿乡下人的布衣裳裤子。她到底玩什么花样啊？有一次，她说出去钓鱼，看人练太极拳。所以我想一定是那个打拳的。"

那下午后已经够晚的时候，孟嘉找了个机会打听牡丹的心事。

牡丹正躺在床上，穿的衣裳不多，一条腿弯着，手里拿着一本书。南面窗子关着，后面窗子里进来的光亮正照在她半个脸上，显出极完美的侧影。牡丹看见堂兄进来，微笑欢迎。

孟嘉说："光线这么暗，你看什么书呢？"

牡丹说："你写的文集，随便看着玩儿。我看了几页你的书，喉咙就不疼了。"

孟嘉大笑。

牡丹说："大哥，我有话跟你说。"

孟嘉拉过一个椅子来，好像一个医生过来看病人一样。孟嘉认真端详了牡丹一下，牡丹很郑重。

牡丹说："是件正经事，关于傅南涛。我又找到他了，我们已经见了几次。"然后停住，深深叹了一口气。

"接着往下说。"

牡丹脸也没抬起来，伸出一只手，握住了孟嘉的一只手。眼睛出神，眨着在用心思索。她仍然头也不抬，对孟嘉说："我若说要嫁给他，你以为怎么样？"

"你就想告诉我这个吗？"孟嘉发现牡丹的声音有点儿疲倦，没有精神。

"是啊。你告诉我你的看法。"

孟嘉的声音很温柔，说："你忘记了，我还没见过这个人。关于这个人，你一点儿也没和我提过。"

牡丹转脸向着孟嘉，终于望着他。她开口说话时，声音兴奋起来。她说："他想娶我，我拿不定主意。"

"你爱他吗？告诉我实话。"

"我也不知道。我喜欢他。他人很老实，很正派，我也许是爱他。和他在一处，我很快乐。可是——你说怪不怪——我一离开他，就一点儿也不想他——那就是说，不像你我分手后那么怀念，那样痛苦难熬——不像我感觉到的那样——没关系——不是很亲密，很深，不那么牵肠挂肚。并不像我想——没关系—— 一个我内心真正喜爱的人。

这不奇怪吗？——这些事情太深奥，平常我们不明白在我们身上存在，是不是？”

她这一连串的话，断断续续的。有几次她几乎脱口而出对孟嘉的深厚的感情，但是及时抑制住了。她的手还放在孟嘉的手里，她的手指头还懒洋洋地挠一挠孟嘉的手心。

孟嘉说：“你先不用决定……”这时孟嘉捏起牡丹的中指搓着玩儿。

“我要你告诉我，难道我不该吗？”

“你告诉过我他爱你，你和他在一块儿你觉得快乐。我想，你和他关系很深，我意思是指亲密到……”

牡丹缩回她的手，几乎怪难为情地笑了笑。她说：“不错，在身体方面，他是很好。他能够满足我……这方面有时候我很佩服他。他告诉我他不能念书写字，但人蛮好，我知道他也能把我养活得很舒服。他在海淀有一片田庄，西直门内有一个铺子。有时候我想以后和这种人过一辈子，有点儿糟蹋了这一辈子的幸福——恐怕又做件糊涂事。不过，我想跟他在一块儿过日子会很快乐，我们会生孩子，我会有个家。你一定要告诉我你怎么个想法，我也要问问父母。是不是？”

孟嘉说：“我倒很高兴你告诉了我，牡丹，你说他是个庄稼人，还有一个铺子？什么铺子？”

“卖米面、煤球、木柴、木炭，夏天也卖冰。我是不是糊涂了？素馨和妈会怎么说呢？”

孟嘉停了一下，好把头脑里的思想整理一番，想象一下牡丹和傅南涛生活在一起会成什么样子。然后说：“你若是真爱他，我想这件婚事倒蛮不错。至于门户儿这件事，完全可以不管。这对你的生活会是一个重大的改变。”

牡丹说：“我相信我能适应这种改变。我还年轻，身体也健康。你想，我不能吗？”

孟嘉很高兴牡丹那么倚重他的看法。牡丹接下去说：“他问了好几次我是否会真爱他，我回答他‘也许会’——你想，一般我们是在那热情似火难解难分的时候说的——他问我可以不可以嫁给他，我说‘也许会’。”

这些话的萦绕在孟嘉的耳边。他又沉思，忽然间，他又想起那个梦，还有那签上的两句诗：

山重水复疑无路，
柳暗花明又一村。

他突然神秘地微笑了一下。

牡丹问他："你为什么笑？你不赞成？"

他又笑着说："我赞成。"

"那有什么可笑的？"

孟嘉说："你记得庙里签上的话吧？你不是说他是个农人吗？签上的话若是可靠，那你就要嫁他了。我相信，到时候你就会改变，会持家过日子，生儿育女，做个贤妻良母，也和别的女人一样。金钱、地位，对势利小人才重要，你知道我最恨那种势利小人。"

"有一个庄稼人做你的姐夫，你不厌恶吗？"

"告诉你老实话，我绝不会。牡丹，我只求你能快乐。他若是个正直人，他若真爱你，就嫁给他。别人说什么门户怎么样，由他们去说。我父亲就是个庄稼人，也挡不住我身为翰林。现在我是个翰林，我儿子保不定又是个庄稼人。在我们国家正统的看法上，农人是社会的上等人——位在商人，工匠之上，只是比士大夫低一级而已。我告诉你一个好听的故事……"

孟嘉说了一个宰相和无赖儿子的故事。这个儿子快要把宰相大人的家当挥霍罄尽了，宰相大人就对那个败家子儿说："你看，我这么大年岁，身为宰相，每天还认真做事，你自己应当害羞才是。"儿子回答说："我为什么要害羞？我父亲是宰相，我儿子二十二岁就是个道台。你父亲是个庄稼汉，你儿子没人品，没志气，没廉耻。你怎么能和我比？我为什么不天天玩？你为什么不应当天天认真做事呢？"

牡丹大笑说："对——对。"

"你妹妹嫁了个翰林，你嫁一个农夫。谁敢说你有一个农夫做丈夫，就不会有个儿子做翰林呢？"

“那么，你赞成了？”

“你说的若句句是实话，而你也真爱傅南涛，那我就赞成这件婚事。”

牡丹说：“我想，我是爱他。”然后牡丹向孟嘉伸出一只手，很想对他说句话。她望着孟嘉说：“你若赞成，我就心满意足了。这件事也是为了我们两人，我希望我们之间不要有任何的改变。”牡丹轻轻捏了捏孟嘉的手。

孟嘉说：“由过去到现在，我们之间没有什么改变，将来我们之间也不会有什么改变。”

孟嘉攥了一下牡丹的手，就起身把这消息告诉素馨和岳母。

孟嘉对素馨说：“是傅南涛，咱们没猜错。”

素馨回答：“噢，没错呀！”不由得倒吸了一口气。

孟嘉又说：“当然咱们要相相那个男人再答应。他似乎不认识字，有片田地，有一家铺子卖煤球卖米面，但是牡丹喜欢他。”

素馨眼睛瞪得大大的，说：“姐姐就是这样。她说决定要嫁给他了吗？”

孟嘉说：“没有。她要先问问我的看法。我说他若是正直体面勤劳苦干的人，有正常的收入，人品好，身体好，为什么不可以嫁呢？”

做母亲的不知道怎么想才是。她说：“若是人品好，不豁嘴，没麻子，我就不嫌他。女婿卖煤卖米，我看也不错。牡丹不愁没米吃没柴烧。”

于是，大家安排孟嘉去看傅南涛和他那片海淀的地。孟嘉又发现傅南涛在清河还有几亩好地，在京北七里。孟嘉给牡丹的父亲写了一封信，告诉这件议亲的事，并征求他的同意。父亲认可了，认为这是自己这个奇思怪想反复无常的女儿主演的喜剧最后一幕，他要在九月自杭来京，参加婚礼。

五月，牡丹给白薇写一封长信，请她和若水来京参加她的婚礼，顺便在北京逛逛。

白薇：

我定于今年九月初与傅南涛结婚。闻听此一消息，你必然十分欣慰。盼即与若水翩然北上，参加婚礼，曷胜翘企。

上次晤面以来，发生之事，易其繁多！承问鄙况，念略陈梗概。若自表面言之，我可谓无所事事。遥想你与若水山居幽闲，喜见春去夏来，秋往冬至。在此，南涛正修理海淀房屋，完全改装翻新，故婚期须待至九月也。

我将何以向你与若水描写南涛或我之情意？他非读书人，仅能自书名姓，但其他方面为少女最为理想之丈夫。他仪容英俊，人品可靠，我知此人颇可信任。家母曾半似戏谑半似认真谓我曰："汝一生不愁无柴无米。"因南涛有商店，卖米卖煤。岂有何不体面之可言？我对其为人与对我之爱情，极其信任。少女之渴望，尚有过于此者乎？

馨妹对此婚配似颇不以为然，但此自是伊个人之意见。孟嘉则颇首肯。白薇，我想我已改变。往日之相思与痛楚皆已埋葬，或已牢固封锁于心灵深处。若言及情爱，肉体之性爱，我极富有，必将生儿育女，而且子女繁多。我之幸福理想即在于斯，我从此无他事想念，亦无其他希求。此种想法，只能与好友言，不可与外人道也。

但请勿误解，我并非谓我不爱南涛。他对我极好，有时亦极为有趣，极讨人欢喜。但往日你知我所感受之狂热狂喜，今已渺不可见。对情人之全然丧魂失魄，心心相印，今已不再有，而往日之创伤，亦不再愿触及。我爱南涛，但感觉上已有所不同，并将以身为贤妻自勉。南涛忠实正直，对我极其需要，极其信赖。

我并无愧悔。关于孟嘉情形，今亦数语相告。此事只能与君言，绝不与外人露一字。日前与孟嘉及南涛外出，至清河看南涛之农田。南涛在清河有三亩麦田，一林枣树，年入二三百元（白薇，我之心思，何一无条理至此）。南涛在室中与亲戚闲话时，孟嘉与我漫步至河畔。水极清澈可喜，对岸骡马数匹正拖犁耕作。红日西斜，归鸦阵阵，于我左侧绕树而飞，西天云霞红紫斗艳。落照之美，竟令人不禁落泪。我心甚为凄苦，何故落泪，我亦不知其故。但是时也，我站立河畔，孟嘉无限柔情，对我凝视。我二人早已约定，二人之间矢口不再说一"爱"字，绝不再相亲吻。他欲忠于素馨，我则忠于南涛。但孟嘉谓我曰："我绝不再吻你，但今日许我吻掉你面上之眼泪。"他果吻去我之泪珠，然后吟白居易《长恨歌》最后两句：

天长地久有时尽，
此恨绵绵无绝期。

他脸颊绯红，我二人遂未交一言。他以手扶我起身，乃同返农舍。

白薇，我与孟嘉二人，不论此后何所为何所感，此记忆与我二人常在，永难泯灭。有时，我独自思维，吾辈生活最美之刹那，最真之刹那，方是真正之生活，其他时间则一旦过去，永远消失，因其于吾人心灵上毫无意义可言也。伟大非凡之刹那，紧依吾人，如蜜如饴，虽将其整块移走，其丝则细长绵延，牵连难断。又如音乐，其声虽杳，其音韵则绕梁不散。此绕梁不散之余韵为真音乐耶？抑当时演奏之音乐为真音乐耶？人间之事，虽难免为他事所阻断，但其所遗留于人心中之记忆，盘旋依恋，终身不去。嫁后，我心黾免从事，庶不愧为南涛之贤妻，但往日头脑中之诸多记忆印象，深信难以消除。此种记忆，彩色缤纷——金竹之爱，如令人陶醉之玫瑰；德年之爱，如纯白耀目之火焰；孟嘉之爱，如淡紫色之丁香。在我结婚礼服上，我欲手捧丁香一束。我本爱紫色，今日我更爱淡紫色之丁香。

白薇，你来北京时，必将见我为一幸福之新娘。务请大驾光临，至盼至盼。你与若水来时第一次之晚餐，为一道我农庄自产之鹅菜，先此敬告。

孟嘉曾告我曰：伟大之著作，系以作者之泪写成者。我亦深信我致君之此一言，亦是以我之血泪写成者。

挚友牡丹